Narratori Feltrinelli

Simonetta Agnello Hornby

Punto pieno

Prima edizione ne "I Narratori" ottobre 2021

Stampa Grafica Veneta S.p.A. di Trebaseleghe - PD

ISBN 978-88-07-03462-6

Per le citazioni:

p. 69: *Black Coffee*, di Sonny Burke e Paul Francis Webster; versione cantata da Sarah Vaughan, Columbia 1949;
p. 92: *Only You* [*and You Alone*], di Buck Ram e Ande Rand; versione cantata dai Platters, Federal 1954);
p. 100: *Vola, colomba*, di Carlo Concina e Bixio Cherubini, Cetra 1952;
p. 103: *Cantico dei cantici*, dalla Bibbia, Cant. 8, 6;
p. 133: Gaetano Donizetti, *Lucia di Lammermoor*, II scena, atto III, libretto di Salvatore Cammarano;
p. 178: Giacomo Lubrano, *Scintille poetiche*, La Finestra Editrice, Lavis 2002;
p. 190: *In ginocchio da te*, di Franco Migliacci e Bruno Zembrini, Rca 1964;
p. 193: *Cuore matto*, di Armando Ambrosini e Totò Savio, Durium 1967;
La banda, cover della canzone in portoghese *A banda*, di Chico Buarque de Hollanda, tradotta in italiano da Antonio Amurri, Ri-Fi 1967;
p. 246: *O cuntadinu sutta lu zappuni*, canzone popolare siciliana;
p. 276: Anton Čechov, *Il gabbiano*, atto I, trad. it. di Laura Simoni Malavasi, Bur Rizzoli, Milano 1960;
pp. 285, 292, 296: Wolfgang Amadeus Mozart, *Bastien und Bastienne*, scena IV, 1768; libretto di Weiskern, Mueller e Schachtner;
p. 296: *La notti di Natali*, canzone popolare siciliana;
pp. 302-303: Gabriele D'Annunzio, *Elettra*, Mondadori, Milano 1966;
p. 306: Jean Racine, *Phèdre*, acte II, scène II.

Punto pieno

Soffre, la Sicilia, di un eccesso di identità, né so se sia un bene o sia un male. Certo per chi ci è nato dura poco l'allegria di sentirsi seduto sull'ombelico del mondo, subentra presto la sofferenza di non sapere districare fra mille curve e intrecci di sangue il filo del proprio destino.

GESUALDO BUFALINO, *L'isola plurale*

Vento
(6 aprile 1955)

Ha reso l'anima a Dio

il cavaliere Andrea Sorci del fu Enrico,

dopo una vita cristianamente vissuta.
Ne danno il triste annuncio i figli Antonio, Carlino e Matilde
con il marito Giuseppe Celato,
e tutti i famigliari.
La salma sarà accompagnata alla sua ultima dimora
partendo dal palazzo di via delle Repentite.
Si dispensa dalle visite.

Palermo, 6 aprile 1955

Quando le cugine Beatrice Benso e Rachele Giaconia, superati i Quattro Canti, presero il Cassaro per scendere verso il mare tenendosi sotto braccio, avevano entrambe una copia del "Giornale di Sicilia" che spuntava arrotolata dalla borsetta.

La mattinata era cominciata male: nel bagno di Rachele era stato avvistato un topo, che aveva reso isteriche le cameriere. Per fortuna erano riuscite a chiuderlo dentro prima di chiamare in soccorso il portiere. Don Franco e la moglie, armati ciascuno di una scopa di saggina, in quattro e quattr'otto avevano bloccato il topo in un angolo e lo avevano scafazzato senza pietà. Nella confusione, e già in ritardo per l'appuntamento con Beatrice, insieme a cui avrebbe raggiunto sua sorella Sara alla farmacia Spallanzani, Rachele aveva dimenticato di mettersi le calze nere.

Quanto al necrologio, entrambe – come si dissero subito – avrebbero preferito un testo meno succinto e, benché ancora all'oscuro dei dettagli della morte del nipote, erano convinte che l'annuncio avrebbe dovuto rispecchiare con più solennità il lutto della famiglia. La loro ben nota saggezza era esercitata ancora con solerte pertinenza nell'arte di conservare sempre, e a qualsiasi costo, il buon nome dei Sorci.

"Annuncio miserrimo, Beatrice, poco meditato," sancì Rachele. "Non dice neanche quanti anni aveva. Il 'triste annuncio'," ripeté. E poi riprese: "'Annunzio' avrei scritto io, è più elegante. E poi, cos'è tutto questo riserbo? 'Si dispensa dalle visite'... Ma le visite sono sostanza del lutto!" Ci pensò, e poi concluse: "Certo, bisogna saper ricevere".

Beatrice scosse la testa, quella reazione le era sembrata troppo vivace, esagerata, e le salì in volto un casto rossore. Rachele se ne avvide e la rassicurò stringendole affettuosamente il braccio: "Tu prediligi il contegno, e fai bene, appartieni molto più di me e di Sara, che pure siamo più vecchie, al mondo delle buone maniere di un tempo che è stato di tutte noi".

"Eh, non saremmo qui, se ci avessero consentito una visita formale."

"Fra un'ora però potremo passare da Cola, e lui di certo avrà bisogno di noi."

Rachele indossava un tailleur grigio e un soprabito appena più chiaro. Aveva la testa coperta da un foulard annodato sotto il mento, la brezza primaverile ne agitava le ampie cocche di seta. Beatrice era chiusa in un cappottino leggero di panno blu che risaliva all'anteguerra. In testa una cloche che di tanto in tanto doveva aggiustarsi addosso, cosa che faceva con timida compostezza, sollevando le mani bianchissime, quasi di cera, per rinsaldare la presa del copricapo, forse troppo largo, forse inadatto a una giornata ventosa come quella.

"Dici che pioverà?" chiese alzando lo sguardo a esplorare il cielo azzurrissimo.

"Non direi proprio," rispose Rachele per fugare subito quell'infondato timore di cattivo tempo.

Con qualche fatica si immisero nel dedalo di vicoli che si sviluppava oltre via Roma per raggiungere la farmacia Spallanzani. Lì le aspettava Sara Imballomeni – con la quale avrebbero ricomposto il trio delle Tre Sagge –, anche lei con il "Giornale di Sicilia" nella borsetta, accompagnata dalle pronipoti Maria Merlo, sposata Moncada Sacerdoti, e Mariolina Sorci, poco più che ventenne, la più giovane delle Sorci e proprio per questo chiamata dalle zie a dare il suo contributo al progetto che si accingevano a varare.

Sara non si era messa nemmeno un velo del suo immancabile rossetto rosa, soltanto questo indicava l'addolorato stupore per la morte improvvisa del nipote. Da tempo era stato fissato proprio per quel giorno un appuntamento allo scopo di trovare uno spazio per il progetto a cui pensavano da mesi e avevano deciso, nonostante tutto, di mantenerlo.

Sara era stata la sorella preferita di Enrico Sorci, il nonno di Maria e Mariolina. Era alta e sempre più magra: le caviglie sottili sembravano sul punto di spezzarsi, ma l'espressione sul viso segaligno era di indomita fierezza.

"Zia Sara!" disse Mariolina con un mezzo sorriso. "Tu non cambi mai."

"Cambio, bedda mia, cambio, e intanto cambia anche il mondo." Sara fece una pausa, poi, con un tono che mescolava severità e generosità, continuò: "Il lutto per tuo zio Andrea ci impone silenzio, ma questo appuntamento doveva essere rispettato se vogliamo aprire una strada nuova anche alle giovani come te".

"Certo, zia. Più tardi passerò da Carlino: mi aspetta per andare insieme da zio Cola."

"Fate bene," approvò Beatrice.

La farmacia Spallanzani si trovava sull'angolo di vicolo Busambra, lungo il quale si levava quel che restava di una fabbrica dei gesuiti mai divenuta parte delle sei case di Probazione di Palermo, fondate tra Sei e Settecento. Rappresentava una sorta di estensione del Collegio Massimo ed era stata prima ospedale e poi casa dei poveri: l'edificio rivelava un'intenzione architettonica vicina a quella di Casa Professa – in particolare, il disegno dell'infermeria di padre Tommaso Blandino. Verso la fine del Seicento, grazie agli scudi già investiti nella chiesa di San Francesco Saverio e nella casa della Terza Probazione, si era ulteriormente sviluppato, ma in maniera disordinata, tanto che il palazzo dove si apriva la farmacia si connetteva alla piccola chiesa dei Santi Scalzi attraverso una serie di passaggi e di cortili. Nel cuore di questo edificio, che aveva perso i segni più manifesti della Compagnia di Gesù, si trovava una sala che era stata mensa dei padri, nosocomio, magazzino e infine sagrestia.

La signora Rosaria Casamassima, moglie del procuratore generale e pia donna, reggeva l'amministrazione della farmacia, per la quale aveva assunto un farmacista laureato e un garzone; rendeva conto del suo andamento a padre Gioacchino, dato che i gesuiti ne erano pur sempre i proprietari. Era con lei che Sara Imballomeni aveva avviato le trattative per prendere in affitto quella sala abbandonata e adesso il gruppetto di signore aspettava che Rosaria si occupasse di loro. Nel vicolo si infilava un venticello dispettoso e insistente e solo la giovane Mariolina riusciva a reagire con leggerezza alle folate, aprendo le braccia come ali, come se volasse.

"Ora bisogna che ci diamo da fare," riprese la parola Sara. "Se la sala interna è come la ricordo, è perfetta per il nostro scopo. Dobbiamo stare comode, dobbiamo avere spazio e anche tanta luce, perché ricamare richiede buoni occhi, tanta pazienza e una precisione certosina."

"Vero è, pazienza e precisione," ripeté Beatrice, ricordando con un sospiro di nostalgia gli innumerevoli centrini, fazzoletti, tovaglie e bavaglini e camicine di neonati ricamati fin da bambina. Quando le capitava di rivederli, adesso che per leggere il giornale si aiutava con una lente di ingrandimento, non si capacitava di essere stata proprio lei a far sbocciare sulla tela tutti quei fiori, quei nastri, quei tralci.

"Eh già," riprese Sara, "l'ago non lavora diversamente dal bulino che incide, che intaglia, che disegna."

"Qui possiamo creare una cosa tutta di donne," dichiarò Rachele, "un''impresa produttiva', come dicono al Nord. Voi sapete quante donne a Parigi dettano legge nella moda, ma a noi non interessano la mondanità e le pagine delle riviste, noi vogliamo continuare una delle più antiche tradizioni siciliane: il ricamo. Se sapremo insegnarlo bene come ci ripromettiamo, quello che per tante di noi è un semplice passatempo, per tante altre – giovani e meno giovani – potrà diventare un mestiere."

Un'altra pausa, più lunga. Tutte, eccetto Mariolina, avevano gli occhi fissi sulla porta a vetri della farmacia. I panciuti vasi di ceramica dai fregi blu e verdi – con i nomi delle piante che custodivano scritti in lettere svolazzanti, *Sambucus Nigra*, *Hamamelis*, *Rheum Palmatum* – e i prodotti, i più diversi, allineati o impilati nella vetrina non consentivano di scorgere cosa accadeva dentro il negozio, ma loro erano certe che Rosaria le avesse viste e speravano che arrivasse presto: tirava troppo vento per restare ancora fuori ad aspettare.

Mariolina non aveva la tempra delle prozie e non era riuscita a mettere da parte l'orrore per la morte dello zio Andrea; da un momento all'altro, tutta la sua leggerezza si contraeva in pena: la testa bionda china, le labbra scarlatte serrate, pareva persa in un pensiero tutto suo.

"Mariolì, l'hai visto l'annunzio?" chiese Rachele porgendole il "Giornale di Sicilia".

"Sì, zia, l'ho visto. Che successe, non si sa ancora," commentò desolata.

"Ne parliamo dopo," disse Beatrice allungandole una carezza sulla guancia.

Rachele provò a raccontare qualcosa, "Mischineddu, tuo zio Andrea, sempre infelice è stato...", ma Sara ruppe gli indugi: "Siamo qui," disse, "per concludere le trattative per il nostro affare". E, decidendo che ne avevano abbastanza di aspettare allo stravento, spinse risoluta la porta a vetri della farmacia.

"Bella è l'idea di una scuola di ricamo," disse sottovoce Maria Merlo, rassegnata ad aspettare – finalmente al riparo – che la signora Casamassima si occupasse di loro.

"Non solo," ribatté Sara. "Insegneremo certamente alle più giovani, ma il nostro obiettivo è dar vita a un circolo di donne che vogliono dedicarsi insieme al ricamo, come le nostre antenate facevano nei monasteri, ricreando sulla tela la magia della bellezza – quella tramandata dalle nostre madri e dalle nostre nonne. O vogliamo cedere all'invasione del ricamo che viene da lontano, modellato dal ritmo delle macchine?"

"Vero è che quelli di Frette sono molto belli," intervenne Rachele pensierosa, "ma certi altri, anche più costosi, fanno davvero pietà!"

"E allora, bedde mie..." Imperiosa, la voce di Rosaria le ridusse al silenzio. "Volete seguirmi?"

Uscirono di nuovo e Rosaria fece loro strada infilandosi in un lungo passaggio coperto che cominciava dal cancelletto a fianco della farmacia e procedeva sempre più buio verso un corridoio più largo, con pannelli di legno sormontati da teschi di pietra e femori incrociati, secondo l'uso delle vanitas. Il corridoio si apriva in un cortile simile a un chiostro, con un pozzo al centro e colonne tortili tutt'intorno. Rosaria indicò una grande porta che cedette subito alla spinta delle sue mani. Si ritrovarono davanti a uno spazio immenso, con un soffitto a volte alto una decina di metri. Lungo le pareti correvano, anche qui, pannelli di legno per proteggere i muri dall'umidità, ritmati da scranni variamente decorati che ricordavano un coro, o una stanza di preghiera.

Al centro, due lunghi tavoli.

Rosaria ci passò sopra un dito e lo sollevò scuotendo la testa. "Avevo detto di spolverare, mi ero tanto raccomandata... non ci si può fidare!" Poi si volse verso Sara e chiese se era ancora convinta di prendere in affitto quella sala.

"Sì! Qui si farà il miglior ricamo di Sicilia, secondo i canoni antichi ma con un occhio alla modernità. Verranno da tutta Italia per comprare i nostri manufatti," rispose Sara orgogliosa interpretando il pensiero di tutte.

Dall'alto, i finestroni ogivali rovesciavano sul legno scuro, sugli scranni, sul pavimento di maiolica, una luce calda e polverosa che rimbalzava tutto intorno ridisegnando ogni curva, ogni decorazione che ancora resisteva sulle pareti oltre il confine del legno. In un angolo, da una finestrella rotonda, un fascio di luce ancora più forte scivolava su un Cristo ignudo adolescente. Le pudenda erano appena coperte da uno straccio bianco, i capelli calati sugli occhi e sul volto maschio.

"Come lo chiamerete?" chiese Rosaria gonfiando il petto costretto in una vecchia giacca troppo aderente.

"Che cosa?" Mariolina era riemersa dalla contemplazione di quel Cristo ed era tornata alla realtà.

"Il vostro circolo, ovviamente!"

"Non ci abbiamo pensato," fece Beatrice.

"Ci abbiamo pensato, invece," intervenne Rachele, e rivolse lo sguardo alla sorella maggiore.

"Circolo del Punto Pieno," dichiarò Sara soddisfatta.

Silenzio. E poi, come in certe disposizioni automatiche degli umani inclini all'obbedienza, le Tre Sagge – Sara, Beatrice e Rachele – si allinearono fianco a fianco e indussero le due nipoti a un ulteriore allineamento. A quel punto, schierate com'erano, avrebbero potuto sferrare un attacco o avanzare imperterrite verso il sacrificio di sé, e sarebbero state forti in entrambe le circostanze. Rosaria Casamassima ne fu intimidita: sfiorò appena con lo sguardo i volti delle sue interlocutrici – quelli incipriati delle anziane, le labbra appena velate di burro di cacao, e quelli più freschi delle nipoti – e con qualche fatica mise su uno dei due tavoli le carte per siglare l'affitto.

"Da quando?" si limitò a chiedere.

"Da oggi siamo in lutto," disse Sara, "ma ci faremo sentire quanto prima. E mi raccomando, porti i nostri saluti a padre Gioacchino."

Parte prima

RICAMA LA TUA VITA E DIO TI PERDONERÀ

1.
Dice Peppe Vallo
(5 aprile 1955)

Mi sveglia lo squillo del telefono. Sono appena le sei, fa ancora freddo. Sembra inverno, eppure siamo nella terza settimana di primavera, tra pochi giorni è Pasqua.

"Scusasse il disturbo, avvocato, ci sono 'cose' inquietanti a palazzo Sorci," dice la voce tesa di Mimmo Inzinna. Mi rassegno a una lunga tirata, al fedele Mimmo manca il dono della concisione. È già al bar Luce, in via delle Repentite. "Stamattina arrivai puntuale alle cinque; accesi la Gaggia e poi come al solito, avvocato, mi vippi 'u primo cafè d'a jurnata davanti la porta del bar: per strada a quest'ora non c'è ombra di cristiani. Dirimpetto al bar, il portone di palazzo Sorci è giustamente chiuso, ma al terzo piano, dove vive il cavaliere Andrea, c'è luminaria in tutti i balconi e nelle finestre! E al piano nobile, dove non ci vive nessuno da 'na decina di anni, da quando gli americani s'inn'jeru, gli scuri dei balconi della cammara della buonanima del barone Sorci sono mezzi aperti: dentro, il lampadario ha tutti i bracci accesi. Pare 'u Fistinu di Santa Rosalia! E chi ci può essere lì dentro?"

Non rispondo. Sono sbalordito.

"Avvocato, 'cosa' ci avi a essiri!" E poi, veloce, a voce bassa Mimmo aggiunge: "Stavo rientrando nel bar quannu vitti che la porticina del portone s'apriva lenta lenta e nisciva il cavaliere Andrea, con addosso il cappottazzo lungo di suo padre buonanima, quello verde scuro!".

Riprende fiato. "M'avi a credere, avvocato, avi vent'anni

ca lavoro al bar Luce e mai vitti uno dei Sorci per strada a quest'ora! Avìa la testa calata e parìa 'ntrunato, il cavaliere Andrea! Chiuì la porticina con una tirata forte, e rimase davanti al palazzo, le spalle calate, parìa che si taliava i piedi! Poi attisò e partì verso la Marina, a passi lunghi e lenti, come quando fa le camminate con il barone Cola." Mimmo esita, non trova le parole: "Avvocato, ancora in via delle Repentite deve essere... che faccio, vado a cercarlo? O sveglio don Totò Spati, 'nsamai il cavaliere cadìu, si fece male e uscì lo stesso? In due possiamo riportarlo a casa...".

Ordino a Mimmo di rimanere nel bar e di continuare a taliare palazzo Sorci: "Un quarto d'ora e arrivo!".

Al bar Luce trovo il caffè fumante; lo bevo mentre Mimmo mi aggiorna su certe casce di cartone pesante che da qualche settimana trasinu e nescinu dal portone del palazzo, di notte e di prima mattina – è chiaro che don Totò ha nuovi affittuari nei magazzini dei padroni, peggiori di quelli di prima. Il bravo Mimmo parla, parla, e nel mentre mi viene un brutto presentimento. Devo indagare e appurare i fatti, subito e da solo.

"Lascia stare, Mimmo," gli dico, "non t'apprecare alla salute dei Sorci, stai tranquillo." E aggiungo per rasserenarlo: "Hai fatto bene a chiamarmi. Adesso continua il tuo lavoro nel bar. Ci penso io a parlarne con don Totò, appena apre il portone". Lo lascio lì e salgo al primo piano, nell'ufficio che in realtà è sempre stato la mia stanza, punto di riflessione e osservatorio su palazzo Sorci. Da lì cerco la figura di Andrea, semmai fosse ancora sulla strada verso la Marina. Vorrei seguirlo, forse dovrei, ma non lo faccio. C'è qualcosa che non va. Alla fine resto qui. Guardo. Aspetto.

Rimango in piedi dietro la tenda del balcone. E mentre il cielo si rischiara mi arrivano ondate d'aria fresca insaporita dal mare, sempre più frequenti e sempre più forti; respiro a pieni polmoni e rinvigorisco; non sapevo che a quest'ora la brezza s'avventurasse fino al centro della città risalendo lungo le strade che portano al mare come corridoi d'aria.

Via delle Repentite è vuota di cristiani, ma non di animali. Il cane del panificio Savoca sonnecchia davanti alla porta d'ingresso; lo stretto marciapiede sembra riservato ai gatti – non c'è famiglia che non ne abbia almeno uno, tanti sono i topi che passano davanti al panificio – alcuni sfottenti, altri cauti, altri ancora impauriti e con il pelo rizzato, 'nsamai il cane si sveglia e li assicuta. I passeri, in fila sulle ringhiere dei balconi a quell'ora spopolati, li osservano curiosi. Ci sono gabbiani che dalla Marina volano in formazione sopra la città, diretti verso le alte palme di Villa Bonanno: i più piccoli passano sotto e sopra i fili dell'elettricità che "legano" le facciate delle case, come fossero festoni per la Pasqua imminente.

Dalle piccionaie sui tetti dei palazzi i colombi tubano sdegnati.

Quaresima, quaresima. Qui la si sente dovunque, come in una dimensione collettiva di patimento e di pentimento: in verità, non ci fosse sempre un Cristo in croce a ricordare lo strazio e la morte, sembrerebbe una festa. Non sono credente, eppure continuo a essere attratto dalla sontuosa teatralità delle processioni cattoliche, qui e altrove. A ogni stagione la sua processione: la gente si precipita in strada, fa mucchio, si dispone in corteo o ai lati o si affaccia dai balconi addobbati con drappi colorati. È un movimento che distoglie dai pensieri tristi, che mescola gli strati sociali, e tutti finiscono per sentire un misterioso senso di appartenenza al paese o alla città.

Quando ero bambino, la processione di San Calogero a Camagni mi sembrava un rituale magico: il 3 maggio la statua del santo africano – biancovestito, la faccia nera, le labbra sottili e rosse – veniva portata a spalla da otto uomini (un privilegio che si tramandava di padre in figlio), mentre ai lati avanzavano gli orfanelli. Durante il tragitto, oltre alle soste davanti alle edicole agli angoli delle strade, i portatori facevano compiere alla vara anche dei movimenti bruschi, come se assecondassero la volontà del santo, e si fermavano davanti alle case dei ricchi: lì battevano le punte delle stanghe di legno del fercolo contro il portone, sotto gli occhi della famiglia affacciata al balcone del primo piano. Dopo varie picchiate, finalmente il portone si apriva e spuntava il capofamiglia con una collana di fiori e un sacchetto pieno di monete.

Forse Andrea ha avuto un malore? Possibile. Andrea è scumminato. L'ho sempre guardato con sospetto. Lui sì che era devoto, anzi, forse qualcosa di più che devoto. Aveva i santi in testa. Ma alle processioni non si faceva vedere. Lo si trovava magari da solo in una chiesa vuota, in ginocchio, tutto curvo. Al Festino di Santa Rosalia, il 14 luglio, chi lo vide mai? Se ne stava chiuso in casa e la gente la schifiava, ma soprattutto lui schifiava le donne. E Santa Rosalia è festa di fimmine, è processione di fimmine. Quando partii per l'America, il 18 luglio 1905, mia madre volle che arrivassimo in città quattro giorni prima: "Così ci vediamo il Festino," mi disse con un sorriso tristissimo. Eravamo ospiti da una lontana parente, e in questa maniera potemmo passare qualche giorno insieme prima di separarci. Fu una sfilata meravigliosa di sacerdoti, monache, frati, orfanelli e membri di congregazioni religiose, tutti dietro il carro su cui troneggiava la statua della Santuzza.

Quando tornai a Palermo, più di vent'anni dopo, scoprii che c'erano due tipi di processioni: quelle solenni che scendono dalla Cattedrale e percorrendo il Cassaro arrivano fino a Porta Felice, alla Marina, e le processioni delle parrocchie, che serpeggiano lungo i vicoli tortuosi della Palermo Vecchia.

In entrambi i casi mi sento a teatro, e la città diventa melodramma. La musica risuona, i canti si levano per lo più sgangherati dalla folla, i gesti sono enfatici, i carri, le statue, i fiori, le candele, i portatori... tutto si muove lento.

E invece ora la strada è vuota. Palazzo Sorci è muto. E io aspetto. Tante volte lo feci. E anche questa volta mi tocca guardare e aspettare.

Sono uno dei tanti figli illegittimi del barone Enrico Sorci. Lo appresi da mia madre, cameriera al servizio della famiglia. Era giovanissima quando nacqui io, in un baglio di proprietà del barone dove era stata mandata negli ultimi mesi di gravidanza. Tre mesi dopo mia madre mi affidò agli zii e ritornò a servizio. Veniva a vedermi una volta al mese e l'estate passava due o tre settimane nel baglio con me. Mi portava in regalo libri vecchi e abiti smessi dei figli del barone, carta e matite colorate.

Nella casa padronale del baglio c'era una stanza con qualche scaffale di libri pomposamente chiamata "la scuola". Una maestra rurale veniva ogni anno da ottobre a giugno, per insegnare a leggere e a scrivere ai contadini e a noi carusi. Io, che pure non avevo padre e mia madre era quasi come se non ce l'avessi, precipitavo felice dentro "la scuola" e leggevo, immaginavo, imparavo. In ogni frase mi sembrava di scoprire qualcosa di ignoto, oppure qualcosa che prima o poi avrei conosciuto, e mi tenevo legato a quell'orizzonte, anche senza la complicità degli adulti. La moglie del campiere – il guardiano che tutto il giorno girava le terre a cavallo e a cui obbedivano tutti quelli che vivevano nella fattoria o ci andavano a lavorare – sapeva leggere e scrivere ed era anche levatrice. Durante i mesi di scuola aiutava la maestra. Alla scuola ci andavamo tutti, noi carusi, perché la maestra ci dava biscotti, latte caldo e pane duro da immergere nel latte e poi nella tazza di zucchero e cannella, badando bene a non lasciarcelo cadere dentro.

Che strano, ripensare ora a quel tempo antico. Ho tanta memoria alle mie spalle, ma l'infanzia torna sempre. Cammino per Palermo, sto dietro alla scrivania dello studio, mi siedo solo al bar, ed ecco che tornano quelle immagini, quegli anni, quei giorni, uno di seguito all'altro.

Quando avevo cinque anni mia madre rimase con me per sei mesi: era incinta di mia sorella Marietta. Dal grappolo d'uva che era parte del suo pasto – perché lei pure aveva una razione stabilita dal campiere – spiccava gli acini e li divideva tra me e gli altri bambini del baglio, in numero uguale. Lei, che aveva rinunciato al grappolo, si teneva gli acini "dispari" che, se dati a qualche caruso, avrebbero provocato una sciarra. Ed è allora che è cominciata la mia ossessione per la giustizia. Voglio vederla impartire, voglio che sia garantita – dalla legge, certo, ma anche dalla legge che non può contare sui codici, e allora non temo di trasformarmi io stesso in giustiziere. Non ho mai dimenticato o perdonato il calcio dell'uomo che mi mandò a sbattere contro il muro quando, a soli cinque anni, ero stato messo a guardia della naca di Marietta. Poi seppi che quel calcio me lo aveva dato mio padre. E allora lo odiai ancora di più.

Tre anni dopo, mia madre, Marietta e io lasciammo la fattoria per trasferirci a Camagni: mia madre si era maritata con Agostino Butticè. Era un ragioniere, ma si era messo più volte nei guai e aveva cominciato a bere. Per una donna con due figli non riconosciuti, il matrimonio era comunque un accomodamento. Per un certo periodo Agostino si preoccupò della mia educazione scolastica, ma l'equilibrio della nuova famiglia era appeso a un filo.

Vivevamo in un cammarone – la sera tiravamo i due teli appesi ai fili di ferro che separavano il loro letto dai pagliericci di noi bambini. Non c'era pace a casa: dietro la tenda Agostino, ubriaco, timpuliava mia madre. Ogni notte sentivamo i suoi singhiozzi. Troppo vino, troppa violenza, anche verso di me, dentro quel cammarone.

Fu allora che mia madre capì che dovevo andare via, anche se avrebbe voluto che rimanessi con lei. Mi diceva che suo marito aveva pensieri grossi, per questo sembrava cattivo, ma buono era. Ogni volta che ci prendeva a legnate – lei inclusa –, poi Agostino la notte piangeva e prometteva di non farlo più. Così diceva lei. Capivo che era una bugia, ma fingevo di crederle. Per qualche giorno Agostino sembrava calmo. Finché una volta diede a Marietta uno schiaffo così forte che le fece cadere un dente. Implorai mia madre di mandarmi in America da suo fratello Giovanni e lei acconsentì.

Così, all'età di dieci anni, partii. Prima dell'ultimo abbraccio, sulla banchina del porto, mia madre mi rivelò che ero figlio del barone Sorci: era lui che aveva pagato il mio biglietto per l'America e aveva anche dato denari allo zio americano perché mi ospitasse per un anno. Non pensai assai a questa novità, pensai che non fosse vero. Ero contento di partire, le promisi che sarei tornato ricco e mi sarei preso cura di lei e di Marietta e Agata, che era nata nel frattempo. E così avvenne.

Ero ritornato in Sicilia nel 1927, perché mia madre stava male: aveva un tumore di cui morì poco dopo il mio arrivo. Decisi di rimanere a Palermo: mia sorella Marietta aveva bisogno di me, il marito le alzava le mani e lei non sapeva difendersi. Ebbi successo nel mio vecchio lavoro e poi mi iscrissi alla facoltà di Giurisprudenza con la collaborazione del console americano, che mi aveva subito offerto un incarico come consulente. Da parte mia, avevo mantenuto i rapporti con i proprietari terrieri a cui avevo venduto macchinari agricoli, in particolare i trattori Massey Ferguson, fin quando l'autarchia fascista lo aveva permesso. Poi, avevo comunque continuato a venderli facendoli arrivare da Malta grazie alle leggi del libero commercio. Ebbi successo anche come avvocato: rifarmi una vita nella mia terra era una sfida, volevo diventare ricco e importante anche in Sicilia. Soprattutto, volevo schifiare il barone Sorci, vendicarmi di quel calcio di quando ero caruso.

Ero considerato a buona ragione uno che aveva fatto fortuna all'estero: a trentasette anni avevo una laurea e varie rappresentanze che mi rendevano molto bene. In realtà, di anni ne avevo trentadue: nel 1905, quando emigrai, avevo dieci anni ma sui documenti di viaggio e sul certificato di nascita risultava che ne avevo quindici, altrimenti non sarei potuto partire senza accompagnatore. La finzione è continuata fino a oggi: la gente mi considera un aitante sessantacinquenne.

Presto potei lasciare il primo alloggio preso a Palermo, una stanza d'affitto in via delle Repentite: passavo ogni giorno davanti a palazzo Sorci e rallentavo nella speranza di vedere il barone; non molto tempo dopo comprai l'intero immobile del bar Luce, dirimpetto al palazzo.

Da allora fino alla morte del barone non c'è stato giorno, quando ero a Palermo, che non andassi una o due volte al bar per ritirarmi in questo ufficio, che dà proprio sulla camera da letto di mio padre. Scrutavo dentro il portone ed entravo con l'immaginazione nei magazzini, nelle cantine, negli appartamenti dei figli. È come se ci avessi vissuto, in questo palazzo.

Avevo i miei informatori tra gli impiegati dell'amministrazione di casa Sorci. Mio padre sapeva di me, e sapeva che avevo rapporti con suo figlio Filippo, l'unico 'sperto, che subito divenne mio cliente. Avrebbe potuto conoscermi tramite Filippo, che era all'oscuro di tutto. Ma per molto tempo non fece nulla.

Ero diventato un uomo di successo nella Sicilia occidentale: oltre a essere il consulente del consolato americano, ero titolare di una grossa ditta di importazioni. Mi conoscevano tanto nel mondo della Sicilia ufficiale quanto in quello della Sicilia sommersa, dove mafia e politica sono un tutt'uno – si curcano insieme, come si dice. Mia moglie Nora, figlia di un mio professore, ignara delle mie origini, era ben introdotta nella buona società palermitana e conosceva le sorelle Sorci. Prendemmo un palco al teatro Massimo, dirimpetto a quello di mio padre; il mio binocolo era puntato più spesso su di lui che sul palcoscenico.

All'improvviso, mi fece sapere tramite il fratello di mia madre che voleva conoscermi: proponeva un incontro segreto in una delle sue campagne, come se si vergognasse di vedermi altrove. Rifiutai.

Gli anni della guerra mi hanno portato fortuna. Da tempo facevo parte dei servizi segreti americani e collaboravo con i militari e i capimafia di cui potevo fidarmi. Il mio patrimonio era ormai superiore a quello di ciascuno dei miei fratelli. Li conoscevo tutti e quattro – Cola, Ludovico, Filippo e Andrea –, ma frequentavo soltanto Filippo.

Il palazzo è scampato alle bombe degli Alleati, ma non all'incuria dei Sorci. E adesso eccolo: l'intonaco sgretolato della facciata, le larghe macchie di umidità sotto le grondaie, la vernice screpolata delle persiane. Anche le case soffrono.

Scendo in strada, vorrei vedere al di là delle mura, vado avanti e indietro con l'inquietudine di chi, malgrado tutto, non riesce a scrollarsi di dosso il passato. Ho fatto, ho brigato, ho costruito una fortuna come se il denaro potesse compensare tutto quello che non ho avuto, e in parte è proprio così. È solo il mio stato patrimoniale che conforta il mio bisogno di giustizia. Questi tuoi figli, padre mio, sono dei disgraziati. Non fosse per Filippo, dei Sorci resterebbe ben poco. E non a caso ha preferito allontanarsi dalla Palermo Vecchia per trasferirsi all'ultimo piano di un palazzo moderno, con ascensore e riscaldamento centralizzato. E gli altri? Gli altri sono quello che sono.

Cola è un brav'uomo, ma che ce ne facciamo di quelli come lui? Da venticinque anni, per accontentare la moglie, se n'è andato a vivere in un palazzo sul Cassaro. Ludovico, invece, si è stabilito nell'ultimo appartamento libero del palazzo che il barone aveva fatto costruire per le figlie maritate – Maria Teresa, Anna e Lia.

Adesso, sui balconi che un tempo traboccavano di pomelie, rose e gelsomini, ci sono solo graste desolate: il terriccio arso è diventato il cesso degli uccelli, le carte portate dal vento si incollano al guano. E Andrea sta lì dentro, nell'abbandono, nel vuoto, nel silenzio.

Tramite Mimmo Inzinna, efficace e discreto informatore, sono stato tenuto al corrente delle beghe tra i Sorci, per lo più stupide e meschine. Per esempio, quella sullo stipendio di don Totò Spati, che avrebbe dovuto essere suddiviso tra tutti i fratelli, comproprietari del palazzo.

Il racconto di Filippo era quasi comico. Pretendeva un risarcimento dai fratelli sorvolando spudoratamente sul fatto che, finché era stato vivo il padre, nessuno di loro aveva tirato fuori una lira per la manutenzione del palazzo: tutto, dallo stipendio del portiere e dei domestici alle bollette, alle tasse, veniva pagato dal barone Enrico. Alla sua morte, Cola aveva cominciato a pagare un terzo dello stipendio di don Totò, anche se non viveva più a palazzo, mentre Filippo e Ludovico avevano pagato un sesto ciascuno finché non si erano trasferiti altrove, lasciando i loro appartamenti vuoti e sfitti. Da parte sua, Andrea si era sempre rifiutato di versare la sua quota, e Cola ci aveva messo una pezza; ma curiosamente, quando Filippo e Ludovico avevano fatto notare che i tempi erano cambiati, che il palazzo non necessitava più di un portierato di dodici ore al giorno, con portiere in uniforme e guardiola sempre aperta – bastava alloggiare nell'appartamentino a pianoterra qualcuno che tenesse puliti l'atrio e le scale e introdurre il nuovissimo citofono, che consentiva la comunicazione diretta tra gli appartamenti e i visitatori –, era stato proprio Andrea a protestare: la portineria doveva rimanere aperta con regolare servizio, come sempre; e i fratelli, oltre a farsi carico dello stipendio di don Totò, dovevano riconoscergli una piccola rendita per il solo fatto di essere rimasto a presidiare il palazzo. Filippo aveva minacciato di fargli causa, a lui e al suo figlio maggiore, Antonio, che gestisce gli affari del padre. A quel punto Cola si era offerto di pagare di tasca propria due terzi dello stipendio di don Totò, mentre il rimanente terzo sarebbe stato diviso fra i tre fratelli. E finalmente si erano accordati.

Filippo aveva tirato fuori il cutugno una mattina come questa, seduto al bar Luce: mi aveva detto di aver provato a opporsi, creando un parapiglia tale da indurre l'interdetto Andrea a rinunciare sua sponte alla "rendita" che aveva preteso. Alla fine, l'accordo raggiunto scontentava tutti. Dove denari non ce ne sono, denari non si inventano. E se ce ne sono pochi, servono solo a fare guerre da sottoscala, miserie, ripicche, cose d'uomini piccoli. Anche il buono, quando c'è, suona stonato. Questo lo dico perché ho saputo che, come al solito, Cola ha protetto Andrea: gli rimborsa segretamente la sua quota di spese della portineria.

Eppure c'è stato un tempo felice del piano nobile, almeno per me: quando riuscii a farvi ospitare il Circolo ufficiali dell'AMGOT. Insegnavo il boogie woogie a Mariolina, allora quattordicenne. Lei, per la prima volta su sandali altissimi con la zeppa di sughero, si lasciava andare, felice. Alla fine del disco eravamo sudati, accaldati, e lei mi guidava verso un balcone per rinfrescarci. Il profumo dei gelsomini era potente. Appoggiata alla ringhiera, lei respirava a pieni polmoni, la fronte imperlata di sudore, pienamente conscia dell'attrazione che non riuscivo a celare. Di certo sentiva il mio respiro affannato che le cadeva sulle spalle nude e ne godeva, mentre mi spiegava l'origine dei due campanili simmetrici ma non identici che spuntavano dietro i tetti degli edifici a oriente – opera di architetti toscani chiamati a costruire contemporaneamente, ciascuno ignaro del progetto dell'altro. Io fingevo di essere sorpreso dalle sue conoscenze architettoniche, saldo dietro di lei. Pian piano, facevo scorrere le dita sul suo torace, che sentivo sotto il vestito blu. Mariolina palpitava. Anche se poi ci sono voluti anni prima che ci fosse "cosa" fra noi due.

Mariolina è la donna che avrei voluto al mio fianco quand'ero nel pieno del vigore – me la ricordo picciridda, ma ne sono rimasto stregato da quando la rividi il giorno della morte di suo nonno, nel giugno del '42: una fimminedda con le trecce e senza trucco – occhi chiari, labbra carnose, mento piccolo con una fossetta e un corpo morbido e bellissimo –, innamorata dell'amore, s'annacava voluttuosa al braccio del cugino Carlino.

Ero infelice nel matrimonio con Nora, come lo era lei: finché decidemmo di vivere da separati in casa. E da quando Mariolina mi ha detto sì ho preso in affitto un appartamento nel moderno complesso di via Lazio dove Filippo si è trasferito con la famiglia. L'appartamento lo ha arredato lei, le ho dato carta bianca: io ho solo staccato assegni, anche se poi mi sono divertito a comprare una poltrona, un paio di lampade. E ho fatto installare il telefono. Abbiamo un accordo: lei mi telefona quando è libera, e io cerco di raggiungerla. Appena mi chiama, nonostante i miei sessant'anni mi assale impetuosa la voglia di lei.

Il pensiero rimane tra le lenzuola di Mariolina, ma torno a guardare le luci dell'appartamento di Andrea. È ancora tutto acceso, anche la camera da letto del piano nobile, dirimpetto al bar Luce da cui li osservo. Adesso mi sale dalle viscere una sfrenata rabbia protettiva. Chi ha avuto l'ardire di dormire nel letto di *mio* padre? Fosse anche suo figlio Andrea, come osa profanarlo? Mi viene l'affanno, tanto sono infuriato. E adesso chi si attarda nella camera di mio padre, se Andrea è uscito? E perché quella luminaria nella stanza? Lo ammazzerei, questo intruso, che oltre ad accendere tutte le luci forse ha anche aperto armadi e cassetti e magari rubato, oltraggiando la memoria di mio padre.

Rimango in piedi come uno scimunito, lo sguardo vaga dalla luminaria all'ultimo piano alla strada, e dalla strada alla luminaria.

Torno a fissare *quel* balcone – non riesco a staccare gli occhi. Ho visto mio padre invecchiare, senza mai avvicinarlo. "Padre mio..." barbuglio, e mi sciolgo in un pianto che non sa fermarsi.

Ci si crede cresciuti, ci si crede fuori dai confini dei sentimenti offesi, dell'anima lacerata, e invece non succede mai. Possiamo usare l'intelligenza per dominare il frastuono del dolore, ma poi quello ritorna, e se non è frastuono è murmure, è stridore, bisbiglio, e comunque non ci abbandona. L'avvocato Vallo non ha paura, questo leggo negli occhi della gente con cui ho a che fare – perché le ferite non chiuse non si vedono.

C'è movimento nella portineria; dopo lo scorrere metallico dei pesanti chiavistelli, ecco il cigolio della porta carraia che si apre e il pizzulio tra don Totò e donna Rosalia Spati che risuona nel silenzio.

La testa di don Totò spunta sulla strada; si guarda intorno; poi tossisce, lancia una sputazzata e alza lo sguardo sul bar Luce. Mi vede dietro la finestra, scambiamo un rapido cenno di saluto. Richiude la porticina di scatto, poi apre lentamente un'anta del portone spingendola verso l'interno ed esce sulla strada deserta: guarda a destra e a sinistra, infine accompagna svogliatamente l'apertura dell'altra anta e il portone è spalancato, intravedo le panche di pietra con la spalliera di marmo grigio murate alle pareti e l'ingresso della scala grande dirimpetto alla guardiola della portineria.

Donna Rosalia si avvia verso le scale. Ritorna quasi subito nell'androne, si avvicina al marito, già seduto nella guardiola dove lo aspettano la solita bottiglia d'acqua e il "Giornale di Sicilia", gli bisbiglia qualcosa; lui, improvvisamente attrivito, si alza e sparisce. La moglie, nel frattempo, riempie un cato dal rubinetto del cortile e dà una veloce lavata al pavimento dell'androne.

Don Totò ritorna seguito da un giovanotto insonnacchiato, il nipote Lillo Spati: sembra che sia andato a tirarlo giù dal letto e adesso lo mette a sedere nella guardiola al posto suo. Poi fa un cenno a donna Rosalia, lei riempie nuovamente il cato e marito e moglie s'infilano veloci nella scala padronale.

Poco dopo, la luce della stanza da letto del barone si spegne. Nell'androne rispunta don Totò, sembra agitato e va di fretta. Lillo gli cede il posto, prende un secondo cato, va in cortile a riempirlo e si dirige verso la scala, forse per aiutare la nonna.

"Cosa" dev'essere accaduta al palazzo, per generare tanta solerzia di capomatina. Perché questa urgenza di lavare le scale e di andare a spegnere le luci nella stanza del barone?

Mimmo Inzinna mi ha raccontato che, dopo la morte del barone, Andrea aveva preso l'abitudine, quando era triste o "disturbato", di rifugiarsi nella camera del padre al piano nobile. Ci andava anche le rare volte in cui Cola non poteva fare con lui la quotidiana passeggiata dopo pranzo: si consolava riposandosi nel letto del padre. Talvolta ci dormiva anche di notte.

Mimmo lo sa perché gliene ha parlato proprio don Totò,

con una certa ammirazione nei riguardi di Andrea: "'Stu Sorci siccu e longu pare che si scanta della sua ombra, ma paura non ne ha di stare solo, di notte, nel piano nobile disabitato!".

Ma se anche stanotte ha dormito in camera del padre, perché lasciare la luce accesa? E quella luminaria in casa sua? Lo sanno tutti che i Sorci fanno economia.

Da Filippo si mangia bene e il vino è ottimo. Niente si fa mancare. Non è il solo dei fratelli Sorci ad amare il lusso e l'ospitalità, ma è il solo a poterseli permettere – gli altri si stanno impoverendo per incapacità e negligenza, certo non per avere scialacquato. Filippo è ambizioso; cerca potere e denari attraverso i miei contatti politici e professionali. E io lo assecondo, lo assecondo volentieri anche perché è padre di Mariolina: in cambio, lui soddisfa la mia curiosità sulla famiglia Sorci, racconta i curtigghi delle cognate e le liti tra fratelli. Nei riguardi di Andrea è impietoso: lo descrive come un bigotto, imprevedibile nei suoi scatti di nervi, manesco con la defunta moglie separata, Laura de Nittis – la nobile sfasolata. Dice che Andrea niente ha mai fatto di buono e di utile nella sua intera vita, e che è incapace di tenere a bada il figlio maggiore, Antonio, noto farabutto e imbroglione. Su quest'ultimo punto non posso dargli torto. Non solo Antonio ha voluto amministrare i beni di famiglia e le terre ereditate dal padre, rivelandosi rapace e disonesto, ma ha circuito le vedove e le zitelle abbienti del parentado: si è fatto affidare la gestione di appartamenti e di fondi da investire in Borsa, poi si è impadronito del ricavato e ha venduto azioni falsificando la firma delle proprietarie. Della figlia femmina, Matilde, so solo che è sposata con un notaio, mentre Carlino, l'ultimo nato – che non è figlio di Andrea ma di Cola – convive con un suo coetaneo, Emilio Greco, che appartiene a una famiglia di imprenditori, molto benestanti. Il loro amore è stato pubblicamente approvato dalla madre di Carlino alla prima del *Trovatore*, al teatro Massimo, lo scorso anno.

Mi sarei aspettato che qualcuno – Andrea Sorci o la cameriera Ersilia – spegnesse le luci nell'appartamento dell'ultimo piano. Invece, la luminaria è sempre accesa.

Perché Andrea aveva fretta di uscire, così presto? E dove se ne andava, con indosso un cappottone invernale, alle prime luci dell'alba? Le passeggiate con il fratello seguono un altro itinerario, e comunque è molto raro che esca da solo, quel disgraziato. Una sorta di oscura premonizione ha preso possesso di me. Devo fare qualcosa. Devo fare quello che nessuno sta facendo, perché nessuno ha visto. Mi sento quasi investito di una missione, e pure sorrido pensando a "missione", ma è così. Dovrei andare in studio, invece chiamo per far rimandare certi appuntamenti. La giornata è cominciata qui e qui continua.

Dunque telefono a Stefano Casazza, il questore, persona fidata e amico – so di poterlo chiamare a qualsiasi ora, e lui sa di poter fare lo stesso con me. Gli racconto di Andrea Sorci, gli dico che sono preoccupato e che mi trovo nell'ufficio sopra il bar Luce.

Casazza ascolta e capisce: "Se abbiamo notizia di lui, non mancherò". Mi congeda con il solito rassicurante: "Ci andiamo sentendo".

Ersilia, la cameriera toscana, come tutte le persone di servizio fa il giro della casa per chiudere le persiane e spegnere le luci ogni sera, prima di andare a dormire. Mi è sembrata una donna umile, ordinata e attenta. Se Andrea si è alzato molto presto, di sicuro lei si sarà alzata ancora prima per servirgli il caffè. Come mai ha lasciato tutte le luci accese? È uscita anche lei di premura? Oppure non si è sentita bene ed è ritornata a letto? Al rientro di Andrea riceverà sicuramente aspri rimproveri: dopo la guerra, il costo dell'elettricità è aumentato in modo esorbitante.

So da Filippo che Andrea non bada a spese solo quando si tratta dei suoi santi: colleziona statue di legno, di ceramica e di marmo, davanti a ciascuna ci sono un paio di lumini elettrici. Alcune le addobba con le collane di luci dell'albero di Natale che ai tempi del padre troneggiava nel salone del piano nobile. Le collane sono davvero magnifiche: il grosso filo elettrico dorato, a torciglione, è punteggiato da lampadine di vetro di Murano tutte diverse una dall'altra per forma e colore: una candelina dorata o argentata, boccioli di rosa, palline e cubetti di vetro trasparente, variopinto, avvolti in una retina d'argento. Quelle collane di luci le ricordo bene perché Filippo, senza consultare i fratelli e le sorelle, le aveva offerte in prestito al Circolo degli ufficiali americani per addobbare il loro Christmas Tree. Aveva fatto ridere a crepapelle il direttivo del Circolo, raccontando la lite tra le cognate quando erano venute a sapere di quel prestito: Margherita, la moglie di Cola, sosteneva che le collane appartenevano a suo marito, come tutto il contenuto del piano nobile; Caterina, la moglie di Ludovico, che accampava sempre diritti per il fatto di essere stata la prima nuora ("E l'unica per ben sette anni!"), la preferita della defunta suocera, sosteneva che le decorazioni appartenevano a tutta la famiglia, non solo al primogenito – la buonanima glielo aveva detto più volte.

Ah, se i miei fratelli avessero seguito i consigli delle zie, le Tre Sagge, forse il degrado del palazzo – e quello della famiglia – non sarebbe stato così precipitoso.

Quel disgraziato di Andrea i fratelli lo chiamavano "babbasone", titolo che condivideva con Ludovico, ma scemo non è. È malato di dentro, che è tutta un'altra storia.

Ma il vecchio Sorci non s'interessava di Andrea, il quarto figlio maschio.

Ecco la voce della verità e dei buoni consigli. Adesso tace, in attesa di un mio commento, che non arriva.

Peppe, mi ascolti? Vuoi sapere di più su tuo padre? Non era cattivo...

Mi piacerebbe sapere di più sulle bonifiche che fece nelle nostre terre, sui denari che elargiva in beneficenza, e anche sui suoi vizi e stravizi, sui soprusi, sulla violenza sulle serve di casa... Subito ripenso a come trattò mia madre, e allora maledico lui e la voce. No, non voglio sapere nient'altro su mio padre, mi basta quello che so: non mi ha voluto, non mi ha amato.

La voce insiste: *Peppe, ascolta, concentrati sulla tua felici-*

tà, quella che ti meriti e che forse potrai condividere con Mariolina. Prima di imbarcarti in una vita migliore, devi imparare a dimenticare, e poi a perdonare.

Già dimenticare è difficile. Perdonare, poi...

È facile dimenticare e poi perdonare, Peppe, se segui il metodo antico. Prendi un bicchierone d'acqua e siediti sul balcone dell'ufficio sopra il bar Luce. Ricorda tutte le malefatte di tuo padre, una per una. Pensaci, soffri, maledici, e poi bevi un sorso d'acqua. L'acqua scende nella gola, tu inghiotti, e mentre inghiotti dimentichi.

Poi un altro sorso, e di nuovo inghiotti e dimentichi.

Bevi ancora. Mentre dimentichi, inizia a perdonare, poco alla volta.

Finché non avrai bevuto tutta l'acqua.

Ti sentirai svuotato del rancore che ti martoriava, avrai perdonato tutto. Solo allora sarai finalmente pronto a ricominciare la vita e a goderla.

Non avere fretta, prenditi il tempo che ci vuole. Ma fallo. Ti accorgerai che la rabbia, le umiliazioni e il dolore si dissolvono e scompaiono; non ti tormenteranno più, mai più.

Dimentica tuo padre, il barone Sorci, e dimentica il suo comportamento con te, con tua sorella Marietta e con quella santa donna di vostra madre.

Continuare a lamentarti di lui, rinfocolare l'astio... a che serve ormai?

Sei un uomo di successo e di potere. Inoltre, ami ricambiato una giovane che ha un quarto di sangue come il tuo. Per amore suo, dimentica e perdona. Il vecchio Sorci è morto. Dimentica, Peppe, perdona... E in tono più leggero la voce aggiunge: *Goditi la vita!*

Ho capito, borbotto tra me, chiunque tu sia, voce della coscienza o voce dei Sorci. Adesso però lasciami in pace.

Ma non riesco a staccarmi dalla finestra, mentre il bicchiere d'acqua si svuota.

Adesso, dopo il perdono, devo inghiottire l'angoscia, anche quella goccia a goccia. Non è la voce a suggerirlo. Sono io.

A palazzo Sorci non c'è segno di vita. La guardiola della portineria è vuota; riconosco la testa di Lillo Spati, nipote dei portieri, che spunta di tanto in tanto per dare una taliata dentro e fuori, tutto intorno.

Un morto c'avi a essiri, riprende la voce, *Peppe, richiama il questore!*

Obbedisco.

"Stavo per telefonarle," dice il questore, Stefano Casazza. "Un individuo che potrebbe essere Andrea Sorci è stato trovato morto alla Marina. Era scivolato a terra dalla panchina su cui si era seduto, rivolto al mare. In tasca aveva una lettera indirizzata ad Andrea Sorci da Laura de Nittis, che come lei sa era la moglie separata del cavaliere, deceduta lo scorso novembre. La salma è al momento all'ospedale Civico, dovremo chiamare i figli per il riconoscimento. Poi sarà eseguita l'autopsia."

"Era ferito? C'era sangue?" domando.

"No, sembra morte naturale. Forse il cuore..." ipotizza il questore. "In ogni caso, le chiedo la massima riservatezza."

Attraverso la strada con Mimmo Inzinna.

Lillo Spati è seduto nella guardiola della portineria. Ci conosce bene, quando ci incrociamo al bar Luce gli offro sempre una gazzosa, una di quelle piccole cortesie utili per essere al corrente di che cosa succede in portineria. Da Mimmo ha appena saputo che Andrea è uscito di fretta all'alba e non è ancora rientrato, e lo ripete, come se fosse stato testimone lui stesso di quell'uscita. Con don Totò vogliono capire se Ersilia è in casa o no. L'hanno chiamata al citofono, ma non ha risposto. "E telefono non ne ha, il cavaliere Andrea..."

Saliamo per le scale. Noto sulla parete delle impronte leggere, e sugli scalini tracce mal lavate di qualcosa che potrebbe essere sangue. La porta del piano nobile è chiusa. Donna Rosalia ha lavato il pianerottolo – è ancora umido –, ma non gli scalini che portano al secondo piano: anche lì, tracce rossastre ad altezza d'uomo, sulla parete.

Non credevo che le stanze private di mio padre fossero tante: camera da letto, spogliatoio, stanza degli armadi, due sale da bagno, un salottino, uno studio dalle pareti coperte di scaffali pieni di tomi e faldoni, con due tavoloni lunghi e stretti al centro, e comode sedie imbottite di pelle.

La camera da letto è l'unica stanza in uso, sembra che di tanto in tanto venga quantomeno spolverata. Gran parte del pavimento è coperta da un immenso tappeto con un raffinato disegno floreale. Sul sofà ai piedi del letto è stata gettata una vestaglia. Il copriletto stropicciato conferma che Andrea questa notte ha dormito qui. E poi è uscito per andare a morire al Foro Italico, a quanto pare.

Questa camera sembra una quadreria: c'è un ritratto giovanile della baronessa Rosaria, a mezzo busto – ha un sorrisetto timido, come se fosse stata colta di sorpresa. Sulla parete di fronte, il ritratto a grandezza naturale di Sebastiano, il figlio morto giovane, che tiene in mano un oggetto, credo una bussola. Riconosco lo stile di Francesco Camarda e trovo in basso la firma del pittore. Guardo con attenzione il ritratto del fratello mai conosciuto, morto in guerra. Mi soffermo su ogni dettaglio. Forse cerco somiglianze. Forse cerco il filo che mi conduce lassù, sui personaggi che il pittore ha consegnato alla memoria. I volti guardano nel vuoto della loro esistenza spezzata, gli occhi vengono malinconici da una lontananza irraggiungibile. Sebastiano è bello, tutto sfavillante di giovinezza e ardimento, percorro ogni piega di tessuto, mi attardo sulle mani. L'ultima falange di entrambi i mignoli è storta, si piega in fuori esattamente come la mia. Storta. *Storta*, ripete la voce. Mi guardo le mani. E anche don Totò, adesso che ci penso, non ha mai smesso di guardarmele. Non solo: all'improvviso ha cominciato a chiamarmi Voscenza.

"Cca si sciddica!" mutturìa Mimmo, ma io non gli do conto. Continuo a guardarmi intorno. La sedia a dondolo in stile viennese è simile a quella che ho regalato a Mariolina, comprata da Ducrot. Il lampadario a otto bracci è di vetro di Murano; i fiori colorati sono identici a quelli del lampadario, di poco più piccolo, che comprai con mia moglie in viaggio di nozze a Venezia.

Vedo una bella fotografia di Sebastiano in divisa: anche lì, la deformazione dei mignoli è visibile sulle sue mani conserte; in questa foto ci somigliamo come due gocce d'acqua.

"Cca si sciddica!" ripete Mimmo. Il pavimento è macchiato di sangue, e anche il comodino. Mimmo si aggrappa al mio braccio, io apro lo sportello. Dentro c'è un malloppo di pezze insanguinate. Sopra, carta di giornale ugualmente sozza.

Me lo vedo Andrea, me lo vedo che uccide Ersilia. Forse usa un coltello. Sennò, come mai tutto questo sangue? Me lo vedo che cerca di pulire il pavimento con pezze e strofinacci. Ma non bastano. Andrea ricorre alla carta, poi in qualche maniera porta tutto giù al piano nobile. Lo vedo scendere gli scalini a uno a uno, gli stracci insanguinati stretti al petto, il passo incerto che lo costringe ad appoggiarsi alla parete. A ogni scalino, una macchia sul muro e altre per terra. Quando finalmente raggiunge la camera da letto del padre, ficca tutto nel comodino.

Le macchie lungo le scale, adesso mi è chiaro, sono impronte di una mano. Devo salvare la reputazione di Andrea Sorci? Devo salvare la *mia* famiglia dall'ignominia?

L'avvocato Vallo non ha paura. La voce riprende l'opinione che gira su di me, ma questa volta suona sarcastica perché, anche se non si tratta di vera paura, provo una sensazione che le somiglia. Potrei scoprire il corpo di Ersilia, ma non mi decido. Qualcosa mi trattiene al di qua dell'evidenza di questa morte certa. Mi dico che devo anche prendermi cura di Mimmo, che nell'ultimo quarto d'ora è stato più volte sul punto di svenire, lui che è un ragazzone tutto muscoli. Gli dico di tornare al bar Luce, voglio sapere se il questore si è fatto vivo. Mimmo concorda, sollevato, e io scendo con lui nell'atrio. I portieri non ci sono, il nipote ci guarda curioso e spiega che i nonni stanno parlando con quelli che affittano i magazzini: "Mi dissero che vi raggiungeranno davanti la porta del cavaliere Andrea".

Gironzolo nell'atrio, ma, qualunque cosa stia succedendo, succede all'interno di qualche magazzino. Sto per risalire al piano nobile quando mi raggiunge Mimmo trafelato: il questore ha chiamato, raccomanda il silenzio più assoluto in attesa del risultato dell'autopsia. La raccomandazione è superflua, io intanto rifletto sul fatto che dovrò mettere al corrente il questore di quello che ho visto al piano nobile. Risalgo, da solo, e torno in camera di mio padre. Dal balcone vedo un camioncino parcheggiato davanti al portone, non c'è nessuno dentro: sarà merce di contrabbando – l'attività illecita di don Totò, con il tacito consenso di tutti i Sorci.

Vagolo per le stanze di mio padre, finalmente solo. Non voglio che Andrea Sorci, benché certamente scucivolo e stravagante, passi per mostro. Non posso permettere che il nome dei Sorci sia infangato su tutti i giornali. Quel sangue nei comodini del vecchio barone "parla": Ersilia è morta e l'ha uccisa Andrea. Sono sgomento. Devo cercare un'altra spiegazione. Che qualcun altro l'abbia uccisa, forse qualcuno che Andrea conosceva. Mi servono dei testimoni che giurino di aver visto l'assassino entrare nel palazzo. Almeno entrare, se non uscire. E chi, se non i portieri?

Mi perdo nella fuga di salotti e salottini, entro in stanze a me sconosciute: le camere da letto, la cucina, l'anticucina, i riposti, le stanze della biancheria, la stireria. Dappertutto, casse, bauli, cesti pieni di roba, abbandonati da anni, decenni. Tante camere, tanti mobili, tante tende, tanti tappeti, tanti quadri. Lo scempio di una famiglia distrutta da una guerra interna, guerra di invidie e di paure, paura di povertà, di decadenza, di abbandono. La tappezzeria cade a brandelli, i tappeti sono rosicchiati dalle tarme, i divani sfondati. Torno nella camera da letto di mio padre.

Non c'è mai stato amore in questa famiglia, nella mia famiglia. I matrimoni erano combinati. I maschi, stalloni costretti a far figliare donne che non li attraevano, cercavano di soddisfarsi con le serve – anche mia madre fa parte della sequenza –, oppure nei postriboli e nelle loro garçonnière, con donne leggere di buona famiglia.

A un tratto arriva Mimmo di corsa: "Due operai sono entrati nel bar a bere un caffè. Mi hanno raccontato che all'alba, mentre camminavano sul lungomare, hanno visto il cavaliere Andrea, stinnicchiato sulla panchina... c'era una piccola folla attorno a lui".

Devo agire velocemente, se voglio salvare l'onore dei Sorci.

Torno al bar e dall'ufficio informo Filippo e Cola della morte del fratello, omettendo di parlare di Ersilia. Cola raggela, resta a lungo muto prima di rispondere all'annuncio. Lui lo amava, quel fratello disgraziato. Non sa cosa dire. Non mi chiede neppure come l'ho saputo. "Bisogna che io scenda alla Marina," dice, "ma forse a quest'ora non sarà più là."

"No, infatti," dico io.

Sembra che Cola voglia continuare la telefonata, come avesse bisogno di una mediazione, la mia, per arrivare alla verità. E infatti chiede: "Il cuore?".

"Così pare, ma meglio sentire il questore Casazza."

Mi ringrazia. Esita ancora a salutare e poi mi ringrazia di nuovo.

"Ieri avrei dovuto portarlo fuori per la nostra passeggiata..." aggiunge.

"Barone, mi dispiace davvero," dico, e allora sento che appende il ricevitore.

Filippo, invece, accoglie la notizia senza commenti. E subito dopo al bar Luce telefona Rico, il figlio di Cola, chiedendo di me.

Con il fare spiccio ma rispettoso dell'ex militare, mi dice di aver appreso dal padre della morte dello zio; mi domanda informazioni e io gli do tutte quelle che posso. "Dobbiamo pensare alle esequie, al più presto..." conclude lui.

Gli dico che don Totò sta cercando di forzare la porta dell'appartamento: Ersilia non risponde alle tuppuliate. A quel punto lui mi dice che il cugino Antonio, il figlio maggiore di Andrea, desidera parlare con me, e gli passa il telefono.

Antonio riceve con freddezza le mie condoglianze. Poi mi

tempesta di domande su Ersilia: quando l'ho vista per l'ultima volta? Com'era? I portieri cos'hanno detto? Rispondo che non l'ho vista e che non ne so nulla.

Antonio non desiste: "Insomma, allora secondo lei Ersilia è sparita?".

Seccamente rispondo che non sta a me azzardare ipotesi in assenza di dati certi, e soprattutto visto che don Totò non è ancora riuscito a entrare nell'appartamento di suo padre. Antonio capisce di non poter ottenere altro e passa la cornetta a Carlino, che ha la voce roca e sembra trattenere le lagrime. È il solo a esprimere sincera preoccupazione per Ersilia.

Il questore mi chiama al bar Luce. Dice che Andrea è deceduto per un infarto, i medici non hanno dubbi. Non c'è bisogno di andare oltre.

Dato che mi sono offerto di avviare le operazioni necessarie, Filippo mi ha incaricato di procedere per ottenere il nulla osta per le esequie. Cola è d'accordo.

Ma devo ancora inventare una storia credibile, che non possa essere impugnata, per salvare l'onore dei Sorci, e poi agire rapidamente.

Devo fare in modo che nessuno sospetti di Andrea.

Adesso, soltanto don Totò, donna Rosalia e quel babbasone del nipote possono essere incriminati. Non se lo meritano. Essere stati disonesti con i Sorci non basta. Deve saltar fuori una storia che distolga le accuse non soltanto da Andrea ma anche dai portieri, ed è proprio a loro, a don Totò e a donna Rosalia, che devo strapparla. Ci sediamo al loro tavolo, nella guardiola. Allungo le mani sul legno consumato. Don Totò non smette di guardarmi l'ultima falange, ma ora è in allarme. Sente in me l'avvocato, sente il potere. A me interessa guidarli senza far mostra di piegare la loro volontà. Dunque cerco gli occhi di entrambi, alternativamente, ma con uguale intensità. Lascio che un po' di silenzio apra la strada e infine chiedo se Ersilia riceveva qualcuno. Potrebbero dire subito che no, quando mai. Ma non lo fanno. Sto stimolando la loro fantasia. La pretendo. E devono essere loro a parlare. Chi, avendo visto Ersilia, potrebbe presumere qualcosa di diverso da una vita ritirata, un'esistenza spaventata, un destino appeso al nulla? Ersilia era capitata nella casa di Andrea Sorci e forse aveva ringraziato la buona sorte, malgrado il carattere bizzarro e maligno del suo datore di lavoro. Ma proprio per questo, proprio per il vuoto che la circondava, tutto è possibile. Donna Rosalia e don Totò paiono due pupari pronti a mettere in scena una storia. Sembrano consultarsi. Si stringono l'uno all'altra. Cala su di loro una luce che rinforza occhi infossati e grinze. Le bocche sono semiaperte, quasi becchi d'uccelli pronti a ricevere cibo. Li scruto, non lascio la presa. Spremo quel che certamente gli sfrigola in testa. E infine ecco, osano.

"I cugini," dice lui.

E donna Rosalia: "I cugini, sì, del Continente".

La storia può far comodo. Non so ancora come, ma può far comodo.

Donna Rosalia scatta in piedi e con una specie di furia confeziona la sua denuncia: "Sono tornati, una notte, quest'inverno. E poi vennero tutte le settimane. Acchianavanu e scinnivanu, come se i padroni erano loro, uscivano sempre la mattina presto. Il poco che era rimasto negli appartamenti al secondo piano se lo portarono, e magari cose d'argento dalla cappella, e pure oggetti da casa del cavaliere Andrea... iddu non se ne accorgeva".

Don Totò, ammaliato, subito si aggancia a quella dichiarazione: "Vero è. E noi li abbiamo lasciati fare, perché Ersilia, mischinedda, ci faceva pena, e poi perché ci scantavamu che 'sti cugini se la prendevano con noialtri".

Di recente, dicono i portieri, i cugini avevano cominciato ad andare e venire con certe valigette: ogni giorno, quando il cavaliere Andrea e il barone Cola uscivano per la passeggiata, Ersilia li faceva salire, e lo sapeva 'u Signuruzzu cosa c'era dentro quelle valigette.

"Molto bene," dico.

Don Totò e donna Rosalia devono dichiarare di essere al corrente dei traffici di questi misteriosi cugini di Ersilia nell'appartamento di Andrea, e di non averne mai parlato con Filippo e Cola, o con Andrea stesso, per paura. Potrebbero anche dichiarare che di tanto in tanto, su richiesta loro o di Ersilia, "ospitavano" quelle valigette nei magazzini.

Solo adesso io stesso mi sento pronto ad affrontare l'ultimo passo.

Risalgo al terzo piano con Mimmo e i portieri. La serratura della porta di Andrea finalmente salta. Era come se, prima, la difficoltà di entrare avesse una ragione diversa, come se la morte cercasse silenzio, nascondimento, protezione.

Basta seguire il rigagnolo di sangue raggrumato che esce da sotto la porta e che si è insinuato nelle connessure delle lastre di marmo del pianerottolo.

Procediamo insieme. Rosalia resta discosta, si è già portata le mani sulla faccia ancora prima di poter vedere. E adesso quella traccia bruna ci conduce davanti al corpo di Ersilia. Ha la testa sfondata. La materia cerebrale si mescola al sangue rappreso e i capelli aderiscono alla faccia, invisibile. È stata colpita, è evidente, con furia. Il corpo è in posizione fetale, come se la donna avesse provato a difendersi rannicchiandosi. I santi sono tutti accesi, o così pare. Andrea ha usato stracci e giornali, ma la quantità di sangue deve averlo convinto a smettere, dato che non sarebbe mai riuscito ad asciugare, a pulire.

Mimmo cerca di darsi un contegno, ma ha distolto lo sguardo e sento il suo respiro pesante.

Ordino di aprire le finestre e faccio segno a tutti e tre di seguirmi nella stanza accanto, la stireria. Donna Rosalia si lascia cadere su una sedia e si fa il segno della croce. Il marito, pallido e sudato, guarda fuori dalla finestra.

"Bisogna chiamare subito il questore, pensaci tu" dico a Mimmo, che è ben felice di allontanarsi.

Poi mi rivolgo a don Totò e alla moglie: "Dopo che gli altri fratelli sono andati via, da quando il cavaliere Andrea è rimasto solo, qui non vengono molti visitatori, vero? A parte i traffici vostri...". E mi fermo per vedere la loro reazione.

Donna Rosalia si strofina le mani e guarda il marito. Rimane zitta.

"A Ersilia non piacevano, questi che erano gente vostra... Però mi avete detto che qualche mese fa sono tornati questi cugini suoi, e che acchianavano e scinnivano, vero è?"

I due intendono il senso delle mie domande. Devono entrare nella parte.

"Venivano la sera tardi per dormire e se ne andavano la mattina presto..." ripeto, riprendendo la storia che poco fa loro stessi hanno confezionato.

"Voscenza sì," risponde don Totò, "io li vedevo poco, perché io dopo il lavoro chiudo e me ne vado a letto, e dormo tutta la notte, però non sempre m'addurmiscivo. Certe volte li vedevo."

"Ecco. Appunto," dico io. "Questa coppia arrivava la sera tardi, quando il cavaliere dormiva, ed Ersilia apriva la porticina... Voi giustamente eravate a casa vostra a dormire, però certe volte li vedevate."

Donna Rosalia è astuta: "Ma noi sempre ci offrivamo di aprire il portone, per fare una cortesia a Ersilia, naturalmente. Questi andavano e venivano come se casa nel Continente non ne avevano. E le loro sporte erano piene quando arrivavano e piene quando niscivano".

"Don Totò, voi lo sapevate che c'erano cose che succedevano di notte. Non fa male a nessuno dire la verità. E poi mi avete detto che ultimamente questi cugini venivano con delle valigette..."

"Vero è, valigette," conferma per lui donna Rosalia. E ripete che i due salivano in casa ogni pomeriggio dopo pranzo, quando il cavaliere usciva per la passeggiata con suo fratello, e se ne andavano prima che lui rincasasse.

Ho ottenuto quello che volevo: ho fatto diventare i fantasmi persone vere.

"E voi mai ne avete parlato col cavaliere Andrea?"

"Mai!" rispondono all'unisono.

"Ersilia di recente era riversa, rispondeva pizzuta se le

chiedevamo qualcosa," aggiunge donna Rosalia dopo averci pensato.

Don Totò la guarda con ammirazione e vuole dire la sua: "Sì, accussì era!".

È giunto il momento della domanda finale: "Vennero pure ieri, i cugini?".

Lei riprende svelta: "Vennero di sera, e siccome sentii voci salii a vedere che stava succedendo. Mentre salivo vitti il cavaliere che scendeva ed entrava al piano nobile. Forse non voleva sentire quelli ca si sciarriavano, forse andò a coricarsi in casa di suo padre il barone buonanima..." aggiunge con aria furba.

Per essere chiaro, li informo che quando Andrea è uscito da casa stamattina è andato alla Marina e che lo hanno trovato morto d'infarto, seduto su una panchina.

Donna Rosalia spreme qualche lagrima, don Totò mormora frasi di circostanza.

"Non volevo dirvelo subito perché bisognava chiarire tante cose prima che venisse la polizia," spiego, "per essere certi che non avesse avuto minacce o altro. La morte, come vi ho detto, è stata naturale, nessuno l'ha ammazzato, e invece hanno ammazzato Ersilia... Voi lo sapete perché il cavaliere è uscito all'alba?"

"Glielo spiego io," dice donna Rosalia con gli occhi asciutti, ormai completamente nella parte, lasciando il marito, che avrebbe voluto dire qualcosa, a bocca aperta. "Siccome quelli continuavano a sciarriarisi, tornai sopra. Arrivata al piano nobile vitti i cugini in cima alla scala, mi pareva che avevano delle trusce nelle mani. Per fortuna avevo la chiave, allora ho aperto la porta e mi sono nascosta lì dentro, li guardavo dalla spia. Poi mi sono accorta che volevano entrare proprio dove ero io, anche loro avevano la chiave, e stavano aprendo... Allora sono scappata nei salotti. Quelli si sono infilati nella stanza del barone e sono usciti con un'altra truscia. Poi sono risaliti da Ersilia, anziché uscire come pensavo. Sono entrata subito nella stanza del barone, il letto era disfatto, l'ho rassettato e mi sono bagnata i piedi. Ora so che era sangue, ma sul momento non me ne sono accorta. Ho pensato che fosse vino, o caffè..." E donna Rosalia scoppia di nuovo a piangere: "Invece era il sangue di Ersilia!".

Le metto la mano sulla spalla: "Donna Rosalia, riprendetevi. Adesso saprete un'altra cosa, ascoltatemi. Rassettando avrete di sicuro toccato anche del sangue, e se qualcuno fa una perizia penserà che li avete lasciati voi i segni sulle pareti. Troveranno anche qualche capello vostro, e le impronte delle vostre dita. Tutto si scopre, al giorno d'oggi, con le perizie". Mi guardano male, questa parola non la conoscono. "Perizia significa che hanno macchinari che riconoscono tutto!"

Donna Rosalia comincia a urlare tenendosi le tempie: "'U Signuruzzu! E se danno la colpa a me?".

"Ve lo dico da amico, anzi: ve lo dico anche da avvocato, americano e italiano. Quando la polizia vi interrogherà dovete dire la verità. Ovvero che erano tornati questi cugini di Ersilia con le valigette, e che sono venuti anche ieri sera. Ieri sera ci fu una sciarra, tra Ersilia e i cugini: non sappiamo perché, forse lei non voleva più aiutarli. Fatto sta che stanotte avete visto i cugini entrare al piano nobile con delle trusce, e stamattina avete visto il cavaliere che usciva, e poi avete sentito di nuovo la porta che si chiudeva: erano quei due che scappavano dopo avere ammazzato la cugina. Siete pronti a dirlo? A giurarlo?"

Rosalia, pizzuta ma tremante, ribatte: "Ma questi cugini di Ersilia noi non lo sappiamo come si chiamano, che ci diciamo noialtri alla polizia?". E mi guarda.

"Statemi a sentire. I nomi non hanno importanza. Se direte la verità che avete appena detto a me, anche Mimmo dirà che li ha visti, ieri sera e anche altre volte. Perché questa è la *verità.*" Li guardo dritti negli occhi. "E dirà pure di avervi visto in portineria quando quelli entravano o uscivano, dopo che il cavaliere era andato a fare la passeggiata. Mimmo confermerà tutto quello che avete detto voi."

Mi giro verso Mimmo, che è appena risalito ed è rimasto appoggiato alla parete ad ascoltare.

"Certo, avvocato," risponde lui senza esitare.

Rosalia si stringe nello scialle e cala la testa.

Mi rivolgo allora al portinaio: "Don Totò, state tranquillo. Dovete soltanto dire la verità. E vedrete che da oggi in poi i fratelli Sorci vi pagheranno lo stipendio puntualmente. Un'ultima cosa: siccome la polizia vorrà ispezionare tutto il palazzo, vi converrebbe confessare i vostri traffici. Sapete già a quale avvocato rivolgervi...".

Ci lasciamo stringendoci la mano.

Il questore è arrivato a palazzo Sorci e io mi auguro che don Totò e donna Rosalia abbiano imparato bene la storia che abbiamo confezionato insieme.

Richiamo Cola e lo informo. Non commenta la morte di Ersilia, né vuole sapere altro. Dice invece: "Finalmente Andrea non soffre più. In quanto alla cameriera, era una brava donna". Mi chiede poi di vedere la salma del fratello. Gli altri Sorci, inclusi i figli Antonio e Matilde, preferiscono di no.

La tumulazione di Andrea, grazie alla mia mediazione, avviene due giorni dopo, contemporaneamente alla sepoltura di Ersilia al cimitero valdese – anche quella organizzata da me.

Dei due cugini del Continente non si parlerà più. Sia la morte di Ersilia sia quella di Andrea vengono dichiarate casi chiusi.

Palazzo Sorci viene messo in vendita poco dopo.

2.
Dice Cola Sorci
(7 aprile 1955)

La cameriera mi ha portato il "Giornale di Sicilia" stamattina presto, Margherita dormiva ancora: "Voscenza taliasse," mi ha detto, e con le lagrime agli occhi mi ha sfiorato il braccio, cosa che ai tempi di mio padre sarebbe stata un'intollerabile confidenza.

BARBARO OMICIDIO IN CITTÀ c'è scritto in prima pagina, a caratteri di scatola. E subito sotto, nel sommario: *Nella notte tra il 4 e il 5 aprile è stata assassinata la cameriera Ersilia Mondelli, a palazzo Sorci. La mattina dopo, il cavalier Andrea Sorci, datore di lavoro della vittima, è morto per cause naturali su una panchina del Foro Italico.* "Ersilia Mondelli," riporta il cronista, "quarantadue anni, domestica in casa Sorci, è stata trovata riversa in una pozza di sangue dai portieri del palazzo, Salvatore e Rosalia Spati: il cranio era stato sfondato da un oggetto contundente, un orologio da tavolo con la base di marmo. A partire dalla testimonianza degli Spati, gli inquirenti ipotizzano che il crimine sia stato commesso da una coppia di malavitosi, cugini della vittima. Già in passato i due avevano frequentato l'appartamento del cavalier Sorci, come conferma Mimmo Inzinna, gestore del bar che si trova proprio davanti al palazzo. La frequentazione era ripresa lo scorso febbraio, ma in orari poco consoni alle visite, oppure quando il cavaliere usciva per la sua quotidiana passeggiata nel primo pomeriggio. La polizia è già sulle tracce dei sospetti e, anche sulla base della dettagliata descrizione fornita da

Inzinna e dagli Spati, il questore si è detto fiducioso di rintracciarli in breve tempo. Vi è motivo di credere, tra l'altro, che i due siano coinvolti in un traffico di stupefacenti.

"Secondo una prima ricostruzione dei fatti, possibile grazie alla testimonianza dei portieri di palazzo Sorci, l'omicidio sarebbe stato commesso nella notte in seguito a una lite tra la Mondelli e i cugini, che poi hanno cercato maldestramente di ripulire la scena del crimine e si sono allontanati. Dato che gli Spati erano abituati al viavai notturno della coppia, sul momento non si sono insospettiti. Ma quando hanno saputo che il cavaliere era uscito la mattina presto senza fare ritorno a casa, sono saliti dalla Mondelli e, visto che dall'appartamento non arrivavano segnali di vita, hanno forzato la serratura: il cadavere era nella camera da letto del cavalier Sorci. Egli, che da anni viveva solo e conduceva vita molto ritirata, deve aver trascorso la sua ultima notte nell'appartamento al piano nobile, come – sempre stando alla testimonianza degli Spati – faceva spesso: svegliatosi la mattina molto presto e risalito nel proprio appartamento sito al terzo piano, alla vista del cadavere si sarebbe precipitato fuori a cercare aiuto (in casa non c'è telefono) ed è stato visto uscire intorno alle 6.00 dell'altro ieri mattina da Mimmo Inzinna, che a quell'ora si trovava già all'interno del bar per prepararsi all'apertura. Per strada non c'era nessuno. Il cavalier Sorci, raggiunto il Foro Italico, si è seduto a riprendere fiato su una panchina ed è stato colto da un malore fatale. L'allarme è stato dato intorno alle 7.30 da due studenti che camminavano sul lungomare diretti all'Istituto Nautico di via Vittorio Emanuele: il cavalier Sorci è stato trasportato all'ospedale civico, ma i sanitari hanno potuto soltanto constatarne il decesso."

Povero Andrea...

Rico ferma la sua Aurelia nella piazzetta davanti al cancello del cimitero di Sant'Orsola e fa il giro per venire ad aprirmi lo sportello. I maschi di famiglia ci aspettano silenziosi, vestiti di scuro, le cravatte nere. Sono tanti, ma è evidente dalle espressioni e dalle posture che non formano un gruppo.

Appena ci vede, Carlino si stacca da loro e viene verso di noi, abbraccia Rico piangendo, ma è me che guarda con intensità, ed è in effetti me che cerca anche mentre lo abbraccia. È ancora difficile per lui sentire in me il padre, né io sono capace di lasciargli lo spazio di cui ha bisogno. Sembriamo inquiete figure attratte dal magnete naturale della carne ma respinte dalla trincea di consuetudine che siamo riusciti a costruire. Mi lancia occhiate liquide e io lo ricambio con una commozione trattenuta che trova alimento nella memoria di sua madre. Non le assomiglia, ma ci sono gesti che la evocano con evidenza assoluta: quando lascia cadere il capo sul mento, lo fa con la stessa consapevole gentilezza che fu di Laura. È un cedimento del capo più vicino alla strategia di una seduzione che a una resa. E quando Carlino spinge indietro i capelli che gli scivolano sulla fronte, ho un tuffo al cuore perché mi sembra proprio di rivedere lei. Come ora, del resto. E allora lo chiamo. Mi basta dire "Carlino..." e lui chiude nel suo braccio le mie spalle, delicato. "Emilio non poteva venire," dice, e io acconsento, come a dire che capisco. Mentre siamo lì, insieme, in silenzio, vedo un po' in disparte l'avvocato Vallo, che non solo si è prodigato per la nostra famiglia sollevandoci da tutte le incombenze pratiche legate alla morte di Andrea, ma ha anche parlato con gli inquirenti e piazzato due uomini nella portineria di palazzo Sorci, per tenere lontani i curiosi e i giornalisti. Vallo, Vallo, Vallo. Lo vedo con occhi diversi questa volta e so, senza più infingimenti, che dal barone nostro padre fu generato.

Non c'è sacerdote, questa di stamattina è soltanto una tumulazione: il feretro è già davanti alla cappella. Adesso che anche Rico e io siamo arrivati, ci incamminiamo tutti insieme lungo il viale bordato di cipressi.

L'ultima volta che ci siamo ritrovati qui è stato alla morte di papà, nel 1942. La famiglia Sorci possiede infatti due cappelle: quella grande con sedici loculi al cimitero dei Rotoli, nel quartiere della Vergine Maria, per tutti noi, e questa, molto piccola, con sei loculi soltanto; tre sono occupati dalle sorelle morte in fasce, Marianna nel 1879, Maria Concetta nel 1883 e Mariangela nel 1902; nel quarto loculo volle essere sepolta mamà, quando morì nel 1920, per stare con le figlie, e papà la accontentò. Anche lui, quando venne il suo turno, chiese di essere seppellito qui; forse solo negli ultimi anni imparò l'umiltà e il rispetto. Ovunque avessimo deciso di dargli sepoltura, Andrea sarebbe stato più solo di quanto non sia qui. Forse avremmo potuto decidere altrimenti, ma avevamo tutti fretta di trovargli – come chiamarlo? – un rifugio, una dimora silenziosa in cui lasciar scivolare il suo delirio, il suo patire, la sua solitudine.

L'avvocato Vallo ha detto con arroganza: "Niente donne". Non so perché. Mia moglie sostiene che corteggia Mariolina, ma lei vede intrighi e segreti anche dove non ce ne sono. Di certo c'è che Peppe Vallo è perfino più potente di quanto immaginassi, ha amici ovunque; e noi Sorci adesso gli siamo legati da un immenso debito di riconoscenza, perché ha protetto il nome della famiglia. Non osiamo dircelo, ma nessuno di noi – tranne forse Ludovico – ha creduto anche solo per un attimo alla fantasiosa ricostruzione messa in piedi da don Totò e donna Rosalia (magari imbeccati ad arte dall'avvocato) che ha di fatto salvato l'onore di Andrea. Forse non è stata neppure arroganza quella di Vallo, ha semplicemente cominciato a far entrare quella oscura vicenda nel silenzio: si sa, non esiste eco più forte di quella creata dalle chiacchiere delle fimmine, e ai funerali tanto si parla, tanto si dice, e tanto si immagina. E magari si immagina giusto. Comunque sia, nessuno si è sognato di mettere in discussione le disposizioni dell'avvocato. Penso a quella povera Ersilia... Fratello mio, che ti fece? Che ti fece mai? Che fiamma accese nella tua mente di petrolio?

Guardo le facce dei miei nipoti, che – a parte la deplorevole eccezione di Antonio – mi sembrano tutti più saggi e più sani di quanto noi non siamo mai stati.

Enrico e Mario, i figli di Ludovico, sono devotissimi al padre e non si scostano da lui nemmeno per un attimo. Mio fratello ha settantatré anni ed è fragile come un adolescente: la morte di Rosarietta – che ha inasprito sua moglie Caterina – lo ha sprofondato in un mondo tutto suo.

Antonio, il figlio maggiore di Andrea, nasconde a fatica l'ostilità nei confronti del mio Carlino: lo disprezza perché ama un uomo, ma al tempo stesso è divorato dalla gelosia. E l'eredità che Carlino ha ricevuto dal colonnello Hill ha accresciuto il suo astio.

Non è un caso che l'unico nipote Sorci ad avere un lavoro "vero" sia il figlio minore di Filippo, Luigi, un bel giovane sulla trentina che fa il commercialista. Suo fratello Enrico non ha né l'astuzia del padre né l'intelligenza del fratello, ma ci sono campagne con cui tenerlo occupato.

Gli altri, chi più chi meno, si cullano come lui nell'illusione di essere proprietari terrieri: credono ancora che il reddito delle campagne – destinato a diminuire a ogni generazione dopo la legge del 1942 che equipara maschi e femmine sull'asse ereditario – possa mantenerli, loro e le loro famiglie.

Sono qui e spazio con la mente a considerare la scumminata famiglia di cui sono il capo. Moti di sconforto e pietà si succedono continuamente, ma forse sbaglio. C'è solo una verità: che siamo poveri. Che tolto Filippo, che tolto Vallo, siamo condannati a conservare, per non privarci di quel che ancora passa per nostro.

I figli delle mie sorelle, del resto, lavorano tutti. Sebastiano ed Enrico Merlo, i figli di Maria Teresa, si occupano attivamente delle proprietà tra Menfi e Castelvetrano, che amministrano insieme e che rendono bene; Stefano Bianco e Leonardo Ponte, figli rispettivamente di Anna e di Lia, appartengono invece al mondo accademico. Sono uomini intelligenti e perbene, come mio genero Pietro Augeri, che si è appena avvicinato per abbracciarmi. A distanza vengono i cognati – Ferdinando Merlo, Giacomo Ponte, Peppino Bianco ormai piegato in due sul bastone – e i mariti delle nipoti – Ugo Moncada Sacerdoti, Giovanni Di Martino, Giuseppe Celato –, e sembrano fare gruppo a sé.

L'ultimo loculo libero della piccola cappella ottocentesca è stato preparato nottetempo; adesso è aperto e pronto ad accogliere la bara di Andrea. Il mio sguardo vaga sulla parete di fronte, sui loculi che ospitano le spoglie delle sorelle morte in fasce: per noi sono state sempre e soltanto nomi, ma all'improvviso il pensiero delle donne che non hanno fatto in tempo a diventare e che io non ho mai potuto conoscere mi stringe il cuore, vorrei che Marianna, Maria Concetta e Mariangela fossero qui a piangere Andrea insieme a noi.

Ed è proprio in quel momento che vedo avanzare verso la cappella uno strano quartetto nerovestito: la prima da sinistra è Rita, mia nuora, i bei capelli scuri trattenuti da un cerchietto di velluto; accanto a lei le Tre Sagge – zia Sara e zia Rachele, sorelle di mio padre, e la cugina, zia Beatrice Benso –, il passo appena un po' incerto, ma lo sguardo deciso dietro le velette.

Mi avvicino alle zie, dico che mi dispiace che le donne della famiglia manchino, balbetto qualcosa ma non attribuisco la responsabilità di questa scelta a Peppe Vallo: in fondo abbiamo acconsentito tutti subito. Zia Sara capisce al volo: "Non importa. Volevamo esserci".

La tumulazione è stata veloce. Rita mi sta accanto, mi appoggio a lei. Peppe Vallo si accosta alle Tre Sagge e offre il braccio a zia Sara. Lei accetta ma lo squadra quasi severa, divisa fra austerità e gratitudine, e intanto non perde di vista zia Rachele e zia Beatrice, che a quel punto vengono soccorse da Rita. Il viottolo in alcuni punti è sconnesso, il braccio forte di Peppe Vallo è utile.

"Come siete arrivate sin qui?" lo sento chiedere sottovoce.

"Le macchine di piazza, avvocato. Un servizio a cui raramente rinunciamo," dice Sara, che sembra al corrente di chi ha deliberato la presenza dei soli maschi di famiglia. "Le siamo grate tutte e tre dell'incomodo che ha voluto prendersi per nostro nipote, ma lei forse non sa che non c'è stato affare di famiglia di qualche rilievo al quale non siamo state invitate a partecipare."

"Si sbaglia," fa lui con deferenza, "tutto mi è noto."

Procedono, io sono alle loro spalle.

"Mi dicono che pensate di aprire un laboratorio..." azzarda Peppe Vallo, e zia Sara: "Non è il momento, avvocato".

"Lo so," dice lui, "voglio solo farle sapere che, in caso di necessità, il mio studio è a vostra disposizione."

Zia Sara rallenta, si porta un fazzoletto sulla bocca, mi lancia uno sguardo oltre la spalla. C'è un pallore sul suo volto che le alliscia la pelle, la addolcisce. "Apprezzo e ringrazio," risponde, "ne terremo conto."

Vedo Rita che si fa avanti, non vuole scomporre il gruppo delle anziane congiunte.

Mi sento in colpa per aver protetto troppo Andrea, sin da quando era bambino, ma lo vedevo debole di testa e di corpo, e nostro padre non si occupava di lui. Faceva finta che non esistesse, leggeva nella sua stravaganza un insulto personale, non riusciva ad aprire una strada per avvicinarsi a questo figlio disgraziato. Crescendo, Andrea sembrava un ragazzone sicuro di sé, invece era spaventato, soffriva di manie di persecuzione; e la fede, anziché dargli conforto, acuiva le sue ossessioni. So bene che certe reazioni aggressive scaturivano dalla frustrazione, ma io meglio di tutti so anche – per averlo appreso dai racconti di Laura – che in lui c'era una vena di violenza. L'ho sempre aiutato, soprattutto con quelle infinite passeggiate quotidiane, tentando di coprire le sue manchevolezze. E ho amato sua moglie. Sì. Mentre lo accompagno verso l'estremo confine penso a lui che non l'ha amata e penso a lei che è stata l'amore grande, l'amore vero, della mia vita. Non ho tradito mio fratello. Sembra impossibile, ma mi sono sentito in colpa solo quando lasciavo Laura nelle sue mani. Povero Andrea. La gente si rivolgeva a lui con gentilezza, ma lui reagiva sempre come se si sentisse minacciato o messo alle strette. Gli sono stato vicino come nessun altro avrebbe fatto. La quarta protagonista di questo quadrato, sbilenco ma solido, è stata mia moglie Margherita: una donna possessiva e scortese, che quando Laura è entrata nella mia vita ha dominato la scena con la sua sventata prepotenza. Dopo l'accordo con le Tre Sagge, sono stato costretto a sopportare il suo sarcasmo e la spietata crudeltà nei riguardi di Carlino. È stata lei, la sua madrina di battesimo, a incoraggiarlo quand'era bambino a vestirsi da femmina e lo invitava nella sua camera da letto per farlo sedere davanti alla toilette e imbellettarlo: una farsa maligna alla quale sia Laura sia io abbiamo dovuto piegarci, per timore di guai peggiori.

Entrare nella cappella è sempre un momento di grande commozione: adoravo mia madre, Rosaria Lupino Stassi. Sono riuscito a ricacciare indietro le lagrime, l'ho imparato da sposato a dominarmi nei momenti difficili. Quando mia moglie mi mette in imbarazzo in pubblico, per trattenere la collera mi metto a contare tutto quello che può essere contato: i quadri alle pareti, le donne con gli occhi azzurri, le candele nei candelabri. E adesso, contando i presenti, sono riuscito a calmarmi.

Oggi siamo venticinque, incluse Rita e le zie. Buona e brava è la mia giovane nuora, e discreta. Mia moglie non la tollera per il semplice fatto che ha sposato Rico – chissà cosa direbbe se sapesse che si è presentata alla tumulazione di Andrea, non sarò certo io a riferirglielo –, ma Rita sembra aver portato serenità e dolcezza a questo figlio mio.

Poco fa lei gli ha bisbigliato: "E quelle tre bambine morte?".

"Poi ti dico," le ha risposto lui.

Avrei preferito non sentire.

È durata anche meno di quanto avessi immaginato. Ora Rico e Rita mi riaccompagnano a casa a bordo dell'Aurelia.

"Papà," dice Rico, "bisogna decidere cosa fare con don Totò, il peggio può ancora venire. So che la decisione spetta a te e agli zii, ma fosse per me io lo manderei via e venderei il palazzo. Anzi, sai cosa? Ci vorrebbe un incendio, un bell'incendio appiccato dai cugini della povera Ersilia." E scuote la testa.

Rimango in silenzio. Rita, seduta dietro, allunga una mano a carezzargli la nuca: "Lascia in pace tuo padre, oggi".

Una volta a casa, Margherita vorrebbe un resoconto dettagliato. Le rispondo laconico, sono stanco. Ma la sua curiosità è insaziabile: "L'avvocato Vallo ti disse qualcosa?".

Le dico che mi ha solo offerto le condoglianze, e che dobbiamo essergli grati. "Senza di lui, non so che cosa avremmo fatto."

Le notizie a Palermo viaggiano veloci, qualcuno ha già dato a mia moglie i particolari di cui era avida: "E quindi si appresentò tua nuora? Adesso lei ha più diritti di me?". E giù un fiume di contumelie contro Rita, che non sa stare al suo posto, che non si sa comportare. Siccome non rispondo, Margherita insiste: "E Mariolina c'era?".

"Stai zitta, non sono fatti tuoi."

"Certo che sono fatti miei! Fino a prova contraria, la baronessa Sorci sono io."

"Comunque no, Mariolina non c'era. Tutti masculi dovevamo essere."

"E le zie? Masculi sono addiventate?"

Mi alzo, non rispondo per paura di dare in escandescenze. Accendo la pipa e guardo fuori dalla finestra. Nel riflesso del vetro vedo mia moglie dietro di me, i pugni sui fianchi. Mi volto e le ripeto: "Fatti i fatti tuoi! È quello che mi dici sempre quando si tratta della tua famiglia, e stavolta sono io che lo dico io a te: fatti i fatti tuoi e lasciaci stare. Non hai rispetto nemmeno dei morti".

3.
Dice Rita Sala
(7 aprile 1955)

Dopo il funerale di zio Andrea abbiamo accompagnato mio suocero a casa e siamo tornati ad Altarello. Rico era silenzioso. Poi mi ha preso la mano e mi ha guidato in giardino. Quando ci siamo sposati abbiamo piantato dei nuovi cespugli di rose e alcuni sono già in fiore, ma lui non sembra far caso né al profumo né alla quantità di boccioli che annunciano, tra qualche settimana, una magnifica fioritura: c'è qualcosa di commovente in questa tenera promessa. Ci sediamo sul bordo della fontana ottagonale, la cui vasca è decorata da piastrelle moresche. Il mormorio dell'acqua si mescola al cinguettio degli uccelli. C'è una gran pace.

Rico mi guarda: "Hai mai sentito parlare del panno umido?".

"Non capisco, che vuoi dire?"

Toglie la mano dalla mia, si alza. Con frasi smozzicate, Rico mi racconta dell'antica usanza siciliana, diffusa tra i ricchi come tra i poveri, di uccidere alla nascita le figlie femmine non volute. "Quelle bambine nella cappella? È di questo che mi stai parlando?"

Fa sì con la testa. E intanto sento che il suo sguardo mi accarezza: è da tempo che aspetta una mia gravidanza e ora forse teme di avviare un discorso che oscuri l'attesa o, peggio, che scateni la malasorte. D'altro canto, non è sua abitudine lasciarsi impressionare da quel genere di vulnerabilità, non teme iatture, malefici, non teme nessuna nefasta influenza.

Eppure, nel disporsi a raccontarmi quella macabra tradizione, sembra sentirsi in qualche modo minacciato. "Così facevano: si avvolgeva in un panno umido la creaturina appena nata, che moriva lentamente di freddo ma senza soffrire." Adesso ha fretta di concludere, come se gli premesse di passare ad altro ma non senza aver esaurito quel tema: "I poveri vi facevano ricorso quando non potevano permettersi una bocca in più da sfamare, i ricchi per risparmiare la dote e il corredo – necessari sia per maritare le figlie sia per mandarle in convento –, e aumentare così il patrimonio dei figli maschi". Pare che il nonno di Rico avesse costretto la moglie a far morire tre nicaredde: che ora sono sepolte nella cappella dove siamo stati questa mattina.

Resto in silenzio immobile. "Non me lo avevi detto," osservo.

"Mi vergognavo." Rico ha uno scatto, quasi cercasse di nascondere l'irrompere di un'emozione più forte, torna a fissarmi, prende fiato e aggiunge: "Meglio che ti dica tutto...".

Gli prendo le mani, allarmata.

"Leggerai sul giornale della morte di Ersilia. Papà mi ha detto che dobbiamo essere riconoscenti a Peppe Vallo se non c'è stato uno scandalo."

"E allora?" lo incalzo.

"Rita, zio Andrea... È stato lui."

Gli si gonfiano gli occhi. Non l'ho mai visto così. Mi fa pena, e lo sa. Avrebbe bisogno di sfogarsi, di prendere a pugni qualcosa, qualcuno. Poi il militare che c'è in lui riacquista il sopravvento, si dà un contegno, ma solo per affilare le parole taglienti che si prepara a dire, ormai senza vergogna: "Siamo una brutta razza".

Lo abbraccio.

"Dovresti aver ribrezzo di noi," mi sussurra lui all'orecchio, "ci è mancata un'educazione all'amore e alla dignità. Ma che dico?" e fa una smorfia di sofferenza, "ci è rimasta addosso la polvere della nostra classe, inutile e cattiva. Abbiamo preferito smettere di imparare." Ha gli occhi lucidi. "Guardati intorno: i cugini Bianco, Merlo e Ponte sono diversi da noi, non te ne accorgi?" Ha la faccia stravolta. "Le famiglie delle zie sono famiglie normali, in cui ci si vuole bene, ed è gente che studia, che lavora, che vive nel suo tempo... Il nonno non ha combinato i loro matrimoni, a differenza di altri padri della sua generazione, e le zie hanno potuto scegliere gli uomini che amavano. Ma per i figli maschi il nonno esigeva una buona dote o una prospettiva di eredità. Tanto i maschi erano liberi di darsi da fare, una volta sposati... Se capisci cosa intendo."

Rico scuote la testa sconsolato. "Oggi hai conosciuto il peggio di noi. È stato difficile crescere in una famiglia così, ma in mezzo a tanto sconquasso mio padre ha mantenuto una condotta coerente, una virile malinconia che ci ha difesi... O almeno, io mi sono sentito difeso. Mi ha lasciato fare, e anche quando non capiva accettava, dal profondo. Avevo grandi sogni, avrei voluto fare carriera nell'esercito... ma poi sono stato ferito e congedato, le cose non sono più tornate come prima. Mi hai salvato tu, e io non ti merito..."

Poi si alza e, con il coltellino che porta sempre con sé, comincia a tagliare furiosamente un cespuglio di rose bianche: "Ecco, vedi? Faccio anch'io come mio nonno: taglio i boccioli più piccoli in modo che tutta la linfa vitale vada alle rose più grandi e più belle".

"Fermati, Rico!"

Ma lui continua a tagliare, scuote il cespuglio martoriato. "Sono come mio nonno, faccio schifo! Un vero Sorci!"

Finalmente getta il coltellino. Dice della malinconia di suo padre, ma eccola che la vedo anche in lui, trasmigrata, potente. Dice che io l'ho salvato, ma lui non salva me dalle sue infedeltà. Quando sostiene che non mi merita, è quello che intende. Fa uno strano effetto sentirselo dire così. I miei occhi sono incatenati a quello scempio di petali e boccioli: le rose bianche sono le mie preferite. "Mio padre," continua Rico, "è stato devoto a zia Laura fino alla fine." Non ho più voglia di ascoltare, esagera, è come se cercasse un mio consenso. E io non voglio darglielo.

"Sono giornate dure, queste," dico, "torniamo in casa," e gli poggio la mano sul braccio.

Ora tocca a me parlare. Avrei preferito aspettare un po', ma ormai credo di poterglielo dire senza rischi. E lui forse ha bisogno di sentirlo.

"Rico, sono incinta," dico. "Aspettiamo un bambino."

Siamo sulla soglia. Lui si ritrae come volesse guadagnare una distanza dall'annuncio, come volesse vederlo da poco più lontano per contenerlo tutto. È da almeno tre anni che ci chiedevamo se sarebbe mai accaduto. Una volta ho fatto cenno a una visita dal ginecologo, ma Rico non ha voluto sapere: è fatalista, si affida al destino. Ora mi contempla come fossi una Madonna, e infine riguadagna la vicinanza e mi abbraccia, mi copre di piccoli baci, per poi concludere invece con un bacio profondo, sensuale.

4.

Dice Rico Sorci
(giugno 1955)

Rita è incinta. Sono passati due mesi da quando me lo ha annunciato. Le raccomando di trattarsi con tutti i riguardi. Lei è felice e, appena può, occupa le sue giornate a Palermo con il Circolo del Punto Pieno. A volte si ferma a dormire in casa delle zie.

Io smanio. Quanto più mi calo nel ruolo di futuro padre, tanto più ho bisogno di scendere da Anna. L'ho fatto persino il giorno dopo l'annuncio. Dovevo uscire, subito. Il motore dell'Aurelia rombava sui tornanti della strada che da Monreale scende a Palermo, e mezz'ora dopo ero nel letto di Anna.

Rita è perfetta, ma io ho bisogno di donne passionali, che mi tengano testa. E preferisco quelle sposate, le madri di famiglia, che in casa si annoiano e da me si aspettano soltanto il trionfo dei corpi. La santità di Rita mi scortica e mi fa sanguinare. La sua è fedeltà naturale, per me sarebbe la morte.

Anna Còrapi è figlia di un generale calabrese e ha sposato Vitaliano Di Stefano, un ricco commerciante con molte relazioni nel Continente. È piccola, gran seno, occhi da gatta. Si veste a Roma nella sartoria di Capucci. Quando le dicono che la sua è un'eleganza "continentale", lei ribatte che semmai è "internazionale" e attraversa Palermo con le sue gonne ampie e i corpetti che mettono in risalto la generosità delle forme. Adora farsi vestire da Capucci, non meno di quanto adora farsi svestire da me. Mi piace chiuderle i seni in una stretta forte che a lei toglie il respiro e a me confonde i sensi.

Anna ha imparato a guidarmi nel piacere per ottenere piacere. Non mi lascia entrare subito in lei, mi vuole in attesa mentre la manìo tutta, e quando mi invita mi faccio strada senza irruenza, a volte mi accompagna lei con la mano e comunque mi ripete sempre, soffice, in francese: "*Doucement, doucement*".

Anna è una donna intelligente. Sa non dipendere dal suo amante, non gli mette fretta, non si lamenta, perché sa che solo così può garantirsi la regolarità della frequentazione. Ci facciamo anche vedere insieme, ma non esibiamo intimità in pubblico. Spesso lei mi ospita nella villa di campagna dei suoceri, e io ci vado volentieri: non ho neppure bisogno di inventare scuse, perché non è lontano dalle ultime terre rimaste a mio padre. Quando viaggiamo a bordo dell'Aurelia, Anna si copre i capelli con un foulard di seta e incrocia due volte le cocche intorno al collo, come ha visto fare a certe dive americane. "Sono la tua Linda Christian," mi dice ridendo, "e tu il mio Tyrone Power!"

Le piace mangiare bene: insieme cerchiamo ristoranti, ci facciamo invitare da conoscenti dove si servono ancora le pietanze tradizionali, sul mare ci fermiamo ai baracchini che preparano sarde a beccafico: Anna se le porta alla bocca con uno stecchino, le mordicchia, le lascia sciogliere a occhi chiusi, estasiata. "Più pinoli!" raccomanda a volte, o "Meno pan grattato!". È una maniera sua per esprimere partecipazione felice, gusto soddisfatto. Frequenta teatri e concerti, ma ha una vera passione per il cinema. Ci va con il marito, ma più spesso con le amiche. Allora io l'aspetto fuori dalla sala, in un bar o semplicemente un po' più in là: la vedo che prende congedo e poi mi raggiunge dove ci siamo dati appuntamento. Solo una volta ha preteso che ci andassi anch'io, e fu per *La valle dell'Eden*, in cui recitava un attore che lei diceva essere "bello come il sole" e che aveva lo stesso occhio triste dei Sorci tristi. Era una storia scombinata, biblica, di un giovane che non sapeva trovar pace, in lotta con padre e fratello, e che soffriva per amore di sofferenza. Ci andai anche perché quell'attore era il preferito di Carlino.

Anna non legge molto, ma ama frequentare quel po' di mondo intellettuale che si muove per Palermo. A volte, quando mi racconta un romanzo che ha appena finito, mi chiedo se non stia inventando una storia per me, forse in verità non c'è nessun autore, nessun titolo dietro quelle vicende per lo più torbide e melodrammatiche che sto ad ascoltare. Mi dice che gli scrittori, quelli veri, o non si vedono o fanno una vita talmente grande che è inutile leggerli. Fa delle eccezioni. Hemingway, ad esempio: "Lo leggo e me lo porterei a letto". Mi racconta di un poeta palermitano che non si fa mai vedere, che vive con la madre a Capo d'Orlando, girano delle sue poesie: "Lo conosci, Lucio Piccolo di Calanovella?". Io dico che sì, so a che famiglia appartiene, ma non ho idea di chi sia lui.

Secondo Anna sono fortunato ad avere una moglie come Rita, e ogni tanto si domanda cosa cerco che non ci sia già in lei. Anna è perfetta nella società di questi nuovi anni del secolo: è leggera, curiosa, spavalda, è una donna che non ha paura. A volte mi invita a raccontarle i miei anni nell'esercito, dato che in fondo è preparata, con quel padre impettito e il marito ufficiale. Ma poi si stanca subito, mi chiede se non sarebbe tempo di smontare tutto questo imbroglio di eserciti e guerre, se non siamo stanchi del sangue che abbiamo appena smesso di versare. Non mi rendo conto che le armi sono patrimonio di popoli barbari? Una volta ho provato a parlarle di onore e non si è trattenuta, ha cominciato a ridere e non si fermava più. Poi mi ha allungato una lenta carezza sulla guancia e mi ha detto: "Picciriddu". Forse da Rita non l'avrei tollerato, ma con lei anche quel sarcasmo velenoso mi sembrò un gioco erotico e come tale lo presi.

Credo che mio padre non veda l'ora di vendere palazzo Sorci, ma la decisione dev'essere condivisa con i fratelli. Ci sono tante questioni da sistemare, incluso il destino di don Totò e di sua moglie. Nel frattempo, grazie a Peppe Vallo possiamo camminare a testa alta. Anche se mio zio Andrea era un pazzo e un assassino.

Ormai ho smesso di pensare ai guasti della nostra famiglia. Devo pensare al futuro di mio figlio, sono sicuro che sarà un maschio. Da mio padre posso attendermi ben poco. Continuo le mie consulenze per importanti aziende agricole in espansione, ma mi trovo spesso faccia a faccia con la pigrizia degli ultimi possidenti, con le resistenze dei piccoli proprietari, con il lascito fallimentare della riforma agraria. C'è poco spazio per pensare in grande e per applicare in Sicilia quei modelli di sviluppo che hanno fatto la fortuna della campagna francese. Devo limitare i miei interventi a modesti suggerimenti senza potermi mai spingere a ideare spazi per colture diverse, o semplicemente per reintrodurre prodotti che sono sempre appartenuti alla tradizione siciliana. I contadini sono usciti per lo più sconfitti dal dopoguerra e dal tentativo di rinnovare dipendenze e contratti. Dovunque provi a muovermi scopro che, se esiste una possibilità di azione, è perché quell'azione coincide con gli interessi della mafia. E lo stesso succede nelle terre di mia madre, a Misilmeri.

Ho un solo vero interlocutore: mio cugino Leonardo Ponte, accademico e comunista – binomio infausto, dato che le sue conoscenze sono essenzialmente teoriche e, quando non sono libresche, vengono dalla sua militanza, e dai sacri testi del marxismo. Dice che il crollo del latifondo era già in atto prima delle "lotte eroiche degli agrari", ma che senza quelle lotte il latifondo sarebbe durato ancora a lungo, e così la rendita parassitaria che non è stata liquidata. E ora? Ora dice che "ha vinto la corruzione degli enti di riforma", e che "la politica della Cassa del Mezzogiorno ha diviso i contadini!". Si infiamma. D'altro canto, non c'è nessuno capace come lui di intendere il mio sogno di convertire le campagne in terra veramente produttiva, non sfiancata dalle colture intensive, non umiliata dalla mancanza di utensileria moderna, quella che per anni ha costituito la vera fonte di guadagno di Peppe Vallo.

Ormai Vallo è entrato ampiamente nelle discussioni di famiglia. Ci è entrato perché figlio del barone Enrico, mio nonno, e ora perché amante di Mariolina.

Rita me ne parla, dice che Mariolina è innamorata, dice

che si confida con Carlino, preoccupato, tutto compreso nel suo ruolo di fratello in pectore, e Carlino riferisce a lei. Quell'uomo ha più di sessant'anni, mi ripeto, cosa pretende? E con Rita sono drastico: "È una storia senza futuro".

Dico quella frase e mi rimbalza in bocca con un sapore cattivo. È la stessa che uso per minimizzare le mie relazioni extraconiugali, anche quella con Anna. Sono come mio nonno e Rita è come sua madre: quando dice di sì è per sempre.

Una sera torno ad Altarello e sento una canzone da lontano: è un vecchio settantotto giri di Sarah Vaughan. "Mia madre era innamorata di questa canzone e di questa voce," dice Rita venendomi incontro, e canticchia: "*Black coffee, since the blues caught my eye...*".

Cerco di leggere sul suo ventre una presenza, lo nota e mi fa: "Troppo presto...". È bellissima, è bella come lo sono le donne consapevoli di essere portatrici di vita.

Per un attimo penso alla campagna di Misilmeri come al luogo per crescere questo figlio – e gli altri che spero arriveranno – e dividere la vita con Rita, ma poi fra Rita e Sarah Vaughan si avanza Anna, che mi dice: "Picciriddu" e mi attira a sé.

5.
Il Circolo del Punto Pieno
(estate 1955)

Già da anni, una decina di donne si trovavano a ricamare in casa di Sara Imballomeni, una consuetudine che aveva suscitato curiosità e imitazione. Le frequentatrici avevano a vario titolo rapporti di conoscenza fra di loro. Non c'era una vera e propria continuità e gli appuntamenti si fissavano di volta in volta, ma l'intento che ispirava quelle riunioni era diventato progressivamente sempre più orientato a fare proseliti: il ricamo, per Sara e sua sorella Rachele, aveva un valore terapeutico e creava intimità senza debordare nel chiacchiericcio e nel pettegolezzo. "Quella giovane Montesi," disse una volta Sara, che i giornali li leggeva davvero e non si limitava – come tanti – ai necrologi, "se avesse passato più tempo a ricamare non sarebbe finita dentro i torbidi maneggi della società corrotta che l'ha uccisa." Alludeva a un fatto di cronaca che da anni occupava le pagine dei giornali: la ventenne Wilma Montesi era stata trovata morta sulla spiaggia di Torvaianica e, nel corso del tempo, erano uscite storie di festini in cui erano coinvolti politici e personaggi in vista della capitale. Uno scandalo che di anno in anno sembrava rivelare sviluppi nuovi e connivenze e trame sempre più complesse, che quanto più venivano messe a tacere, tanto più tornavano a galla. Per molti, la figura di Wilma Montesi rimaneva un mistero che suscitava pietà e considerazione.

Prima ancora del sopralluogo nella sagrestia della chiesa dei Santi Scalzi, Sara aveva fatto una lista di nomi che Rachele aveva portato in bella copia in inchiostro blu con la sua grafia ordinata. Il numero massimo delle frequentatrici era stato fissato a venti, almeno per il primo anno di attività, tutte scelte tenendo conto di una sostanziale buona disposizione alla mescola sociale.

Per quello che con termine vagamente militaresco avevano cominciato a chiamare "reclutamento" chiesero aiuto a Rita, che dai tempi della Cucina dei Poveri aveva rivelato una notevole sensibilità per il dissesto sociale del popolo di Palermo. Il gruppo del Circolo avrebbe dovuto essere costituito da anziane preparate e con una grande esperienza, da discrete esecutrici già introdotte all'arte del ricamo e da giovani sensibili, che per motivi diversi si trovavano in una condizione difficile in quanto donne, madri o vedove impoverite. Dall'attività del Circolo doveva insomma sortire, con il tempo, un programma di inclusione e recupero di donne "pericolanti" e "pericolate", così le avevano ribattezzate.

Il salone venne allestito con rapidità: ci volevano sedie comode, tavoli, grucce e un armadio senz'ante dove riporre i lavori in fieri. Il contatto con i fornitori fu avviato da Maria Merlo, con la consulenza delle Tre Sagge, che temevano trucchi e raggiri sulle ordinazioni di grandi quantità di tessuto. Mariolina ebbe il compito di far stampare in una vecchia tipografia dei cartoncini, delle carte da visita e delle locandine pubblicitarie da diffondere in città:

Il Circolo del Punto Pieno opera nell'arte del ricamo
e garantisce confezioni ispirate alle più antiche
e rigorose tecniche in uso nell'isola
e in tutto il territorio nazionale.
Si eseguono manufatti su ordinazione
secondo tempistiche concordate.
Si assicura consegna a domicilio, a imprese, negozi e famiglie.
Periodicamente si espongono lavori esemplificativi
nel cortile interno
della chiesa dei Santi Scalzi, in vicolo Busambra.

Rachele precettò alcune allieve dell'Istituto delle Arti Grafiche perché scrivessero le buste dei cartoncini da spedire alle signore palermitane che avrebbero potuto essere interessate o che comunque avrebbero voluto coinvolgere.

Durante un secondo sopralluogo le Tre Sagge si assicurarono che dal salone si accedesse facilmente ai servizi, a bagni dove si potesse anche, quando necessario, lavare i manufatti in tinozze e catini. Fu procurato tutto l'occorrente e nel cortile, all'aperto, vennero sistemati fili per stendere e panche per far sedere i visitatori.

Rosaria Casamassima seguiva l'allestimento con estrema curiosità e, per quel che poteva, dava una mano. "Io stessa sono stata educata al ricamo fin da bambina," disse tutta compunta quando Sara si presentò alla farmacia Spallanzani per versare la caparra.

"Ne siamo sicure," disse lei, e la invitò a partecipare.

Per un paio di settimane il Circolo del Punto Pieno fu impegnato nei preparativi e di tanto in tanto Rita presentava alle socie fondatrici le donne e le ragazze che avevano risposto all'appello.

"Vieni, bedda mia," diceva Beatrice, e faceva avanzare la fanciulla. "Come ti chiami?"

"Teresa Diotallevi, e ho ventisette anni."

"Mostra le mani," ordinava Sara, e quella timidamente le allungava. "Il palmo verso l'alto." La giovane, attonita, si guardava intorno.

"Girale!" specificava allora Rachele.

"Sono sporche, Teresa," diceva Sara. "Il primo requisito è avere le mani sempre candide, lavate con tanto sapone: avrai a che fare costantemente con materiale delicato, e ogni tuo gesto sarà delicato. Non importa come ti apparirà il mondo di fuori: qui dentro tutto è delicato. Delicato entra e delicato esce, e delicato dovrà essere l'aggettivo che chi riceverà il tuo lavoro dovrà dire alla prima toccata."

Quella se ne andava e lasciava il posto a un'altra.

"Come ti chiami?"

"Sono Chiara Conforti, ho trent'anni, due figli e sono nata a Scicli."

"A Scicli sei nata!" Rachele era entusiasta. "Allora ti ricorderai palazzo Beneventano, e quant'è bello quel palazzo, con i suoi fregi, le sue grottesche, la decorazione della pietra, che angolo non c'è dove la bellezza umile degli scalpellini non abbia sbalzato foglie, mostri, santi, diavoli... tutta la geometria del mondo! Bedda mia, tu qui dentro cento palazzi del tuo bel paese verrai ogni giorno ricreando, e ci sarà chi dirà: 'Questa tovaglia è ricca come la facciata d'un palazzo, e ci si ferma a guardarla come ci si ferma sotto palazzo Beneventano a Scicli'."

"Signora, devo guadagnare qualcosa, io ho due picciriddi ma senza marito sono," replicava quella confusa e un po' vergognosa.

Travolta dall'entusiasmo, Rachele si rendeva conto all'improvviso di aver parlato senza delicatezza: Chiara Conforti non aveva certo avuto modo di conoscere e apprezzare "la bellezza umile degli scalpellini". "E noi siamo qui anche per questo!" esclamava allora in fretta, per farsi perdonare. "Adesso prendi l'ago e fammi vedere..."

E Chiara prendeva l'ago e mostrava quel che era capace di fare, e tutte mostravano quel che erano capaci di fare, e alla fine venivano divise in gruppi: quelle capaci subito, quelle che dovevano imparare, quelle che dovevano abituarsi.

Proprio in quel periodo, Sara invitò Rachele a stare in casa sua. Il costo della vita era aumentato e mantenere aperti due appartamenti era diventato un lusso inutile, a maggior ragione dal momento che le due sorelle andavano d'amore e d'accordo. Il denaro che avevano risparmiato ora serviva per anticipare alle più povere una paga, o quantomeno un sostentamento.

E poi arrivarono le pericolanti. Fu Rita a caldeggiarne la partecipazione.

Sara, Rachele e Beatrice, dopo lunga riflessione congiunta, avevano stabilito un percorso per loro: avrebbero cominciato proprio col punto pieno, nella variante "imbottita". "Il punto che copre le malefatte!" diceva Sara con un sorriso, alludendo al fatto che, dopo aver contornato a punto filza la superficie da ricamare – fosse petalo o foglia –, la si riempiva con grossolani punti di imbottitura. Quei puntazzi, come li chiamava lei, servivano a dare volume: solo dopo si cominciava a rivestire il tutto con piccoli punti ordinati, vicini vicini, per realizzare una copertura uniforme. La fase di imbottitura era perfetta, pensava, per far sfogare una ricamatrice arrabbiata o scontenta, che poi trovava conforto e serenità nella fase di copertura.

Anche al rammendo le tre signore attribuivano virtù catartiche: un esercizio di abilità – presupponeva la capacità di ricreare la consistenza di ogni singola stoffa variando dimensioni e intensità dei punti – che premiava con la soddisfazione di restituire nuova vita a un capo rovinato. Beatrice, in particolare, era maestra nel rammendo invisibile, eseguito con fili tirati dal tessuto da rammendare; e quando le era stato raccontato che in Estremo Oriente usavano fili il cui colore contrastava con quello del capo da aggiustare si era limitata a stringersi nelle spalle.

Il Circolo funzionava ormai perfettamente, o quasi. Chi si fosse avvicinato al salone in tarda mattinata, arrivando dal lungo passaggio coperto accanto alla farmacia Spallanzani gestita da donna Rosaria Casamassima, avrebbe progressivamente udito prima un fruscio, poi un pigolio, poi magari un colpo di tosse, lo struscio di una scarpa di feltro, e infine sarebbe arrivato nel cortile interno e da lì avrebbe visto un cerchio irregolare di donne raccolte nel lavoro, inondate di luce, travolte dal biancore dei tessuti, perdute dentro il tendersi e il rilasciarsi dei panni, alcuni ancora senza traccia di lavoro, altri già magicamente segnati dai fili colorati. Avrebbe visto allora i progressi giornalieri, un disegno che prendeva vita, l'incanto di un decoro, e sul pavimento – tenute ferme ai quattro angoli con quattro ciottoli – le veline con il modello originario: si sarebbe sentito parte del tripudio febbrile delle dita e dello strumento che stavano usando.

Mariolina, anche lei abile ricamatrice, si muoveva lungo l'ellisse che il coro di donne finiva per formare, incoraggiandole a seguire con cura il disegno, tirando il filo nel modo giusto – né troppo, né troppo poco. A volte, se le vedeva curve, le invitava a raddrizzare le spalle, che altrimenti alla fine della giornata ne avrebbero sofferto, e indicava zia Sara e zia Rachele sullo sfondo, con il busto eretto malgrado l'età.

Dopo sei settimane di intenso lavoro, tutto fu pronto per la prima esposizione, annunciata da un bell'articolo sul "Giornale di Sicilia". Nonostante fosse luglio, nel cortile ornato da colonne tortili l'ombra era fresca e il profumo dei gelsomini nelle graste inebriante. Fu un successo. I ricami erano disposti su tavoli, seggiole e altra mobilia prestata dal parroco: facevano bella mostra di sé tovaglie e tovaglioli, lenzuola e federe, fazzoletti, camicine, bavaglini. Oltre alle sorellanze vennero invitate altre confraternite, a cui si aggiunsero i cavalieri di Malta. Quando si sparse la voce, perfino le autorità cittadine vollero venire a vedere. Era una mostra, ma molti la chiamarono "fiera" e fiera fu per tutti: si decise che si sarebbe tenuta quattro volte l'anno, sempre prima dei Morti, prima di Natale e Pasqua, e all'inizio dell'estate.

Sara, Rachele e Beatrice apprezzavano il contributo che Caterina, l'energica moglie di Ludovico, dava al Circolo nonostante il suo malocarattere. Lavorava con impegno, insegnava alle più giovani, e quando correggeva aggiungeva sempre una parola di incoraggiamento. Spesso facevano in modo che lavorasse in coppia con Rita: Sara si era accorta che di tanto in tanto Caterina, che sapeva ricamare bene ed era una donna di polso, cercava di scuotere la nipote, rimproverandole di essere troppo accondiscendente.

Sotto molteplici punti di vista, il ricamo era agli occhi delle Tre Sagge l'attività più sana a cui una donna potesse dedicarsi. Era un lavoro facile, in cui però si poteva scegliere di specializzarsi eseguendo punti e motivi anche molto complessi; tendenzialmente economico (non c'era bisogno di usare tessuti costosi), teneva impegnate le mani e anche la mente.

Le donne a poco a poco facevano conoscenza e a volte si parlavano. Ricamando veniva naturale usare la parola, ma non si trattava di ciarmulìo o pettegolezzo, bensì di vere e proprie confessioni fatte necessariamente a occhi bassi, perché negli occhi non ci si guardava mai per non perdere il punto, e questo vinceva la timidezza delle più ritrose, aiutando a condividere segreti e dispiaceri il cui peso sarebbe stato troppo difficile reggere da sole. E, visto che quelle parole sembravano portate dal vento, anche per chi avrebbe avuto la tendenza a ricamare pure sui fatti altrui diventava più facile custodire il segreto: non importava chi aveva detto cosa, e quando, ma la verità oggettiva di un dolore che, messo fiduciosamente in comune, veniva attenuato e come diluito, suscitando comprensione e solidarietà. Sara e Rachele ricordavano un pomeriggio di settant'anni prima, in campagna, in cui erano sedute a ricamare in silenzio insieme alla giovane cognata Rosaria e si erano accorte che sulla tovaglia di bisso di lino che aveva tra le mani piovevano lagrime: l'istinto sarebbe stato quello di deporre l'ago, ma avevano continuato a lavorare come se niente fosse. Finché, consolata da quel silenzio operoso, poco dopo Rosaria aveva trovato la forza di sussurrare: "L'ho mandata io in cielo, Marianna". Non c'era stato bisogno di aggiungere altro. Rachele si era protesa a carezzarle la mano: "Dio ti perdona. Tua figlia è in paradiso".

Sara riferiva orgogliosa che persino il medico le aveva raccomandato di ricamare il più possibile per mantenere le dita agili. Ma era soprattutto l'aspetto creativo quello di cui le tre fondatrici del Circolo del Punto Pieno erano entusiaste, anche perché si declinava in una duplice forma: c'era la creatività pura, quella che esercitavano disegnando i motivi che poi venivano trasferiti sulla tela e scegliendo i colori; e quella "secondaria", perché il rammendo era ai loro occhi parente stretto del ricamo: imparare a dare nuova vita a un capo danneggiato era una necessità per alcune e una lezione di vita per tutte.

Da quando la monotonia delle sue giornate era stata scardinata dal Circolo del Punto Pieno, a Beatrice capitava spesso di stentare a prendere sonno. Forse anche perché delle Tre Sagge era quella che ci vedeva peggio, era anche quella che ascoltava di più; e la notte, sdraiata sotto le lenzuola, mentre le tornavano in mente brandelli di conversazione, pensava alle possibili migliorie da introdurre nell'organizzazione. Fu così che le venne l'idea di uno Statuto del Circolo, in cui fossero enunciati i princìpi ai quali si erano ispirate. D'altronde, se volevano essere un vero Circolo, uno statuto dovevano pur averlo. E finalmente si addormentò col sorriso sulle labbra.

Quando il giorno dopo ne parlò con le cugine, l'idea fu subito approvata: si sedettero a un capo del lungo tavolo da lavoro e, senza perdere tempo, cominciarono a confabulare e a prendere appunti. Infine fu Sara a chiamare Rita perché mettesse in bella grafia il risultato di diverse scritture e riscritture:

1. *Il ricamo è una tradizione che viene da lontano: scopo primario del Circolo del Punto Pieno è tenerla viva.*
2. *Il ricamo, parente stretto del rammendo, non conosce differenze di censo o di ceto.*
3. *Il ricamo è un'attività benefica e può essere anche remunerativa.*
4. *Il ricamo mantiene le dita agili ed è il miglior modo per contrastare l'artrosi.*
5. *Il ricamo è un lavoro creativo, che affina il gusto e l'immaginazione. Ci sono ricami facili e ricami difficili, ogni ricamatrice può trovare quello adatto a lei, sempre aspirando a migliorare e a migliorarsi.*
6. *Il ricamo può essere eseguito da sole o in gruppo. Richiede concentrazione e silenzio, ma può essere la premessa di una sana socializzazione.*
7. *Tutto quello che viene confidato mentre si ricama dev'essere subito dimenticato.*

"Brava! Bene!" disse contenta Beatrice quando Rita lo ebbe letto ad alta voce.

Rachele rifletteva: "C'è qualcos'altro che potremmo aggiungere?".

Il pensiero di Sara tornò a sua cognata Rosaria, a quella tovaglia di bisso di lino su cui piovevano lagrime amare. "Aspetta," disse a Rita. "In calce, aggiungi questo: *Ricama la tua vita e Dio ti perdonerà.*"

Rico era sempre stato il nipote preferito delle Tre Sagge. Non che lasciassero trapelare questa debolezza, considerato il loro altissimo senso della giustizia, ma il figlio di Cola aveva sempre occupato un posto speciale nel cuore di tutte e tre, e in particolare in quello di Sara che lo aveva tenuto a battesimo. Il fatto che avesse cominciato a tradire Rita era un dispiacere anche per loro, ma quei tradimenti avevano il sapore dell'ineluttabilità: "Da che mondo è mondo..." sospirava Rachele. Ed era proprio così: i tradimenti del marito erano considerati alla stregua dello scirocco o della grandine, un fenomeno naturale. Finché la moglie e i figli legittimi non venivano umiliati in pubblico, finché non c'erano bastardi, le donne dovevano tollerare. Ma alle orecchie di Sara era giunta voce che Rico fosse andato oltre: era solo una voce, ma intanto avevano cominciato a creare intorno a Rita un'invisibile cortina di protezione. Avevano raddoppiato le attenzioni nei confronti della giovane, che – incoraggiata dall'affetto e dalla tenerezza delle zie e malgrado la gravidanza – era fra le più assidue frequentatrici del Circolo del Punto Pieno. Intuivano in lei una determinazione senza ritorno che – se fosse intervenuto qualcosa a "deviarla" da quello che loro ritenevano il bene supremo – molto difficilmente le avrebbe permesso di continuare a soffrire in silenzio. E temevano quel qualcosa senza sapere cosa fosse.

A ogni buon conto, cercavano di scoraggiare con sorrisetti vaghi e mezze parole una signora che sapevano essere stata amante di Rico e che chiedeva con insistenza di essere ammessa al Circolo. E pazienza se non fosse venuta alla prossima fiera o se non avesse più comprato con larghezza.

Rachele amava alternare i ricami più complessi con il punto croce, soprattutto i lunghi bordi delle tovaglie che non necessitavano di particolare creatività o immaginazione. Semplici motivi geometrici che per essere eseguiti correttamente richiedevano soltanto una mano regolare. Nei ricami a punto croce il rovescio risultava ordinatissimo, e in quelli di Rachele non era, a vedersi, meno impeccabile del dritto. Il punto raso, invece, tanto grazioso soprattutto quando si trattava di ricamare foglie e fiori, aveva un rovescio sgradevole alla vista; e anche al tatto, come aveva fatto notare Rita un giorno che stava ricamando dei nontiscordardimé su una camicetta: Beatrice l'aveva lodata per la perfezione dei piccoli punti con cui andava riempiendo il disegno e lei aveva scosso la testa: "Il rovescio però è ruvido, forse pizzicherà sulla pelle... Avrei fatto meglio a scegliere il punto pieno imbottito, quello almeno nasconde l'infelicità".

Proprio grazie a Rita il Circolo era stato aperto alle donne più povere del quartiere. Aveva raccontato alle zie di essere entrata per sbaglio in un vicolo vicino a piazza Sette Fate e, girando girando, di essersi ritrovata in una stradina di prostitute: non ne aveva mai viste in vita sua, ma non aveva avuto dubbi sul mestiere di quelle donne sedute davanti alle porte delle loro case. Imbarazzata, aveva alzato lo sguardo e si era accorta che ai balconi – nelle cui ringhiere erano infilate a trasi e nesci larghe strisce di tessuto, per impedire che da sotto si potessero guardare le gambe delle fimmine – ragazzine di non più di nove o dieci anni avevano già il viso pittato come le madri. Parte dei soldi che il Circolo del Punto Pieno ricavava dalla vendita dei suoi ricami sarebbe stata usata per non lasciare le sue pericolate, e soprattutto le loro disgraziate famiglie, senza cibo. Le Tre Sagge credevano fermamente che queste forme di aiuto concreto fossero più efficaci di qualunque predica.

L'indebolirsi della vista aveva costretto le più anziane ad abbandonare lenzuola e tovaglie per tovaglioli, fazzoletti, centrini, asciugamani – tutti pezzi piccoli, che potevano facilmente essere accostati agli occhi. Spesso si dedicavano alla sfilatura dei bordi degli asciugamani, da cimosa a cimosa: un lavoro non difficile, ma da eseguire con particolare attenzione. In genere non si sfilavano più di quattro o cinque fili, ma in base alla complessità del disegno se ne potevano sfilare anche il doppio. Poi, dopo aver fissato gli orli con il punto a giorno a colonnina, si cominciava.

Spesso, facendo entrare e uscire l'ago dalla tela, Sara e Rachele riandavano con la memoria ai giorni in cui ricamavano il loro corredo: si trattava solo di un divertimento – il lavoro vero e proprio era affidato alle monache del monastero di Sant'Oliva, non soltanto per la loro leggendaria abilità ma anche perché avevano bisogno di guadagnare –, eppure ricordavano bene il sentimento di tenera fiducia e di aspettativa che le aiutava a far andare l'ago più veloce mentre fantasticavano su ciò che la vita di mogli e di madri avrebbe riservato loro.

Dopo la prima fiera estiva, all'inizio di luglio, gli incontri erano continuati per tutto il mese e persino – seppure con minore intensità – in agosto. Un pomeriggio di settembre Rita, ormai al settimo mese di gravidanza, ebbe un mancamento e tutte si diedero da fare per capire e intervenire senza creare un tumulto. Si era subito ripresa – grazie anche all'acqua e alloro con tanto zucchero, rimedio a ogni male del corpo e dello spirito –, quindi aveva socchiuso gli occhi e mormorato piena di rammarico: "Non ho ancora finito il corredino". Poi si portò le mani sulla curva del ventre e alzò lo sguardo verso Beatrice: "Ah, come si muove... mi sa che dovrò far preparare la stanza per la levatrice".

6.
Dice Stefania Rizzo
(30 aprile 1956)

Mi ritrovo spesso a domandarmi che cosa ho sbagliato nell'educazione di Mariolina. Quest'unica figlia l'ho voluta disperatamente e per anni siamo state sempre insieme – lei e io, io e lei –, non ho voluto bambinaie e per fortuna non spettava a me decidere dei suoi studi, perché se avessi potuto l'avrei fatta studiare in casa. Invece Filippo me la fece iscrivere all'Istituto del Sacro Cuore di Gesù. Mariolina – chi lo sa, forse per reazione – è venuta fuori completamente diversa da me: è capricciosa, testarda, passionale. E a volte bugiarda.

Quando conobbi mio marito Filippo avevo ventotto anni. Lui era vedovo e mi disse poi che non aveva intenzione di risposarsi, o almeno non così presto, per paura che i suoi figli – che all'epoca avevano rispettivamente sette e otto anni – si sentissero messi da parte. Anch'io ero vedova e non pensavo di risposarmi: il mio primo marito era morto in Abissinia, nella guerra d'Africa, ricevevo solo una misera pensione ed ero dovuta tornare in casa dei miei genitori. Avevo il diploma delle magistrali e mi sarebbe piaciuto riprendere a insegnare. I miei fratelli, forse solo per proteggermi, mi dicevano di non lavorare, ci avrebbero pensato loro a me. Ma io desideravo fortemente uscire dall'abbraccio soffocante della mia famiglia e volevo fare la maestra: la sentivo proprio come una missione. Quando Filippo si fece avanti fu perché si era innamorato di me e io non feci fatica a ricambiare: mi piaceva. Mi piaceva davvero. Non solo: mi affezionai molto anche ai suoi bambini, Enrico e Luigi, che mai ci hanno dato problemi. Spasimavo, tuttavia, per avere un picciriddo mio.

Filippo non mi faceva mancare nulla, e mi voleva bene, forse troppo. Nel primo anno di matrimonio due volte rimasi incinta e due volte fui costretta ad abortire. La sofferenza fu grande e mi pesava dover mentire: fu detto che avevo dei problemi alle vie urinarie, per prudenza dovevo essere ricoverata in ospedale. Mi confidai soltanto con mia cognata Caterina, moglie di Ludovico: lei sapeva tanto sui Sorci, perché per anni era stata l'unica nuora e la suocera le raccontava tutto, e in quel tutto c'erano ombre, episodi sgradevoli, perfino orribili, c'era l'abisso dei Sorci. Due anni dopo rimasi incinta di nuovo e nascosi la gravidanza. Non fu facile, perché Filippo era focoso e un attento osservatore. Indossavo busti per nascondere le forme e a costo di star male continuavo a intrattenere i suoi amici, a comportarmi come sempre. L'aiuto e la complicità di Caterina furono grandi, non solo in quei primi mesi ma anche dopo che lo dissi a Filippo: era Pasqua ed ero già di cinque mesi, troppo tardi per abortire. Lui diede in escandescenze, mi disse che ero una bugiarda, o forse solo una pazza: in ogni caso, mi avrebbe fatto ricoverare in clinica e, se davvero fossi stata incinta, ancora una volta sarebbe stato fatto come voleva lui.

Quel periodo no, non lo voglio ricordare, piuttosto ho nel cuore la gioia che infine compensò il patimento: il 2 agosto 1932 la levatrice mi porse Mariolina, bella e bionda. Filippo come la vide se ne innamorò: era precisa a sua madre. Da allora Mariolina è la pupilla dei suoi occhi, l'unica che riesca a fargli fare – o non fare – quello che dice lei.

In quel periodo Filippo aveva tanti affari in ballo: oltre a investire in Borsa, era socio di diversi consorzi agrari e faceva parte del consiglio di amministrazione di una banca siciliana. Per lui, denari e potere erano essenziali. Vedeva spesso l'avvocato Peppe Vallo, che – si diceva – aveva fatto fortuna negli Stati Uniti. In Sicilia la sua fortuna era aumentata quando aveva sposato Nora Contorno, figlia di un eminente professore di Diritto commerciale alla facoltà di Giurisprudenza. Vallo aveva infatti preso una seconda laurea, dopo quella americana, e ottenuto l'abilitazione a esercitare la professione di avvocato anche in Italia, conquistandosi in brevissimo tempo agganci e contatti.

Subito dopo la guerra, fece capire a Filippo che avrebbe potuto aiutarlo ad allargare il suo giro di affari verso l'America. Per questo era invitato spesso a casa nostra, nell'appartamento dove ci eravamo trasferiti dopo la morte di mio suocero, e sembrava contento di venirci.

A Mariolina – devo dirlo anche se è mia figlia – è sempre piaciuto piacere, la modestia proprio non sa che cosa sia, ed era al settimo cielo quando avevamo ospiti importanti. E più importante dell'avvocato Vallo non c'era nessuno, per suo padre.

A poco a poco, lui smise di farsi accompagnare dalla moglie: era sempre molto discreto, ma, benché certe malelingue lo volessero innamorato di una cantante, aveva un modo di guardare Mariolina... E anche lei lo guardava, lo guardava eccome! Non posso dire che fosse un flirt – lei era un fiore in boccio e lui un vecchio, sposato per di più –, ma era evidente che tra loro c'era una forte simpatia che non si preoccupavano di nascondere, con in sottofondo qualcos'altro che invece nascondevano, ma che io sentivo benissimo e che non mi piaceva affatto. Nemmeno Filippo ne era contento, si capiva, ma sembrava che l'amicizia con l'avvocato Vallo contasse più del bene di sua figlia e non osavo metterlo a parte dei miei timori.

Questa ideale "partita a quattro" continuò a lungo. Peppe Vallo era quasi di casa da noi, poi sentii dire che si era separato dalla moglie, che frequentava una picciotta catanese, e infine che aveva un'amica americana. L'unica certezza è che un pomeriggio era stato al cinema con Mariolina, ma lo seppi dalle mie nipoti, non da lei. Da quel cinema in poi Mariolina era diventata molto riservata e sempre più testarda: le piacevano le feste, le piaceva ballare, ma soprattutto le piaceva sorridere al mondo, aprire le ali, prepararsi a volare, dove e come non era facile capirlo. Aveva l'argento vivo addosso, questo sì. Questo si vedeva. Vitale e trasognata. E viziata dal padre. A sposarsi e avere figli non faceva cenno. Certe volte mi chiedevo se non fosse come suo cugino Carlino, come lui carica di fantasie e forse trasgressiva.

Quando infine una sera, prima di coricarci, Filippo mi disse che l'avvocato Alfio Buscemi aveva chiesto la mano di Mariolina, non ci capii più niente. Lo conoscevo l'avvocato Buscemi, perché era in affari con Vallo, ma non mi era mai sembrato che fosse innamorato di Mariolina. Amico sì, marito no. Mariolina faceva parte di un gruppo appassionato dell'arte greca e romana – in verità a lei piacevano soprattutto i gioielli antichi –, e anche l'avvocato Buscemi era interessatissimo agli scavi di Selinunte e a quelli di Mozia. Mariolina li aveva visitati diverse volte con amici archeologi e al ritorno mi aveva raccontato che l'avvocato Buscemi si era unito a loro. Nient'altro. Non mi aveva mai parlato di lui come "uomo".

Filippo parve leggermi nel pensiero e cercò di rassicurarmi: "L'avvocato Buscemi sarà il marito tollerante di cui ha bisogno quel diavulazzu di nostra figlia". Allargò gli occhi e mi guardò ripetendo: "Tollerante... Questo è quello che fa comodo a Mariolina". E poi: "Tollerante come la mia povera madre".

Andai in bagno e presi due compresse di valeriana, ma mi svegliai comunque verso le tre e piansi fino alla mattina, svegliando Filippo. Lui si arrabbiò. Non c'era niente che potessimo fare, mi disse, dovevo mettermi in testa che prima accettavo la situazione, meglio era: "Questo Alfio Buscemi è garruso, perfino tu dovresti essertene accorta! Ma lui e Mariolina hanno gli stessi gusti, si divertono a tirare fuori da terra pietre antiche. E anche se dovesse essere un matrimonio bianco, l'importante è che siano d'accordo su quello che l'uno e l'altra fanno, da soli o in compagnia".

Mentre parlava io avevo la testa altrove, pensavo a quando mi aveva corteggiata, a quando ero felice.

Mi sembrava che tutto stesse andando in malora, che laddove avrebbero dovuto sbocciare fiori profumati ci fossero solo frutti marci e neri.

Le nozze furono fissate per il 28 aprile. Vissi i tre mesi

prima del matrimonio come una sonnambula, continuavo a dimagrire e dovevo sorridere a tutti, fare finta che ogni cosa andasse per il meglio, che il mio aspetto sciupato fosse dovuto solo all'emozione e alla stanchezza per i preparativi. Pregavo per quella mia figlia disgraziata, che si faceva sempre più bella e radiosa, e piangevo. Pregavo e piangevo, pregavo e piangevo. "Va tutto bene, mamma, va tutto bene," mi diceva Mariolina, ma io non riuscivo a crederle. Capricciosa e cumannera come sempre, si rifiutò di seguire l'usanza di mettere in mostra i regali di nozze per parenti e amici. Cercai di persuaderla a rispettare la tradizione, e chiesi a Filippo di convincerla, un giorno che c'era a casa anche Peppe Vallo, ma quei due sembravano appattati contro di me. E così fui messa da parte ancora una volta.

La sera prima del matrimonio, Mariolina pareva contentissima: dei regali degli invitati e del regalo di suo padre – una crociera nel Mediterraneo che avrebbe toccato tutti i più celebri siti archeologici, dal Marocco al Libano. Si era comprata una tunica di lino che pareva il peplo di una matrona romana e diceva che avrebbe attraversato gli scavi di Leptis Magna vestita così. Me la mostrava e piroettava su se stessa, felice. Di che cosa? Lei sarebbe partita e io avevo la morte nel cuore, un presentimento che, più ci pensavo, più si trasformava in certezza, e quella certezza, più ci pensavo, più si trasformava in incubo. Non vedevo felicità per mia figlia, e nemmeno per i figli di mia figlia.

Fu un sollievo quando finalmente arrivò il giorno delle nozze, celebrate nella chiesa della Martorana. Circondata dall'oro zecchino di quei mosaici severi e sontuosi, sotto le volte di lapislazzuli tempestate di stelle, rivivevo l'ansia e il malessere per quel breve fidanzamento, bizzarro e inspiegabile. Tre mesi in cui Mariolina aveva continuato ad altalenare tra una felicità sconfinata e una cupa rabbia. Forse avrei dovuto osare di più e chiederle maggiore confidenza, forse avrei dovuto semplicemente tenere testa ai suoi sbalzi di umore con la saldezza di una madre. Non ci ero riuscita. Sapevo che Mariolina poteva contare su un'intelligenza acutissima, che in qualche modo le piaceva confondere con i suoi picchi di estrema leggerezza, quelli che lei stessa, peraltro, chiamava "capricci". Mio marito mi aveva ordinato di accontentarla in tutto. E come sempre avevo obbedito. Per l'addobbo della chiesa Mariolina non aveva voluto gigli o rose, bensì un trionfo di fresie variopinte; l'abito doveva essere corto; l'acconciatura tutta riccioli, come quella delle donne nei mosaici romani, e il velo – corto anche quello – tenuto da un pettine da balia dorato con una corona piatta a sette punte, ciascuna sormontata da una sfera di filigrana. Mi piangeva il cuore, però mia figlia era bellissima nel suo abito delle Sorelle Fontana, nel candore della seta rigida, nella leggerezza del tulle che scendeva dall'oro della corona sull'oro dei capelli. Il volto sarebbe stato ancora più bello se fosse stato meno truccato, ma era comunque raggiante, illuminato dalle vistose perle scaramazze che portava alle orecchie – dono dell'avvocato Vallo, testimone dello sposo.

Per il resto, ho cancellato tutti i ricordi di quel giorno che dovrebbe essere uno dei più belli nella vita di una madre. Non ricordo Filippo in tight che accompagnava Mariolina all'altare. Non ricordo il sospiro con cui lui si sedette accanto a me al primo banco, dopo averla consegnata ad Alfio, un sospiro che esprimeva tutta la sua amarezza. Ricordo però che la sera, dopo il ricevimento e dopo la partenza degli sposi per il viaggio di nozze, Filippo e io eravamo sfiniti. Me ne andai a letto, ma lui rimase a guardare un programma televisivo: cantavano, raccontavano barzellette, cantavano di nuovo. Dopo un po' mi alzai per andare a bere e lo trovai sdivacato nella poltrona in vestaglia, davanti al monoscopio. Russava, e anche quel russare era tristissimo.

Adesso penserò a me stessa. Al matrimonio, mia cognata Caterina mi ha detto che mi aspettano a braccia aperte al Circolo del Punto Pieno. E lì andrò.

7.
Le lettere di Mariolina Sorci a Carlino Sorci
(aprile-maggio 1956)

PRIMA LETTERA
30 aprile 1956

Caro Carlino,

ti scrivo dalla nave *Ausonia*. Sono passati due giorni dalle mie nozze con Alfio, che come sappiamo vere nozze non sono, perché non saremo mai marito e moglie in senso biblico. "In senso biblico": un'espressione buffa, non trovi?

Mi ricordo la tua prima lettera quando sei partito per l'America, il 9 settembre 1948 (sai bene che le ho tenute e numerate tutte). Partivi da Palermo diretto a Napoli, poi Genova e finalmente New York. Mi scrivevi "partire è un po' morire".

Ti ho pensato. Tu partivi solo, io parto con un marito "dell'altra sponda" (come direbbe mio padre). Però lui mi vuole come moglie, e non gli importa che io sia fedele. Gli serve una moglie "di rappresentanza" che gli faccia fare bella figura nei salotti, una brava padrona di casa, un'infermiera – se necessario –, che sappia essere di buona compagnia. Che tipo di compagnia desideri, esattamente, non l'ho capito, ma una cosa mi è chiara: lui mi lascia libera di fare quello che voglio. C'è chi ha deciso per noi. Direi che hanno deciso scientificamente, se mi passi l'avverbio. A me sta bene, e tu sai perché. Non abbiamo parlato di figli. Non ancora...

La famiglia di Alfio è di Bagheria, una famiglia piccoloborghese, bella casettina, stanza da pranzo con vetrinetta e ninnoli di porcellana, le pattine a terra quando tirano la cera, qualche risparmio in banca e poche terre al sole. Questo almeno mi dice Peppe, io a casa di Alfio ci sono stata due domeniche a pranzo, e poi basta. Peppe ha predisposto tutto, con piglio avvocatesco, perché prenda forma quello che ha definito "un saldo triangolo": Alfio, lui e io. Non dimenticherò mai la sera in cui mi spiegò per filo e per segno che cosa aveva in mente – e subito ti chiamai per raccontartelo! Se io sposavo Alfio, che era suo amico e socio e che non era assolutamente interessato a me, noi due avremmo potuto amarci quanto volevamo – con discrezione. Mi dispiaceva l'idea di non avere figli, ma Peppe mi disse: "Non ti preoccupare, ci penso io". Te lo chiedo anche se so che abbiamo sviscerato l'argomento fino alla nausea: pensi ancora che io abbia fatto bene? Mi è mancato il tempo di dirtelo, ma ho avuto un attimo di dubbio, in chiesa, dopo che papà mi ha "consegnato" ad Alfio: mi sono voltata verso di te e avevi una faccia... Comunque, Peppe sa quello che fa e io mi fido di lui. Andrà tutto bene.

Durante il primo giorno di navigazione, la nave si è fermata vicino a Trapani per farci vedere la mattanza dei tonni, appena cominciata. Una scena che mi ha fatto quasi piangere: quei poveri tonni entrano dentro una rete enorme ("camera della morte", la chiamano), forse credendo di trovarci da mangiare; le barche sono allineate tutt'intorno, a segnarne il perimetro. I pescatori a bordo tirano la rete riducendo progressivamente lo spazio, finché i tonni, in folle tumulto, uno sopra l'altro, non riescono più nemmeno a respirare. Ed è allora che i pescatori li colpiscono con gli arpioni, cantando e urlando come indemoniati, finché il mare è tutto un ribollire di schiuma e di sangue. Spaventoso. Dalla balaustra della nave, il pubblico fa il tifo. Ma per chi? Per chi muore? Per chi uccide? Io mi sono ritratta e ho pensato che non avrei mai più mangiato pesce in vita mia, ma poi ieri ci hanno servito delle triglie appena pescate: d'improvviso mi sono vista davanti Alfio conzato per la notte, rigido come un baccalà nel suo pigiama beigiolino, con la retina in testa e quell'insopportabile raschietto che – ho scoperto – fa prima di addormentarsi, "a-ehm... a-ehm". Una cosa da diventare pazza, Carlino, te lo giuro. Insomma, ho pensato a quella caricatura di uomo con cui devo dividere il letto e mi è parso di essere prigioniera non meno di quei tonni disgraziati, ma tutto questo per dirti che alla fine le triglie me le sono mangiate, e anche di gran gusto. Mi sono sentita meglio. E l'indomani ho mangiato anche due fette di tonno alla griglia. Carlino mio, non sarò mai vegetariana!

La nostra cabina è sontuosa. Ha un letto gigantesco con tanto di baldacchino. Alfio è gentilissimo e rispettoso; possiamo dormire lontani, senza paura di sfiorarci nel sonno. A Palermo avremo camere separate – anche questo fa parte dei patti... Te ne scriverò fra qualche giorno, del futuro.

E ora, per l'appunto, riguadagno la mia parte di letto.

Buonanotte

Mariolina

SECONDA LETTERA
2 maggio 1956

Il piroscafo è arrivato a Tunisi ieri. Era il più bello e il più grande ormeggiato nel porto, che è grandissimo. La gente delle altre navi ci guardava con il binocolo, tanto è bello l'*Ausonia*! Ero molto contenta. Mentre ce ne stavamo affacciati sul ponte, Alfio mi ha messo la mano sulla spalla, forse visti da fuori sembravamo davvero due sposini felici, ma se il mio cuore batteva di felicità vera non era certo per la sua mano, ma perché speravo in una cosa di cui ti scriverò dopo, quando avviene.

Tunisi da lontano è bella. Le mura delle case sembravano tutte gialle, o forse era il sole al tramonto che le tingeva di miele; e l'acqua è verde chiaro, perché il fondo del mare è sabbioso, me l'ha spiegato mio marito (devo abituarmi a chiamarlo così, Alfio).

Siamo scesi con il secondo gruppo di passeggeri e abbiamo fatto un giro nel suq. Alfio mi ha detto: "Compra quello che vuoi". L'ho guardato perplessa, ma lui mi ha spiegato: "Quando ti comporti bene, sempre così ti dirò: compra quello che vuoi". Non ho detto niente. Non mi sembrava di essermi comportata particolarmente bene. Poi ho capito che si riferiva al mio aver aspettato con pazienza che fosse pronto per uscire (ci impiega mezz'ora buona per vestirsi) e averlo seguito docile docile!

Abbiamo fatto un giro, noioso. Tunisi sarà bella, ma non più di Palermo. E quanto alla famosa "architettura araba", noi ce l'abbiamo pure. Arrinanzati mi sembrano, questi tunisini.

Quando siamo rientrati nel porto, arrivati vicino al nostro piroscafo, il cuore mi è balzato in gola. Chi c'era sulla banchina? Alto, abito bianco di lino, camicia celeste e panama in testa... Da lontano, il suo orologio d'oro brillava sotto il sole. Peppe! Ci siamo affrettati per raggiungerlo, e lui è stato compitissimo: mi ha fatto di nuovo gli auguri e poi, come se io non ci fossi, si è messo a parlare di affari con mio marito.

Abbiamo pranzato insieme. Peppe me l'aveva promesso che sarebbe venuto e che avrebbe fatto la crociera con noi, quindi avrei dovuto stare tranquilla. Ma anche se capivo la necessità di essere discreto, non ero preparata al fatto di venire così clamorosamente ignorata. Almeno un sorrisino, una carezza di sfuggita... niente di niente! Era più di quanto potessi sopportare, dopo tutta l'agitazione per le nozze. Avevo il pianto in pizzo. Cominciavo a pensare che Peppe se le era dimenticate tutte, le promesse che mi aveva fatto, perché mi trattava come la moglie un poco noiosa del suo amico Alfio, che invece, all'improvviso, così noioso non era. Mi sentivo proprio delusa.

Forse non gli piacevo più? Così pensavo, dando spazio alla Mariolina capricciosa. E Alfio era tutto gentile, più attore di me, come se avesse capito che avevo bisogno di essere confortata. Nel pomeriggio Peppe è rimasto sul ponte, disteso su una sdraio con un fascio di giornali a lato; Alfio invece si è seduto al bar di bordo a sfogliare le riviste di archeologia che si è portato da casa. Io sono andata a farmi un bel pianto in cabina, a faccia in giù sul cuscino, poi mi sono messa in costume e sono salita a prendere il sole – devi vedere che occhialoni scuri mi sono comprata. Un tè nel pomeriggio. Il romanzo che non riesco a leggere sotto il braccio. Di Peppe nemmeno l'ombra. Finché è arrivata l'ora di prepararci per la sera.

Alfio si è messo un vestito intero grigio scuro, taglio sartoriale, cravatta di seta rossa: poi si è spruzzato di acqua di colonia come una cocotte e ravviato i capelli all'indietro, col pettine bagnato.

Io ho indossato un semplice vestito blu con le maniche a tre quarti e lui mi ha fatto una scena da marito che quasi mi è venuto da ridere: "Come ti viene in testa di vestirti così per una cena col capitano? È una cena speciale, con la musica... hai capito o no? E siamo ospiti di Peppe!". Non ho battuto ciglio, ho preso dall'armadio il vestito più bello che ho, scollatissimo, di faille verde smeraldo, un modello delle Sorelle Fontana. Mi sono truccata con l'eye-liner e ho scelto un bel rossetto scarlatto.

A cena con il capitano, insieme a me, a mio "marito" e a Peppe c'era un giovanotto: sembrava che lui e Alfio si conoscessero già, ma ti confesso che i miei ricordi sono un po' confusi. Di sicuro abbiamo mangiato aragoste e calamari, e un dolce squisito a base di riso aromatizzato alla cannella. Di cosa abbiamo parlato? Boh! Nessuno si è accorto che io avevo occhi solo per Peppe. Lui era discretissimo. Mi avrà rivolto la parola una o due volte. Alfio, da parte sua, sembrava soddisfatto; e il suo amico pure. Chiacchieravano e ridevano. Il capitano beveva, parlava, raccontava storie di mare e anche di fimmine. Con classe, gli va riconosciuto, ma di fimmine. Sapeva che, con me a tavola, non poteva esagerare. Ma, questo sì, mi guardava il décolleté... almeno lui! E più mi guardava in mezzo ai seni, più io scrutavo Peppe alla ricerca di una traccia di gelosia vera, poi cercavo negli occhi di Alfio una tanticchia di gelosia finta. Niente di niente. Nessuno mi degnava, quei tre parlavano fra loro come se io non ci fossi.

Da lontano arrivava la musica dell'orchestra, e io accennavo il ritmo muovendo la testa, come le ragazze che fanno tappezzeria alle feste, in piedi contro le pareti, nella vana speranza di essere invitate a ballare. Mi sentivo un'intrusa.

Finché il capitano se ne accorge. Mi dice: "Qui si balla sul ponte, signora. Apriamo le danze noi due? Permette?".

Io mi sento piangere dentro, forse Alfio pensa che il capitano e io...? Ma se c'è Peppe, lì? E che rispondo?

Mi arriva un calcio da sotto il tavolo, ma non è Alfio, è Peppe, che mi guarda fisso e poi cala impercettibilmente la testa.

"Con piacere!" dico rivolta al capitano, anche se ballare con lui non è proprio quello che desideravo. Dagli altri tavoli ci guardano. Mi sento imbarazzata, forse mi comporto da provinciale. E invece no, quelli guardano il capitano che invita tutti a seguirlo sul ponte superiore per vedere la fine del tramonto. E mi offre il braccio.

Sul ponte ci aspetta l'orchestra. Il capitano di nuovo mi chiede di danzare con lui. Io sorrido come una scema. Alfio chiacchiera fitto con il suo amico, ma Peppe mi guarda, poi mette la mano sulla spalla del capitano: "Voi permettete, vero?". Eccoci finalmente, uno di fronte all'altra. La sua mano scivola sul mio corpo e mi cinge la vita. Il buio si riempie delle note di *Only You*.

Only you
can make this world seem right
Only you
can make the darkness bright
Only you and you alone
can thrill me like you do
And fill my heart with love for only you.

Ballando, noto che Alfio e il capitano parlottano: io sono felice tra le braccia di Peppe, del mio amore.

Non voglio scriverti tutto, puoi immaginare. Ma c'è una cosa che non immaginerai mai. Dopo aver ballato tutta la sera, circondati dal mare, Peppe e io eravamo solo aria, musica, io ero parte di lui e lui era parte di me. Alfio era sparito. Ero confusa. Peppe mi fa: "Fidati di me, è tutto come deve essere".

Abbiamo ricominciato a ballare, ma non riuscivo a godermi la sua vicinanza. Avrei dovuto rientrare in cabina. Peppe deve aver capito cosa mi passava per la mente, perché mi ha sollevato il mento con due dita e mi ha ripetuto: "È tutto come deve essere". Poi ha guardato l'orologio: "Mezzanotte e mezzo. Si è fatto tardi".

Non ricordo più bene cosa è successo. Eravamo sul ponte, da soli, l'orchestra era scomparsa nel buio, allora siamo scesi al piano di sotto, dove ci sono le cabine di lusso. Camminavamo piano perché io ero un po' brilla, ero appesa al braccio di Peppe, ci siamo fermati davanti alla porta di una cabina. Che non era la mia.

"Devo tornare da Alfio?" ho chiesto, gli chiedevo il permesso, gli chiedevo di non lasciar finire la notte, gli chiedevo se c'era una nuova norma che avremmo dovuto rispettare o se invece non c'erano più norme. Frastornata ma insieme lucida, mi sottraevo e mi compromettevo, ma lasciavo fare a lui. Allora Peppe mi ha baciato, finalmente, un bacio lungo e lento. Quindi ha aperto la porta e mi ha fatto cenno di entrare: "Questa è la nostra stanza". Era una suite immensa, il doppio di quella dove avevo dormito con Alfio, che già mi era sembrata grandissima. Sul letto, la mia camicia da notte era piegata accanto al pigiama di Peppe. In bagno c'erano le mie spazzole, i miei profumi, il mio cofanetto di cristallo per la cipria con sopra il piumino. Ho cominciato a ridere, non capivo più niente. Peppe mi ha sorriso: "Vorrei che tu fossi mia ospite fino a quando torneremo a Palermo...". Poi, ha fatto scorrere l'anta a specchio dell'armadio con un gesto teatrale: appesi ordinatamente in fila c'erano tutti i miei vestiti, sul fondo le mie scarpe e i miei sandali. "Questa sarà la nostra luna di miele," mi ha detto.

Stamattina abbiamo fatto colazione noi due da soli sulla terrazza della cabina. Peppe si è divertito a raccontarmi come ha organizzato questo splendido fuori programma: mi ha spiegato che l'amico con cui è arrivato è un amante di mio marito. "Ho proposto ad Alfio di fare uno scambio. Lui era contento, io di più," ha concluso con una risata. Peppe, lo so, è un giocatore di scacchi, sa come muovere, e sa che ogni mossa prevede una contromossa. Sai che cos'è, Carlino? È un invincibile.

All'improvviso, mentre eravamo lì circondati dall'azzurro del mare e del cielo, mi è venuta la paura che Peppe possa stancarsi di me, nel qual caso sono sicura che mi ritroverei estromessa dalla sua vita prima ancora di rendermene conto. Ma lui ha questa capacità diabolica di leggermi nel pensiero. Infatti mi ha preso la mano, me l'ha accarezzata: "Mariolina," mi ha detto, "sei l'unica donna che io abbia mai amato. La prima volta che ti ho visto eri una picciridda, camminavi per mano a tua madre: eri bella e prepotente come adesso, lei ti teneva ma eri tu che conducevi. Sei una donna piena di fuoco e di temperamento. Il mio più grande desiderio è passare con te tutto il tempo che mi rimane... e mi rammarico al pensiero che non sarà tanto quanto vorrei. Non sai cosa darei per essere stato giovane con te".

Così mi ha detto, caro Carlino. E così passò il mio Primo maggio. La crociera continua.

Confessore, testimone, cugino, amico... ti ricamo una firma in fondo alla pagina, che spazio non ne ho più.

La Mariolina che sai

Parte seconda
PUNTO PIATTO

8.

Dice Mariolina Sorci (gennaio 1958)

Tutti ce lo ricorderemo per un bel po', questo 4 gennaio 1958. Siamo rimasti con gli occhi incollati al cielo credendo di vedere chissà che. Il cielo è di quelli limpidi, cilestrini, dell'inverno. Lo sguardo corre da Monte Pellegrino alla profondità dell'azzurro e crede di cogliere un segno, una traccia, un frego... E invece, niente. Lo *Sputnik* che si diceva sarebbe rientrato nell'atmosfera si è disintegrato, è polvere chissà dove, e noi, qui sulla Terra, non ne sappiamo più niente.

È ormai qualche anno che si parla della conquista dello spazio, arriva ovunque la notizia che Stati Uniti e Unione Sovietica gareggiano per mettere un piede sulla Luna. Se ne parla sui giornali, chi può aspetta servizi aggiornati sullo schermo del televisore, ma anche nei bar, nelle case, per strada tutti dicono la loro. C'è chi proprio non ci crede che un razzo (un razzo?) possa puntare verso quei traguardi invisibili.

Se ne fa cenno anche al Circolo del Punto Pieno e sono le più giovani a scuotere la testa, a lanciare certi sordi "cose di pazzi!", a non crederci, come fosse in gioco la fede e non il progresso della scienza e della tecnologia. Zia Sara misura le gugliate, a ottant'anni passati spezza ancora il filo con i denti, e ammonisce le ragazze: le richiama alla realtà del mondo, ricorda loro che hanno la fortuna di appartenere a un futuro sempre più grande, che sono parte di una nuova società – hanno il diritto di voto, e vedranno con i loro occhi quello che a lei ormai è negato. Povera zia. L'anno scorso ha accompagnato prima all'ospedale e poi alla tomba zia Rachele e zia Beatrice. È rimasta lei, che pure è la più anziana, a tenere alto il vessillo delle Tre Sagge: nonostante tutto, per noi restano sempre tre e anche ora, quando c'è bisogno di un consulto, si continua a dire "Sentiamo le Tre Sagge", come se non potessero mancare mai. Zia Rachele e zia Beatrice si sono spente come lumini, una appresso all'altra, a una decina di giorni di distanza – Rachele smaniosa per non aver portato a compimento il ricamo di una tovaglia ordinata dalla moglie di un noto industriale milanese, Beatrice dispiaciuta di aver lasciato l'ago già da mesi, le mani tremanti, la vista compromessa.

Esco dal Circolo del Punto Pieno e mentre corro verso casa mi chiedo quale sia ormai la casa che chiamo mia, se quella coniugale (ma lì ci sto il meno possibile), se quella di mia madre dove passo con una certa regolarità, se l'appartamento che Peppe mi ha incaricato di allestire per noi, nello stesso moderno condominio dei miei genitori, fin dall'inizio della nostra relazione. Sono passati quasi tre anni molto intensi da quel bacio al cinema Astoria che mi ha stregata: innamoramento, grande amore, matrimonio di convenienza, e poi via libera all'amore con Peppe, l'unico uomo a cui mi sono data. Peppe è vecchio, mi dico, ma c'è in lui una fibra così forte, c'è una fame di vita, che non lascia trasparire cedimenti. Mi piace guardarlo mentre si spoglia e a lui piace guardare me. Spesso mi domando se ha altre donne: ma quando stiamo insieme è come se non si contentasse mai, e di per sé il fatto che non si contenti mi accende i sensi. Peppe mi dice che mi porta via, e promette di portarmi in America, dice che vuole tornarci insieme a me, per rivedere i posti in cui è stato giovane.

Ha più di sessant'anni, ma c'è qualcosa in lui che mi ricorda Carlino, e Carlino è il solo che mi conosce da sempre. Nessuno mi capisce come lui. Carlino per me è come un fratello, il confidente che meglio comprende i miei pensieri più riposti, anche quelli che non so di pensare. Non so se dipenda dalle sue, diciamo, "inclinazioni", ma di certo ha una sensibilità speciale – nervosa, acutissima – e una profonda generosità nei riguardi di tutti. Non ho mai conosciuto nessuno come lui. Dopo la morte di zio Andrea, il rapporto con zio Cola è diventato molto più intenso, l'uno e l'altro finalmente liberi di sentirsi padre e figlio, a tutti gli effetti, malgrado zia Margherita abbia da sempre remato contro questa paternità fuori legge. Palermo è una città difficile per vivere alla luce del sole rapporti omosessuali; ma tutta questa Italia democristiana è difficile, ottusa e perbenista. Carlino ha sempre avuto un gran gusto e un occhio speciale per i tessuti, adesso ha una rete con produttori e distributori nazionali e internazionali e offre la sua consulenza alle sartorie in grande espansione. Mi mostra le tirelle che riceve stagionalmente: sfoglia con lentezza i rettangoli di tessuto, dalla variante più chiara alla più scura, e ne saggia consistenza e morbidezza fra pollice e indice, poi mi invita a fare altrettanto e mi recita tutti i nomi mescolandoli, leggeri e pesanti, come fosse una filastrocca: tweed, grisaglia, solaro, seersucker, lino, occhio di pernice, pied-de-poule, fresco lana, gessato... È un mestiere che lo porterà lontano. L'ho visto ricevere al porto un tessitore inglese e stabilire subito un'intesa perfetta: l'ha condotto lui agli appuntamenti nei negozi e nelle sartorie più in voga. Una volta gli ho chiesto un campione di gessato con una sottilissima riga rosso scuro, da cui è sortito un ordine e più tardi un abito che Peppe porta con fierezza, il "rigatino mariolino" lo chiama.

Ogni tanto Carlino viene a farci visita al Circolo: ha cominciato per l'affetto che portava alle zie, ma non solo. Si diverte a entrare lì dentro, ed è un divertimento stare a guardare le donne e le ragazze che non lo conoscono. Leggono la diversità non tanto nei modi, che non sono poi così effemminati, quanto nell'interesse che Carlino mostra per i loro capolavori, e allora chi sorride schiva dentro la coppa della mano, chi gli riserva sguardi di sottecchi, chi si ritrae incuriosita, anche se poi tutte apprezzano – se non addirittura lodano – quella mascolinità depotenziata, foriera di gentilezza, intuizione e garbo; perfino con un pizzico di complicità. "Signore, che silenzio qui dentro!" se n'è uscito una volta, quando ormai aveva preso confidenza e le chiamava quasi tutte per nome. "Non siamo in chiesa, sorelle, e voi monache non siete, anche se devote e dedite come Oblate..." E da quel silenzio sgorgò leggera all'improvviso la voce di Concetta, che canta nel coro della parrocchia di Sant'Eufemia: "*Dio del Cielo, se fossi una colomba...*". E poi continuò a murmuriare, mentre le altre si univano a una a una fino al ritornello "*Vola, colomba bianca, vola... diglielo tu che tornerò...*" e al liberatorio "*dille che non sarà più sola!*". Carlino si era alzato e muoveva le braccia come un direttore d'orchestra. Era arrivato persino padre Gioacchino, incuriosito dalle voci, e adesso – in piedi sulla porticina che dava sul corridoio – non cantava ma ondeggiava a tempo sulle gambe magre.

Ogni volta che viene, Carlino porta un po' della sua ricchezza di uomo di mondo e non ha paura di giocare con le ricamatrici, che siano signore della buona società o pericolate tolte dalla strada. Una volta, una di queste gli disse che nel suo mestiere aveva portato alla beatitudine più d'uno di uomini come lui. "Incantato sono, Mariella, dalla prospettiva... ma non vorrei darti una brutta delusione," e tutte a ridere con l'occhio vispo, questa volta quasi senza ritegno.

Peppe viene al Circolo del Punto Pieno in occasione delle cosiddette "fiere". Il primo Natale si consultò con me su quanto fosse conveniente lasciare come contributo al buon andamento dell'impresa e io a mia volta chiesi alle zie, che con un senso molto pratico degli affari fissarono l'ammontare del versamento in denaro fresco. "Questi soldi chissà da dove vengono," commentò sottovoce zia Sara, "ma i poveri non guardano da dove arrivano i piccioli e noi, se non siamo povere, lavoriamo per i poveri."

E in effetti sì, Peppe ha rapporti con Salvatore e Angelo La Barbera di Cosa nostra e ha sostenuto l'elezione a sindaco del loro protetto. Lui mi dice che no, non devo preoccuparmi, che Cosa nostra è per l'appunto "cosa nostra", e non ci si può sottrarre, ma certamente si possono mantenere distanze di sicurezza, cosa che la sua professione gli consente, che tanti favori ha fatto prima, durante e dopo la guerra, e che non devo avere paura di niente. Mio padre, lo so, ha goduto e gode di questi "privilegi". Mi sono sempre chiesta se per caso in Peppe abbia visto la parte migliore di lui, ma preferisco non darmi risposte. Sono innamorata e basta.

Ho sposato Alfio perché così mi ha detto di fare Peppe. Alfio è come Carlino, ma non possiede nemmeno l'ombra della sua meravigliosa vitalità. È un appassionato di archeologia, è stato a lungo in Grecia e ha una collezione di efebi e *kouroi* che, a rigore, non potremmo tenere in casa come patrimonio privato. Nel tempo libero, quando non segue scavi o non riceve esperti, cucina... A volte stira, persino, e lo fa con assoluta perizia, anche se c'è chi stira per noi; la cameriera va a sedersi al tavolo della cucina a sfogliare "Grand Hotel", preoccupata solo di misurare la quantità di biancheria che le rimarrà quando "'u dutturi" si sarà stancato.

Tra noi non c'è quasi nulla. Qualche chiacchiera, talvolta. Mi tollera, lo tollero. E dormiamo in stanze separate. Non porta mai i suoi amanti in casa, ma mi è capitato di sorprenderlo al bar Mazzara in compagnia di giovanissimi ai quali dispensa granite e attenzioni. Mia madre intuisce quello che succede e preferisce vedermi a casa sua. Al Circolo viene solo occasionalmente, quando non regge la solitudine. Io mi avvicino, le faccio una carezza e mi accorgo quali miracoli la sua infelicità produce sulla mussola. Mia madre è infelice per colpa mia. Ho cercato di spiegarle che non deve, che la mia vita mi piace così, ma è inutile.

L'anno scorso mi ero immaginata Nora, al Circolo del Punto Pieno: Nora, la moglie di Peppe, altra infelice creatura che avrebbe arricchito la serie delle pericolanti. Pericolanti non certo sul fronte della virtù ma su quello della psiche: è capitato che Peppe la trovasse in casa in mezzo a stoviglie e vasi rotti, ferita e beata delle sue ferite che murmuriava: "Voglio morire, voglio morire". Ma non poteva, perché avrebbe disobbedito alla volontà dell'Eterno Padre. La vita, comunque, poi gliel'ha tolta l'influenza asiatica, il mese scorso.

Che ne sarà ora di me, con Peppe vedovo, non lo so. Preferisco pensare che la mia felicità non ha nulla a che fare con il matrimonio, ma con l'uomo che amo.

Una delle ricamatrici si è presa un cane e mi ha chiesto di suggerirle un nome moderno. Le ho consigliato Sputnik, anche lui sarà un ottimo "compagno di viaggio". L'uomo va alla conquista dello spazio profondo, ma io e le ricamatrici rimaniamo qui inchiodate dalle convenzioni e dai sensi al nostro destino di donne.

9.
Dice Sara Imballomeni
(inverno 1959)

Da quando Nicola, il mio fratello maggiore, morì nel 1876 cadendo da cavallo, all'età di diciannove anni e prossimo alle nozze, la mia fede profonda mi ha sostenuto con la convinzione che le nostre minuscole vite fanno parte di un disegno più grande, che dobbiamo accettare anche se non ne comprendiamo il senso; ma soprattutto, la fede mi ha consolato con la prospettiva di ricongiungerci tutti nell'amore divino: nell'attesa, chi abbiamo amato continua a vivere nel nostro ricordo – *Forte come la morte è l'amore/ tenace come l'inferno è lo slancio amoroso.*

Mio marito morì di tumore nel 1906, lasciandomi Giovanni di dieci anni e Giulia di quattro. Quando scoppiò la Prima guerra mondiale, Giovanni volle arruolarsi e perse la vita nella disfatta di Caporetto, nel 1917; Giulia fu una delle vittime della Spagnola, nel 1920. Nel giro di tre lustri, la famiglia che mi ero creata non esisteva più.

Se la morte di un marito rientra nell'ordine naturale delle cose, anche quando è prematura come quella del mio Ignazio, la morte di un figlio nel fiore degli anni è un dolore per il quale non esistono parole. Io ne ho persi due. Mi sostenevano però la fede e il desiderio di fare del bene agli altri. Mi dicevo che i miei figli erano passati a un mondo migliore, dove si erano ricongiunti al padre e avevano iniziato a ricomporre la famiglia, in attesa che arrivassi io a completarla. E anche senza di loro, dovevo trovare il modo di riempire meglio che potevo il tempo che mi era stato assegnato su questa Terra, dare un senso nuovo alla mia esistenza. Per prima cosa, insieme a mia sorella Rachele – nel frattempo rimasta vedova anche lei – e a nostra cugina Beatrice Benso, cercammo di renderci utili prodigandoci per aiutare figli e nipoti dell'altro nostro fratello, Enrico.

Per questo, in famiglia ci diedero un nome "di ingiuria": le Tre Sagge. I nipoti ne ridevano, ma poi venivamo regolarmente consultate o addirittura convocate per risolvere liti e disaccordi – succedeva spesso, perché Enrico aveva un carattere autoritario e aveva deciso non solo che i figli maschi dovevano vivere tutti nel palazzo del quale lui occupava il piano nobile, ma anche che le quattro famiglie avrebbero preso i pasti insieme a lui ogni giorno: a questo scopo aveva fatto allestire al piano nobile due sale da pranzo, una per i "grandi" e l'altra per i "piccoli". Per le figlie femmine e i loro mariti e figli, aveva invece fatto costruire un altro palazzo.

Col tempo le cose cambiarono: Cola, il maggiore, combinò un inghippo con la moglie di suo fratello Andrea e sua moglie pretese di cambiare casa, insistendo perché prendessero in affitto un appartamento sul Cassaro, dove vivono tuttora. Inoltre, dopo la morte di mio fratello, suo figlio Filippo – il più 'sperto – si comprò una casa moderna nella parte nuova della città. Ludovico, il secondogenito, si trasferì in un appartamento rimasto libero nel palazzo delle sorelle e a palazzo Sorci rimase soltanto Andrea. Che ha fatto una bruttissima fine, pace all'anima sua.

I nostri nipoti hanno sempre saputo che vogliamo il loro bene; oggi anche i loro figli si confidano con noi, chiedono consigli o semplicemente ci raccontano quello che fanno. Ecco, eravamo donne che cercavano amore e che l'hanno trovato pur essendo sole. Oggi, guardandomi dal di fuori e ripensando alla mia vita, non posso nonostante tutto descrivermi come una donna sfortunata e infelice. Anche se sofferenza e rimpianto non mi abbandonano mai, credo di aver imparato a stemperare questi sentimenti: con la forza d'animo, certo, ma a me piace pensare che sia avvenuto soprattutto grazie all'amore – per gli altri e per me stessa.

Nei primi tempi del lutto cercavo di svariarmi, di lasciare che mi abitassero altri pensieri, ma i pensieri – quelli che producevano sconforto e quelli che lo sedavano – finivano sempre per arrivare tutti assieme, in un gran disordine quasi assordante: mi accorgevo tuttavia che certe consuetudini, certa ripetizione di gesti, certa costrizione nel fare mi alleggerivano il cuore e la mente. Il conforto, insomma, coincideva con l'applicazione. In tal senso, ago e filo sono stati la mia salvezza. Il ricamo lo avevo appreso da bambina, ma non avevo mai rammendato e furono le persone di casa a insegnarmelo – da loro imparai la soddisfazione di aggiustare. Mi piaceva l'idea che, anche se non sarebbe mai più stato come prima, quello che era strappato o rotto potesse comunque essere riparato, servire ancora. E lavorare insieme, in silenzio ma vicine, mi confortava. Quando vidi che ormai riuscivo bene nel rammendo, mi resi conto che, sia pure faticosamente, mi ero rimessa in piedi. E ripresi a ricamare col cuore più lieve, coinvolgendo in questa rinnovata passione anche Rachele e Beatrice.

Al tempo stesso, continuavo a dedicarmi alla cura delle donne sfortunate. Aiutare loro aiutava me, che avevo rischiato di soccombere sotto il peso di un dolore troppo grande. E tra le sfortunate avevo sempre avuto una predilezione per le prostitute, che magari, dopo anni nelle case chiuse, si trovavano ricoverate negli istituti religiosi, rifugio sia per donne determinate a cambiare vita, sfregiate dal proprio ricottaro, sia per donne mature, meno appetibili per i clienti.

Dopo la morte di sua moglie Rosaria, mio fratello Enrico mi aveva fatto incontrare le sue fimmine, le sorelle Lucrezia e Annetta Panzi, alle quali voleva sinceramente bene e a cui aveva regalato una piccola sartoria per signora: nel '22 Annetta gli aveva anche dato una figlia, Stellina. Che adesso è la contessa di Valledolmo, arrivata vergine alle nozze. Mio fratello era candido con me riguardo a quello strano ménage. Diceva sempre di essere riconoscente alle sorelle Panzi perché lo avevano aiutato a essere un bravo marito e padre: era stato grazie alla devozione di Annetta e Lucrezia se non era andato a cercare altre fimmine in giro. E, compatibilmente con la situazione, è stato un bravo padre per quella figlia "segreta". Di certo, molto generoso: Stellina ha ricevuto un'educazione impeccabile nell'Educandato del Poggio Imperiale di Firenze e, forte di quella formazione – e della notevole dote concordata tra mio fratello e il padre dello sposo, suo amico d'infanzia –, ha fatto un ottimo matrimonio.

Per me non è stato facile comprendere il punto di vista di mio fratello, ma lo amavo troppo per metterlo in discussione. Soltanto di recente, dinanzi al comportamento poco dignitoso di Rico nei confronti di sua moglie, ho capito davvero che cosa intendeva: per la saldezza della famiglia ufficiale, una situazione stabile dai confini ben definiti, dentro cui ci si muove con consapevolezza e discrezione, è di gran lunga meno pericolosa e dispendiosa di una ridda di amanti capricciose ed esigenti, consapevoli di dover ottenere subito il più possibile perché destinate a essere presto sostituite. Le sorelle Panzi erano un esempio di riserbo e devozione e fecero prosperare la piccola sartoria avviata con i soldi di mio fratello.

Se il rammendo è stato la corda che mi ha permesso di risalire dal buco di dolore in cui ero sprofondata, il ricamo è stato dunque l'inizio della speranza. Speranza di ricominciare, speranza di creare qualcosa di nuovo, di bello, di cui tutti potessero godere.

Me ne ricordai qualche anno fa, durante un'estate in campagna, quando nipoti e pronipoti sembravano non avere più tanto bisogno di noi – d'altro canto, né Rachele, né Beatrice, né tanto meno io eravamo donne che si sarebbero lasciate consumare dalla malattia di non sentirsi utili. Volevamo fare del bene, ma il mondo era cambiato, non si trattava più di fare beneficenza come ai tempi di mamà: bisognava farsi venire in mente qualcos'altro, e io pensai a dei pomeriggi di cucito e ricamo in casa mia. Cominciarono ad avvicinarsi donne che avevano subìto un lutto, con le quali usavo il metodo che tanto bene aveva funzionato per me: iniziavamo sempre dalle riparazioni, che si trattasse di rattoppare un buco o uno strappo, di riprendere una cucitura o di eseguire un rammendo invisibile. Sceglievamo insieme i materiali più adatti, ritagli di tessuto o fili, e poi loro si dedicavano al lavoro. Mi commuovevo sempre quando, a poco a poco, queste donne piegate dal dolore si risollevavano e le vedevo pronte a rammendare la propria vita, decise a trarre il meglio dalla situazione in cui si trovavano e capaci perfino di guadagnare. Fu così che con Rachele e Beatrice arrivammo a immaginare un vero e proprio circolo.

Le donne all'inizio si limitavano ai pochi punti che conoscevano o a quelli più facili che insegnavamo noi. Ma la voglia di imparare non la si può costringere: sbummica come un fiore. Noi cercammo, e cerchiamo tuttora, di essere delle brave maestre. Alla giovane inesperta che fa fatica a infilare l'ago perché il filo si sfalda raccomandiamo: "Mettilo sulla punta della lingua, la saliva lo tiene dritto e puntutu, e ci trasi subito". Quando la gugliata è infilata nella cruna esclamiamo: "Ci trasìu tisu tisu, una meraviglia!", e sul volto della giovane spunta un sorriso grato. In queste occasioni, c'è sempre qualche ex prostituta che ripete il ritornello dei bordelli: "Trasiri, sempri bonu!" e le altre ridacchiano.

Al Circolo eseguiamo tanti lavori diversi: bavaglini di piquet con piccoli fiori o nodi d'amore; fazzoletti con le cifre e l'orlo a giorno; centrini sotto-bottiglia di lino o di cotone, con lo smerlo oppure con un giro di pizzo; tovagliette smerlate per i comodini o per il cassettone della camera da letto; buste di bisso di lino o di cotone per conservare fazzoletti e biancheria intima; sacchi di tela robusta per la biancheria da lavare. Negli anni abbiamo venduto anche tante sporte di canapa, ricamate da una parte sola, da usare per la spesa.

I punti che usiamo, alla fine, sono quasi sempre gli stessi: punto erba, punto pieno, punto Rodi, punto piatto, punto catenella, punto a giorno, punto smerlo. Ognuno ha la sua storia, e se non ce l'ha le donne del Circolo se la inventano. A ciascun punto finiscono per attribuire una personalità, completa di pregi e difetti, proprio come i cristiani. Il punto meno amato? Quello apparentemente più facile, il punto croce: immaginando un piccolo quadrato, l'ago esce dall'angolo in basso a sinistra ed entra in diagonale nell'angolo opposto, poi riesce in basso a destra e rientra in alto a sinistra, per formare una croce. Sembra semplice, eppure, poiché non è appuntato, per una ricamatrice inesperta non è facile mantenere costante la tensione del filo. Una volta che ci si è impratichite, però, usando fili di diverso colore – che poi devono essere fissati con cura sul rovescio del ricamo – si possono creare sulla tela disegni meravigliosi, non solo motivi geometrici ma anche decorazioni floreali, piccoli animali e casette per i corredini da neonato.

Lina Merlin è entrata nella nostra vita nel 1958, quando è stata promulgata la legge che porta il suo nome e che dal 20 febbraio di quell'anno ha chiuso le case di tolleranza. Era da tempo che se ne parlava, e le opinioni erano discordanti. Infine, l'approvazione. Fino ad allora, tra le pericolate del Circolo del Punto Pieno c'erano state ragazze che erano passate per quelle case e se n'erano allontanate per i motivi più diversi, o – cosa più rara – che ne entravano e ne uscivano. Io non facevo domande: mi interessava solo che chi si avvicinava al Circolo lo facesse per propria scelta e non su nostra sollecitazione. Noi non vogliamo redimere, semmai aprire una strada.

Ora questa legge, mettendo fine alla prostituzione legale, ha provocato il paradossale effetto di introdurre dei reati – sfruttamento e favoreggiamento della prostituzione da parte di gente senza scrupoli – e ha privato le donne del diritto all'assistenza sanitaria da parte dello Stato. E le discussioni continuano, tra le critiche dei nostalgici e quelle di chi invece si preoccupa con sincero interesse per le condizioni di vita delle prostitute.

Avidità e disonestà hanno avvelenato le nuove strutture di

governo della nostra isola, complici la rinata mafia e la Democrazia cristiana: da parte nostra, facciamo quello che possiamo cercando di incoraggiare le prostitute del quartiere a trovare nuove forme di guadagno onesto. Come ho detto, non intendiamo redimere nessuno, piuttosto offrire un'alternativa.

Entriamo nel salone, prendiamo fra le mani il lavoro così come lo avevamo lasciato la sera prima e cominciamo a discutere. In verità, non tutte le ragazze vogliono esporsi e molte preferiscono stare chine sul ricamo mentre io sollevo il tema tanto controverso. "La legge Merlin," dico, "dove ci porta? Il risultato è che le fimmine continuano a lavorare sotto lo stesso padrone, o per conto loro, ma hanno perduto il riconoscimento del proprio mestiere e la protezione *specifica* da parte dello Stato."

Rico, che è venuto a trovarci, dice con un sospiro: "Questa è la tragedia della sinistra, e dei socialisti in particolare: le idee sono bellissime, ma completamente slegate dalla realtà. È gente che non ha i piedi per terra! Ne vengono maggiori sofferenze per i deboli e per i poveri".

Si rende conto che l'auditorio è attento, così insiste: "Considerano la prostituta un'imprenditrice del proprio corpo, che come tutti gli altri cittadini deve pagare le tasse e mettersi in coda per ricevere cure e medicine, quando ne ha bisogno. Ma davvero si può parlare di imprenditoria?".

Quando se ne va, cerco parole per tradurre i suoi ragionamenti in un vocabolario e una forma più adatti alle nostre ricamatrici.

Il Circolo adesso sostiene le prostitute con determinazione ancora maggiore. Si tratta di creare confini capaci di difenderle dalle conseguenze di un mestiere faticoso e umiliante. Il ricamo costituisce anche una garanzia per la vecchiaia: non stanca mai e si può continuare a ricamare anche quando la vista si abbassa; infonde serenità, pace, conforto, e stimola la creatività; inoltre, incoraggia la riflessione, da sole o in gruppo.

Quando fondammo il Circolo avevo già superato gli ottant'anni. Mi ero resa conto che, contrariamente a quanto pensavo in gioventù, la vecchiaia che porta dimenticanza non aveva alleviato il dolore per tutte le mie morti. Ma sentivo che quel poco d'energia che mi era rimasto stava per sbummicare, creando qualcosa di utile che faceva bene alle donne – tante infelici, ognuna per i suoi motivi. Volevo, e più che mai voglio, adesso che gli anni sono quasi novanta, creare qualcosa in grado di dare pace e cuntintizza. So di essere nata e vissuta da privilegiata, ma mi piacerebbe se queste fimmine mi vedessero solo come qualcuno che ha sofferto e che dal suo dolore ha saputo trarre qualcosa di bello. In fondo, il lavoro – e questa è l'immagine che ho in mente – purifica.

Le nostre prostitute sono brave ricamatrici, hanno il tocco leggero e sono ordinate. Stendono la tela sul telaio con grande cura, forse la stessa con cui preparavano la stanza prima di ogni nuovo cliente. Sono attente a mantenere costante la tensione del filo e a eseguire punti della stessa grandezza.

All'inizio facevo in modo che avessero piccoli lavori, da completare velocemente: bavaglini, camicine e copertine per neonati, camicie da notte, corpetti, sottovesti, fazzoletti e biancheria intima. Poi, a poco a poco, abbiamo iniziato a coinvolgerle in lavori più lunghi e complessi, per corredi da sposa: asciugamani, lenzuola e federe, tovaglie e tovaglioli.

Le vendite alle fiere del Circolo del Punto Pieno sono state buone fin dall'inizio e questo ha dato fiducia e coraggio alle nostre donne: senza bisogno di tante parole, sviluppano un gusto per l'ordine e per il ben fatto che dal ricamo si estende con naturalezza ai diversi ambiti della vita. Capiscono che un'alternativa è spesso possibile, anche quando avevano perso le speranze, e che dignità e rispetto di sé sono beni preziosi. Al di là delle vendite, quando è necessario le mie nipoti e io interveniamo volentieri con una piccola sovvenzione segreta.

Spesso mentre ricamiamo parliamo di cibo, in particolare di pietanze povere: verdure, minestre, ma anche polpette di pesce o di carne e timballi di pasta con cui si dà fondo agli avanzi. Sono sempre io che introduco il tema: "Oggi," dico, "ho mangiato zarchi bolliti arrivati freschi freschi dalla campagna. Uno spruzzo di limone, un filo d'olio, un pizzico di sale e pepe, e diventano squisiti".

E continuo: "Io conservo il pane duro per raccogliere il sughetto: lo assorbe piano piano e quando me lo porto alla bocca non si spezza, quello fresco invece ne assorbe subito troppo e poi si spezza".

A volte, quando Rachele e Beatrice erano ancora vive, portavamo dei pasticciotti di pasta frolla con dentro le verdure del giorno prima, magari resi più ricchi da resti di formaggio o di carne tritata rimasta dal ragù: un modo semplice per far vedere che ci sono tante maniere, anche molto gustose, di utilizzare gli avanzi.

Distribuiamo medicine, acquistate da noi, e consigli per piccoli malesseri come mal di testa, un mestruo pesante, dolori muscolari. I nostri parrucchieri, il mio e quelli delle mie nipoti, ci regalano i campioncini di shampoo e balsamo che ricevono dai grossisti e noi li portiamo alle donne del Circolo: quando arrivano con i capelli puliti e lucidi, facciamo grandi complimenti e battimani.

È evidente che alcune continuano il vecchio mestiere; ne sono imbarazzate, ce ne accorgiamo. Io sono quella che parla di più, me le faccio sedere accanto e cerco di esprimere sempre, in modo indiretto, il mio rispetto per loro. L'obiettivo è indurle a restare nel Circolo, comunque. Tuttora si torna spesso al tema della cucina, forse anche per questi splendidi tavoli da ricamo che sembrano tavole apparecchiate, conzate che più eleganti non si può. E allora ecco che chiedo: "Cosa avete cucinato ieri?", "Al mercato sono già arrivati i carciofi?", "Avete provato a ripassare con olio e aglio o cipolla le verdure un poco mosce? Sentirete che sapore!". E a proposito di olio: Leonardo Ponte, il figlio di mia nipote Lia, possiede un uliveto e ha una grossa produzione. Ogni anno ci manda delle bottiglie invendute dell'anno precedente che noi diamo in omaggio o come premio alle donne.

È difficile, dopo aver gustato qualcosa di squisito, non sperare di assaggiarlo di nuovo.

Ogni volta che a Rachele, Beatrice e me era capitato di incontrare Stellina Valledolmo eravamo state colpite dalla dignità e dall'eleganza dei suoi modi. Senza bisogno di troppi discorsi, era stato facile intendersi e quando le avevamo parlato del Circolo del Punto Pieno, dicendo che saremmo state felici di coinvolgerla, ci aveva subito detto sì. Proprio a lei è stato dato il compito di pensare al futuro del Circolo. Io non dimentico, nessuno qui dimentica, che in lei c'è sangue Sorci. Ha la bellezza abbondante di sua madre e insieme la composta imperiosità di mio fratello. Si muove con gesti sicuri, a volte sembra rapita da un pensiero ma in verità è proprio allora che la sua attenzione è più desta e finisce per tornare ai suoi interlocutori con una folgore di sguardi nei quali si avverte quanto profondamente siano state assorbite note, considerazioni, valutazioni. Si è subito dimostrata una compagna preziosa in questa avventura.

È particolarmente attiva nell'organizzazione delle "fiere", ma essendo stata allevata da due sarte maneggia l'ago con grande abilità e usa i tessuti con fantasia. Alle nostre donne ha insegnato anche a confezionare le bambole di pezza: prima raccoglie in un pentolone rimasugli di stoffa e di fili di lana e cotone, poi li "cuoce" in poca acqua caldissima per ammorbidirli e impastarli; dopo aver lasciato asciugare questo strano composto, mostra come usarlo per imbottire delle bambole tagliate nella popeline rosa offerta da Giardini, un bel negozio di tessuti in via Maqueda. È Mariolina, poi, che sovrintende alla cucitura di queste bambole: possiede un apposito manuale scritto in inglese, acquistato in America. Chissà chi glielo ha dato! I colori per disegnare occhi, bocca e orecchie ce li dà in omaggio la cartolibreria De Magistris, mentre per vestirle ognuna porta da casa i ritagli di stoffa e gli avanzi di nastri e merletti: ne vengono fuori creazioni originalissime. Alle fiere queste bambole hanno sempre molto successo, non ce n'è mai abbastanza.

Era stata proprio Stellina a sollevare il tema della rotazione delle donne. "Non si può assicurare a tutte una vera e propria continuità," aveva detto mentre il salone si svuotava ed eravamo rimaste solo Rita, Caterina, Maria, Mariolina e io, "è bene fare patti molto chiari e concordare permanenze variabili fra i sei e gli otto mesi, a seconda del grado di apprendimento."

"Del resto," avevo sottolineato subito io, "noi non siamo, né possiamo permetterci di diventare, un'impresa a tutti gli effetti."

"Siamo semmai una scuola," aveva detto lei, "ma anche in questo caso dovremmo stabilire un protocollo e ottenere un avallo istituzionale."

Caterina si era fatta avanti e con chirurgica pertinenza aveva commentato: "È bene creare le condizioni perché un giorno non arrivi qualcuno e ci imponga di chiudere con qualche tranello burocratico!".

Stellina aveva assentito. Ricordo quella sera con particolare emozione. Il salone stava per essere assorbito dall'oscurità e noi cinque eravamo lì come statue del Serpotta a rappresentare ciascuna una virtù, un'età, un sogno. Mi piace pensare a questo bel manipolo di donne che non si trovavano né per fare "società", né per imposizione, né per vanità, tanto meno per spettegolare. Eravamo ricamate sul tessuto del tempo come figure d'una bellezza destinata a durare.

In tarda età mi sono scoperta una contastorie. Mentre lavoriamo, alle ricamatrici racconto storielle divertenti e persino barzellette: lo faccio solo quando sono al Circolo, dato che per temperamento non sono incline allo scherzo com'era invece mia sorella Rachele, e lo faccio per un motivo particolare.

Sono stata educata nel collegio Maria Adelaide, dai sei ai sedici anni: erano gli anni ottanta del secolo scorso ed ebbi come insegnante una monaca lombarda, suor Letizia, che ha avuto su di me una profonda influenza. Suor Letizia ci insegnava le declinazioni del latino, ma spesso ci parlava di una scienza nuova secondo la quale pensieri, sentimenti ed emozioni si esprimono non soltanto con le parole ma anche con la voce, lo sguardo, l'espressione del volto, la postura. Anzi, a volte le parole e il corpo dicono cose anche molto diverse! Con mio grande stupore, scoprii che suor Letizia aveva ragione. Me ne accorgevo soprattutto quando durante le vacanze tornavo a casa e mi mettevo a osservare tutto e tutti con occhi pizzuti: lo sguardo dolce che accompagnava un rimprovero di mamà mi faceva capire che davvero cercava di correggermi soltanto per il mio bene e che in realtà non era arrabbiata con me, mentre quando mio padre continuava a toccarsi il naso rispondendo alle domande sulla serata al circolo forse non stava dicendo tutta la verità. Iniziai a studiare gli altri come fosse un gioco e da allora non ho più smesso: l'abitudine è diventata – come a volte accade – una seconda natura; questa attitudine ha reso la mia vita molto più interessante e mi piace pensare che mi abbia permesso di capire meglio gli altri e di aiutarli. Quanto alle storie divertenti, suor Letizia ci aveva spiegato l'importanza di godere delle piccole gioie che spesso siamo troppo distratti per riconoscere – un pomeriggio di sole, il sorriso di una persona cara, una gentilezza che non ci aspettavamo – e di trovare il lato positivo, o meglio ancora divertente, in tutto quello che di negativo può accaderci. Coltivare pensieri gentili, impegnarsi per fare del proprio meglio e affrontare la vita con buon umore permette a ognuno di noi di trovare la propria cuntintizza, che è cosa più concreta, più alla nostra portata e di gran lunga più duratura della tanto desiderata "felicità".

Le socie del Circolo del Punto Pieno mi hanno dato una grande soddisfazione quando mi hanno chiesto come fare ad aiutare alcune donne povere del quartiere che "s'affruntavano" – così hanno detto – a venire al nostro Circolo, intimidite dall'imponente salone in cui lavoriamo e dalla presenza di tante signore. Ho spiegato loro che prima di tutto bisogna usare lo sguardo e il sorriso, per esprimere gentilezza e buona disposizione d'animo. Soltanto dopo, usare le parole: per dire che le socie del Circolo sono felici di accogliere chiunque voglia unirsi a loro. E poi, se queste donne si convincono a venire, è importante ricordare il loro nome e usarlo per chiamarle, cercare la prossimità anche fisica, far sentire loro che le apprezziamo, che la loro presenza e il loro lavoro possono diventare preziosi per il Circolo, notare i loro progressi e sottolinearli. Infine, se per qualsiasi motivo qualcuna di loro dovesse decidere di non abbandonare la prostituzione, o di riprenderla, nessuna deve dire una sola parola negativa sul suo conto; e ciascuna dovrà impedire che lo faccia qualcun'altra.

Il piccolo Circolo che eravamo sta diventando una vera e propria impresa: riceviamo ordinazioni di tovaglie, asciugamani, lenzuola e altra biancheria da corredo da tutta la Sicilia, ma anche dalle grandi città del Nord Italia. Non avremmo mai osato sperarlo, siamo le prime a esserne sorprese, ma per chi ha fede e perseveranza, tutto – o quasi – è possibile.

10.

Dice Rita Sala
(estate 1961)

È bello. Ha una faccia sorridente. Una chiostra di denti bianchissimi. Gli occhi curiosi, percianti. Il 1961 è il suo anno. Si passa l'estate leggendo di lui e, per una stagione, l'Unione Sovietica non appare più lontana come è stata sino a oggi. Tante si sono innamorate di quella faccia da ragazzo. La rivista con Jurij Gagarin in copertina è rimasta a lungo sul tavolino del salotto. Il mondo sembra ringiovanito, ci piace pensare che lo sia. Perfino da qui, da questa Sicilia antica e malata.

Fa caldo, troppo caldo. Anche con il vestito di lino, non trovo pace. Sono infelice. Vorrei infilarmi il casco di Gagarin e perdermi nello spazio, ma quello, anche quello, è un privilegio maschile. Chissà com'è la Terra, vista da lassù. Noi minuscole creature non siamo visibili, e se anche lo fossimo sembreremmo davvero delle cosuzze. Siamo schiacciati sulla Terra, dove il presente ci morde, il passato ci sta alle calcagna e la memoria ci seduce: sembra, quando la vita vissuta si riavvolge come un film, che in fondo tutto abbia avuto un senso.

Rico ha cominciato a guardarmi con un distacco che mi spaventa, mi ha confinato in un cerchio di solitudine. Sono diventata un corpo che non parla, un corpo che ha smesso di parlare perché per una notte aveva parlato la lingua del sangue. Con che occhi mi aveva guardato! Non li dimentico, e ora che da ogni parte appaiono gli occhi buoni, timidi, curiosi di Jurij Gagarin, la memoria del suo sguardo quella notte suona ancora più straziante: mi ferisce, ferisce me ferita.

Abbiamo brindato insieme all'uomo nello spazio, ma poi siamo tornati a guadagnare la distanza che lui ha imposto: qualcosa si è rotto. Che senso dare a tutto ciò? Devo tornare indietro, al tempo e agli eventi che hanno segnato la nostra vita coniugale. Devo riavvolgere questo nastro della nostra vita insieme: non voglio capire, capire non porta da nessuna parte, ma voglio vedere dove la porcellana si è rotta, voglio prepararmi a questa nuova stagione della mia vita.

Il nostro viaggio di nozze era stato breve, perché mia sorella Anna doveva subire un intervento e volevo essere a Palermo per assisterla, ma quei pochi giorni furono un sogno di felicità.

Rico mi aveva portato in Toscana e avevamo fatto delle passeggiate meravigliose: ricordo l'estasi al centro della piccola piazza di Pienza, nella perfezione assoluta, nella compostezza sublime di quello spazio sospeso. Nessuno spasmo barocco, piuttosto la certezza dell'essere umani fra umani. E poi il cielo sopra San Galgano, il magico raccoglimento davanti all'abbazia di Sant'Antimo. Mi era sembrato che tutto il mondo ci volesse bene. Nei ristoranti i camerieri si accorgevano che eravamo innamorati e quasi ci viziavano. Tra tutti ricordo un posto, sul mare, dove cenammo sulla terrazza a tarda sera. Avevamo scelto un dolce che non conoscevamo, una torta gelato, squisita, decorata con pinoli tostati. La mangiammo lentamente, occhi negli occhi, soltanto un altro tavolo era occupato – da un signore anziano che mangiava solo, il libro appoggiato alla bottiglia del vino – e ci sentivamo in libertà. Ogni tanto Rico mi prendeva la mano e deponeva un bacio nel palmo. A un certo punto dissi "andiamo", ma fui interrotta dal cameriere che si avvicinava reggendo un vassoio con due coppe di gelato sormontate da cialde rotonde: "Siete in luna di miele, vero?" chiese con un sorriso. E al nostro assenso continuò: "Ce ne siamo accorti. E ci siamo accorti anche che siete golosi. Ci farebbe piacere se assaggiaste il nostro gelato di corbezzolo, lo prepariamo noi".

Accettai con un sorriso, mentre Rico era restio e chiese che gli fosse messo nel conto.

"Ci mancherebbe," rispose il cameriere, "è un omaggio."

Rico era, in parte è ancora, un sognatore. Non ha rinunciato alla speranza di cambiare la Sicilia, di portare migliorie nelle nostre campagne, di incoraggiare il turismo e di rendere i siciliani cittadini europei. A volte mi parla dei vecchi sogni della politica, come l'unione con altri Paesi d'Europa e lo sviluppo delle strutture turistiche, anche alle Isole Eolie e alle Egadi. Parla spesso della necessità di consolidare e ampliare la rete stradale interna, adesso che le trazzere – da secoli le vie di mandrie e greggi – sono diventate carrozzabili: così si incentiverebbe il turismo degli automobilisti, attirati in Sicilia anche da competizioni come la Targa Florio e il Giro di Sicilia, oltre che dalle numerose gare di regolarità.

Il nostro era stato un vero matrimonio d'amore. Al ritorno a Palermo dal viaggio di nozze cominciò il mio adattamento alla vita dei Sorci: gli inviti a pranzo da mia suocera erano frequenti, e per me molto pesanti. Era gelosa di me ed era evidente che mi considerava inferiore – a Rico, a lei, a tutti loro. Cercavo di non dispiacermi troppo, mi dicevo che nessuna nuora l'avrebbe mai soddisfatta, ma le sue battute sulla mia famiglia e su mio padre mi ferivano. In più, sembrava incolparmi di aver persuaso Rico ad andare a vivere nella villa di Altarello che avevo ereditato. Non apertamente, certo, ma non per questo faceva meno male. Eppure ricordo con chiarezza che ai tempi del matrimonio i miei suoceri non avevano un appartamento libero per noi: palazzo Sorci era ancora indiviso, e per di più Rico mi aveva spiegato che i portieri avevano un traffico notturno di contrabbando nei magazzini vuoti – non era proprio il caso di trasferirci lì per costruire la nostra famiglia. Stando così le cose, sarebbe stato un inutile spreco prendere un appartamento in affitto, o magari comprarlo, visto che Altarello era libera per noi, pronta ad accoglierci con la sua bella loggia a tre archi, l'agrumeto, il giardino all'italiana profumato di rose, zagara e lavanda. Il posto perfetto per crescere dei bambini. Perché non avremmo dovuto trasferirci lì?

Non sono mai più stata felice come quando sono rimasta incinta per la prima volta. Erano passati quattro anni dalle nozze e cominciavo a temere che non sarebbe mai successo. Rico mi diceva di non farmene un cruccio, prima o poi un bambino sarebbe arrivato, e che se non avessimo avuto figli lui sarebbe stato felice lo stesso, gli bastavo io. Ma io ero davvero triste perché avevo sempre desiderato diventare madre: sentivo che era colpa mia, doveva esserci in me qualcosa di sbagliato, arrivai a pensare che mia suocera avesse ragione – non valevo niente, non ero nemmeno in grado di fare un figlio. Il ginecologo mi rassicurava, in me non c'era niente che non andasse, dovevo solo stare tranquilla e prima o poi la natura avrebbe fatto il suo corso. Mia suocera, che fin dall'inizio non aveva risparmiato allusioni neppure così velate, era passata a vere e proprie domande che mi umiliavano e mi imbarazzavano. Mi sembrava di impazzire.

L'annuncio che finalmente c'era un bambino in arrivo fu accolto con gioia e sollievo. Per qualche settimana mia suocera fu persino gentile (benché offesa dal fatto che avessimo aspettato l'ingresso nel quinto mese per dare la notizia alla famiglia) e insisteva perché stessi a letto e riposassi il più possibile. Io continuai a frequentare assiduamente il Circolo del Punto Pieno fondato dalle zie e quando ero in casa mi distraevo dipingendo ad acquerello, come facevo da ragazzina, o ricevendo visite: Carlino veniva spesso a trovarci con Emilio Greco, un uomo colto e di gran cuore che ho imparato a conoscere e ad apprezzare. Rico insistette per prendere una bambinaia prima ancora della nascita, prevista per la prima settimana di ottobre. Credo avesse paura che la maternità mi facesse dimenticare di essere innanzitutto una moglie, a volte pensavo fosse addirittura geloso del figlio che portavo in grembo.

Volevamo una bambinaia straniera che rimanesse in casa nostra a lungo, perché nostro figlio potesse imparare un'altra lingua nel modo più naturale possibile. Come era stato per me, che grazie a una Mademoiselle di Losanna parlo il francese come l'italiano. Tra le diverse candidate fu scelta Miss Deborah Taylor, figlia di un inglese impiegato al Grand Hotel Villa Igiea, dove lei stessa aveva lavorato al ricevimento. Aveva trentacinque anni ed era nata in Sicilia, ma era stata in collegio in Inghilterra fra i tredici e i diciotto anni, quando infine era ritornata a Palermo, ed era perfettamente bilingue. Prima di entrare alla reception aveva lavorato saltuariamente come bambinaia tappabuchi e con i piccoli aveva dimostrato di saperci fare: ma soprattutto sapeva "rubare con gli occhi", imparava rapidamente e nella cura dei bambini dispiegava una confidenza che si sarebbe detta naturale; tanto che le bambinaie titolari avevano cominciato a indispettirsi e le madri nondimeno a contenere il loro impegno allo stretto necessario, prediligendo quell'inglese sorridente e lentigginosa. Inoltre Miss Taylor aveva una vocina, piccola piccola ma intonatissima, che incantava i suoi "*cared for*", come lei li chiamava. Era stata notata a Villa Giulia e sul lungomare, il bimbo in braccio, la bambinaia titolare appresso. Un quadretto che non mancava mai di attirare l'attenzione.

Fascinosa e spigliata, Miss Taylor in gioventù era stata molto corteggiata dai giovani palermitani, ed era ancora attraente. A un certo punto era diventata l'amante di Paolo Tarraccò, amico di mio fratello Vito, molto più vecchio di lei e scapolo: Miss Taylor aveva lasciato il lavoro per andare a vivere insieme a lui in un villino in via Notarbartolo. Ma poi il fratello maggiore di Paolo morì lasciando una vedova e tre figlie femmine, e lui, ereditato il titolo di marchese, fu costretto a sposare una siciliana vergine, ricca e del loro ceto: bisognava assicurare alla famiglia l'agognato erede maschio. Dovette cedere. Regalò a Miss Taylor una Topolino, le disse che poteva rimanere a vivere nel villino e che avrebbero continuato a incontrarsi lì. Miss Taylor preferì lasciare il villino e il marchese, poi andò a chiedere al direttore di Villa Igiea di riavere il suo vecchio posto; ma si tenne la Topolino. A Palermo erano in poche a guidare l'automobile: in tanti, segretamente, ammiravano e invidiavano Miss Taylor, anche se tutti in pubblico sparlavano di lei.

Rico e io, invece, eravamo rimasti colpiti dalla dignità con cui si era comportata e dalla sua intraprendenza. Nel corso del colloquio scoprimmo che il suo accento era impeccabile, che era allegra, vivace e che aveva molta voglia di lavorare.

Appena lo seppe, mia suocera fece una scenata e mi sorprese con la sua volgarità quando concluse gridando: "Non voglio che il sangue mio sia maniato da una puttana, e per giunta straniera!". Ma quella volta Rico tenne duro.

Sapevo di avere in grembo un bambino vivo e sano e sentivo i suoi movimenti: mi dava piccoli calci e ogni tanto riconoscevo i suoi pugnetti qua e là, ma altre volte era solo un rimescolio, come se avessi dentro delle piume svolazzanti. Anche Rico voleva sentirli, la sera prima di dormire si poneva in ascolto circondando la mia pancia con le mani e posandovi sopra l'orecchio.

Tutti, in casa Sorci, davano per scontato che sarebbe stato un maschio.

Amelia nacque in anticipo, l'11 settembre 1955. Rico e io eravamo felici. Mio suocero lì per lì rimase deluso, e si vedeva: teneva la bambina tra le braccia e la cullava, cosa che non aveva mai fatto non solo con i figli ma neanche con la bambina di mia cognata Carmela, ma era chiaro che avrebbe preferito un maschio. Ho pensato spesso che la speciale tenerezza che poco dopo cominciò a provare per Amelia fosse dovuta proprio al fatto che sentiva di doversi fare perdonare l'iniziale delusione, e che si vergognava di quella debolezza.

Mia suocera – nella cui logica la nascita di una nipote femmina rappresentava giustificazione e alimento al disprezzo nei miei confronti – vietò a Rico di dare il suo nome alla bambina: Margherita era già la figlia di Carmela, e pazienza se di cognome si chiamava Augeri e non Sorci. Non osai, per discrezione, suggerire il nome di mia madre, anche se lo avrei voluto tanto: Maria mi è sempre parso bellissimo, così semplice e al tempo stesso solenne; Rico sapeva del mio desiderio, ma non disse nulla.

Il giorno dopo la nascita, mio suocero si presentò con un astuccio di velluto blu.

"Non è nuova," si affrettò a precisare, "ma l'ho fatta pulire da Fecarotta, sono così gentili. Voglio che sia tua." Come se fosse un fidanzato della piccola, accucciata tra le mie braccia, fece scattare il coperchio dell'astuccio rivolgendolo verso di lei: era una spilla meravigliosa, un fiore di brillanti ottocentesco con due larghe foglie ai lati. "Apparteneva a mia madre. Vorrei che la portassi tu, e poi la regali alla nica quando compie diciott'anni."

"Non ha ancora un nome," mormorai. "Comunque grazie, e il fatto che sia un gioiello della bisnonna lo rende ancora più prezioso."

Mio suocero mi guardò pensoso, poi bisbigliò: "Amelia. Mi piacerebbe se la chiamaste Amelia".

Non mi sembrava un nome di casa Sorci, e quando ne parlai con Rico me lo confermò. Fu comunque deciso che la bambina si sarebbe chiamata Amelia Margherita Maria. Soltanto dopo venni a sapere che il primo amore di mio suocero, tanti anni fa, era stata una certa Amelia, figlia del preside della Regia Scuola Agraria di San Placido Calonerò. Chissà, forse avrebbe preferito che la bambina venisse chiamata Laura, ma naturalmente era impossibile, e il nome di quella fanciulla messinese era rimasto vivo nella sua memoria, forse molto più della fanciulla stessa.

Mio suocero ci teneva molto che Amelia fosse battezzata nella cappella dei Teatini, dove il suo bisnonno era stato sepolto nel 1820. Lui stesso la tenne a battesimo, il 2 ottobre, mentre come madrina Rico scelse Mariolina. Nessuno della mia famiglia venne preso in considerazione. Rico mi spiegò che in casa Sorci la scelta di padrino e madrina era dettata da logiche più patrimoniali che affettive o morali: si prediligevano i parenti facoltosi, possibilmente senza figli. Secondo questo ragionamento, mia sorella Anna era tagliata fuori perché aveva già una figlia, ma mio fratello Vito avrebbe potuto essere scelto come padrino, visto che lui e sua moglie Beatrice di figli non ne avevano. Non ci fu verso. Intuivo che con tutta probabilità la famiglia di mio marito mi avrebbe dato ancora delusioni e dispiaceri, a me non restava che imparare a sopportarli, e quando era il caso anche a farmi valere – questa era la parte davvero difficile: impormi con fermezza ma delicatamente, senza arrivare alla rottura. Preferii non parlarne con Rico, per non addolorarlo, ma sentivo che capiva e che cercava di compensare con il suo affetto e mille attenzioni.

Dopo il battesimo, invitammo tutti ad Altarello: era una giornata d'autunno dolce e luminosa, il giardino – annaffiato per tutta l'estate – era splendido e il gelsomino spandeva ancora la sua fragranza nell'aria. Delle foto volle occuparsi personalmente Rico, a cui avevo regalato una Leica. Ancora oggi mi commuovo sfogliando l'album che raccoglie gli scatti di quella giornata: eravamo felici non solo perché si celebrava l'ingresso di Amelia nella comunità dei cristiani ma anche perché di nuovo, dodici anni dopo i feroci bombardamenti della guerra, ci sembrava che la Sicilia tutta potesse nuovamente guardare al futuro con fiducia e speranza.

Volto con un fruscio il foglio di carta velina e vedo la foto di Amelia in braccio a Mariolina, in tutto lo splendore dei suoi ventitré anni: gli occhi di Amelia, rivolti alla madrina, sono misteriosi come quelli di tutti i neonati e sembrano celare profondità abissali, mentre in quelli di Mariolina brilla una luce affettuosa e divertita.

Rico volle fotografare ciascun gruppo famigliare. Noi Sala eravamo in pochi, avevo soltanto un fratello e una sorella. Per la nostra foto Rico aveva scelto la balaustrata del giardino. Qui mia sorella Anna ha gli occhi di mia madre, dolci e tristi. Pippo, suo marito – notoriamente infedele –, sfoggia un foulard di seta al collo: per timore di un colpo d'aria, aveva detto. Ma Rico e io pensavamo che fosse semplicemente vanitoso. Mio fratello Vito, ormai quarantenne, cinge la vita di sua moglie Beatrice, bionda, carnagione chiara e mani affusolate: è una maestra di pianoforte, aveva promesso che appena Amelia sarebbe cresciuta le avrebbe regalato una modernissima tastiera americana fatta apposta per insegnare a suonare ai bambini.

La mia famiglia sembra minuscola a paragone di quella di Rico: per entrare tutti nell'inquadratura avevano dovuto disporsi sulla scalinata curva che dalla sala da pranzo scende in giardino, anche se i parenti di mia suocera avevano disertato in massa. Non tutti gli zii e i cugini Sorci erano presenti, ma i figli delle zie erano al gran completo: i Merlo – che Rico considera il lato migliore della famiglia, il più "normale", intelligente e fattivo – erano capeggiati da zia Maria Teresa, che accudiva il marito con affetto e discrezione per non far notare che stava diventando stolido, mentre i due cugini Sebastiano ed Enrico erano venuti con le rispettive mogli – Elena e Olga – e tre figli ciascuno, tutti ormai universitari. Anche zia Anna, rimasta vedova, era venuta con i suoi figli: nella foto di gruppo riconosco accanto a lei Sandrina, un braccio sulle spalle della figlia più piccola, Rosanna.

Le donne indossano camicette di seta dai colori pastello, con il fiocco e i bottoncini davanti. Alcune, le più giovani, hanno corte maniche a palloncino, e sulle spalle sciarpe leggere dal nome francese che ci facevano sognare tutte. Le più anziane sono avvolte in morbidi scialli. Ai piedi, scarpe con il tacco alto, nonostante fossimo in giardino.

In mezzo agli abiti grigio scuro degli uomini spicca Carlino: seduto sul primo gradino in mezzo ai più piccoli, un golf rosso sulle spalle, camicia bianca senza cravatta, ride voltato verso Mariolina che, in piedi dietro di lui, si allunga a premergli una mano sulla testa.

Le più eleganti sono le Tre Sagge: zia Sara e zia Rachele per l'occasione avevano rispolverato i gioielli di quando erano giovani spose e che, in vedovanza, avevano smesso di portare. Zia Sara ha un abito rosso scuro, come i rubini che le pendono dai lobi, completato da un giacchino blu; zia Rachele sul tailleur grigio chiaro porta una sciarpa rosa di un cashmere così impalpabile da sembrare chiffon, sotto cui si intravede un triplo filo di perle; zia Beatrice sorride beata in mezzo alle cugine, ha un vestito di seta verde smeraldo a grossi pois neri che chissà da quanti anni non metteva più e perfino un civettuolo velo di rossetto.

Mariolina era arrivata in ritardo ed era andata via per prima. Non me l'ero presa perché capivo che qualcuno la stava aspettando, e tutti sapevamo chi era, questo suo innamorato segreto. Il tailleur bluette metteva in risalto le sue forme, i capelli biondissimi erano raccolti in un voluminoso chignon e al collo le splendeva un filo di perle scaramazze: chiaramente, era pronta per il "dopo". Quando le diedi in braccio Amelia per le foto, Rico dovette scattarne tante prima di cogliere finalmente il solito sguardo vivace di Mariolina: nel prendere la bambina aveva avuto un momento di commozione, dal quale si era difesa tenendo abbassate le palpebre dalle lunghe ciglia: ripensandoci, credo cercasse di nascondere la sensazione – di cui mi aveva parlato più volte – che non sarebbe mai diventata madre.

Avevo chiesto a mio suocero di prendere la macchina fotografica per scattare una foto di me e Rico con Amelia insieme alla mia famiglia. Vito mi disse: "Vieni a sederti sulle mie ginocchia, come facevi quando eri nica, e portati Amelia". Al momento dello scatto, avevamo riso tutti insieme: è la fotografia a me più cara di quel giorno. Se solo mamma fosse stata con noi!

Rico avrebbe voluto mettere in posa i genitori e le sorelle per una foto con Amelia, ma la sua richiesta non fu accolta bene: Rosamaria disse "no" senza tanti giri di parole, mia suocera dichiarò che odiava le fotografie e prese per un gomito Carmela per allontanarla: "Lascia perdere. C'è troppo sole, verremmo tutti con gli occhi chiusi".

Ma Carmela resistette e mentre tendeva le braccia per prendere la bambina Rico richiamò l'attenzione dei genitori e delle sorelle sull'aereo che stava solcando il cielo sopra Altarello. Tutti alzarono lo sguardo e lui, velocissimo, riuscì a catturare il gruppetto col suo obbiettivo.

Quando Rico ritirò le fotografie al laboratorio Intergugliel-mi e ci passò tra le mani quello scatto, mi fece un effetto strano: tutti guardavano in alto, dimentichi della bambina. Anche Rico doveva aver avuto una sensazione sgradevole, perché la fissò a lungo, senza parlare.

Rico e io avevamo un'intesa sessuale meravigliosa. Ma lui aveva bisogno di altre donne. E lo ammetteva, parlava confusamente dell'insicurezza causata dalle ferite di guerra, del bisogno di sentirsi confermato nella sua virilità. Eppure gli credevo, quando mi ripeteva che la donna della sua vita ero io. Nella mia famiglia, come nella maggior parte delle famiglie, alle mogli si raccomandava di sorvolare sulle avventure dei mariti e sul fatto che frequentassero le prostitute. E così facevo io. Accettavo, il che non mi impediva di soffrire. Soprattutto, temevo per la saldezza del nostro matrimonio: percepivo in Rico un'ingenuità di cui una donna senza scrupoli avrebbe potuto approfittare. Sentivo dire che in certi Paesi stranieri, dalla Svizzera al Messico, il divorzio era qualcosa che si poteva comprare, avevo la sensazione che il matrimonio non fosse più indissolubile come eravamo sempre stati abituati a pensare.

Un anno e mezzo dopo, il primo marzo 1957, nacque il desideratissimo erede, Nicola: nasca larga, occhi scuri e le minuscole falangi dei mignoli storte, il "marchio di fabbrica" di casa Sorci.

Carlino ed Emilio Greco furono tra i primi a conoscerlo: entrambi si erano innamorati di Amelia e venivano spessissimo a trovarci. "Sai quanto bene voglio a Rico," mi diceva Carlino, "ma voglio tanto bene anche a te: e questo affetto si estende in modo naturale ai vostri bambini. Sento un legame speciale con loro." Da sempre, infatti, Carlino è stato una presenza importante nelle vite dei miei figli: tuttora, insieme a Emilio li porta alla Marina a mangiare il gelato, a passeggio all'Orto botanico, alle giostre del Giardino Inglese. "Lo facciamo per noi," dicono ridendo, "vogliamo fare conversazione con Miss Taylor per migliorare la pronuncia."

I bambini adorano questi zii un po' stravaganti che li riempiono di gelati e palloncini, strana specie di adulti che giocano e si divertono con loro come fossero coetanei, e accettano con naturalezza la presenza di Emilio: "*The best friend of uncle Carlino*," ha detto una volta Amelia. A cena, noi quattro adulti ci abbiamo riso su.

Carlino e Rico non avrebbero potuto amarsi di più se fossero cresciuti nella stessa casa. Emilio e io vedevamo rinsaldarsi quel legame senza alcuna gelosia.

La nascita di Nicola rese felice mio suocero, meno sua moglie. Lei è gelosissima del suo unico figlio maschio e fin dal primo giorno mi ha visto come una rivale, nella migliore delle ipotesi un'intrusa. Rico mi ripeteva che non ce l'aveva con me, era sempre stata così: riversa. "Ha sofferto molto quando era giovane," diceva, e cambiava argomento. Sapevo a cosa si riferiva, e lui sapeva che io sapevo; apprezzavo la lealtà con cui custodiva i dispiaceri di sua madre.

Un'altra delle cose che mi piacevano di lui era il suo senso dell'umorismo: quando Miss Taylor, di ritorno da un viaggio in Inghilterra, ci aveva portato un pacco di Angel Delight (una polvere a cui si aggiunge il latte per preparare un dessert stucchevolissimo, usata anche come base per certe caramelle di cui pare fosse golosa la regina Vittoria), lui le aveva detto che la ringraziava tanto del pensiero ma l'Angel Delight aveva inferto un duro colpo alla sua fede, non solo negli angeli ma anche in Dio e nei santi. Io avrei voluto nascondermi sotto il tavolo, ma Miss Taylor si era fatta una risata, "*so weird*," aveva detto. Non contento, Rico aveva aggiunto che in compenso dell'Inghilterra gli piacevano molto la giovane regina Elisabetta, il Big Ben e la caccia alla volpe. "E naturalmente lei, Miss Taylor."

Amelia non era stata per niente gelosa alla nascita del fratellino: Colapì lo aveva ribattezzato, sentendo noi riferirci a lui come a "Cola piccolo". Quando lo mettevo a dormire e piagnucolava, per consolarlo gli rovesciava addosso animaletti di pezza e bamboline: lui la guardava con occhi pieni di sorpresa e amore, senza nessuna paura, e si addormentava beato.

Quando Colapì ebbe due anni, appesi nella loro camera un pannello di legno, abbastanza in basso perché Amelia potesse attaccarvi con lo scotch disegni di posti legati a qualche storia di famiglia, insieme a fotografie dei parenti morti che li avrebbero amati se li avessero conosciuti e che li amavano comunque dal paradiso. Insieme a Miss Taylor avevo fatto dei fiori di carta crespa e poi li avevo fissati sulla cornice con delle puntine da disegno. Tra le fotografie ce n'era una di Giosuè Sacerdoti: mi sembrava giusto che i miei bambini sapessero anche di lui, il "grande amico" della nonna Maria, che "ha lasciato alla mamma e al papà la villa in cui viviamo". Avevo pensato che sarebbe stato bello abbinargli una pietanza o un dolce che piaceva a lui e che piacesse anche a loro, così che lo sentissero vicino, e amico.

Durante una delle visite dei miei suoceri, Amelia volle portarli a vedere il pannello; i due la seguirono contenti, e così anche Rico e io, con Colapì in braccio. Notando la fotografia di Giosuè mia suocera fece una smorfia. "Che cos'è?" chiese sdegnata. Cercai di spiegarle le mie intenzioni, ma lei nemmeno ascoltava: la sua bocca era sempre più torta, i suoi occhi sempre più stretti, e le pupille, come spine, continuavano a saettare da me alla foto di Giosuè, e dalla foto di nuovo a me.

Rico mi venne in aiuto, incoraggiando i bambini a spiegare quale posto era raffigurato in questo o quel disegno e in quale occasione ci eravamo stati, ma sua madre lo interruppe: "Queste non sono cose per bambini". Poi mi fissò: "E neanche per adulti," disse gelida. "Solo Sorci e Sala devono esserci lì, e basta!" E uscì dalla stanza. Una nuora devota, a quel punto, avrebbe dovuto staccare la fotografia dal pannello, poi chiedere scusa alla suocera e riconoscere di avere sbagliato. Non lo feci. E anzi mi sentii vigliacca per non aver difeso apertamente la memoria di Giosuè.

La visita continuò in un'atmosfera fredda e controllata, senza altre frecciate contro di me o gli ebrei. Osservavo in silenzio mio suocero, che, imbarazzato, cercava di giocare con i bambini. Rico si sforzò di fare conversazione, ma a un certo punto si allontanò e poi tornò senza spiegare la sua assenza. Pensai che di certo era andato a telefonare – mi rendevo conto che, chiunque ci fosse all'altro capo del filo, Rico faticava a starne lontano –, ma ero talmente depressa che quel pensiero non aveva aumentato la mia infelicità.

Appena i suoi genitori andarono via, Rico mi mise una mano sulla spalla: "Andiamo di sopra, dobbiamo fare una cosa".

Tornammo nella stanza dei bambini, rimasti in giardino con Miss Taylor, e lui tirò fuori dalla tasca una foto di Giosuè da giovane, in uniforme fascista. "L'ho trovata nel fondo di un cassetto di una scrivania, in amministrazione," disse. "È bene che i nostri figli sappiano anche che Giosuè Sacerdoti era un militante fascista, e che all'inizio Mussolini sembrava sincero quando diceva di volere il bene dell'Italia e degli italiani. Crescendo, dovranno sapere che Giosuè aveva lavorato tanto per il bene del Paese, ma poi era stato cacciato via e costretto a nascondersi in quanto ebreo." E Rico mi porse la fotografia. "Fallo tu," disse con il tono militaresco che ogni tanto gli risale dagli anni lontani della guerra. Presi la foto e, sentendomi addosso il suo sguardo, la attaccai nella parte più bassa del pannello, quella meglio visibile dai lettini – il volto rotondo di Giosuè, camicia nera e occhi sorridenti, era in primo piano.

Rico mi cinse le spalle con il braccio: "Non ho voluto difenderti: volevo che lo facessi tu, da sola, Rita mia. Aver lasciato quella foto e aver mostrato a mia madre la quiete del tuo coraggio... tu non cedi, tu non ti lasci mettere con le spalle al muro!". Così disse, e mi diede un bacio sulla fronte. Poi mormorò, come parlando a se stesso: "Dovrei essere coraggioso come te, quando mia madre mi tormenta". E quella sera rimase in casa con me e i bambini.

Questa storia mi riporta alla mente Maria Merlo, sposata Moncada Sacerdoti, la mia preferita tra le cugine di Rico. Anche suo marito Ugo è ebreo. Hanno vissuto a lungo a Roma, dove lui aveva un incarico al ministero degli Esteri. Maria e i suoi figli e nipoti frequentavano la sinagoga, ci tenevano. E avevano ottimi rapporti con le famiglie osservanti della capitale: poche, in verità, ma solidamente ancorate alla tradizione e soprattutto forti della recente memoria del rastrellamento nazista del '43. Mi piacerebbe che Amelia e Colapì crescessero sotto l'influenza di questi cugini più grandi. Con Rico non ne ho mai parlato, ma io so che Giosuè Sacerdoti è mio padre. Non so quanto io mi senta legata, religiosamente legata, alla comunità ebraica ma, anche se non ci sarà un'altra Shoah, so che l'antisemitismo è una malapianta non estirpata. Quando i bambini saranno abbastanza grandi da capire gliene parlerò, vorrei che fossero consapevoli e fieri del loro quarto ebraico.

Io, per rispetto alla memoria di mia madre e a quella di papà, non posso.

Arriva l'agosto del '59. Rico si occupa molto delle nostre campagne – ormai amministra anche le mie. È attivissimo nelle associazioni di agricoltori ed è stato il primo della provincia a comprare un trattore inglese, il Massey Ferguson. Gli piace portarci tutti su quel trattore, terre terre, Colapì in piedi tra le sue gambe, io con Amelia in braccio appollaiata sul larghissimo parafango.

Sono incinta e non lo so: allatto ancora, una volta al giorno, e mi sono messa in testa che finché allatto è impossibile concepire di nuovo. Il mancato arrivo del ciclo non mi ha allarmato, né ho fatto caso a certe piccole perdite. Continuo la vita di sempre.

Una sera andiamo ad assistere alla raccolta del cotone. I bambini sono affascinati dai vistosi e morbidi ciuffi bianchi che spuntano dai frutti maturi, ma soprattutto aspettano il momento in cui avranno il permesso di saltare dentro il rimorchio del trattore in cui i contadini scaricano le ceste piene di quei ciuffi. Mentre il trattore risale lento la stradella che porta alla fattoria, loro affondano in quel morbido biancore sotto lo sguardo benevolo e attento del garzone e giocano a lanciarsi pugni di cotone come fossero palle di neve.

Arrivati alla fattoria, Colapì cerca di scendere dal rimorchio senza aspettare l'aiuto di un adulto e sbatte la testa contro la targa. La ferita non sembra grave, ma esce molto sangue, Colapì piange, si divincola come un pesciolino quando Rico e il garzone cercano di tenerlo fermo per vedere cosa si è fatto. "Mamma! Mamma!" Me lo prendo in braccio e solo allora si calma, avvinghiato a me con gambe e braccia. Anche una volta medicata la ferita non c'è verso di staccarmelo di dosso, così salgo faticosamente al piano di sopra per lavarlo e metterlo a letto, con l'aiuto di Miss Taylor.

La notte mi sveglia un dolore lancinante al basso ventre. Rimango immobile nel buio, gli occhi al soffitto. Forse mi è finalmente tornato il ciclo? In effetti ho una sensazione di bagnato in mezzo alle gambe. Cerco di tirarmi su senza fare rumore, per non svegliare Rico, ma un'altra fitta, più forte, mi costringe a sdraiarmi di nuovo. Un fiotto di sangue caldo mi sorprende, ho paura. Sveglio Rico, mi vesto alla bell'e meglio, corriamo al pronto soccorso più vicino. Ho perso il bambino che non sapevo di aspettare.

Da allora, Rico si è allontanato da me. Mi dice che ha paura di farmi male, che non vuole altri figli, ma la verità è che il desiderio per me si è spento. E che c'è sempre qualcun'altra che lo sa accendere.

Lo vedo svagato e infelice. Non accetta le mie carezze ed evita di entrare nel letto se sono ancora sveglia. Dice che la sera è il momento migliore per la contabilità e per mettere in ordine le carte. Mi vede ancora nel lago di sangue. Non mi desidera più.

11.
Dice Rico Sorci
(autunno 1961)

Palermo è un trionfo di luce. Ad Altarello cerco di stare il meno possibile. Ora frequento Antonia Codacci, una giovane cantante lirica che ha sposato un anziano commerciante di granaglie. Ha partecipato a diversi concorsi e si è distinta senza primeggiare come soprano drammatico d'agilità. Ci tiene a ripetere "d'agilità", e si mette le mani sui fianchi. Vorrebbe prima o poi salire sul palco del teatro Massimo, e il marito, che lei chiama "il mio Meneghini", si sta muovendo con gente "che ne sa".

"Maria Callas ci ha insegnato tutto, anche a dimagrire," mi dice spesso, e questo è stato l'anno di *Medea* alla Scala di Milano, diretta da Thomas Schippers. Con grandi strepiti, Antonia aveva implorato e poi minacciato il marito, che la portasse, ma senza successo. Ci aveva provato anche con me: "Milano! La Callas! Un risottino in Galleria! Ci pensi?". Ci avevo pensato, ma per concludere che no, non si poteva fare.

A Palermo Antonia ha una vita sociale piuttosto intensa, ma per ovvie ragioni non posso accompagnarla in nessuna occasione mondana. L'ho accompagnata solo una volta a Catania, per un concorso dove si è classificata terza. Poi ci siamo rintanati in un alberguccio a Bronte, lei in lagrime perché era stata superata da "quell'ammasso di lardo", io, felice di confortarla, le accarezzavo il seno. E quando il giorno dopo, di prima mattina, addentando un cornetto si è imbrattata di marmellata la camicia da notte bianca, ha preteso di cantare a mio uso e consumo l'aria della follia della *Lucia di Lammermoor*: "*Il dolce suono mi colpì di sua voce! Ah quella voce mi è qui nel cor discesa! Edgardo! Io ti son resa! Edgardo! Sì, io ti son resa!*". È brava, povera Antonia. Si agitava per la stanza e modellava gli acuti con sapienza, ma io seduto sul letto non riuscivo a staccare gli occhi da quella camicia sporca di rosso e tornavo indietro a due anni prima, in campagna.

Tutto quel sangue era sangue vivo che si trascinava dietro la morte. Da mia moglie scivolava fuori la vita. Ed era Rita, la mia Rita. L'ho caricata sull'Aurelia dentro le lenzuola umide, mentre si levava la prima luce dell'alba.

L'ospedale dove siamo arrivati sembrava un accampamento. Chiedevo a gran voce un medico, e per tutta risposta mi raccomandavano di stare calmo. Tenevo Rita fra le braccia, cercavo un lettino o una carrozzina dove sistemarla, ma non c'era niente, solo un atrio vuoto e in fondo dei camici bianchi che andavano e venivano. Non riuscivo a guardare Rita in faccia, tanto che non mi sono nemmeno accorto quando è svenuta e – i capelli scomposti, la bocca semiaperta – la testa le è scivolata tutta indietro.

Si avvicina un'infermiera.

"Venga," mi dice, e io la seguo per un corridoio lunghissimo, finalmente posso adagiare Rita su un letto. Mi tremano le braccia per lo sforzo.

"Sua moglie ha avuto un aborto. Di quanto era?" dice l'infermiera, e le apre le gambe senza tante cerimonie. Quello che avevo sempre considerato il paradiso mi si para davanti come un abisso di sangue.

Mi allontano e nessuno mi trattiene, anzi, forse era proprio quello che volevano: che mi volatilizzassi. Esco nell'alba, mi accendo una sigaretta. Poi mi accuccio su una panchina e aspetto.

Sono quasi le otto quando mi invitano a entrare: Rita si è ripresa, è bianca come il cotone in cui ci siamo perduti ieri sera, mi chiede scusa. Io mi vergogno.

Mi dicono che probabilmente non sarà necessario un raschiamento, ma la tengono in osservazione: se tutto va bene, stasera stessa potrò riportarla a casa. Lei mi tende la mano dal letto, gliela bacio frettolosamente e sparisco, per poco non mi metto a correre.

Passo da casa a cambiarmi: il tempo di lasciare indicazioni a Miss Taylor e risalgo in macchina diretto a Palermo.

Due ore dopo chiamo Anna dal telefono dell'Extrabar. Quando arriva si rende conto che non sono in me. "Non sei venuto per divertirmi," dice lasciandosi scivolare sulla sedia, e si rassegna ad ascoltare. Non è contenta che io sia lì, non è contenta che io le attribuisca il compito di confortarmi, oggi non è contenta di essere un'amante; dunque mi congeda, anche piuttosto freddamente.

Attraverso piazza Politeama, i cavalli di bronzo sul tetto del teatro scalpitano in un cielo azzurrissimo, e mi infilo in via Gaetano Daita. Tuppulìo sulle stecche della persiana di un basso, aperta a metà: subito la tenda viene scostata e compare una biondona con il rossetto rosa, ai piedi un paio di zoccoli col tacco alto. Non avrà più di diciott'anni. Lascia ricadere la stoffa a fiori. Dietro un'altra tenda si sente piangere un bambino. Esito. Ma lei già si sbottona la camicetta indicando la tenda con un cenno del capo: "Niente ci fa, ora finisce".

"Voglio guardarla. Adesso," dico io.

Lei ride, si alza rapidamente la gonna facendomi intravedere il pelo biondo e subito la riabbassa, giocosa. "Solo taliare? Vieni qui, gioia mia, che ti arricrii." Io obbedisco. Il bambino non piange più. *Niente ci fa.*

A questo punto ho bisogno di parlare con zia Sara, e mentre metto a fuoco il "bisogno" vedo la sequenza delle donne di cui sono andato e ancora sto andando in cerca, mi domando senza rispondermi quanta urgenza di essere ascoltato ho maturato dentro di me. Peraltro, solo quando arrivo davanti al cancelletto di vicolo Busambra rifletto sul fatto che oggi è il 28 agosto, magari al Circolo non c'è nessuno. E invece no.

Nel corridoio che mi conduce al cortile interno mi conforta un indistinto brusio, uno strofinio appena percettibile.

Devo avere l'aria stravolta, perché zia Sara si alza dal suo posto in fondo al salone, di fianco al Cristo ignudo, e mi viene incontro con tutta la velocità che le sue vecchie ossa le consentono. Ci sono solo la metà delle donne che solitamente frequentano il Circolo, e comunque non temo di farmi sentire, o forse ho proprio voglia di lasciar cadere riserbo e imbarazzo. "Rita ha perso un bambino," dico, e dieci paia d'occhi si alzano all'improvviso su di me: sono incerte se mostrare compassione per me, preoccupazione per Rita, sdegno per il destino che spesso condanna le donne a essere vittime. La zia si dispiace, si informa, chiede dov'è Rita, se è in buone mani. "Ha perso tanto sangue, credo," e con quel "credo" perdo ogni credito davanti agli occhi delle ricamatrici. Le più accorte mi reputano subito un incapace, uno scimunito. In verità hanno ragione, perché tale mi sento: un cretino. Zia Caterina, che non è mai stata incline alla tenerezza, si preoccupa di accostare una sedia in più, mentre zia Stefania lascia cadere il ricamo e si avvia verso il cortile interno. "Non siamo più capaci di generare," mormora con un tono che è insieme un atto di accusa e una preghiera, un perdono impetrato per tutta l'umanità.

"Non esagerare," fa zia Sara, "Rita e Rico hanno due bei bambini che sono la gioia loro, e il conforto nostro."

"È vero," dico io, e invito tutte a tornare al lavoro, non volevo essere di disturbo, solo non sapevo dove andare, e ormai il Circolo è un porto sicuro: c'è sempre qualcuno, e soprattutto ci sono sempre donne capaci di ascoltare.

"Noi ricamiamo, ma molto spesso rammendiamo," continua zia Sara, "e oggi anche tu hai bisogno del nostro filo."

Mi siedo vicino a lei e mi sento sopraffatto dal bianco, penso non so come all'infermeria in cui fui ricoverato dopo le bombe di Messina: anche là tanto bianco, tante donne, tanti volti intesi a sorvegliare e curare. Cerco tra questi volti quelli che non conosco: c'è una donna, piuttosto in carne, scarmigliata, di nuovo china sul suo lavoro, si impegna con fervore e puntiglio, come dovesse trarre da quei cotoni candidi una risurrezione.

Che mani affaticate che ha. Che dita tormentate. Come sospinge le ciocche di capelli che le si parano davanti agli occhi con secchi colpi del palmo, senza perdere la presa dell'ago e del tessuto. Ha una bellezza volgare fatta di vento, è come se volesse nello stesso istante imparare e fuggire, diventare la più brava e non abbandonare i vicoli e la notte, dopo la chiusura delle case di tolleranza. Io lo so che il mestiere non l'ha lasciato, io l'ho vista, e continuo a vederla la sera, incerta sulla strada. Ma qui sta bene, qui non deve temere. Ora è entrato un uomo e allora non vuole che la si distragga dall'arte, si dà tutta, e con foga, alla riuscita della complessa ghirlanda di fiori che le è stato chiesto di ricamare.

Rimango lì fino a mezzogiorno, confortato da quell'operosità silenziosa, dai sorrisetti di zia Sara che ogni tanto mi chiede sottovoce dei bambini, mi parla del mal di schiena di mio padre, mi raccomanda di mangiare qualcosa prima di rimettermi in viaggio. La ringrazio, saluto le donne una per una e mi incammino nuovamente verso piazza Politeama: devo riprendere la macchina e tornare da Rita.

Siamo rientrati a Palermo, Rita non voleva più stare in campagna. "Portami a casa," mi ha detto. E così ho fatto.

Una settimana dopo sono ancora al Circolo, ma questa volta insieme a lei. Le donne le si fanno incontro, zia Sara apre un involto in cui ha protetto una crostata di albicocche che ora offre a tutte.

Io vorrei raggiungere Anna, la chiamo dal telefono del bar di fronte alla farmacia. Ma Anna mi interroga, mi chiede dove sono, con chi sono, e io dico la verità: "Ho portato Rita al circolo dei ricami".

"Sono contenta per lei," mi risponde. "Tu però trovati un altro chiffare, io oggi sono impegnata."

Mi sento tradito, abbandonato. Lascio le donne ai loro lavori e me ne vado a fare una passeggiata sul Cassaro, mi faccio distrarre dalle grida dei venditori di via dei Calderai, la percorro tutta, immergendomi in quel guazzabuglio di pentole, padelle, lampade, bracieri, bilance, attrezzi da cucina, lanterne, vasi.

L'indomani mattina ricevo una telefonata da Anna, mi dà appuntamento a Mondello, al nostro solito bar. Sono contento, non vedo l'ora.

Quando arriva sono già seduto al tavolo, mi alzo e le dico che mi è mancata. Indossa un vestito di lino con le mezze maniche verde chiaro, anzi chiarissimo. E chiarissimamente mi parla:

"Ho avuto un incontro con tua moglie".

Il cuore mi sale in gola. "Come hai detto?"

"Sì, hai capito bene," risponde lei tranquilla. "Abbiamo parlato di te e di altre cose, in totale franchezza. Io ho ammesso di essere la tua amante, e lei sai cosa mi ha detto?"

Non so se voglio saperlo.

"'Io a mio marito ci tengo, e lei?' Così mi ha detto. Ho pensato che ti restituisco a tua moglie: è una donna di valore, e ti consiglio di tenertela stretta, perché ti vuole molto bene... per essere precisi, lei vuole il tuo bene."

Anna mi sorride, sembra serena. "Il mio è un congedo, caro Rico. Ti auguro di essere felice, con tua moglie se ci riesci, o con chi vuoi tu... ma mai più con me."

Sono completamente spiazzato. Non trovo di meglio che chiedere: "Ma Rita che ha detto, alla fine?".

Lei si mette gli occhiali da sole, si prepara ad andare via. "Abbiamo concordato sul fatto che non ti meriti un'amante come me, e nemmeno una moglie come lei."

Rimango solo, mi sento un cretino.

Devo riprendere i miei studi di agronomia, ogni tanto faccio qualche consulenza ma solo e sempre ad amici, motivo per cui alla fine non mi faccio mai pagare. Mi piacerebbe tornare in Francia. Anzi, la cosa migliore sarebbe aprire una scuola qui: le campagne muoiono senza progresso e senza una strategia di sviluppo. Anche se la riforma agraria non ha prodotto benefici, i privati – almeno alcuni, almeno chi è in grado – devono utilizzare le poche risorse attive e creare competenze.

Mi batte in testa questa parola: *competenze*. Vorrei incontrare mio cugino Leonardo Ponte, vorrei che mi fosse accanto. Invece zio Filippo vuole incontrare me. Ma io non mi fido di lui.

Una scuola. Sì, una scuola. In fondo, mi dico, le Tre Sagge hanno saputo essere imprenditrici e sapienti costruttrici di competenze. Non si può continuare per approssimazioni. Così facendo lasciamo solo spazio alla rapina, e forse alla distruzione. Alla mafia.

Mentre inseguo questi pensieri vedo sullo sfondo la mia Rita. Altarello è un luogo incantato, ma può anche diventare una prigione. Miss Taylor si aggira ancora per casa. Se non ha finito il suo lavoro significa che Amelia o Colapì non stanno bene, o forse stanno facendo qualche capriccio. Vivere in questo paradiso non basta. I nostri bambini hanno bisogno del mondo.

Penso a mio padre che, per tutta la vita, ha saputo soltanto occuparsi di suo fratello e dedicare il cuore a zia Laura.

Rita mi chiama, io mi rintano nel buio, nella notte, ho voglia di sparire.

12.
Dice Mariolina Sorci
(novembre 1961)

Alfio e io siamo a pranzo in casa dei miei. Mio padre è appena tornato da Torino, è stato all'Expo 1961, che poi hanno chiamato Italia '61. Avveniristico. Al cinema continua a passare una "Settimana Incom" in cui si vedono palazzi, saloni, auto, e soprattutto una ferrovia sospesa nel vuoto. "Monorotaia" si chiama, e io mi sono immaginata che fra qualche anno anche Palermo ce l'avrà, e andremo dalla stazione Centrale a Mondello sulla monorotaia passando sui vecchi quartieri, sulle rovine della guerra, costeggiando la Cala, via Crispi, l'Ucciardone, ed evitando i palazzi nuovi per entrare nel parco della Favorita e arrivare, finalmente, in spiaggia.

Mi lamento con mio padre, avrebbe potuto invitarmi, sa che queste cose mi incuriosiscono. E lui: "Quando ho detto che andavo a Torino non hai mostrato interesse. Ad altro pensavi".

"Ad altro pensavo perché non avevo capito. Avresti dovuto spiegarmi," ribatto. "Non sapevo di questa grande festa del futuro."

"Ma che festa e festa."

Mi imbroncio, poi mi dico che sono una donna sposata di quasi trent'anni, non posso più comportarmi come una ragazzina. Ma il broncio con papà funziona sempre – facevo così quand'ero piccola, se non ottenevo subito quello che volevo. Mia madre interviene e dice, timida, che mio padre mi ci porterà un'altra volta a Torino, lui me le dà sempre vinte.

E allora ricomincio: "Voglio andare in monorotaia!".

"Ci andrai, e anzi, quando sarai regina di Palermo avrai una monorotaia tutta per te," mi canzona papà. Lui sa farlo senza offendermi.

Mio padre, che tutti chiamano barone "per rispetto", visto che il barone Sorci è zio Cola, è basso, con la mascella quadrata, il naso pronunciato, quasi del tutto calvo. È un uomo accattivante, astuto. E ha ancora un sorriso bellissimo. Lui, a differenza degli zii, non solo ha mantenuto il suo patrimonio ma l'ha addirittura accresciuto. È capace di vedere gli affari prima di tutti e allora manovra, manovra finché non gli arriva in mano l'opportunità concreta. Si è messo nell'edilizia, si è messo nei trasporti, al porto sanno che gran parte della merce che arriva tutelata è roba sua. Non c'è frigorifero, non c'è lavatrice, non c'è televisore che in qualche maniera non passi attraverso le catene distributive – così le chiama – controllate da lui; va avanti in questa maniera dall'occupazione americana, da quando ha stretto alleanza con Peppe.

Mi piace vederli assieme, Peppe e mio padre. Ma non capita spesso. Non posso. Mia madre scuote la testa, lei proprio non mi capisce, e forse capisce poco il mondo in generale. È tanto buona, lo dicono tutti, ma la bontà non serve a molto, in questa gabbia di belve.

Voglio invitare un po' di gente in casa dei miei genitori. Che se ne fanno di quel salone e di quella sala da pranzo immensi, con i pavimenti di marmo e i finestroni che si incendiano al tramonto, che se ne fanno di tutto quel delirio di elettrodomestici americani? Che se ne fanno di tutta questa roba? Dico che dobbiamo invitare, ma poi alla fine, quando scrivo la lista degli ospiti, mi rendo conto che saranno sempre le stesse facce: famiglia, famiglia, famiglia. Meglio di niente.

La prima domenica di novembre siamo tutti a tavola: oltre a mamma, papà e Alfio, ci sono Maria Merlo e suo marito Ugo, Rita e Carlino. Manca Rico.

Mamma ha fatto cucinare uno sformato di riso, arrosto di maiale e tante verdure. Mentre finiamo il primo costringo papà a raccontare di Torino e tutti ascoltano, commentano, chiedono. Carlino rammenta la sua Chicago e ci fa capire che sin da allora negli Stati Uniti c'erano le "modernità" da cui adesso ci sentiamo sorpresi. Maria, che ha vissuto per qualche tempo a Roma, è la più continentale di tutti e, con vero spirito di commensale educata, si informa e commenta. Chiede com'è, questa ovovia che sale sui colli, e vuole sapere se, celebrando i cent'anni dell'Italia unita, si è parlato della Sicilia, di Garibaldi, dei Borbone. "Quelli sabaudi sono," dice Alfio aprendo bocca per la prima volta. Non avrei mai pensato che in lui ci fosse un nostalgico borbonico. Lo guardo perplessa, e lui distoglie subito gli occhi.

Studio uno per uno i parenti seduti intorno al tavolo. Mi sembra che vengano tutti, eccetto Carlino, da un mondo vecchio e ottuso. Conosco ogni gesto, ogni maschera, ogni piega del viso, ogni ragnatela di rughe. Mi prendo il ruolo di padrona di casa, sapendo di fare cosa gradita a mia madre, che non ha mai amato i parenti Sorci. Alfio intrattiene Rita sugli ultimi scavi archeologici di Siracusa: tutto è già stato portato via, tutto rubato, le ricerche dovrebbero seguire criteri che ancora non sono stati nemmeno pensati, figuriamoci adottati. Alfio ha in mente, in particolare, le statue di atleti ignudi ed è riuscito ad acquistare alcuni pezzi. Capisco che dev'esserci stato di mezzo qualcuno che ha garantito il silenzio. Sia come sia, non avevo mai sentito mio marito parlare con tanta competenza come oggi, mi fa tenerezza.

Maria, accanto a mia madre, le domanda come mai questa settimana non si è vista al Circolo. "Avevo da fare in casa," dice vaga, ma non è vero. Mia madre ha un cutugno che le cresce in petto, e sono io. Non posso farci niente. Forse sono incinta. Un'altra volta, e non si sa come andrà a finire: un altro aborto? Non capisco Peppe che intenzioni ha. Da tre anni è un vedovo corteggiato da tante signore palermitane. Giù le mani, dico io. Ma ho ragione di pensare che lui non ha occhi che per me. Alfio è fra di noi come un ospite appena tollerato.

Mio padre lo squadra mentre si accende uno dei sigari che gli ha regalato Peppe e poi la boccata finisce in uno sbadiglio.

Qualcosa deve succedere.

Maria guarda le tende, probabilmente penserà che qui i ricami del Circolo del Punto Pieno non hanno spazio. "Nylon," dice mia madre. "Puro nylon."

Peppe arriva per il dolce. Gli vado incontro ma non lo abbraccio. Tutti sanno e nessuno vuole sapere. C'è una sorta di squallido piacere in questa mesta finzione, ma io ne sono felice, e anche questa è cosa che tutti sanno e non vogliono sapere.

Mio padre annuncia che palazzo Sorci sarà finalmente venduto, dopo tanti tentativi, dopo tante trattative andate in fumo. Nessuno ci guadagnerà un granché, ma andava fatto, e ancora una volta dobbiamo essere grati all'avvocato Vallo.

Peppe rifiuta con un cenno la panna cotta che io stessa ho preparato – per scansare l'inevitabile frutta di martorana, visto che è appena passato il giorno dei Morti – e sorseggia il caffè troppo a lungo, sta pensando a qualcosa.

Come fosse calato il sipario, la scena si svuota. Il pranzo è finito. La finzione è finita.

Gli ospiti si congedano. Carlino bacia mia madre prima di andare via, e di lì a poco esco anch'io, mi incammino lungo via Libertà. Sono quasi arrivata all'angolo di via Principe di Paternò quando Peppe accosta la macchina e si allunga ad aprirmi lo sportello: "Facciamo quest'ultima visita, ho le chiavi," mi dice.

Entriamo a palazzo Sorci ancora da padroni. Saliamo al piano nobile. L'atmosfera è rarefatta, il salone è decrepito, il soffitto ha ceduto e ne pende tanta parte dell'incannucciato. Apriamo le persiane e Peppe mi sospinge sul balcone dove per la prima volta mi corteggiò: ero una ragazzina, niente più di una ragazzina, ma capii come mi si avvicinava, sentivo il suo respiro pesante, sentivo la pelle calda del maschio, mentre da dentro arrivava, leggera, la musica suonata al pianoforte, le risate, la voce del capitano Hill che chiamava Carlino. Peppe mi attrae a sé come quella sera, ma adesso mi bacia. Poi mi prende per mano e mi porta nella camera che fu di mio nonno.

Siamo creature alla deriva in un palazzo alla deriva in una società alla deriva.

13.
Dice Rita Sala
(marzo-dicembre 1962)

Il nostro matrimonio sta attraversando un periodo turbolento. Rico si è "innamorato" di Loredana, la moglie trevisana di un funzionario della prefettura, che è anche la mamma di Amedeo, un compagno d'asilo di Colapì. Vivono in una villetta con giardino in via Libertà e Rico va a Palermo ogni pomeriggio per portare Colapì a giocare da Amedeo. Più appassionata diventa la relazione, più Rico incoraggia l'amicizia tra i due bambini. Ho motivo di ritenere che, mentre loro giocano, lui si intrattenga con la madre.

Colapì è un bambino serio e attento a tutto; evidentemente ha percepito qualcosa di strano, perché mi ha detto: "Ho chiesto a papà se mi portava da Stefano Natoli, ma lui mi dice sempre 'Un'altra volta' e mi porta da Amedeo".

Altri indizi mi inducono a ritenere che quella di Rico è diventata un'ossessione: per esempio, non si perde un ricevimento in casa del prefetto, del questore e del sindaco, dove non era mai andato volentieri. Finora le sue relazioni avevano influito solo relativamente sul suo comportamento in famiglia: anche se la sera è sempre uscito spesso, era comunque discreto, affettuoso con i bambini e gentile con me. Adesso è insofferente, nervoso, aggressivo, è lampante che se potesse ci manderebbe in campagna e si dimenticherebbe di noi, per riprendersi la sua vita e vivere libero, senza doveri, senza responsabilità. Passa ore nello studio, l'ultima stanza in fondo ai salotti, a parlare al telefono – di sicuro con Loredana – e se qualcuno si permette anche solo di bussare risponde in malo modo. Sempre più va assomigliando a sua madre.

E infine: non è mai stato parsimonioso, ma adesso è diventato uno spendaccione. Mia sorella Anna l'ha incontrato dal gioielliere Fecarotta, dove era andata per fare aggiustare l'orologio di suo figlio. Rico stava comprando due splendidi Patek Philippe, uno da uomo e uno da donna. Quello da donna era per me? Ma io compio gli anni in settembre, e il nostro anniversario è in gennaio... In ogni caso, lui continua a portare l'orologio che gli ho regalato per il matrimonio. Forse è una sorpresa che vuole organizzare per Pasqua? O magari per la fiera del Circolo?

È domenica mattina, sono seduta alla scrivania in camera da letto e sto rassettando delle carte. Rico entra come un turbine, ha in mano un documento da firmare. Non è un fatto insolito, la burocrazia è sempre più complessa e io ho sempre firmato senza leggere o chiedere informazioni, come faceva mia madre con mio padre – in totale fiducia. Oggi però, quando Rico mi porge la penna e appoggia sulla scrivania il documento aperto all'ultima pagina, mi accorgo che la firma del notaio non è la solita: cerco di prendere il documento per guardare meglio, ma Rico me lo impedisce, anzi appoggia la mano aperta sul foglio lasciando scoperto solo lo stretto necessario per farmi firmare.

"Non c'è bisogno di leggere niente, firma!" mi ordina. E lo ripete, più forte: "Firma, ti ho detto!".

Alzo lo sguardo su di lui senza capire, le guance in fiamme: "Rico, ma...".

"Ti ho detto di firmare e basta!" insiste lui, impaziente.

"Mamma!" Colapì, fermo sulla soglia, ci guarda spaventato.

"Vattene!" grida Rico senza voltarsi, e poi scuote il foglio con rabbia: "Firma! Sbrigati che ho premura!".

Colapì corre a buttarsi tra le mie braccia. "Perché papà è

cattivo con te?" Si stringe a me, poi lancia uno sguardo pietente a suo padre e si perde fra i singhiozzi.

Lo rassicuro con piccoli baci e carezze. "Non preoccuparti, papà è stanco..."

Rico ci fissa muto, durissimo. Quando Colapì si calma, firmo il documento e lo porgo a Rico. Soddisfatto, senza degnarmi di uno sguardo o di un "grazie", lui fa una carezza distratta sulla testa del bambino e se ne va.

Del documento non parliamo più, né io né lui, ma Rico mi guarda torvo, sembra volermi evitare. La sera, a letto, si gira subito verso il comodino e spegne la luce.

È arrivata la Pasqua. Come ogni anno, la trascorriamo a Pietrarossa, una nostra campagna vicino a Gela, dove di recente gli archeologi hanno scoperto delle mura greche del VI secolo a.C. sepolte dalla sabbia. Degli orologi, nessuna menzione. Ma Anna non può essersi sbagliata. È tutto così strano.

Anche quest'anno, seguendo la tradizione dei Marra – la famiglia di mia madre –, sono andata a trovare le famiglie dei contadini che vivono nei poderi lontani dalla fattoria. Oggi è il turno della Frassina. Ci vado accompagnata dal nostro campiere, don Vincenzo Asaro, sua moglie e alcuni garzoni. Ho fatto gli auguri, portato un piccolo dono in denaro alle donne e libri e giocattoli ai bambini; nel frattempo, mi sono informata sulla salute di tutti: seguendo l'esempio di mia madre, in caso di malattia do ospitalità a Palermo per visite mediche e pago i relativi onorari. Immancabilmente mi viene offerto il cafè d'u parrino – un caffè "conzato", arricchito da zucchero, vaniglia, cannella, chiodi di garofano e cacao. Ma quest'anno c'è stata una novità.

Giuseppina, donna instancabile dal sorriso contagioso, che ha allevato cinque figli e continua ad aiutare il marito nell'orto, ha accolto i doni senza il solito entusiasmo. Adesso, dopo aver versato il caffè, tiene gli occhi bassi e alle mie domande risponde a monosillabi. Soltanto allora mi accorgo che le viene da piangere.

"Giuseppina, che ci fu?" le chiedo preoccupata.

Lei si copre il volto con le mani. “Perché ’u baruni ci ha venduti a un nuovo padrone?” mormora tra i singhiozzi.

Mi viene subito in mente il documento che Rico mi ha fatto firmare il mese scorso. Ha venduto un podere che apparteneva a me, quello a cui sono più affezionata. Ma non è il momento di accusarlo. “Se mio marito lo ha fatto, sarà anche per il vostro bene,” mento accarezzando la mano di Giuseppina. E intanto penso che la prossima Pasqua non tornerò nella sua cucina fumosa, non berrò più il suo cafè d’u parrino, non vedrò crescere i suoi bambini. Piango anch’io.

Sulla via del ritorno sono pensosa, il campiere tace ed evita il mio sguardo.

Rico ha bisogno di denari – deve aver accumulato debiti per intrattenere le sue amanti, per fare colpo con automobili sportive, inviti a pranzo e regali costosi. E adesso c’è Loredana, a cui sembra tenere molto. Finché siamo in campagna non dico niente: voglio che la Pasqua sia serena per Amelia e Colapì, che hanno aperto le loro uova con grida di gioia. Il buon aroma di cioccolato, la carta lustra – rossa, dorata, con fiocchi e nastri – aperta sul tavolo, i bambini con le dita impiastricciate mi fanno dimenticare quello che adesso so: sono un pessimo esempio per i miei figli. Nel pomeriggio cerco di intrattenere i contadini con la consueta bonomia: a me piace starli ad ascoltare e a loro piace che io li ascolti, ma effettivamente questa volta tutto suona più macchinoso, e se per caso si fa ancora cenno alla vendita divago, chiedo dei loro parenti, racconto di certi programmi televisivi di cui sanno l’esistenza ma che non possono seguire perché a Pietrarossa c’è un solo televisore, nel bar del paese. Dovrei prendere una decisione e non ne ho il coraggio. Non voglio rovinare la vacanza di Amelia e Colapì.

Tornati ad Altarello, la mattina dopo, parlo apertamente con Rico, ed esigo una spiegazione: perché ha venduto la Frassina a mia insaputa? Lui minimizza, dà risposte evasive, e siccome lo incalzo si arrabbia, mi dice che non capisco niente, che Pietrarossa è una proprietà in perdita, vendere è l'unica cosa sensata da fare. Di fronte a tanta sfacciataggine, decido di andare fino in fondo: gli dico che so dei due orologi, gli dico che dovrebbe vergognarsi. Rico perde le staffe, vomita un astio che evidentemente cova da tempo contro di me, e quando gli nomino Loredana, quando gli dico che sono degni l'uno dell'altra, arriva lo schiaffo. Il primo in undici anni di matrimonio. Rimaniamo immobili, come due nemici che si fronteggiano senza sapere bene che cosa aspettarsi l'uno dall'altro, e in un lampo mi vedo passare davanti agli occhi tutta la nostra vita insieme, la nostra vita insieme che lui ha appena mandato in frantumi.

Rico si volta e se ne va.

Nel pomeriggio arriva la sua telefonata.

"Sappi che per me il nostro matrimonio è finito," mi annuncia. "Vengo più tardi a prendere le mie cose. Starò in casa dei miei genitori, finché non avrò trovato un appartamento. Sui bambini troveremo un accordo." Rico parla con un tono che non riconosco. Io mi limito a rispondere che un accordo lo troveremo senz'altro e aggiungo, con cautela, che dovremo trovare anche le parole giuste per spiegare questa lontananza ai bambini.

"Siamo una coppia moderna," dice lui lasciando trapelare finalmente un po' di imbarazzo, "sapremo affrontare anche questo disagio."

Io guadagno progressivamente più controllo e aggiungo: "Non si tratta di disagio, Rico. Qui c'è in gioco la tua figura di genitore".

Lui appende. Richiama: "Sei sempre stata più salda di me. A te mi affido".

Quando viene a fare le valigie, parla a monosillabi. Al polso porta l'orologio nuovo.

L'indomani mattina ricevo la visita di mio suocero: "Rita mia, ho saputo da Rico. Sono mortificato. Ti chiedo scusa. Sappi che per me sei e sarai sempre come una figlia," mi dice, tristissimo. E poi, quasi con timidezza: "Mi permetterai comunque di venire a trovare i bambini?".

Lo abbraccio, lo rassicuro che quello che è successo tra me e Rico non cambierà i suoi rapporti con me e con i bambini: Amelia e Colapì hanno bisogno di lui come lui ha bisogno di loro, adesso più che mai, e potrà venire ogni volta che vorrà.

Più complessa è la posizione di mia suocera Margherita. Finalmente può ritagliarsi la parte di quella che l'aveva sempre saputo che c'era qualcosa che non andava, che non ero la moglie adatta per Rico. Non lo dice in mia presenza, certo, ma nei giorni a seguire c'è chi si preoccupa di farmi sapere – non prima di aver compianto la mia nuova condizione – quel che si dice nel vasto mondo, vale a dire tra le frequentazioni di Margherita.

C'è molta più complicità fra le donne del Circolo del Punto Pieno. Quando ci vado, zia Sara mi viene incontro, mi abbraccia con prudenza come temesse di farmi male e mi invita a sedere: ha fatto preparare la limonata fresca apposta per me. I lavori poggiano lievi sulle sedie o sui tavoli e nel consueto sciabordio di candore le donne mi si fanno tutte intorno a ondate. Una che conosco poco, che si è unita a noi di recente, si fa avanti e allunga una mano verso la mia guancia, vorrebbe carezzarmi ma non osa, dunque il palmo della sua mano resta sospeso, come una promessa di conforto. C'è sempre buon odore, al Circolo.

Zia Sara mi dice che le cose si aggiusteranno. Non lo dice pietosa, ne è convinta. Confida in Rico, e naturalmente in me. "Il tuo cuore è generoso," aggiunge. "Le famiglie si ammalano e poi guariscono. Siamo creature fragili, ma impariamo giorno per giorno di cosa è fatta l'esistenza, soprattutto la condivisione di abitudini e caratteri." Torna poi alla tovaglia a cui sta lavorando e mi fa segno di sederle a fianco e di aiutarla: "Gli occhi, cara Rita, ho sempre più bisogno di occhi che non siano i miei".

Ho preso l'abitudine, dopo pranzo, di riposare in poltrona anziché andare a sdraiarmi: cerco di evitarlo quel letto vuoto che mi intristisce.

Mio suocero viene ogni giovedì, la mattina fa arrivare una grossa scatola di biscotti e cioccolatini avvolta nella carta della pasticceria Caflisch. Sopra c'è un biglietto con scritto semplicemente: *Per i miei nipotini*. Spunta a ora di pranzo, alla guida della sua automobile, per evitare di mettere in difficoltà Paolo, l'autista, che viene regolarmente interrogato da mia suocera: dove ha accompagnato il barone, dopo quanto tempo è passato a riprenderlo, e via dicendo. Trascorre due o tre ore di furtiva intimità con i nipoti e con me.

Durante queste visite non parla mai di Rico, ma si accorge che i bambini al contrario lo nominano spesso, e lo nominano come se la sua assenza fosse temporanea, una distrazione, un incidente, una dimenticanza: "Papà dice che dobbiamo tenere pulita la fontana, dice che dobbiamo farlo noi", "Papà ci interroga in inglese, vuole che gli ripetiamo i giorni della settimana", "Ho costruito una gru con il Meccano, papà dice che da grande farò l'ingegnere". Non usano mai verbi al passato, e comunque si accendono come zolfanelli quando sentono suonare il telefono. Dopo pranzo io mi siedo a ricamare nella poltrona vicino alla finestra e i bambini sul divano di fronte a me, ai lati del nonno. Si godono il panorama di Palermo maestosa e serena, anche lei assopita nel calore del primo pomeriggio, affacciata sul mare che, in lontananza, lambisce il cielo. In verità sono io che mi perdo in quella visione: loro si sono portati una scatola di costruzioni e sento che immaginano castelli, torri, palazzi.

"Nonno," dice Colapì, "io vorrei andare in treno. Tu ci sei mai andato in treno? Perché non usiamo il treno?"

Mio suocero si diverte a rispondere e racconta dei treni che l'hanno portato a Messina, a Napoli, a Catania. "Io penso che voi salirete presto su un aeroplano," risponde, e guarda il cielo alto sopra di noi. Perfino io allora distolgo lo sguardo dalla mia Palermo e mi perdo nell'azzurro.

Un venerdì pomeriggio, mio suocero arriva senza preavviso: mi dice che ha bisogno di parlarmi senza i bambini, ma non devo preoccuparmi, non è successo niente. Nonno e nipoti chiacchierano e giocano a dama, poi chiedo a Miss Taylor di portarli a fare merenda e rimango sola con lui.

"Aspettami, arrivo subito, devo prendere una cosa in macchina," mi dice, ed esce frettoloso.

Torna con una cassettina di metallo e mi porge la chiave per aprirla: quando sollevo il coperchio rimango sbalordita. Non avevo mai visto tante sterline d'oro tutte insieme.

"Prendile, sono per te e per i bambini. È un bene mio, personale, un mio regalo da me a voi," spiega con qualche imbarazzo. Mi accorgo che si tormenta i polsini della camicia come volesse coprirsi le mani.

"Grazie, ma non posso e non voglio ricevere un regalo così importante senza il consenso di Rico e della vostra famiglia," rispondo con dolcezza, e aspetto timorosa che cerchi di convincermi. Ma lui ha capito. Mi prende la mano e me la bacia. Sta piangendo.

A poco a poco ho ripreso i rapporti con Rico: ha ricominciato a vedere i figli, in casa dei suoi genitori o qui ad Altarello. A volte, su richiesta sua o dei bambini, rimane a pranzo. Ma le visite di mio suocero si diradano, e me ne dispiaccio. Si ferma a mangiare da noi solo quando mia suocera ha qualche impegno con le amiche o va in casa di Carmela. Noto il suo imbarazzo. In fondo, da quando ci frequenta sa di farlo a dispetto della volontà della moglie e forse anche del figlio. Della cassetta di sterline non ha più parlato.

E poi il dramma. È successa una cosa terribile.

Enrico Sorci, il figlio di zio Ludovico, è stato rapito mentre si trovava in un ex feudo non lontano da Caltane, in contrada Mandrascala. Zio Ludovico ed Enrico erano andati a concordare con il campiere e i contadini la data d'inizio della raccolta delle olive e sono stati vittime di un agguato: lo zio ha supplicato i malviventi di prendere lui al posto del figlio, ma non c'è stato niente da fare.

Sono arrivate lettere anonime da tutta Italia da finti rapitori, gli zii sono disperati, Virginia – la moglie di Enrico – piange tutto il giorno, il fratello Mario è sgomento. Zio Ludovico e zia Caterina si aggirano inquieti nel salotto di casa: è sempre vivo il dolore per la morte della figlia Rosarietta, e questo nuovo dolore non fa che riaccendere tensione, paura, sconforto. Che fare? Questa è la domanda che passa, detta o non detta, sulle labbra di tutti. Che fare? In casi come questi non esiste purtroppo un protocollo, anche se di fatto le modalità dei rapimenti non sono ignote.

La polizia ha suggerito che sia Rico, istruito e protetto da loro, a fare da intermediario con i sequestratori di Enrico: hanno escluso zio Ludovico e Mario – sono troppo coinvolti, dicono, potrebbero non avere il sangue freddo che quelle situazioni esigono –, e perfino mio suocero che si era offerto. Dicono che è troppo vecchio. I sequestratori, però, tacciono. È passata una settimana e finora Rico ha avuto a che fare solo con sciacalli: tutti chiedono un riscatto in denaro e si spingono a dare dettagliate informazioni sulle condizioni di salute di Enrico, ma il loro inganno è di breve durata, vengono subito smascherati.

Zia Caterina è l'ombra della donna forte e cumannera che è sempre stata: si muove per casa come un fantasma, oppure sta seduta in poltrona ad aspettare che succeda qualcosa, le mani abbandonate in grembo, inutili. Non c'è ricamo che la conforti. Si capisce che anche tenersi in ordine le costa una fatica sovrumana, immagino che continuare a lavarsi, a pettinarsi, a indossare abiti puliti sia il suo modo di resistere alla paura e al dolore. Non porta più gioielli, soltanto la fede di ferro datale dai fascisti in cambio della fede nuziale "offerta alla Patria" per pagare le spese delle guerre d'Africa.

Mio suocero mi ha messo a disposizione il suo autista per gli spostamenti da Altarello: così posso andare a trovare gli zii quasi tutti i giorni con i bambini, ma anche mattina e pomeriggio se zia Caterina mi chiama. Ha cominciato a fare solitari con le carte e quasi non rivolge la parola a zio Ludovico: lo accusa di non aver saputo tenere a bada il campiere malacarne, che alla fine si è vendicato. Tutti temono una sola cosa: che Enrico sia già stato ucciso e il silenzio dei sequestratori prepari una mossa per ottenere denari prima di restituire non un uomo ma un cadavere.

Rico vorrebbe che i bambini rimanessero in casa il più possibile: chi ha sequestrato suo cugino non ha ancora avviato trattative e, non sapendo cosa aspettarsi, teme per la sicurezza dei piccoli. Quando mi chiama per vederli, gli dico di prendere accordi direttamente con Miss Taylor. Per Amelia e Colapì, Rico ora sembra vestire i panni dell'eroe. È lui che si muove trafelato, che dà ordini, che raccomanda, che sa addirittura confortare. I nostri figli sono apparentemente ignari della gravità della situazione, ma quando li porto a far visita agli zii entrano nella parte dei bambini obbedienti e silenziosi. Forse Colapì, che sa della passione di zio Ludovico per gli orologi, spera prima o poi di poterlo assistere mentre li carica tutti, o addirittura di potergli dare una mano, e così perdersi nei delicati meccanismi che, come ha sempre ripetuto lo zio, "tengono vivo il Tempo". Ma il momento non arriva mai. Zio Ludovico vegeta sprofondato nella poltrona, dimentico di tutto, dev'essere costretto a lavarsi e a mangiare. Non parla con nessuno, dice zia Caterina, e si limita a sussurrare il nome del figlio – "Enrico... Enrico, Enrico..." –, gli occhi coperti da un fazzoletto piegato in tre; sul tavolino accanto alla poltrona, un bicchiere d'acqua che sorseggia nervosamente e che viene riempito di continuo dalla cameriera. Quando si toglie il fazzoletto dagli occhi, guarda i bambini, se li prende sulle ginocchia e gli carezza le mani: "Voi siete innocenti, dovete pregare per mio figlio. Promettete! Dio ascolta gli innocenti! Voi dovete dire: 'Dio santo, fai tornare Enrico da zio Ludovico'".

Colapì e Amelia, confusi ma non impauriti, annuiscono. Poi vanno da zia Caterina, che sempre più spesso sta seduta al tavolino da gioco: tra un sospiro e l'altro, sola sola, mescola le carte, le stende sul tavolo, le appatta e fa mucchietti; quando è meno triste, insegna solitari ai bambini e poi sovrintende con lo sguardo spento; ogni tanto, gioca svagata a scopa o a briscola con loro. Mai con gli adulti. Oggi Amelia le ha portato un ritaglio di tela Aida sul quale sta imparando il punto croce e alla zia si sono riempiti gli occhi di lagrime. "Bedduzza mia," le ha detto, facendole una carezza sulla guancia. E poi, quando Colapì l'ha battuta a scopa e ha esclamato "ho vinto!", ha fatto un sorrisetto, piccolo ma l'ha fatto.

Sono contenta di non aver ceduto alle insistenze di Rico e di aver continuato a portare i bambini dagli zii, anche se la sorveglianza è sempre stretta: vengono accompagnati a scuola e riportati a casa, possono invitare amici e cugini ma non andare da loro.

Mai come nel caso di Loredana, la scelta di trascurare la famiglia ha coinciso per mio marito con la donna che ci ha allontanato. Lei non temeva di fare la vittima e lui, che in queste occasioni diventa un babbasone, ci è cascato – io, pur con tutti i miei guai, la vittima non l'ho mai fatta. Adesso, però, alla villetta di Loredana Rico non ci va più. Tra i due dev'esserci qualcosa che non va. Lei non sembra più essere parte del suo mondo, almeno non al momento. Rico adesso fa mostra di essere diventato un capofamiglia, che si prende tutte le responsabilità. Consegna agli zii le lettere e i pizzini ricevuti dai sequestratori, quelli veri e quelli falsi. Quotidianamente informa la polizia e la tiene aggiornata: proposte di incontri, minacce, lettere anonime. I sequestratori hanno individuato in Rico il loro interlocutore e sanno, quando è il caso, come trovarlo e stabilire contatti. Con il consenso della polizia, che si mantiene a distanza ma non esclude la possibilità di intervenire armi in pugno, Rico li incontra – impostori e no – per discutere le condizioni della liberazione del cugino.

Il commissario Balestrieri, un cinquantenne sovrappeso, la sigaretta sempre in bocca, i bottoni della camicia che gli tirano sulla pancia, ormai ha maturato con lui un rapporto di simpatia e gli raccomanda di rispondere a tutti e di accettare tutti gli appuntamenti, specialmente quelli a Palermo, sotto la sorveglianza della polizia in borghese. Anche con me il commissario è gentile e si è rivelato una figura amica per i bambini, che lo salutano a gran voce quando lo vedono scendere dalla sua Fiat Seicento grigia.

Le lettere dei rapitori arrivano per posta. Sono scritte a macchina, o con caratteri ritagliati dai giornali: alcune sono rassicuranti e comunicano che il sequestrato gode di buona salute; altre minacciano gravi conseguenze per Enrico se il riscatto non sarà pagato subito, ma di fatto la richiesta non arriva e quindi ogni volta che i messaggi fanno cenno al pagamento, ci si agita tutti – non si capisce se una richiesta è arrivata e nessuno l'ha ancora vista, se è arrivata e qualcuno la tiene nascosta, o se invece non è mai partita e l'obiettivo dei rapitori è solo quello di aumentare la tensione.

In uno dei messaggi era stata menzionata la possibilità di comunicare attraverso messaggi lasciati al monumento ai Caduti, in fondo a via Libertà, e Rico – su indicazione del commissario Balestrieri – va ogni sera a cercare ai piedi delle colonne o sul basamento della statua. "Non possiamo trascurare nulla," ripete Balestrieri, e si appoggia al cofano della sua Seicento, le braccia incrociate.

Rico ha ricevuto una lettera in cui i sequestratori (e stavolta non c'è dubbio che siano quelli veri: nella busta hanno messo un pezzo di tessuto strappato alla giacca di Enrico) gli ordinano di andare a Ventimiglia. Lì gli saranno date istruzioni dettagliate per un incontro con il cugino o con i sequestratori. Il messaggio è contraddittorio ("Cugino o sequestratori?" si domanda Balestrieri), ma comunque bisogna obbedire: quando c'è una vita in gioco, non ci si può sottrarre a nessun "invito". Questo incontro fuori dalla Sicilia probabilmente servirà per discutere i passi da fare in futuro per il pagamento del riscatto e la restituzione di Enrico. Il commissario Balestrieri è venuto ad Altarello per rassicurarmi di persona che Rico non corre alcun rischio; si rivela il buon uomo che è: non vuole turbarmi e mi offre con il rigore un po' impostato dell'uomo al servizio dello Stato una garanzia che di fatto non esiste.

Colapì accoglie sempre il padre con gioia. Dev'essergli

mancato anche più di quanto io possa aver immaginato. Ha sentito parlare di questa partenza imminente e lo supplica di non andare. Ventimiglia non sa neppure dov'è, ma gli fa paura, il nome gli evoca un luogo lontano e minaccioso, di là dal mare che vede azzurrissimo dalla balaustrata di Altarello. Al di là del mare di Palermo c'è il mare nero della lontananza, del pericolo, c'è il mare in cui i padri possono essere inghiottiti per non ritornare più.

E allora Rico mi comunica che ha intenzione di portarlo con sé. Gli dico di no, che non mi pare proprio il caso: semmai, chieda a Balestrieri di essere accompagnato da un poliziotto in borghese. Lì per lì sembra desistere, ma il giorno dopo me lo vedo comparire mentre i bambini sono a scuola: ci ha riflettuto e ha deciso che si farà come dice lui. Balestrieri e anche il questore hanno approvato, i mafiosi non toccano donne e bambini e la presenza di Colapì potrebbe addirittura essere un bene per lui. Io non sono d'accordo, litighiamo e Rico se ne va furibondo. Dopodiché arriva la telefonata di mio suocero, che per una volta mi parla con durezza: il rapimento di Enrico è una questione di famiglia, e se Rico vuole con sé Colapì significa che può difenderlo. Non mi resta che arrendermi.

Il viaggio di andata è stato una vera avventura per Colapì. Il treno sul quale aveva tanto fantasticato è diventato per ventiquattr'ore la sua casa su ruote: mi ha raccontato che era seduto accanto al finestrino e ha appena fatto in tempo a passare lo Stretto con la luce. Poi è arrivato il cuccettista a preparare la carrozza per la notte e lui si è addormentato quasi subito, cullato dallo sferragliare sulle rotaie. Ma a Roma il convoglio è entrato in stazione all'alba e lui ha visto, toccati da una luce impalpabile, ruderi antichi e case appena costruite, ha sentito i facchini sbraitare, e l'uomo del caffè passare sotto la vettura. Poi ha visto tanto mare, solo mare fino a Genova e poi fino a destinazione. "Quanto mare," così mi ha detto, e così ha detto più volte anche al padre per tutta l'ultima parte del viaggio.

Per il ritorno Rico aveva previsto di imbarcarsi a Genova

e di arrivare a Palermo via mare. Durante la traversata, peraltro notturna, Colapì non ha più sentito lo sgomento di "tutto quel mare", aveva altro a cui pensare. Rico l'ha portato sulla terrazza di prua quando la Sicilia è comparsa all'orizzonte avvolta in un velo di foschia, Colapì è rimasto lì per un'ora e ha sentito battergli forte il cuore appena ha riconosciuto all'orizzonte la sagoma di Monte Pellegrino: presto sarebbe stato di nuovo a casa e mi avrebbe ritrovato.

E mi ha raccontato anche cosa è successo a Ventimiglia:

"In albergo avevamo due stanze. Io dormivo con papà nel letto grande e poi c'era un salottino con un divano che si apriva e diventava anche quello un letto grande. Uscivamo ogni mattina, prendevamo il gelato e facevamo una passeggiata.

"Papà riceveva lettere dal portiere. Una sera gliene è arrivata una scritta a stampatello. La mattina dopo ha rassettato l'armadio, poi si è messo una cartella di pelle sotto il braccio e siamo usciti, siamo andati in un bar del centro. Si stava bene fuori, anche se ormai è novembre. Papà aveva appoggiato la cartella di pelle sulla sedia accanto alla sua. Guardavamo il porticciolo e le barche che prendevano il largo. Quando abbiamo finito il gelato ce ne siamo andati. Dopo un po' mi sono accorto che papà non aveva più la cartella di pelle, 'Torniamo indietro, l'hai dimenticata al bar,' gli ho detto. Ma lui mi ha risposto che non importava.

"A Ventimiglia di giorno mi divertivo, la sera certe volte no. Una notte mi sono svegliato ed ero solo nel letto. Mi sono affacciato al balcone per vedere se papà era nel bar sotto l'albergo: c'erano persone che bevevano, ma lui non era lì. Mi sono seduto dietro la porta della camera, e ho aspettato che tornasse.

"Poi ho sentito delle voci e mi sono rimesso a letto, ho fatto finta di dormire. Papà è entrato con una signora. Le ha detto sottovoce: 'Mio figlio dorme'. Si sono allontanati, e a quel punto ho sentito che un po' ridevano e un po' no, e facevano pure rumori strani, come se stessero male. Allora ho messo la testa sotto il cuscino. Non riuscivo più a riaddormentarmi. A un certo punto la signora è andata via".

Rico pare soddisfatto del viaggio: il prezzo del riscatto era stato fissato, la cartella di pelle è stata consegnata. Adesso si tratta solo di attendere la liberazione di Enrico. Rico pare soddisfatto anche del comportamento di Colapì, che secondo lui ha fatto una vacanza bellissima.

È evidente che di quella notte non hanno parlato.

Così come mi è stata raccontata, sembra semplicemente quello che è: la storia di un incontro di mio marito con una donna, mentre suo figlio di cinque anni dormiva nella stanza accanto. E il figlio di cinque anni si è sentito tradito, o forse trascurato. Fatto sta che ha cominciato a ferirsi le braccia con tutto quello che gli capita a tiro.

Lo porto dal pediatra, che mi chiede un incontro a tre con il padre.

La notte a Ventimiglia torna puntualmente fuori. Rico dapprima nega, poi si confonde, infine è costretto ad ammettere: "Sì, ero con una donna, e quindi? Dottore, lei non è al corrente, ma mia moglie e io siamo separati". Mi guarda. Io non dico niente.

Da allora, lui continua a portare avanti il suo ruolo di parente irreprensibile che cerca di aiutare gli zii. È però meno sollecito nel tenere i contatti con la polizia, a volte sparisce e non si sa dove vada.

Ha diradato le visite ad Altarello: con Amelia è affettuoso, a modo suo; con Colapì meno.

Io cerco di vedere in lui l'uomo di cui mi sono innamorata, e malgrado tutto lo vedo, è ancora lui, lo rivelano certi piccoli gesti che solo poco tempo fa facevano parte del concerto di attenzioni di cui mi copriva. Ora quei gesti sono polvere nell'aria, si disperdono, oppure trovano improvviso significato nel confuso ma amoroso duettare con la figlia.

Di tanto in tanto riappare il commissario Balestrieri: "I miei rispetti," dice sempre, e quel suo sguardo azzurro, affaticato, si attarda su di noi, sulla nostra famiglia. "Qui," mi dice sottovoce, la sigaretta spenta a riposo all'angolo della bocca, "bisogna ritrovare la strada." Io vorrei quasi abbracciarlo, o semplicemente accompagnarlo con un amen, come fosse un confessore, ma non posso. È entrato nelle nostre vite quando le nostre vite erano in totale disordine, e non era il disordine del sequestro. "Mi dovete scusare, signora Sorci, non dovevo permettermi," dice, e fa precipitare le sue scuse dentro un rovinio di colpi di tosse, per cui deve anche privarsi della sigaretta spenta. "È questione di giorni, si faranno sentire," riemerge poi riprendendo fiato.

Virginia mi chiama regolarmente, non ha mai smesso di farlo, ma lei e Mario, il figlio minore di zio Ludovico, hanno lasciato che fosse Rico a occuparsi di tutto, consapevoli che ogni intralcio avrebbe potuto nuocere a Enrico.

Colapì sembra più tranquillo, ma continua a ferirsi le braccia. Il pediatra mi conforta: "Ci vuole tempo. Tempo e pazienza. Quante cose sta patendo questo bambino!". Io guardo Colapì c mi rimprovero di non essermi impuntata per farlo rimanere a casa. Tornare indietro però non si può, e quindi lascio fare, lascio che le cose accadano. È che quando sento "Ventimiglia" mi cede il cuore. Dentro l'imbuto di quel nome scivolano un sequestro, un padre incapace, un figlio che si tormenta, una valanga di bugie.

È il 4 dicembre. Mi ha chiamato il commissario Balestrieri: "Non riusciamo a rintracciare suo marito. Abbiamo trovato vostro cugino, era stato chiuso in una cisterna vicino alla campagna dove è stato sequestrato. Venga con un cambio completo di abiti e scarpe, appena possibile. Vostro cugino sta bene".

Provo una sensazione contrastante, fatta di gioia e di ansia. Ho deciso di portare con me i bambini, voglio che vedano il cugino del papà e capiscano cosa è successo. Enrico è stato trovato e liberato, sta bene. Solo questo conta. Che Rico sia, com'è probabile, con una delle sue amanti, ormai mi interessa poco. Ma bisogna rintracciarlo.

Non solo: a questo punto vorrei che Colapì sapesse perdonare suo padre, ma devo dare tempo al tempo.

Rico ha svuotato i suoi armadi, ma per fortuna in casa c'è ancora un vecchio vestito di mio fratello Vito. Chiamo Virginia, ha ricevuto anche lei una telefonata dalla questura: piange, ma questa volta sono lagrime di sollievo e felicità. Le dico che ho pensato a tutto io, che non si preoccupi, che ci vediamo tra poco. Mi riempie il cuore, sentirla vicina: Virginia ha ritrovato suo marito, io no.

Arrivo in questura con i bambini, lascio il cambio di vestiti e le scarpe al poliziotto all'ingresso e salgo al primo piano, nell'ufficio del questore, per aspettare Enrico.

Quando lo vedo entrare mi fa un effetto strano: i pantaloni gli stanno corti, in compenso la giacca gli va bene, si è messo perfino la cravatta. Ma è pallidissimo, dopo essere stato chiuso praticamente al buio per cinquanta giorni, e ha i capelli lunghi sul colletto.

Mi accorgo che ha le unghie rosicchiate a sangue. Ci guardiamo senza dire niente, non oso abbracciarlo. Mi viene da piangere.

"Rita, ho perdonato," mi dice lui.

"Hai fatto bene," dico io.

"Zio, ma dov'è che ti hanno tenuto?" chiede Colapì.

E Amelia: "Potevi lavarti i denti?".

E allora ci mettiamo a ridere, ridiamo e non riusciamo più a smettere.

Poi il questore ci ha spiegato che Enrico è stato ritrovato nella zona in cui avevano sempre pensato che fosse. Alla fine i sequestratori si erano dileguati lasciandolo solo, con soltanto una bottiglia d'acqua.

La foto di noi sul balcone della questura – il questore, Enrico, i bambini e io –, come fossimo la famiglia reale, è finita in prima pagina sul "Giornale di Sicilia". Credo che Rico non mi perdonerà mai di avergli rubato questo momento di "gloria".

Enrico soffre di insonnia e fa fatica a riadattarsi alla vita normale: alzarsi, vestirsi, mangiare, parlare. Parlare – dopo il buio silenzio di intere settimane. Parlare – per rispondere alle domande di famigliari e amici. Che sono sempre le stesse. Come ti sentivi? Che cosa pensavi? Cosa ti mancava di più?

Lo cercano tutti, anche politici e intellettuali che lui non conosce. E i giornalisti, tanti giornalisti. Tutti vogliono sapere della prigionia.

Parte terza

PUNTO SMERLO

14.

Dice Rita Sala
(aprile 1965)

Ieri, oggi, domani ha vinto l'Oscar! Se fossi un'attrice, vorrei essere Sophia Loren... che donna. Cinque anni fa, quando ho visto *La ciociara*, quanto ho pianto! Chi se la dimentica, quella Cesira con il vestito strappato, sulla strada di polvere, mentre maledice i soldati che hanno violentato lei e la figlia. Anche allora, un Oscar, un Oscar tutto italiano. Sophia Loren per me è come la Luna: la si vede da qualsiasi punto del globo. Io la seguo sui rotocalchi, anni fa ho letto perfino qualcuno dei suoi fotoromanzi. È di una bellezza quasi esagerata, con quello sguardo misterioso, e non è mai stata oggetto di pettegolezzi. Nemmeno adesso che è una stella di Hollywood. Dicono che Cary Grant abbia perso la testa per lei... ne avrebbe tutte le ragioni! Ma lei ha sempre mantenuto la sua dignità.

Ho visto una fotografia di zia Sara da giovane. Anche se era bionda, ha qualcosa che mi ricorda la Loren: zigomi alti, occhi allungati, naso forte, bocca carnosa... Le labbra adesso sono diventate sottili, ma lei mette il suo rossetto leggero sbordando un po', per attenuare il difetto. Come la Loren aveva un seno generoso, compresso nei suoi eterni vestiti col collettino e i bottoncini di madreperla, la gonna dritta leggermente svasata. Anche adesso porta sempre calze di seta e scarpe col tacco: più basse rispetto a un tempo – ormai ha la camminata dei vecchietti, a piedi piatti.

Zia Sara ha superato i novant'anni. Che dire? È eccezionale, potrebbe scommettere sull'eternità... Tuttora va al Circolo del Punto Pieno ogni pomeriggio, arriva puntualissima alle tre. Per qualche anno l'aveva accompagnata Peppino, il suo cameriere da una vita: entrato a servizio dai Sorci appena ventenne, l'aveva seguita quando si era maritata ed era diventata la baronessa Imballomeni. Peppino non guidava più ma le stava sempre a lato, si sedeva in un angolo, attento alla chiamata della padrona; allora si alzava e rispondeva come un militare: "Agli ordini, signora baronessa!". Ogni tanto chiedeva il permesso di assentarsi e se ne andava a fumare una sigaretta in santa pace nella portineria. Adesso Peppino non c'è più, ma lei sembra sentirne la presenza discreta. A volte si guarda intorno come se lo cercasse, dove il salone ripara ombre, dove, malgrado la sua vista eccezionale, i suoi occhi non arrivano o se arrivano confondono. E in questo caso confondono i fantasmi con le presenze vive. Un tempo le bastava scoccare uno di quegli sguardi imperiosi e lui rispondeva, ora lo sguardo resta appeso nell'aria, riposa, recede, e torna a concentrarsi sul tessuto. Siamo tutti figli delle consuetudini, e anche i gesti ripetono quello che sanno: contano non tanto sulla concretezza, quanto sulla permanenza di chi non c'è più. Forse ora la zia sarebbe più indulgente con il fumo di Peppino, e lui non avrebbe più bisogno di sottrarsi con una scusa.

Oggi sono arrivata al Circolo prima del solito, ma la zia era già al lavoro. In attesa delle ricamatrici, controlla che le pulizie siano state fatte a dovere, e con una vista che non smette di sorprenderci verifica che sul pavimento non ci siano pezzetti di filo, che gli asciugamani ricamati siano senza una piega, pronti per essere avvolti uno per uno nella carta velina e poi riposti tutti insieme, in un foglio più grande, dentro una scatola con il marchio CPP.

In un angolo del salone, dietro il Cristo ignudo, è stata allestita un'area che somiglia a un ufficio: c'è una scrivania, un vecchio scaffale, un tavolino traballante sul quale è appoggiata una Olivetti Lettera 32. Finiti i suoi controlli, zia Sara si siede alla scrivania: scorre la lista delle cose da fare e mette in ordine lettere e pizzini per argomento e in base all'urgenza. Poi mi fa cenno di avvicinarmi, sono io che – sotto la sua supervisione – mi occupo di sbrigare la corrispondenza. Mi siedo davanti alla Olivetti, preparo due fogli con in mezzo la carta copiativa blu e li faccio girare sul rullo azionando le rotelle laterali, pronta a scrivere sotto dettatura. Il ticchettio occupa lo spazio per lo più silenzioso del salone e per un attimo l'atmosfera è quella di un moderno ufficio: le comunicazioni sono brevi e discrete, puntano all'efficacia, senza orpelli, senza florilegi. Quando si avventura in una doppia subordinata, zia Sara si sofferma sulla scioltezza dei congiuntivi, che non suonino mai come un'esibizione sintattica, ma lascino trapelare la pulizia della lingua. Esaurita la corrispondenza, si comincia a ricamare.

Anche quello è un rito. Con la punta delle dita la zia prende un po' di crema Nivea dal barattolo che tiene sempre sul tavolo e si unge le mani, pronte per preparare la gugliata. Poi, il segno della croce, un "Che Dio m'aiuti" appena udibile e il ditale spinge l'ago nel bisso di lino.

Adesso la zia ricama meno, ma per lei rimane un'occupazione irrinunciabile. Ha cominciato a inforcare degli occhialetti dorati che poggia vezzosamente sulla punta del naso, anche se si ostina a ripetere che non ne avrebbe davvero bisogno. Solleva il telaio preparato il giorno addietro, prima di andare via, poi se lo posa in grembo e inizia il lavoro.

Di tanto in tanto alzo lo sguardo su di lei. La considero una nonna, vorrei abbracciarla e farmi abbracciare, chiederle del suo passato, raccontarle del mio presente e domandarle consigli sul mio futuro, ma rispetto il suo riserbo e non la interrompo. Nei momenti più difficili del mio matrimonio, però, mi sono aperta con lei: ogni volta ho ricevuto il conforto di parole sagge, e ogni volta ho pensato che un giorno vorrei essere in grado di restituirne. Zia Sara è una maestra, una grande maestra. Quando le ho confidato che i miei rapporti con Rico erano solo formali, che lui ormai faceva fatica persino a essere il padre dei suoi figli, non ha fatto domande. "Non portare rancore, ti consuma," si è limitata a dirmi. "Metti sempre davanti a tutto i tuoi figli, e naturalmente la tua dignità. Gli uomini vengono da un passato che li giustifica, a te basta non giustificare quel passato."

Il fratello portinaio entra strascicando i piedi come sempre, ma a passo insolitamente svelto. Si avvicina alla zia e parlottano a voce bassa. Poi lei gli dice: "Fatele entrare".

Quando lui ritorna con due donne in abiti dimessi la zia si alza, si avvicina alle nuove venute e fa loro cenno di sedersi nel "salottino del caffè" non lontano dalla scrivania, formato da comode poltroncine basse, un tavolino e una piccola cassettiera. Lì, oltre al caffè, di solito viene servita anche acqua e zammù con qualche dolcetto. Oggi, però, la zia non fa in tempo a offrire niente.

La donna più anziana vorrebbe dire qualcosa, ma subito comincia a piangere a calde lagrime. Non riesco a trattenere la curiosità, guardo; intercetto gli occhi della zia e avvampo, certa di ricevere un rimprovero appena le ospiti se ne saranno andate. Invece lei mi fa cenno di avvicinarmi e mi presenta alle due visitatrici: si chiamano Angela e Carmela, sono madre e figlia, popolane della Kalsa. Le ha accompagnate la loro dirimpettaia, che ogni tanto viene al Circolo ma che oggi ha preferito aspettarle fuori. Vengo così a scoprire che Carmela, sposata ma senza figli, si era presa in casa la nipote Lucia, una brava ragazza dallo sguardo triste, orfana di madre e abbandonata dal padre, partito per l'America e scomparso senza più dare notizie. Dopo qualche tempo, in casa l'atmosfera era cambiata. A Carmela capitava spesso di svegliarsi e di ritrovarsi sola nel letto: "Vado a fare i miei bisogni," si giustificava il marito Pavolo, e lei gli credeva. Gli aveva creduto anche quando lui le aveva detto che si alzava per confortare Lucia, che spesso soffriva di incubi: d'altronde, lei stessa la sentiva piangere, la notte. E Lucia, la mattina dopo, confermava sempre la versione dello zio.

Ma non era conforto, quello che Pavolo portava alla mischinedda. Finché una notte Lucia era riuscita a divincolarsi ed era corsa sul balcone, forse determinata a gridare. Il panico però l'aveva ammutolita: si agitava senza riuscire a emettere altro che un rantolo nervoso. Pavolo l'aveva subito trascinata di nuovo dentro e l'aveva inchiodata al muro, ma la dirimpettaia – allarmata da quel corpo che si agitava nella stanza – aveva visto la scena dalle tende semiaperte. Ed era rimasta a guardare, agghiacciata, incapace di reagire, mentre quello prendeva Lucia come una bestia. L'indomani aveva provato a parlarne con Carmela, ma, come a quella disgraziata la notte prima, le si era annodata la parola in gola – per paura, certamente, ma anche per uno sgomento che veniva da lontano, da un destino che doveva essere accettato così com'era, per quanto terribile fosse. Lucia intanto era sparita. Carmela l'aveva fatta cercare invano. Di recente, però, qualcuno le aveva detto che era andata a chiedere ospitalità dalle monache. Quanto a Pavolo, si ubriacava tutte le sere: aveva perso il suo lavoro di manovale e se n'era tornato a Montelepre, in casa del fratello maggiore.

Guardo le due donne, intimidite, i volti contratti dal dolore e dalla vergogna.

La loro storia mi riporta alla mente quando Carlino, in una delle sue lettere dall'America, aveva raccontato il dramma di uno scrittore calabrese, Riccardo Cordiferro. In *Giuseppina Terranova ovvero l'Onore vendicato* si parlava dello stupro di una bambina da parte dello zio tutore: il tutto era avvenuto con la connivenza della moglie, che poi però, resasi conto dell'obbrobrio commesso, uccideva lo stupratore. Il commento di Carlino era stato: "Chissà se oltre a Empedocle, Pitagora e Diodoro Siculo non c'è stato tra noi un Eschilo, un Euripide? Magari dimenticato...".

Angela prende la parola: "Voscenza mi scusassi, mi dissero di venire qui". E le due guardano mute la zia.

"Sapete cucire e ricamare?" chiede lei.

"Voscenza sì, più rammendare che cucire. Io fui messa a lavorare da picciridda..." Angela non sa continuare. "Mi vergogno..." E ricomincia a piangere.

Interviene Carmela: "Io ricamo una tanticchia, mi piace, e anche a Lucia ci piaceva... glielo insegnavano a scuola. La maestra faceva ricamare alle bambine il corredo di sua figlia, e guai se sbagliavano: le prendeva a bacchettate sulle dita".

Zia Sara vuole arrivare al dunque. Apre le braccia, come mimasse un gesto di accoglienza: "Che posso fare per voi?".

La madre si rivolge alla figlia: "Diccillo cosa facisti ieri, tirati la manica".

Carmela esita, poi si arrotola le maniche e mostra i polsi bendati.

"Ho chiamato il medico, un amico mio, ormai vicchiareddu, che badava a noi quando sotto il fascismo c'erano i medici a gratis per le fimmine come me," sospira Angela. "Furono lui e la mia vicina che mi dissero di venire qui per farla svariare, a mia figlia."

"Sono sola," mormora Carmela, "figli non ne ho, mio marito se n'è andato... A mia madre ci bada mia sorella la nica. Io non servo a nessuno."

"Ti capisco." E zia Sara la guarda con dolcezza. Basta quello per suscitare una risposta immediata da parte della madre: "Voscenza... Se Voscenza può dare un lavoro a mia figlia, Dio la benedice".

La zia guarda ancora Carmela: "E tu? Ci vorresti venire, tu, qui al Circolo?".

La giovane non risponde, ma non stacca gli occhi da quelli della zia. E zia Sara allora comincia a parlare a voce bassa, rivolgendosi ora all'una ora all'altra: "Il nostro Circolo esiste da tanti anni: siamo un gruppo di fimmine, ricamiamo e ormai vendiamo dappertutto in Sicilia e nel Continente, e magari all'estero. Volete sapere perché ho cominciato a ricamare?".

La madre mormora un "sì", la figlia si limita ad annuire.

"Ho avuto grandi disgrazie anch'io," comincia a raccontare la zia, "persi mio marito di malattia, poi il mio unico figlio maschio morì nella Grande Guerra e infine mia figlia, bella come una rosa, mi fu tolta dalla Spagnola... appassì in pochi giorni. Sono rimasta sola a quarantotto anni. Pregavo che il Signore mi prendesse, che mi portasse dai miei figli e da mio marito. Ma a Iddu non ci piacìu. 'Lavora,' mi rispondeva il Signore a ogni preghiera. E quella voce continuava come venisse dal fondo del mio cuore: 'Se muori, i tuoi beni andranno a tuo fratello e ai tuoi nipoti, che di beni ne hanno già assai. Lavora, invece di pensare a morire, e fai del bene a chi ne ha bisogno'. Io fimmina di casa ero, e nobile, ma il ricamo mi piaceva. Con mia sorella Rachele e nostra cugina Beatrice, cominciammo a fare corredini per i figli di donne sconosciute. Ogni punto era un punto d'amore per picciriddi che non avremmo mai tenuto in braccio. Poi iniziammo a ricamare tovaglie, lenzuola, asciugamani... noi stesse creavamo i disegni. E questo che vedete," dice con un gesto della mano che racchiude l'intero salone, "è diventato il Circolo. Qui si ricama."

Le due donne abbassano la testa: "Voscenza l'ha capito che sono stata puttana," dice Angela sottovoce. "Quando aspettavo i clienti era 'u megghiu passatempo... bastava appuntare l'ago ed ero pronta."

La zia apre una sacca di cotone bianco ingentilita da una grande *S* rosa ricamata in corsivo inglese: un tralcio di rose, rosa pure quelle, ma più chiare, abbraccia lo stelo della lettera e arriva a lambire l'occhiello. Ne vengono fuori tre scatole di latta marroni con i bordi arancio, sopra c'è scritto *Three Nuns* in caratteri bianchi. La zia si accorge dello sconcerto delle donne e spiega che sono vecchie scatole di tabacco, che suo marito gettava via una volta vuote. Sorrido, perché il Three Nuns è anche il tabacco di mio suocero. "Volete vedere cosa c'è dentro?" dice intanto zia Sara. E apre la prima. Contiene petali di tutte le forme, piccoli e grandi, ritagliati nella carta cerata. Li capovolge sul tavolino ed è un tripudio bianco di fiori. Dalla seconda scatola tira fuori gambi, e poi foglie di tutti i tipi – lunghe, rotonde, a cuore, seghettate. Infine, dalla terza piovono boccioli e sagome di insetti: api, vespe, libellule, calabroni.

"Li ho disegnati e tagliati tutti io," spiega zia Sara non senza una certa fierezza. "Ho cominciato perché avevo nel cuore un dolore troppo grande, avvelenato dal rimorso. Quando mio marito si ammalò e il medico curante suggerì di portarlo a Napoli, dove c'era uno specialista, lui si rifiutò e io non lo forzai; il medico insisteva: portarlo a Napoli, anche contro la sua volontà, era l'unica speranza di salvarlo. Ma io risposi di no, pensavo fosse mio dovere rispettare la scelta di mio marito. Ho sbagliato. E non è stato l'unico errore. Non avrei dovuto lasciar partire mio figlio volontario e avrei dovuto proteggere mia figlia dal contagio, Dio sa come... Penso spesso che se a mio marito avessi semplicemente comunicato: 'Domani prendiamo il traghetto, andiamo a Napoli dal dottore che ti curerà', forse non sarebbe morto. Sono passati tanti anni, e ancora questo pensiero mi fa male."

A quel punto la zia tace, distoglie lo sguardo dalle due donne e si fissa le mani in grembo.

"C'era tanto disordine nella mia vita... o meglio, malordine," mormora.

"Malordine?" dice Carmela. "E che significa?"

"È una parola inventata da me," risponde zia Sara alzando gli occhi. "'Malordine' come malafortuna, come malafimmina. C'era ordine nei miei sentimenti, ma non lo sentivo agire dentro di me, come voi siete fimmine a cui il mondo mette davanti un male che non vi appartiene. Il malordine è quello che ci gira intorno e ci fa inciampare, la malafortuna è quella che piega il nostro destino, e voi siete fimmine meravigliose che al mondo piace cacciare in un angolo per meglio dominarvi. Proprio in quel momento di malordine, mi accorsi che la manica di una camicetta bianca a cui tenevo particolarmente aveva uno strappo; cominciai a rammendarla, e piano piano il rammendo prese la forma di una foglia. Avevo accostato i lembi di tessuto e la cucitura era diventata la nervatura centrale da cui si diramano poi tutte le altre. Con la matita disegnai la sagoma della foglia, che ricamai interamente a punto erba. E poi ne feci un'altra, e un'altra ancora. Lavoravo, lavoravo come un'ossessa. Una mattina, dalla finestra entrò una vespa e si posò sulla camicetta che stavo rammendando, come se cercasse qualcosa. Poi si levò nuovamente in volo, fece due giri e si librò in una spirale sempre più larga. La osservavo senza paura, quasi con affetto. Non mi ero mai accorta che testa, torace e addome, ovoidali, erano perfettamente proporzionati, e che proporzionate erano anche le striature gialle e nere; la testa aveva occhi grandi e neri, e il pungiglione era lungo lungo, sottile come un ago. Se non mi ha punta, pensai, è perché vuole che io viva... questo mi sta dicendo. Eravamo lì, io e lei. D'improvviso mi parve di riconoscere nel ricamo che tenevo sulle ginocchia il disegno di un nuovo destino. La vespa infine sparì oltre la finestra, nella luce, e io decisi che era ora di pensare agli altri, invece che solo a me stessa e alla mia infelicità. Avevo perso un marito, poi un figlio e infine una figlia. Per tanto tempo mi era sembrato di aver perso tutto. E ora? Ora mi si apriva davanti una folla di figure che mi venivano incontro, vedevo volti che non conoscevo, e mentre ero assorta in questa visione, dalle mie mani posate sul lavoro veniva una voce diversa, sottile, una voce delicata come un filo, come il filo nella cruna, trasparente, magico. Quanta bellezza potevo offrire, e con quanta bellezza potevo colmare il vuoto del mio cuore! E così ho fatto."

Mentre parla, zia Sara riordina sul tavolino i ritagli di carta cerata e pian piano forma una margherita, poi una violetta, poi ancora una rosa; infine accosta una serie di foglie lunghe, come di salice piangente. Lo sguardo di Carmela indugia curioso sulle diverse combinazioni. Allora la zia mi fa cenno perché tiri fuori dalla cassettiera il vassoio da lavoro, dove su una pezza di feltro si montano i disegni: "Vuoi fare una margherita?" chiede a Carmela. E glielo porge.

La ragazza prende delicatamente un petalo e lo poggia, ripete l'operazione più volte sino a comporre una corolla, poi sceglie il gambo e cerca una foglia adatta. Li sposta con dita leggere ricomponendo il disegno e perfezionandolo. La zia le copre la mano con la sua e la guarda negli occhi: "Lo vedi? Vedi che meraviglia? Si può continuare a vivere e a essere contenti, nei limiti del nostro dolore".

Poi, come se tornasse da un luogo lontano, si lascia scivolare contro lo schienale: "Qui ci si può divertire ricamando, ma intanto creiamo anche un piccolo mercato: con il ricavato delle nostre vendite si aiuta chi ha bisogno. Siamo sempre contente di accogliere gente nuova che impari a lavorare per se stessa e per gli altri". Carezza il dorso della mano della giovane e le sussurra: "Sei stata bravissima. Se permetti, adesso questo bel fiore vorrei farlo ricalcare con la carta copiativa e poi trasportarlo sulla tela".

Quindi, rivolta a madre e figlia, continua: "Al Circolo del Punto Pieno lavoriamo in gruppo sulla bellezza. Ci si aiuta e ci si diverte".

Ogni socia ha una scatola dove tiene il proprio ricamo e lo schema dell'opera completa. Ne apro qualcuna e mostro il contenuto alle due donne. Proprio in quel momento arriva Mariolina e la zia la chiama per presentarla. "Questa è una mia pronipote... Ha avuto anche lei le sue disgrazie, ma adesso ha un figlio discolo che fa per tre!" E mostra i centrini, in cui Mariolina si sbizzarrisce creando fiori, piante, disegni geometrici di tutti i colori e – la sua specialità – stelle, soli e mezze lune.

"Mariolina, spiegalo tu ad Angela e a Carmela com'è che il ricamo ti fa stare bene."

"Non lo so com'è, ma mi fa stare bene eccome!" dice Mariolina, e aggiunge con aria da attrice consumata: "Sto a sentire cosa mi dice il cuore... il cuore che ci balza in petto se siamo felici, che si rintana silenzioso quando vediamo nero, che vola alto se ci tocca un sentimento". Fa una pausa, verifica se ha catturato l'attenzione. E ce l'ha, tiene in mano il suo piccolo pubblico. "Voi direte: che c'entra il cuore con questo lungo filo?" E si fa scorrere tra le dita del cotone bianchissimo. "C'entra, ve lo dico io. C'entra perché se sono contenta faccio fiori, se un pensiero ingrigisce come una nuvola faccio disegni a punto croce, e quando vedo nero, non vi dico cosa faccio..." Ride cristallina, scuotendo la testa bionda, e anche le due donne ridono con lei. "È bello quando il cuore batte come deve, senza impazzire, senza chiudersi. Quando è così, quando il cuore suona giusto, e si sente la sua lenta canzone, lo sapete che faccio?" Un'altra pausa, un'altra attesa, e poi a piena voce: "Uso tutti i punti e faccio quel che voglio, con tutti i colori!". Applaudo. Zia Sara sorride, complice. Mariolina ha portato la sua leggerezza e se la gode, anche quando mostra un quadernetto sul quale ha attaccato le fotografie dei suoi ricami che sono stati venduti a committenti di fuori.

La zia spiega che i guadagni vanno in parte alle ricamatrici e in parte ai poveri che il Circolo del Punto Pieno cerca di aiutare e sostenere. "A differenza di quanto accade in tutte le altre associazioni e opere di bene, da noi la decisione su come dividere il ricavato spetta soltanto a chi ha eseguito il lavoro. Nessun altro ha il diritto di interferire."

"Mizzica!" mormora Angela.

"A che ora posso venire? Io di mattina lavoro meglio," chiede timidamente Carmela.

"Sono contenta," dice la zia. "Sappiate che qui non ci limitiamo a ricamare. Nella foresteria abbiamo scoperto un vecchio forno e lo abbiamo rimesso in funzione. Abbiamo ricette di biscotti specialissimi. Qualche volta il panettiere ci manda teglie di sfincione da cuocere, così le abbiamo pronte quando vogliamo noi. E per confortarci e viziarci un poco, ci piace un goccio di marsala."

Angela e Carmela si avviano verso l'uscita. Hanno il passo incerto di chi non ha ancora capito se può fidarsi davvero. Avanzano e, prima una e poi l'altra, si girano verso la zia che troneggia in fondo. Attraversano il salone, salutano le ricamatrici che frattanto sono arrivate e adesso lavorano alacremente chine sulla tela. Cercano di mettere a fuoco volti che forse conoscono, ma per lo più si muovono intimidite. Sono arrivate qui raccomandate da una donna che non era stata capace di difendere una ragazza e da un medico d'incerta fama, sono arrivate con un peso sul cuore e una vita strozzata. Ora si allontanano più leggere, ma senza sapere se davvero torneranno, perché anche questo succede al Circolo, niente è dato per sicuro, soprattutto le intenzioni di trovare o ritrovare la pace. Zia Sara lo sa, ma non perde occasione per fare opera di proselitismo. "Anche se," ama ripetere, "non siamo né un convento, né un istituto di correzione." Bisogna rischiare, e lei ha rischiato e ci ha insegnato a rischiare. Siamo così fragili.

E Lucia che fine ha fatto? Lo abbiamo saputo qualche tempo dopo. A casa non è più tornata. È rimasta con le monache dalle quali si era rifugiata. Ha avuto un figlio che è stato dato subito in adozione, e solo allora, madre e non più madre, si è tolta la vita.

Lucia, ci aveva detto Carmela, ricamava a scuola. E se il ricamo era imperfetto veniva punita. Penso spesso a quella piccola Lucia, alla sua malasorte. Che mai poteva imparare? Siamo fragili, e siamo imperfetti. Imperfetto è il mondo, non l'amore. E noi ricamiamo, continuiamo a ricamare, con amore.

15.

Il Circolo del Punto Pieno
(estate 1965)

Padre Nasillo, un tempo rettore di Casa Professa, era diventato il confessore di zia Sara nel 1956 e due volte la settimana percorreva lentamente, tutto compreso in se stesso, la distanza che separava la Casa Madre dei gesuiti dalla chiesa dei Santi Scalzi. Tra i due aveva messo radici una solida amicizia, da cui a poco a poco era spuntato un sentimento nuovo, che da solo stava maturando e mutando con una forza propria e diversa.

Avevano entrambi passato la novantina, ma erano così entusiasti del progetto del Circolo da dimenticare l'età e gli acciacchi che rallentavano i loro movimenti. Arzilli e ciarlieri, facevano lunghe camminate su e giù per le sale vuote del collegio dei Santi Scalzi, per poi tornare insieme nel salone a chiacchierare con le ricamatrici. Capitava anche che restassero soli nel chiostro, seduti sulle panche che venivano lasciate all'aperto per i visitatori, e a volte la zia approfittava di quei momenti per confessarsi faccia a faccia.

Era la metà di giugno e il Circolo era in fermento: Agatina, una delle ragazze che venivano a ricamare, aveva annunciato che lei e il suo fidanzato avevano fissato la data per le nozze, il secondo sabato di settembre, e chiedeva il permesso di festeggiare, dopo la cerimonia nella chiesa dei Santi Scalzi, nel salone del Circolo. Il promesso sposo era il garzone di Deco, il panettiere che giornalmente portava alle ricamatrici pane e sfincione.

Sara aveva incoraggiato Agatina, anche perché coltivava una memoria vivissima dell'intesa che si era creata con l'uomo che le era stato imposto: si poteva ben parlare di attrazione e addirittura di amore. Risentiva quegli affetti e sperava che anche Agatina li potesse presto conoscere.

Padre Nasillo una volta aveva parlato a Sara di una delle sue penitenti che aveva perso il marito durante la Seconda guerra mondiale, e peccati, da allora, non ne aveva mai commessi. Era una brava donna, ma era evidente che ci pensava, e perciò aveva bisogno della confessione: la castità le pesava. Nomi padre Nasillo non ne aveva fatti, ma un principio di trasgressione c'era, e Sara aveva sgranato gli occhi. Lui si era affrettato a rassicurarla, timoroso di aver sciupato l'affinità che li aveva avvicinati e attraverso la quale avevano preso forma sentimenti che forse era difficile definire ma che non mancavano di destare timidi palpiti. Lui veniva a farle visita al Circolo e le raccontava la sua formazione e la dedizione alla Compagnia di Gesù: aveva studiato i testi dei grandi predicatori gesuiti del Seicento, e in particolare di padre Giacomo Lubrano, di cui leggeva con Sara alcune delle folgoranti *Prediche quaresimali*. Non solo, Lubrano era anche uno squisito poeta e padre Nasillo aveva passato all'amica l'introvabile volume delle sue *Scintille poetiche*. Lei leggeva e rileggeva e ogni volta le pareva di sentir recitare quei versi dalla voce posata e profonda del sacerdote. In particolare, tornava su un sonetto ispirato al terremoto di Napoli del 1688: *Mortalità, che sogni? Ove ti ascondi se puoi perire a un alito di Fato?* La prima terzina le ricordava Palermo durante i bombardamenti, e raggelava: *Di ciechi spirti un'invisibil guerra ne assedia sempre, e cova un vacuo ignoto a subitanee mine in ogni terra.*

Padre Nasillo sapeva di ottenere quell'effetto e, dato che conosceva il sonetto a memoria, di tanto in tanto procurava un brivido alla sua compagna citando l'ultima celebre terzina: "*A' Troni ancora, a' Templi è base il loto: su le tombe si vive; e spesso atterra le nostre Eternità breve Tremoto*".

"Camminiamo sulla nostra fragilità, padre, e il Nulla ci corteggia," diceva Sara.

Bastava uno sfioramento di dita, uno sguardo di sguincio, un calare le palpebre o un camminare nella sagrestia a braccetto, ciascuno con il proprio bastone appeso al braccio, per risvegliare quel che in entrambi stava sopito. Secondo le malelingue, che non mancavano nemmeno al Circolo, nel tardo pomeriggio, quando le ricamatrici si preparavano ad andar via e il Circolo chiudeva, padre Nasillo e la baronessa rimanevano soli soli nel chiostro fino alla campana del Vespro. C'era chi giurava di averli visti mano manuzza, nell'ultima primavera. Erano due figurine appese al tempo per un filo di cotone e da lontano parevano muovere insieme verso l'ultima confidenza con il "breve Tremoto" che tutti atterra.

Cola, addolorato dal comportamento di Rico nei riguardi di Rita, non aveva dimenticato che tre anni prima lei aveva rifiutato la cassetta di sterline d'oro che lui avrebbe voluto regalarle per porre rimedio ai debiti del figlio. Quando era venuto a sapere che Rico aveva comprato una Ferrari in società con Gerlando Marchese, un parente di Capo d'Orlando di suo genero Pietro, e che aveva fatto altri debiti, si allarmò; fu addirittura disgustato quando gli venne riferito che Rico aveva approfittato della buona fede di Rita e aveva venduto a sua insaputa alcuni terreni ereditati dal padre. Sapeva che il loro matrimonio aveva avuto non pochi alti e bassi: Rico era uscito di casa diverse volte per brevi convivenze o viaggi con l'amante del momento, ma poi, finiti i denari o la relazione, era sempre rientrato. Adesso, però, Cola temeva che fosse stato raggiunto il punto di non ritorno; e soprattutto che Colapì, maturo per i suoi otto anni, molto legato alla madre e memore di ciò di cui era stato testimone a Ventimiglia, potesse diventare definitivamente ostile al padre.

In estate, don Totò, il vecchio portiere del palazzo di via delle Repentite ormai vuoto e abbandonato, non mancava mai di portare a Cola e Margherita un paniere di fichi raccolti dagli alberi che crescevano in due grandi vasi nel cortile del palazzo: "Vostra nuora pare infelice. Ieri salii ad Altarello con Inzinna e ci portai i fichi pure a lei, e vidi che anche i picciriddi sono sturnati".

"Questa volta la tua protetta è in croce," disse Margherita a suo marito quando rimasero soli. A Cola era già arrivata la notizia che Rico si era trasferito armi e bagagli dalla sua ultima fiamma e in casa non ne aveva fatto parola. In verità, la stessa Margherita sapeva e di fronte al commento di don Totò non si era contenuta: "Quella non ci sa fare, non se lo sa tenere".

A quel punto Cola decise di andare a trovare Rita e i bambini nel tardo pomeriggio, senza farsi precedere – come era sua abitudine – da una telefonata. Era certo, comunque, di essere bene accolto.

Il giardino di Altarello aveva sentito il caldo, le cicale frinivano, i profumi arrivavano forti.

Come sempre affettuosa e compita, Rita lo aveva accolto con un gran sorriso. L'abbraccio di benvenuto fu più lungo del solito – Cola, emozionato, le aveva accarezzato un braccio e poi le aveva dato un secondo bacio sulla guancia.

"Ci sediamo in terrazza?" suggerì Rita.

Cola credeva, o forse solo sperava, di doversi disporre a una confidenza importante, c'era quell'"infelice" sputato da don Totò che gli ronzava nelle orecchie. "E i bambini?" chiese.

"Colapì è di sopra, poi arriva. Amelia è a Palermo."

Nessuna traccia di Miss Taylor. Rita servì del tè freddo: era capitato spesso che suocero e nuora si trovassero a tu per tu, ma quella volta sembrava che nessuno dei due sapesse bene cosa dire. Gli occhi di Rita vagavano sulle colline: chiaramente evitava di incrociare lo sguardo di Cola, che invece indugiava sul profilo del Duomo di Monreale.

Rita finalmente prese a parlare e fece domande sulla salute della suocera, delle cognate, dei figli di Carmela. Di Rico e dei bambini non parlava, come se temesse di farsi sfuggire qualcosa. Ma Cola sapeva e aspettava, non voleva forzarla a parlare.

Li raggiunse finalmente Colapì. Abbracciò il nonno e gli

annunciò: "Lo sai che Miss Taylor se n'è andata?". Rita, imbarazzata, fece una carezza al figlio con lo sguardo triste; poi spiegò al suocero: "Ormai l'inglese lo studiano a scuola, presto cominceranno i viaggi d'istruzione e, quando saranno più grandi, le vacanze studio: preferisco spenderli così i soldi, vorrei che i ragazzi viaggiassero e conoscessero persone e posti nuovi. Quanto a Miss Taylor, ha trovato un ottimo posto ai corsi serali degli United States Information Services".

"Proprio così, quando saremo più grandi, viaggeremo!" disse Colapì, orgoglioso di questa prospettiva. Cola non poté che appoggiarlo, assentendo con gravità: "Bisogna avere progetti in testa," disse. Il nipote ripeté: "Ne avrò!", e provando a immaginare quell'"avere progetti" gonfiò il torace, per poi espirare forte: "Basta non diventare un pallone gonfiato...". E se ne andò dove lo chiamava l'uggiolio della cucciolata dell'adorata bastardina bianca che da tempo faceva loro compagnia.

Rimasti soli, suocero e nuora continuarono l'esercizio tennistico della buona educazione, il gioco del più e del meno, allo sfinimento – ancora, non una parola su Rico.

Suonò il telefono, Rita si alzò di scatto per andare a rispondere. Anche se parlava piano, Cola non poté fare a meno di sentire la sua voce stanca: "Signor Sarno, le garantisco che domani pomeriggio sarò da lei". Sarno era il proprietario di una casa d'aste attraverso cui molti palermitani caduti in disgrazia vendevano mobili, dipinti, argenti e gioielli.

Rita tornò leggermente frastornata e offrì dell'altro tè al suocero, ma lui – un vago bruciore che dallo stomaco gli risaliva in gola – rifiutò.

"Che bello, il panorama di Palermo dai colli," disse Rita con un sospiro, "non mi stanco mai di guardarlo. E poi il mare... Come siamo fortunati a godere di questa vista meravigliosa!"

Cola avrebbe voluto rompere gli indugi, ma non sapeva ancora come. Riapparve Colapì, era evidente che sentiva il nonno come una figura autorevole e protettiva. Forse avrebbe voluto mostrargli la cucciolata, ma ora aveva altri pensieri in mente. Per l'ennesima volta, come fosse una recente scoperta, gli indicò la mole rosata di castello Utveggio che deturpava la vista di Monte Pellegrino: "Nonno, ma che cosa c'è lì dentro?".

"Non c'è niente. È un gigantesco albergo-ristorante, che poi fu abbandonato." Si fermò a pensare. "Anzi, sai cos'è, Colapì? Un altro esempio della megalomania dei siciliani." Temendo che il bambino non capisse, Cola lo fissò negli occhi e ripeté: "Megalomania. I palloni gonfiati, come dicevi tu poco fa...".

A un tratto, cielo e mare sembrarono vuoti di uccelli e di navi: sul mare le onde partivano lente dall'orizzonte, non c'era un piroscafo in vista e le barche dei pescatori erano al riparo nella Cala.

Cola chiese di Amelia. "È andata da un'amica," rispose Rita, "tornerà tra poco."

Lui la guardò sorpreso, perché sapeva che avevano licenziato l'autista: come e con chi torna, 'sta picciridda?, pensò.

Colapì colse al volo la sua perplessità: "La riaccompagna la mamma dell'amica di Amelia".

"Sei ben informato, capitano!" scherzò Cola.

"Informatissimo!" fece il bambino portando la mano alla fronte come nel saluto militare. Poi corse in casa e tornò tendendogli un disegno: "Guarda, questa è una nave che è passata sul mare stamattina".

"È bellissima. Ti piacerebbe fare un viaggio su una di queste grandi navi?" chiese Cola.

"Magari," sospirò Colapì. "Anche se veramente le navi preferirei costruirle. Da grande voglio fare l'ingegnere navale." E poi, guardandolo negli occhi: "Sai, nonno, io voglio lavorare da grande, proprio lavorare". Si affrettò a precisare che il padre e la madre erano d'accordo. Ma Cola sembrava non ascoltare; guardava il mare, silenzioso. Lavorare... Lui stesso avrebbe voluto fare l'ingegnere, e il padre glielo aveva impedito. "Obbedirai al tuo destino," sospirò, "qualunque esso sia," ma subito aggiunse con un ampio sorriso pieno di dolcezza: “Sarà un destino meraviglioso”. Colapì gli si mise accanto e gli cinse le spalle, come se l’adulto fosse lui.

“Sicuro di non volere un altro po’ di tè?” chiese Rita. Nonno e nipote continuavano a guardare il mare. “Un altro po’ di tè, papà?” ripeté Rita. E riempì a metà il bicchiere del suocero, sapeva che preferiva berne poco alla volta.

Ma Cola taceva, perso in pensieri a cui non si sentiva di dare voce.

Il silenzio era pesante, interrotto solo dal gracchiare del cambio di marcia delle automobili che salivano lungo la strada.

Il sole infuocava l’orizzonte. Cola si alzò per andare via. Non aveva detto nulla. Non aveva saputo nulla. Aveva colto un’aria pesante, ma non l’infelicità di cui aveva parlato don Totò. Indigenti non sono, si diceva, possono farcela. Considerava la proprietà, si augurava non ci fossero ipoteche, pregava che suo figlio non avesse altri debiti, e infine si disperava all’idea che quella famiglia non godesse della serenità che avrebbe meritato. Gli tornava in mente, come accadeva sempre più spesso, l’immagine di Laura, il suo vero grande amore, e gli si stringeva il cuore. Dove vanno i sentimenti? Dove vanno gli affetti che ci hanno tenuto vivi? Aveva temuto si disperdessero come polvere nell’aria, ma non era così. Guardava il bel volto di Rita e gli occhi di Laura tornavano dal passato a confortarlo, o forse non si trattava del passato ma di un luogo del tempo molto più vicino. Pensò che Rita non doveva temere, bisognava trovare il modo di farle accettare che, se avesse avuto problemi più grossi di quelli che ora stava affrontando, lui avrebbe potuto, anzi dovuto, porvi rimedio. Dall’alto del cielo, Laura acconsentiva con un sorriso.

“Il signor Sarno è al telefono, chiede di lei,” li interruppe la cameriera.

Rita era imbarazzata, ma doveva rispondere.

“Vai pure,” la rassicurò Cola con un cenno della mano, “mi accompagna Colapì.”

Nonno e nipote arrancavano in salita. Sul giardino si spandeva l’oro degli ultimi raggi di sole. Il profumo della sera si sprigionava dalla terra e dalle piante appena annaffiate,

Cola lo aspirava con fatica. Si fermò e si appoggiò al tronco di un glicine. Pensieroso, guardava il mare. Un pattugliatore della guardia di finanza solcava veloce le onde, diretto verso Ustica.

Erano davanti al cancello, ma Colapì non lo apriva, guardava il nonno. "Papà ruba," disse, e ficcò gli occhi nei suoi. "Papà ruba a mamma," ripeté.

Cola non poté far altro che dire: "Lo so". Gli mancò l'equilibrio, e per quanto non si fosse mosso dal tronco del glicine gli parve di perdere la presa. Non posso, non posso, si ripeté. Sollevò il braccio tremante e mise la mano sulla testa del bambino: "Ci sono io, Colapì, ci sono io, qui, per voi tutti...". Una lancinante fitta al petto non gli impedì di sorridere per non spaventare il bambino, poi respirò a fondo. Ecco, il dolore era passato.

Entrò con cautela nella Seicento e la mise in moto. Si guardarono attraverso il finestrino aperto: il vecchio e il bambino inquadrati in quello spazio limitato. Se si fossero lasciati sarebbe stato per sempre. Si guardarono con un'intensità quasi elettrica. Era come se Cola invitasse il nipote a farla sua, era come se dicesse: "Rubami l'anima". E il nipote rispondeva restando impietrito, gli occhi dentro gli occhi del nonno. Che per Cola fosse uno strappo doloroso era evidente, glielo diceva qualcosa a cui non poteva sottrarsi, per Colapì invece si trattava di raccogliere la bella espressione da eroe che in quel momento aveva il nonno: pareva un guerriero dell'antichità, un cowboy dei film americani, un Mosè fulminante. Colapì aprì il cancello, e quando la Seicento si mise in moto cominciò a salutare il nonno agitando il braccio, continuò anche quando non lo vide più. Rimase lì, la mano sul cancello, come se ancora sentisse gli zoccoli del cavallo dell'eroe che si allontanavano.

Cola, invece, appena finiti i tornanti rallentò. Si fermò sotto un grande pino marittimo. Dalla campagna un contadino seguì la manovra e forse si aspettava che dalla macchina uscisse qualcuno. Invece, niente. Poco dopo il clacson cominciò a suonare, non la smetteva più.

Nicola Sorci fu trovato con il busto contro il volante, a faccia in giù, gli occhi aperti, la traccia di una smorfia di dolore appena visibile. I contadini sapevano da dove veniva. Arrivò un'autoambulanza. Arrivarono Rita e Colapì. Margherita fu avvisata, ma attese la salma in ospedale, con Rico.

Rico si presentò non rasato, la cravatta allentata, era a pezzi. Rimase a guardare il padre per una buona mezz'ora. Si rammentò di quando, convalescente, lo aveva avuto a fianco al letto, ne sentiva la presenza affettuosa, e soprattutto lo rivedeva accanto a Laura, e Laura lo faceva pensare a Rita e alle ultime vicende che lo avevano visto lontano dalla famiglia. La morte di un padre ha una forza travolgente: scuote il tempo come una pezza lasciata appesa in mezzo alla tempesta, e Rico sentiva lo sbattere del cuore dentro di sé, avrebbe voluto trovare uno spiraglio di quiete. La sua quiete erano di fatto Altarello, Rita, i loro bambini. Lo sapeva che era così.

Si allontanò dalla camera mortuaria solo quando fu invitato a farlo. Confortò la madre e accompagnò i figli a casa. Colapì lo interrogava con gli occhi e lui si sentiva interrogato. Rita, nonostante avesse da tempo l'intenzione di arrivare a una separazione formale per salvare il patrimonio, non gli impedì di passare la notte ad Altarello. La sera riuscirono anche a parlare, lui le chiese di poter tornare in famiglia e lei gli rispose che non era il momento di farle quella domanda.

Alle esequie zia Sara abbracciò Rico rammentandogli che ora era lui il barone Sorci, il capofamiglia. Per un attimo Rico avvertì una sorta di orgoglio e insieme – quasi andassero di pari passo – la vergogna di essere venuto meno alla dignità del suo stato. Rico credeva che il teatro dell'aristocrazia fosse vacuo e vano, un'esibizione ridicola di un potere consumato; ma quell'abbraccio lo aveva restituito non tanto a una classe sociale che non esisteva più, quanto all'esemplarità morale della zia, un'esemplarità alla quale lui agognava.

Dopo la richiesta di Rico di tornare ad Altarello, Rita volle consultarsi con la sorella Anna Carta e il fratello Vito. I due non potevano non concordare sull'evidente inaffidabilità di Rico, ma la invitarono a considerare che nelle attuali circostanze una separazione definitiva avrebbe potuto destabilizzare ancora di più Amelia e Colapì, addolorati per la morte del nonno.

Per la prima volta da quando si era maritata, Rita si sentiva costretta a contemplare il suo stato con lucidità e rigore. Doveva fare i conti con se stessa, e si ripromise di seguire la propria volontà, per il bene suo e dei figli.

Il rientro di Rico in famiglia non fu celebrato in nessun modo. La prima cosa che fece fu preoccuparsi del suo guardaroba. Colapì guardava il padre con sospetto, ma al contempo gli piaceva sapere che c'era. Che avesse rubato alla madre era cosa nota ai figli, e il nonno lo aveva confermato. Che dopo aver rubato si potesse restituire era un concetto non facile, ma fece subito presa dentro Colapì quando la madre, interrogata in proposito, gliene parlò. "Papà è qui per restituire," gli disse, e lui si immaginò navi pirata che arrivavano dal mare e portavano forzieri di monete d'oro che venivano rovesciate sulla terrazza di Altarello e brillavano sotto i raggi del sole.

In realtà, Rico si era limitato a firmare un documento davanti al notaio in cui certe proprietà venivano intestate solo a Rita e lui avrebbe potuto accedervi unicamente in nome del benessere dei figli.

Fu un agosto caldo. Scesero spesso in spiaggia per incontrare Leonardo Ponte, che si era da poco trasferito a Parigi ed era ritornato per le vacanze.

In famiglia ebbero momenti di serenità, ma Rita e Rico erano lungi da un ritorno alle intimità del passato. Rita avrebbe voluto arrivarci, ma col tempo.

E venne l'11 settembre. Al Circolo fervevano i preparativi per le nozze di Agatina con Minico, che sarebbero state celebrate da padre Nasillo. La maggior parte delle frequentatrici del Circolo del Punto Pieno erano giovani e i matrimoni – per lo più decisi dalle famiglie – numerosi.

Sara aveva organizzato tutto con l'aiuto di Rita. Erano stati stampati gli inviti, scelti i fiori, erano state decise le letture, venne persino chiamato il coro di voci bianche di San Domenico. L'organo della chiesa dei Santi Scalzi aveva qualche pedale male in arnese, ma avrebbe fatto comunque la sua figura, anche perché l'organista, convocato direttamente da padre Nasillo per l'occasione, era quello bravissimo di Casa Professa.

Deco, lo zio dello sposo, di capomatina aveva portato al Circolo un enorme pane a forma di cuore decorato con mandorle e confetti. Il salone era stato trasformato: le scatole dove si conservava l'occorrente per il ricamo, i telai di varie misure e i mobilucci del tombolo – tutto era stato ordinatamente riposto in un piccolo magazzino.

Erano rimasti solo, al centro, i tavoli da lavoro, mentre proprio all'ingresso ne fu aggiunto uno tondo, per il quale era stato ricamato un grande cuore a punto pieno: il sapiente accostamento di tante sfumature di rosso ne faceva risaltare la bella corposità. Lungo le pareti erano stati disposti alberelli di aranci e limoni e graste di basilico, rosmarino, timo, salvia, menta e gelsomini, che poi sarebbero stati sorteggiati tra le socie del Circolo.

Quel pomeriggio la sposa avrebbe indossato un abito con corpetto attillato e una gonna ampia, cucito da una delle ricamatrici che era anche sarta, e sul capo un velo di merletto bianco trattenuto da un cerchietto imbottito ricamato da Sara con un motivo di fiori d'arancio. "Non è stato semplice, ormai ho gli occhi fracchi... Questo è il mio ultimo ricamo," aveva detto Sara, compiaciuta e commossa, "per una sposa innamorata." Quanto a lei, era elegantissima in un tailleur di lino rosa, sul quale spiccavano i gioielli "da matrimonio": perle al collo e alle orecchie, una spilla di diamanti e, all'anulare della mano sinistra, il solitario dono di fidanzamento.

Dopo la cerimonia, che fu semplice e commovente, e dopo aver mangiato e bevuto, i giovani uscirono nel chiostro a ballare. C'era un giradischi: andavano i successi dell'estate che stava finendo. Alcuni bambini si rincorrevano, altri giocavano intorno alla fontanella centrale che era stata messa in funzione per la festa – nessuno prima di allora l'aveva mai vista zampillare. Lì accanto, su un tavolino, troneggiava una coppa di peltro piena di confetti. Piccoli e grandi, ingordi, se ne servivano a pugni e se ne riempivano le tasche per portarli a casa.

Padre Nasillo e la zia uscirono per prendere aria e attorno ai due vecchi fecero festa i bambini. Proprio per loro la zia aveva portato dei sacchettini di carta lucida e trasparente con un fiocchetto di raso bianco. Dentro c'erano i cannellini di Sacchiero – una delle migliori pasticcerie della Palermo ottocentesca –, profumatissimi filini di cannella rivestiti di zucchero dalle tinte delicate, rosa, celeste, bianco. Una bambina che aveva ricevuto i cannellini era ritornata poco dopo dalla zia con le mani piene di confetti: "Chisti sugnu pi' ttia. Pigghiatilli!" strillò riconoscente. Zia Sara era tentata di cedere alla golosità, o forse, semplicemente, le buone maniere le suggerivano di accettare quello che il diabete le consigliava di rifiutare. La bambina la guardò perplessa, i luminosi occhi castani passavano da lei al sacerdote, e dal sacerdote a lei. Loro due invece, sereni, contemplavano il suo volto fresco. "Picchì 'un vi maritati?" disse infine la bambina; nessuno dei due rispondeva e la piccola esclamò con l'aria di chi la sa lunga: "Boni siti, 'nsemmula!".

"Eh! Giovani devono essere gli innamorati," disse padre Nasillo mentre Sara si teneva con garbo a distanza da lui, con una sorta di compunto imbarazzo. "Non possono essere vecchiarelli, sennò non riuscirebbero a conoscere i loro nipoti..."

I bambini succhiavano i cannellini che Sara aveva offerto ed erano rimasti a guardare i due vecchi senza timidezza. Poi due bambine scapparono via, e tornarono reggendo la coppa dei confetti come un trofeo. Una delle due la lasciò all'amica e fece un passo indietro, inscenarono una specie di comunione: la bambina-sacerdote depose un confetto sulla lingua dell'altra, che si portò le mani giunte alle labbra. La bambina-sacerdote prese un confetto e si avvicinò a Sara: "Chistu è pi' ttia". La zia stette al gioco e tirò fuori la lingua, abbassandosi un poco. E quando la bambina-sacerdote porse solennemente un confetto anche a padre Nasillo, lui lo ricevette come fosse un'ostia. Perché quel gioco? Non c'era spazio per chiederselo.

Padre Nasillo e Sara erano rimasti soli sulla panchina.

"Donna Sara, ho rimpianto tutta la vita di non avere figli, ma soprattutto di non avere nipoti," disse lui, "invece non ho mai rimpianto di non avere moglie, perché il mio ministero lo vietava. Durante la guerra conobbi Father John Thorn, il cappellano degli americani: lui era sposato, perché nella religione protestante i sacerdoti possono prendere moglie. Non lo invidiavo." Tacque, pensieroso, e poi riprese: "Oggi, per la prima volta, mi dispiace non aver avuto accanto una moglie". Guardò Sara diritto negli occhi: "Se mugghieri avissi avuto, com'a voi avisse avuto a essiri".

Per tutta risposta, la zia si mise in bocca un cannellino. E poi un altro. E poi un altro ancora.

Guardavano la fontanella zampillante, godendosi le risate e le voci dei bambini.

L'aria era pulita e il richiamo di un merlo echeggiò nel chiostro. Il tempo passava senza che i due, immobili, se ne accorgessero.

"Rientriamo?" disse infine padre Nasillo. Ma Sara non rispose. Si limitò a seguirlo e andò a sedersi dove ogni giorno sedeva, in fondo al salone. "Bisogna fare ordine," disse, e congedò padre Nasillo. "Mi avete portato un'ambasciata importante, e io vi ringrazio." Ora, busto eretto, sguardo tagliente, era tornata la baronessa Imballomeni, la più saggia delle Tre Sagge. "Mi tengo nel cuore quel 'breve Tremoto' che ci porta via, siamo veramente polvere."

Padre Nasillo si guardò intorno: sarebbe rimasto più a lungo, ma le donne – per la maggior parte ricamatrici, ma anche alcune parenti degli sposi – si stavano dando da fare per preparare il salone per l'indomani. Avviandosi verso la porta, si volse e alzò la mano per salutare. Sara non rispose, o almeno così gli parve. Stava seduta in fondo al salone come una regina. Le donne spazzavano, raccoglievano residui di dolci, ridavano un posto agli attrezzi di lavoro. Qualcuna cantava: "*Ritornerò, in ginocchio da te...*".

"Seee!" diceva un'altra. "Ma che ritorna e ritorna!"

E un'altra ancora: "Anche perché non c'è mai stato!".

E tutte a ridere. Ma poi guardavano la baronessa sulla sua sedia e si zittivano. Una luce polverosa, fine, di zucchero scendeva dai finestroni. Il Cristo ignudo, che per l'occasione era stato coperto di fiori per non mettere in imbarazzo i parenti degli sposi, era tornato alla sua nudità.

"Sapurita era Agatina," disse una cugina della sposa, "conzata come fu dalla baronessa, con quell'acconciatura."

"Vero è, sapurita," le fece eco un'altra.

Fu allora che entrò Rita: "Agatina porterà con sé un bel ricordo," disse con un sorriso a Stellina che la accompagnava. Dopo aver controllato che il salone fosse in ordine, incoraggiarono le donne ad andare: "Vi ringrazio per essere venute. Possiamo tutte essere fiere del nostro Circolo," disse Stellina. In risposta ci fu un timido battimani e all'unisono tutte le presenti si volsero verso Sara, ancora sulla sua sedia, raccolta in un pensiero, o meglio chiusa in una postura definitiva che alcuni avrebbero potuto giudicare altezzosa ma che era solo una manifestazione di fierezza. Sì, fierezza, pensò Rita. E si avvicinò lenta, trascinando con sé come fosse un velo leggero il silenzio che si era formato.

"Zia," disse.

Non era una domanda. Le accarezzò una spalla. La vita l'aveva abbandonata, senza far rumore. Una giovane ricamatrice si portò la coppa della mano alla bocca e vi chiuse dentro un gemito. Le ricamatrici si fecero tutte intorno alla zia, come se dovesse ancora dare un annuncio. Ma fu silenzio. Per sempre.

16.

Dice Mariolina Sorci
(giugno 1968)

"Signora Vallo! Signora Vallo!" mi chiamano dalla scalinata del teatro Massimo.

Come ho fatto a perdere mio figlio? Eravamo andati alla profumeria all'angolo e avevo lasciato la sua mano per prendere il portafogli dalla borsa, lui era fuggito via. Si era nascosto, era sparito, e io mi ero seccata: salterà fuori, mi ero detta. Ma avevo cominciato ad agitarmi e a sudare. E poi eccolo là Enrico, ribattezzato Harry da suo padre: biondo come me, magrolino, i pantaloncini che gli cascano, le bretelle che gli pendono dalle braccia. Ride, il disgraziato. La donna che lo aveva preso per mano lo lascia andare, e Harry scappa di nuovo. "Vieni qui, monello!" Non arriva. Fa una corsetta e poi si ferma, mi sfida. E io ci casco, lo rincorro. Lui scappa ancora e si nasconde dietro al carretto delle granite. Riappare, ma questa volta rimango immobile, il sudore mi appiccica la seta del vestito sulle spalle e sotto le ascelle. Mi infilo nel vicolo a passo lesto, mi nascondo dentro un portone, e quando Harry mi passa davanti, lo afferro per una bretella. Gli darei una sculacciata, ma mi trattengo per non dare spettacolo. "I conti li facciamo a casa."

La vedova Vallo sono diventata, a trentacinque anni. Un vuoto enorme, all'improvviso, lo sgomento dopo averlo amato così a lungo, così intensamente, fra il segreto e la luce. Dio sa come ho cercato nel suo corpo la baldanza di sempre. E c'erano mattine in cui, io sveglia e lui abbandonato nel sonno, inseguivo le sue rughe sul volto con le dita. Non posso fargliene una colpa, né posso io condannare la devozione per un uomo maturo. Non ha voluto diventare vecchio. Lo era, forse, ma non lo è mai diventato. E quando si è lasciato scivolare nel vuoto della morte, e ancora era mattina, un'altra mattina, non l'ho toccato, questa volta non l'ho toccato. Mi sono alzata, mi sono vestita, mi sono anche truccata, e infine ho chiamato mia madre. Da allora sono stata la vedova Vallo. E vedova davvero mi si può ben chiamare, che per due volte lo sono diventata in poco più di cinque anni. All'inizio del '62 è morto Alfio, un incidente a Mozia, e l'estate scorsa è morto Peppe. Mi aveva sposato che ero incinta di sei mesi. Tutti murmuriavano che era figlio suo, quello che avevo in seno, ma lo celebrarono per aver salvato una giovane vedova incinta, il galantuomo. E galantuomo fu. Non fu galantuomo l'infarto che me lo ha portato via.

Carlino se n'è andato al Nord. Si è trasferito prima a Roma e poi a Milano. E io sono rimasta sola, a fare la madre e la figlia. Ho denari, case e proprietà. Sono diventata una finanziatrice del Circolo del Punto Pieno, o meglio: ho fissato un ammontare di investimento annuo per assicurare a una pericolata dote e casa. E così ogni anno si designa la fortunata. Ovvio che, venendo le ragazze da vite disgraziate, si deve badare a chi è lo sposo, se c'è davvero o per finta, e che intenzioni ha, se ha un mestiere o se anche a quello dobbiamo pensarci noi. Insomma, una trafila. Per fortuna, zia Caterina è un'ottima amministratrice: non le sfugge niente e anche con noi nipoti è cumannera, come se fossimo sue dipendenti.

Spesso passa per il salone e si trova una cuccia speciale sotto il Cristo ignudo il cane Sputnik, una presenza benaugurante che tutte coccolano e nutrono con generosità. Il Circolo ormai è diventato impresa, scuola d'arti e mestieri, opera di carità, casa di riabilitazione. Io, che ho sempre disegnato con passione, preparo schemi elaboratissimi per cuscini da ricamare a punto pieno, tutti colorati.

Ci porto Harry, naturalmente. Marianna, una pericolata

che dice di non "toccare uomo" da un anno, ha una vera passione per lui. "Il figlio che avrei voluto," dice, e se lo mangia con gli occhi, e lo vizia, e spesso chiede il permesso di portarselo alla Marina, "che così magari qualcuno mi riconosce e pensa 'guarda che sapurito, 'stu figghiu di Marianna'!". E per essere sicura che lo pensino, in quelle occasioni si agghinda proprio da mamma felice, si mette una camicetta azzurra, una gonna a portafoglio, un foulard legato al collo, la borsetta al braccio.

"E se ti domandano con chi l'hai fatto?" le chiedo io divertita.

"Rispondo che gli uomini non contano," fa lei, "siamo noi che li facciamo questi figli, e suo padre se n'è volato via."

"Cioè," insisto, "gli fai credere che è morto?"

Lei dice che no, che con "volato" intende proprio sparito, perduto, polverizzato, come si era perduto l'uomo dal quale avrebbe voluto quel figlio. Si commuove, cerca un ritaglio di mussolina per asciugarsi gli occhi. "Io sono stata bella," mi dice. Le rispondo che ne sono sicura. E poi, rivolgendomi a tutte le ricamatrici, pericolate e no, dichiaro ad alta voce: "Qui siamo tutte belle, qui siamo tutte un ricamo del mondo". Segue un applauso, ma composto, contenuto.

Loro mi vedono così, come quella ottimista, come la più libera di dire e di pensare.

Una volta le ho portate a ballare. Dagli altoparlanti arrivava musica leggera, le canzonette dell'estate: "*Un cuore matto, matto da legare...*", "*Quando la banda passò nel cielo il sole spuntò...*", e loro si agitavano contente, ma non tutte, alcune se ne stavano in disparte, a guardare, e se un ragazzo si faceva avanti per un lento rifiutavano, guardavano me e rifiutavano. Qualcuno che sapeva chi ero disse forte: "Le ricamatrici!". E quasi avesse dato loro delle puttane, Marianna fulminò lo sventurato: "Vero è, ricamatrici siamo! E se ti sfardi i càvusi te li rammendiamo noi... capito?". E ricevette un'ovazione da masculi e fimmine.

Sono affezionata al Circolo, ci torno sempre. Io vedo cose qui, in questa luce d'oro del salone, veri capolavori. Un tempo, finché c'è stata zia Sara, alle nostre fiere veniva tanta gente... Adesso no. Adesso, se non ci fossero zia Caterina e Rita, sarebbe difficile avere veri e propri clienti. Rita ha avviato contatti all'estero, e a Parigi c'è gente che apprezza e che compra. Il giorno in cui dobbiamo preparare i pacchi da spedire sembra un giorno di festa: pieghiamo tovaglie, lenzuola e asciugamani, avvolgiamo camicette e camicie da notte in fogli di carta velina, impacchettiamo tutto e tutto disponiamo in certe scatole color crema sulle quali incolliamo il nostro marchio di fabbrica: un cartoncino con la sigla CPP, Circolo del Punto Pieno. Elegantissimo. Zia Caterina mi racconta che nonna Rosaria riceveva i bauli di Frette dal Nord, e noi ora dal Sud mandiamo le nostre scatole CPP. E Stellina Panzi, contessa di Valledolmo, controlla l'andare e venire, l'entrare e uscire, di donne e denari, di confezioni e tessuti.

Torno malvolentieri a casa. Casa Vallo, quella dove abitava Peppe prima di sposarmi, è troppo grande, troppo moderna, troppo vuota. Se solo avessi potuto sarei tornata a vivere a palazzo Sorci, che è stato venduto ma non si capisce bene che fine stia facendo, dato che non c'è stato alcun lavoro di ristrutturazione. Sì, sarei tornata lì, e mi sarebbe piaciuto che ci fosse anche Carlino, in qualche appartamento – ovviamente non in quello di zio Andrea, dove potrà andare a stare solo qualcuno che non sa cosa è successo lì dentro.

Io però li adoro i fantasmi, e nel mio appartamento tutto squadrato e pulito, di fantasmi non ce n'è. Finché c'era Peppe, tutto aveva un senso, anche il bell'appartamento moderno – ma ora? Ora mi succede di andare nel suo vecchio studio, non lontano da casa, e di sedermi nella sua stanza, alla scrivania, per farmi inondare da quel profumo così suo, di cuoio e tabacco. Il giovane avvocato che ha rilevato lo studio non ha spostato un solo oggetto, ma nessuno ci va a lavorare. Mi lascia fare, sa che per me quella è un po' una seconda casa, e io infatti certe volte ci vado nel tardo pomeriggio e aspetto che lui esca, che anche l'ultimo dei collaboratori mi saluti, e poi mi aggiro fra poltrone, scrivanie e armadi stipati di faldoni. Passo la mano su tutto, e ogni volta è come se volessi portarmi via qualcosa, qualcosa di immateriale. La signora Vallo, già. La signora Vallo che è stata l'infelice signora Buscemi. Trovo una fotografia che Peppe aveva lasciato in studio. Ci è stata scattata ad Altarello, forse da Rico. Io e il mio Omar Sharif, solo sei anni fa ma sembra un secolo.

Carlino mi ha scritto spesso da Roma. Mi parlava di via Veneto, di attori, di feste e di notti infinite. Ora si è trasferito a Milano. C'è una strana mestizia nelle sue lettere, come se qualche sua stella si fosse spenta, quando un tempo Carlino era tutto cielo, una Via Lattea nella notte d'agosto. Bisogna che vada a trovarlo, prima o poi.

Ci sono sere in cui lascio Harry a mia madre e vado al cinema. Ho visto *2001: Odissea nello spazio*, ho visto *Funny Girl* e mi sono innamorata di Omar Sharif, che poi Peppe da giovane doveva essere davvero un po' come lui, anche con l'occhio melanconico e il baffo curato. L'ultima volta, entrando in sala, mi è tornato in mente all'improvviso che proprio in un cinema Peppe mi diede il primo bacio e io mi sentii sciogliere.

Mio padre sta morendo, ha perso nozione di sé, ma comanda come ha sempre comandato. Dal letto chiama mia madre, la chiama col nome della prima moglie, Carmela, e vuole questo, vuole quello, e lo vuole subito e poi non lo vuole più, e poi si rintana in un cupo silenzio. Mia madre è paziente, come sempre, della pazienza di chi semplicemente non prevede un'altra possibilità. Non a caso, al Circolo era fra le migliori, la vera erede delle Tre Sagge, dal punto di vista del colpo d'ago e del disegno. Ricama in casa, adesso, per non lasciare solo papà.

Non c'è più spazio per me in questo mondo. Non mi piace. Vado a Parigi a fare la rivoluzione?

Qualche volta dimentico di essere una donna di trentacinque anni, due volte vedova e con un figlio alle scuole elementari. Il mio destino è di rimanere qui.

17.

Dice Carlino Sorci
(20 luglio 1969)

Devo affrettarmi. Mi aspettano in una cantina sociale, così si chiamano qui. Nelle cantine sociali si beve, si mangia (poco e male), spesso si discute, ma questa sera saremo almeno un centinaio per vedere in tv lo spettacolo del secolo: l'uomo che atterra sulla Luna. È da dieci anni che Usa e Urss si battono per arrivare primi: il primo volo, il primo cane nello spazio, il primo volo con un astronauta a bordo, Gagarin, il primo uomo sulla Luna. Questa volta l'ha spuntata la Nasa. E i sovietici stanno a guardare.

Arriviamo a bordo di una scassatissima R4 rossa. C'è una strana atmosfera, come se davvero anche questa nuova conquista ci riguardasse tutti, e portasse il segno di una nuova epoca. Beate speranze. Qui i giovani hanno imparato a schierarsi, scioperano insieme agli operai delle grandi fabbriche. Mi sento uno di loro, nonostante i miei trentanove anni. Mi vesto come loro, come gghiè.

"Ehi Carlino, cosa aspetti?" mi fa Guido Sacchi, l'amico che mi ha portato qui in macchina. "Hai la nostalgia?"

Lui fa l'attrezzista alla Scala, si muove dietro la scena. Dice che gli scenografi sono "isterici". Dice che sta imparando. Che ha studiato a Brera, ma che per fare qualcosa in teatro bisogna sempre partire da chiodi e martello. L'ho incontrato in un bar sui Navigli e da allora ogni tanto ci si vede. "Sono uno strano melomane," ridacchia, "a me gli spettacoli piacciono solo visti dalle quinte, quando Ghiaurov attacca *Ella giammai m'amò* mi rintano fra i cordami e ascolto. E tutto il resto non c'è più."

Una volta gli ho raccontato della mia famiglia e di come ho preferito lasciare Palermo. Da allora mi prende in giro bonariamente per la mia "nobiltà". Lui, forzuto e piccoletto, viene da Suzzara: "Sono un uomo del Po, Signor Barone! Sono umido come un pesce e nebbioso come un cattivo pensiero".

Guido mi ha passato più volte i biglietti per andare in piccionaia, con i fanatici. Ma io alla Scala ci vado per studiare come veste la gente: gli smoking, i gessati da commendatore, e poi gli abiti delle signore, pacata eleganza rispetto alla prima del 7 dicembre ma pur sempre moda da studiare, "dal taglio al dettaglio" come ripeto spesso nelle lettere a Mariolina, e anche a Rita. Su in alto, dove si decidono le sorti dello spettacolo, ci si veste come si vuole. Mi viene in mente quella sera nel palco al Massimo, *Il trovatore*, mia madre con i coralli, io ed Emilio al suo fianco, e lei bella, orgogliosa e coraggiosa.

"Signor Barone, andiamo sulla Luna... cosa bevi?"

Ci mettiamo seduti in fila sotto il televisore, uno degli ultimi a restare altissimo su un tavolinetto a sua volta appoggiato su un tavolo più grande. Tutti devono poter vedere. Il volume è alto. Al bar si accavallano le ordinazioni. "Bisogna bere, quando l'uomo va sulla Luna!"

Fatico a capire cosa sta succedendo in questa cantina sociale, un posto popolare, di quartiere, dove non mi sento a mio agio. Eppure mi piace che la gente sia qui con il fiato sospeso, e io con loro. "Ma è tutto vero?" chiede qualcuno, e viene messo a tacere.

"Sai," dico a Guido, "una donna ha battezzato il suo cane Sputnik, quell'anno là, a Palermo."

Lui si alza, si gira intorno: "Non c'è una cagna incinta, qui dentro, che se nasce il suo bastardo lo chiamiamo Apollo?".

Ci sono tanti siciliani a Milano, ma non tanti come quelli finiti in Germania. Stasera c'è uno di Caltanissetta che fa l'operaio, è riuscito a portarsi anche la famiglia e vivono in una casa di ringhiera. "Io," dice, "in periferia non ci vado, neanche nelle case popolari. Io sto in centro."

"Guarda, guarda," comincia qualcuno, e uno dopo l'altro tutti si alzano in piedi. Sono più o meno le dieci. Il telecronista dice "allunaggio", e tutti ripetono "allunaggio", sedotti dalla parola nuova. Abbiamo bisogno di parole nuove, tutti, al Sud e al Nord. Devo scriverne a Emilio. Quelle che vediamo sullo schermo sono immagini incerte, rallentate. La gente si abbraccia e ricomincia a bere.

"Siamo sulla Luna, Signor Barone!" mi dice Guido con una bottiglia di birra in mano, mi prende in giro ma con dolcezza.

Ridacchio e mi accendo una sigaretta. Tutto il resto lo vedrò domani, vado via. Sono solo nella notte, le strade deserte. Dalle case illuminate arrivano urla, applausi. Fa caldo, c'è gente sui balconi o affacciata alle finestre.

Accontentiamoci di andare sulla Luna, e sogniamo di conquistare tutto l'universo. Ma intanto? Adesso che faccio? Ho lasciato Palermo e ho lasciato l'amore mio perché non c'era futuro per noi due insieme, lì. Questa Italia democristiana ha messo il bavaglio a tanti. Emilio e io avevamo sperato di poter attraversare la città mano nella mano, e ci abbiamo anche provato, ma con il tempo ci siamo resi conto che il nostro amore non sarebbe mai stato accettato come una semplice realtà quotidiana. Dagli incontri sotto il sole agli incontri furtivi il passo è stato breve. A che barbarie ci saremmo esposti? La madre di Emilio mi guardava e diceva che suo figlio si stava rovinando appresso a me. Nessuno è riuscito a farle cambiare idea. Rita è stata sempre dalla nostra parte, ma una famiglia che ti difende non basta di fronte a una città pronta a crocifiggerti se non stai ai patti e non coltivi il codice dell'ipocrisia. Ho scritto a Emilio, saranno almeno cinque anni fa, gli ho scritto che non doveva mettersi contro sua madre, e che io non avrei mai voluto essere responsabile della sua infelicità. Gli ho promesso che ci ritroveremo, quando i tempi saranno cambiati. *Andiamo sulla Luna*, gli ho scritto anche stasera, *a fare quattro passi, ma noi la Luna la vogliamo intera, vogliamo passeggiarci come alla Marina quando è primavera inoltrata, vogliamo la nostra Luna*. Così gli ho scritto.

Prima di arrivare a Milano ho passato tre anni a Roma. Indimenticabili. Lì la moda fioriva insieme al cinema. Io mi sono fatto una fama, tra via del Corso e piazza di Spagna, sapevano di poter contare su di me per non sbagliare tessuti, per andare a cercarne di nuovi, per creare leggera bellezza.

"Ecco Carlino Sorci che ci apre i suoi volumi," diceva la gran dama della moda che mi ha ricevuto nel suo salotto per presentare i campionari, che a lei piaceva chiamare "volumi".

E li aprivo, e mostravo, e non mi mancavano le parole per infiorare di bellezza la bellezza. Mi stava a sentire la gran dama, e così poi mi ritrovavo da altre grandi dame, e fra dame e signore mi rendevo conto che c'era ancora tutta la bella società hollywoodiana che andava a vestirsi lì. Ripetevo esattamente quello che avevo imparato a fare a Palermo, ma qui tutto avveniva più in grande, e c'era una frenesia di vivere che quasi mi spaventava. "Carlino è uomo tutto d'un pezzo, il nostro Mastroianni!" esclamava la gran dama in tailleur e camicetta di seta col fiocco. Non sono per niente un uomo tutto d'un pezzo, e non somiglio a Mastroianni, ma sono siciliano, porto un paio di baffetti sottili, come Mastroianni in *Divorzio all'italiana*, e a lei piaceva che facessi il duro. A volte pensavo a quando stavo a Chicago e il colonnello Hill mi introduceva ai suoi festini come un agnello sacrificale. Imparavo là, imparo qua. A Roma avevo un ufficio di due stanze nel quartiere Prati, a due passi dalla Rai, in una bella casa d'epoca. Avevo in mente sin da allora di trasferirmi a Milano, perché le industrie sono tutte al Nord, anche quelle dei filati – fra Biella e Schio, fra il Piemonte e il Veneto. Ricordavo quante volte da bambino avevo sognato di andare nella fabbrica di Frette, il cui disegno era stampato sull'etichetta incollata all'interno di certi vecchi bauli nella stanza degli armadi, al piano nobile di palazzo Sorci. La gran dama mi prendeva in giro: "A Milano ci si veste, a Roma ci si sveste," e faceva un sorrisetto tenendo alto il lungo bocchino.

A Roma ho avuto un amico che lavorava nel cinema come assistente di scena, e sosteneva di aver collaborato con Visconti. Mi trovava irresistibile. Voleva anche farmi recitare in un film, ma gli ho detto che non era cosa mia. Passato è il tempo di New York, quando mi esibivo sul palco e mi piaceva stare sotto quei riflettori incerti, davanti a un pubblico a cui io, giovanissimo e improvvisato cantante, piacevo tanto.

Per quanto Roma fosse più aperta di Palermo nei riguardi degli omosessuali, anche lì ci si doveva arrangiare, ci si vedeva da soli se si poteva stare insieme al sicuro, e poi si tornava nel gruppo.

A Milano ho cominciato a lavorare per le celebri sartorie che vestono commendatori, industriali, signore di grandi finanze e amanti con quartierino a San Siro, nella città nuova che sta crescendo là, elegante e fredda, vicina ai maneggi e non lontana dallo stadio.

Alla fine del 1968 vengo ricevuto da Caraceni, che veste industriali, banchieri, grandi imprenditori, architetti, direttori d'orchestra e cantanti. Aveva ragione la gran dama romana: qui vogliono tessuti rigidi, tessuti che scolpiscano l'abito, che si traducano in corazze imprenditoriali, o che, per le donne, magnifichino le forme sontuose o redimano quelle pigre o insignificanti. Divento uno dei migliori "fornitori tessili": so maneggiare i campionari stranieri e in particolare quelli americani, dove predominano quei tessuti rigidi che la sartoria milanese sa apprezzare. Mi metto al servizio di nuovi sarti che cercano di aprire strade all'ombra dei grandi. Se sono qui, d'altro canto, è perché coltivo un mito: la sartoria della Biki, anzi lei, la Biki in persona, il genio della raffinatezza e la principessa della buona società del Nord. Dalla Biki sono passati Wally Toscanini, Giacomo Puccini e la Callas: voglio conoscerla. Si è trasferita in via della Spiga e in fondo è la signora della moda meno spaventata dai tempi che cambiano. C'è spazio per il siciliano appena arrivato a Milano.

Una sarta che ha avuto un piccolo laboratorio in Galleria, davanti alla Scala, e ora lavora in casa per poche, selezionatissime clienti me la racconta, le luccicano gli occhi, ricorda le notti passate a ultimare vestiti da sera quando lavorava dalla Biki, tanti anni prima. Me la dipinge nella sala prove mentre il vestito prende forma sul corpo della cliente, lei immobile in un angolo, lontana da poltroncine e seggiole imbottite dove siedono quelli che pagano. "Lei," dice la brava sarta, "che lascia riposare sulle ginocchia il tessuto che le ho portato, lei scruta impavida, e sta in attesa della metamorfosi, mentre noi, spilli in bocca, il metro intorno al collo, ci aggiriamo inquiete, e a quel punto non importa il nome altisonante della signora, quel che le preme è la trasformazione, il miracolo che deve accadere, e se non accade si ritira senza strepito in un salotto, per poi ricominciare."

Faccio la ronda sotto il suo atelier, chiedo la mediazione di clienti, lascio biglietti al portiere. Quando lei finalmente decide di darmi udienza – mi dico con un briciolo di arroganza che in fondo potrei esserle utile – mi ammalo, mi viene una febbre che non riesco ad alzarmi dal letto. Non vedo la Biki e forse mai più la vedrò.

Il 7 dicembre 1968 gli studenti coprono di insulti, vernici e ortaggi la gente che sta per entrare alla Scala per la prima del *Don Carlo* diretto da Claudio Abbado. Non era mai successa, una cosa del genere. Ne parlano tutti i giornali, ma in realtà non è stata una manifestazione organizzata: c'era qualcosa di affrettato e di approssimativo, voleva più che altro essere una risposta alle morti di Avola.

Avevo letto di altri scioperi e blocchi stradali in Sicilia e pensavo a mio cugino Leonardo Ponte, di cui ho sempre ammirato l'integrità. Di certo era stato coinvolto in quelle proteste.

Che ne penserà Rico? Bisogna che lo chiami. Che ne penseranno i suoi contadini per i quali ha creduto di introdurre nuove colture e una moderna concezione del lavoro agricolo? La rivolta sociale è più veloce di Rico, lui è già un uomo d'altri tempi.

Insomma, io vengo a Milano per arricchire, e qui c'è aria di rivoluzione. Io vengo a Milano, e il mondo è pronto per salire sulla Luna. Ben venga la Luna, ben venga la Rivoluzione.

Ma la Luna resta là, pallida nella notte e lontanissima. I ricchi restano ricchi, e continuano a vestirsi, e si vestiranno tutti all'ultima moda molto più di quanto abbiano fatto finora.

Scrivo a Emilio, forse lui capisce, lui mi riconosce, anche perché nulla gli nascondo. Forse sono troppo vecchio. Non trovo nessuno che mi piaccia. Emilio dice che sono fortunato e mi racconta che l'hanno sorpreso in un vicolo con un picciotteddo e l'hanno picchiato a sangue.

Gli scrivo che Milano è una città piena di idee. E io di idee ne ho, tante. Chi mi ha conosciuto dieci anni fa a Palermo non mi riconoscerebbe più, in questa nuova veste di professionista, serio e senza sbummicate di risate. Ah, quanto mi mancano quelle passeggiate a braccetto con Mariolina, come quando eravamo ragazzini!

Ogni tanto faccio visita all'amica sarta che lavora in casa: suo marito le ha impedito di continuare l'attività e lei ha venduto la sartoria alla cugina. Mi mostra immagini di cantanti e attrici che ha vestito e che continuano a mandarle foto firmate con dediche altisonanti.

Io le racconto del Circolo del Punto Pieno, delle pericolate e delle pericolanti che, secondo le intenzioni di zia Sara, lavorano per sei o otto mesi e poi danno il cambio ad altre, e tutte imparano, tutte escono, se non con un mestiere, almeno con una passione.

"Il punto pieno," mi fa lei come ispirata, e va a cercare in un cassetto delle fodere di cuscini ricamate, che non ha mai usato. Me le mostra. "Vedi?, le cifre le ho ricamate io," passa le dita sul rilievo e scuote la testa. "Meglio che non lo si veda il mio punto pieno, nel tuo circolo a Palermo," ridacchia, e dichiara solenne: "È la pazienza che ci vuole, e io la pazienza ce l'ho solo davanti a un modello che diventa abito".

Ho visto tante sartorie da quando sono qui, e c'è quell'atmosfera di grande laboratorio femminile che mi ha sempre attratto, c'è un che di monacale e un che di malizioso, c'è una separazione dal mondo fuori che solo le donne, quando sono insieme, riescono a creare e a difendere. Quando arrivano i maschi, e arrivano puntualmente – siano essi quelli che pagano o quelli che vendono –, si innesca un meccanismo che le donne ben conoscono, la battuta, la controbattuta, e il convento cede il passo alla piazza, il piazzista provoca, le giovani lavoranti ancheggiano, parlottano, strillano, bisbigliano, minacciano con le forbici da taglio. Tacciono soltanto – ma allora vuol dire che siamo in una sartoria attrezzata per la prova – quando entrano le mannequin, perché sono belle, perché sono magre, perché hanno l'aria annoiata, perché da loro, da come si muovono, da come "portano", dipende anche l'apprezzamento del lavoro delle sarte da parte dei clienti, che a quel punto sono tutti importanti.

I disegnatori maschi hanno invaso le sartorie milanesi e ne stanno cambiando l'identità. Ho fatto amicizia con uno di loro, frequento casa sua, e talvolta rimango a dormire da lui. Vive con la madre vedova, che chiude un occhio ma non dà confidenza. Mi ha chiesto se sono "di sinistra", le ho risposto che non lo so. Mi guarda con qualche rispetto da quando ha saputo della mia famiglia. "Nobile?" mi chiede. "I titoli ormai non contano," rispondo. "Il Visconti, il regista," mi fa, "lui è un duca, ma la sua mamma era una Erba, industriali farmaceutici. Ricchi da far paura. E lui è un comunista."

Il 12 dicembre 1969 esplode la Banca dell'Agricoltura in piazza Fontana. Io la sento l'esplosione, perché sono su un tram che passa per via Larga, proprio in centro. Sento l'esplosione ma non capisco. Capisco dopo, quando arrivano le autolettighe, quando le voci si rincorrono per i marciapiedi, di negozio in negozio, quando sento ripetere la parola "strage". Poi, guardando la tv, capiamo cosa è successo. Il giorno dopo leggo tutti i giornali. Si parla di indagini, del colpevole, degli anarchici. Eppure non incontro nessuno che abbia voglia di rivendicare o vendicare. Non ancora. È in gioco tutta una città, tutta l'Italia. Come a Palermo durante la guerra di mafia, così a Milano percepisco che tutti hanno una paura che non ha paura, una rabbia che non ha bisogno di altra rabbia. Tutti sono impotenti.

Comincio a pensare che quello che succede a Milano si ripeterà in tutta Italia. E così sento il dovere, il 15 dicembre, di scendere anch'io in piazza Duomo. Il cielo è grigio, è grigia l'aria, neri gli ombrelli, neri gli occhi, neri i pensieri – solo la pietà ha un colore diverso, ma non si vede. La folla non è folla, ma adunanza di anime, e io so che c'è anche la mia, e la mia non è così diversa da quella di chi mi passa a fianco. Ci sono tanti giovani, molto più giovani di me, studenti che arrivano da tutti i quartieri della città e fanno sentire questa piazza una piazza del mondo.

Gli anni sessanta finiscono con questo enorme lutto.

La sera scrivo a Emilio. Partirò al più presto per l'America. Qui non sono più solo un fornitore tessile, hanno capito che ho talento, mi chiedono consulenze, e gli artisti mi vogliono bene. Penso che prima, però, devo tornare a Palermo per Natale. Poi cambio idea. Chiamo mio padre, gli dico di aver pazienza, che sono qui a cambiare il mondo se il mondo non cambia prima me. Sento zia Margherita che strilla non lontana dalla cornetta, mi raccomando che porti il mio buon Natale a Rico e Rita, se sono tornati insieme.

Sono preoccupato per Mariolina, la mia "sorellina". Siamo sempre stati animaletti pericolosi, noi due. Non la chiamo, perché so che mi farebbe un interrogatorio a tappeto e magari mi metterei a piangere.

Emilio mi dice che mi raggiungerà, appena saprà dove mi sistemo. Intanto mi fa capire che si sta ritagliando un ruolo da imprenditore nel pastificio di famiglia: ha idee, pensa al futuro. Mi dice anche che, malgrado tutto – e lo sottolinea, *malgrado tutto* –, ci sono fimmine che gli fanno gli occhi dolci, e che a lui non dispiace. Questo accenno sul momento mi dà fastidio, poi mi fa sentire libero.

Su piazza del Duomo, a Milano, volano ancora terrei e indifferenti i piccioni.

Quella stessa notte sogno Rita nella villa di Altarello: mi viene incontro sorridendo, dice che tutti dobbiamo un perdono, e che il perdono ci libera. Io la abbraccio e la sento innocente. Le affido un compito: portare pace e saggezza, dovunque vada. Ci affacciamo sul balcone. Rita allarga il braccio sul panorama e io guardo. Palermo non c'è più. Quel che Rita mi mostra è la piazza del Duomo di Milano piena di persone, minuscole come formiche. Non c'è più mare. Monte Pellegrino si è sciolto nel cielo azzurro pallido. Non so più chi sono. Cerco di capire cosa è quel nero sciamare. Capisco che è una folla in lutto silenzioso. Cerco Rita, ma lei si è dissolta alle mie spalle. E io sono rimasto solo. Io e il mondo.

18.

Dice Rico Sorci
(ottobre 1975)

È mattina presto, sono sul balcone della camera da letto.

Palermo, vista da qui, è bellissima. L'aria è limpida e pulita, i primi raggi del sole colpiscono il mare ed è come se la superficie dell'acqua scoppiettasse di scintille. L'aria è fresca, le api ronzano intorno agli anemoni giapponesi che Rita ha voluto piantare vicino alle arnie, in quello che noi chiamiamo il giardino delle rose.

Non mi manca niente per essere felice, eppure basta l'aggettivo felice per sentirmi invadere dall'inquietudine. Dieci anni fa, Rita e io siamo tornati a vivere insieme. Non ho più avuto un'amante, nemmeno occasionale. Il mio unico svago è andare ogni tanto a trovare qualche vecchia "amica" nei bassi del Borgo Vecchio. Durerà?

Sento la mancanza dei miei figli. Dopo la maturità, Colapì è andato a studiare Economia a Cambridge. Mi è sembrato come se mi tagliassero via un braccio. Non credevo che avrei sofferto tanto per la sua lontananza. La partenza di Amelia per Pisa l'avevo patita meno perché comunque c'era lui con noi, adesso invece la casa mi sembra così vuota. Dovrebbe telefonare fra poco, chiama una volta alla settimana, sempre alla stessa ora: è per natura un tipo preciso e ordinato, ma da quando è in Inghilterra mi sembra addirittura ossessionato dalle date, dagli orari, dagli appuntamenti, dai programmi per il futuro. Vorrei che fosse più spensierato: se è così a diciott'anni, come sarà a quaranta? A volte mi chiedo anche: da chi pigliò? E ripenso al "padre" di mia moglie.

Secondo Rita, invece, è giusto che impari a organizzarsi e a rispettare le scadenze: "Il mondo è cambiato, Colapì deve abituarsi a gestire il suo tempo e i suoi impegni". Non fa cenno alla necessità di essere anche un buon amministratore e le sono grato per questa delicatezza. La vedo dall'alto, sta uscendo in terrazza dalla porta finestra del salotto, ha in mano il vassoio con il nostro secondo caffè della giornata, quello che prendiamo insieme. La nostra vita è scandita da rituali e abitudini. Da giovane l'avrei trovata insopportabile, a cinquantasei anni mi sembra di poterla accettare.

Scendo di sotto, giusto in tempo per rispondere alla telefonata di Colapì. Grida sempre, quando chiama da Cambridge.

"È di famiglia," mi ha spiegato Rita, "mia madre e mio padre al telefono strillavano come se dovessero coprire la distanza con la forza dei polmoni."

Io la prendo bonariamente in giro: "Anche papà tuo urlava al telefono?".

Rita mi guarda di sguincio. Mia moglie è l'unica donna al mondo che ha avuto due padri: "papà mio", il barone Sala, marito di sua madre, e "mio padre", il suo padre biologico, Giosuè Sacerdoti.

Quando Rita ha scoperto di avere due padri non lo so, ma certamente non era un mistero per amici e conoscenti della famiglia Sala. Lei non lo ha mai ammesso o negato, semplicemente preferisce non parlarne, ma ne è fiera: è stata amatissima dall'uno e dall'altro e ha voluto molto bene a entrambi. Ha il cuore grande.

Adesso, mentre richiamata dallo squillo del telefono entra in casa, Colapì mi racconta tutto fiero e agitato che ha avuto una *mention*. "Hai capito, papà? Una *mention*!"

"Come si dice in italiano?" gli chiedo.

"Il professore mi ha 'segnalato' per il mio ottimo lavoro di ricerca!" grida lui.

Rita e io abbiamo incoraggiato i figli a studiare fuori per due motivi. Il primo era educativo: era opportuno allontanarli da casa a diciott'anni, l'età in cui si diventa giovani adulti. Volevamo che non restassero intrappolati in quella gabbia dorata che è Palermo, che conoscessero una realtà più grande, altri modi di vivere e di pensare. Ma anche che ricevessero una preparazione migliore di quella che avrebbero potuto ricevere qui, o anche all'Università di Catania o di Messina, più prestigiose della nostra. Io, peraltro, ero stato un cattivo esempio. Forse, grazie alla distanza avrei riguadagnato autorevolezza, qualcosa sarebbe stato dimenticato, qualcos'altro ridimensionato, qualcos'altro ancora riassorbito nella figura di padre che in verità continuavo a rappresentare.

E dunque, Colapì adesso è a Cambridge. Abbiamo fatto bene. Me ne convinco sempre più, quando lo sento così entusiasta e motivato. Rita mi fa cenno di passarle la cornetta e si illumina mentre parla e scherza in inglese. Non capisco bene cosa si dicono, ma forse è anche giusto che io lasci a madre e figlio uno spazio tutto loro, preferisco farmi trasportare dall'accento strascicato di Rita, che ha imparato l'inglese da suo padre Giosuè e da Ruben, il suo innamorato americano. Ogni tanto mi diverto a prenderla in giro su Ruben, e lei mi risponde serissima: "La verità è che non sapevo cosa fosse l'amore, prima di innamorarmi di te...". Allenta la bella tensione del viso e aggiunge, con una luce dolcissima e canzonatoria nello sguardo: "Non sapevo in che guaio mi sarei infilata".

Aspetto il mio turno, paziente. Le telefonate tra madre e figlio sono sempre molto lunghe. Rita vuole sapere cosa mangia, se la sua biancheria è in ordine e le camicie ben stirate, se gli è rimasto del parmigiano o se vuole che gliene mandiamo un altro pezzo, insieme al cacio con il pepe delle nostre mucche.

Poi Colapì chiede di parlare di nuovo con me, e Rita mi porge la cornetta con gli occhi splendenti, si allontana per permettermi di chiacchierare liberamente con mio figlio. Non ha mai davvero vinto la paura che il mio comportamento pregiudicasse per sempre il mio rapporto con lui, ogni conferma del fatto che qualunque nube è stata spazzata via le riempie il cuore di gioia.

Ogni tanto penso che prima o poi dovremmo andare a trovare Colapì. Magari non subito, perché non si senta sorvegliato e oppresso, ma sono davvero curioso di vedere con i miei occhi quello che sto scoprendo attraverso film, documentari, libri: i tanti collegi dai nomi romantici – Emmanuel, Trinity, Clare, King's, St Katherine's, Merton, Trinity Hall – rimasti tali e quali da secoli, gli ampi chiostri, i prati, gli edifici pieni di torri e torrette, e dappertutto il brulicare di insegnanti e studenti con toghe svolazzanti. Questo è il teatro della vita di Colapì. Me lo vedo anche prendere i pasti nella Great Hall, gli studenti seduti a lunghissimi tavoloni di legno senza tovaglia, e i docenti e il Master del College in una zona a parte, con bianche tovaglie di lino e probabilmente un vitto migliore.

Colapì studia Economia, la studia dove insegnava Keynes, il grande economista britannico. La cosa gli fa impressione, ma non lo intimidisce. Rita cerca di immaginare la gente che incontra e soprattutto le ragazze con cui esce. Colapì ha lasciato casa a diciotto anni – senza aver toccato donna, presumo. Io a quindici fui accompagnato in una casa chiusa dal mio padrino di cresima, zio Gaetano, fratello di mia madre. Avevo pensato di fare lo stesso per Colapì, ma Rita me l'ha impedito: "Ai tuoi tempi forse era necessaria, l'iniziazione con una prostituta sana, abile e un po' materna. Oggigiorno fanno tutto tra loro, i giovani," e sospira.

Le faccio notare che in quell'università le ragazze costituiscono appena un terzo degli studenti e che, nonostante fossero state ammesse nel 1869, soltanto nel 1948 sono state considerate degne di ricevere una laurea invece di un modesto "diploma". A quanto pare, abitano per lo più nei collegi costruiti apposta per loro fuori dalla città. Solo da qualche anno alcuni dei collegi più antichi accettano anche le studentesse. "Immagina quante saranno, quelle che studiano Economia!" esclamo. "Si conteranno sulle dita di una mano!"

Lo sguardo di mia moglie diventa severo. "Sei antiquato!

Sei rimasto a una visione del mondo che non ha più fondamento. Le donne, ma forse non te ne sei reso conto, si iscrivono in tutte le facoltà e ottengono ottimi risultati accademici. L'unica cosa che non ottengono," e qui fa una pausa sapiente, "è di essere pagate come gli uomini." Adesso sembra quasi un po' arrabbiata. "E poi chi ha detto che Economia è una facoltà 'da uomini'?" Ma subito si addolcisce: "Per fortuna, tua figlia non è qui a sentirti".

Amelia studia da due anni alla Scuola Normale di Pisa. Chiama meno spesso di Colapì e noi rispettiamo il suo bisogno di distanza. Rita, in particolare, ci tiene molto che Amelia si senta indipendente, che pensi a studiare e a stare bene, invece che ai suoi vecchi genitori. E in effetti, sembra che ci riesca benissimo: è stato chiaro fin dall'inizio, quando ha rifiutato categoricamente che la accompagnassimo a Pisa, per vedere dove e come si sarebbe sistemata. Ha preso da sola l'aereo per Firenze e da lì è arrivata in treno a Pisa, che peraltro conosceva già per esserci stata con noi. Si profila come una donna di lettere.

Si parla tanto di scrittori siciliani, soprattutto da quando fu pubblicato, postumo, *Il Gattopardo*, firmato da un uomo schivo che nessuno avrebbe immaginato potesse scrivere un romanzo così lucido e profondo. Di scrittrici ancora no, ma verranno. Magari Amelia sarà una di loro.

Ogni tanto mi piacerebbe telefonarle, d'impulso, senza appuntamenti, ma lei non gradisce. Me l'ha detto con chiarezza: "Papà, la frequenza la decidete voi, ma preferisco chiamarvi io. Suggerisco una volta ogni dieci giorni, alla stessa ora". Fa una pausa, cambia registro. "Ma dove ho imparato, papà? Che cos'è tutto questo rigore? Comunque sappi, per quanto rischi di sembrare un'odiosa secchiona, che il rigore è fondamentale nello studio, e la sera non posso passare ore preziose al telefono."

Lo so io, dove ha imparato. Amelia è proprio figlia di sua madre: ha un forte senso del dovere. In Rita è sempre andato di pari passo con una sublime dolcezza e anche nei momenti più duri lei ha saputo filtrare la lucida visione delle cose attraverso l'affabilità, la pensosa grazia delle sue maniere – credo sia anche per questo che l'adoro.

Oggi è una giornata diversa, non mi sento tranquillo. Vorrei essere a Pisa, vorrei essere a Cambridge, e magari a Parigi. Vorrei essere libero. Mi sento giovane, mi sento forte, ma la felicità di questi dieci anni, con mia moglie e i miei figli, ho la sensazione che non possa durare. Voglio godermi la vita, uscire da Palermo, che mi sta stretta.

Forse ho solo bisogno di una donna.

Ogni mattina mi portano i giornali, ma ho al riguardo una cerimonia tutta mia: dopo una rapida scorsa alla prima pagina, scendo a Palermo e vado a leggerli da Caflisch. Lì c'è sempre qualcuno che conosco. Gli uomini si siedono al tavolino e ci rimangono fino all'ora di pranzo. Le donne prendono un caffè o uno spongato, preferibilmente in piedi, chiacchierando con le amiche; le anziane, invece, si siedono. Oggi spero che nessuno venga al mio tavolino, non ho voglia di fare conversazione.

Trascorro un paio d'ore sfogliando i giornali e guardando di tanto in tanto la gente che passa, ma soprattutto le belle macchine: l'Alfa Romeo sta soppiantando le Lancia e le Fiat, in particolare la Giulietta SZ, la macchina dei *nouveaux riches*. Pare che piaccia anche ai mafiosi e alle prostitute d'alto bordo, ma qui in Sicilia è difficile vedere una donna al volante.

Arriva il cameriere e mi offre, con gli omaggi del proprietario, un cocktail inventato dal barman: "Barone, la sua opinione conta per noi... ci dica se le piace". Mi mette davanti un bicchiere con una cannuccia, contiene un liquido vermiglio con tanto ghiaccio, sopra galleggia una fetta di limone. Sento profumo di gin, un odorino pungente di ginepro che sfugge ai più ma che per me è inconfondibile. Bevo un sorso: oltre al gin dev'esserci del Campari, e forse qualcos'altro. È buono, me lo scolo piano piano.

Ritorno ragazzo: nella casa di tolleranza dove mi aveva

portato zio Gaetano mi era stato offerto qualcosa di simile, eravamo soli nel salottino, lo zio e io. Non avevo ancora visto neanche una delle donne, ma alle pareti c'erano stampe di soggetto erotico. Tante e piccolissime. Bisognava alzarsi per vederle bene. Erano, in sequenza, tutte le posizioni del piacere. Attizzavano i sensi e la fantasia.

Mi sento di nuovo ragazzo, tutto un formicolio dentro. E adesso mi sembra di essere su un palcoscenico, le pesanti tende di velluto cremisi sono chiuse. Poi, una mano da dietro le scosta ed esce Sofronia, la bolognese: alta, grassa, carnagione bianca, capelli biondi e labbra rosse. Adesso fa la madama, forse si concede ancora ai vecchi clienti... Ah, quelle labbra... con quelle persi la verginità. La bolognese non mi degna e scompare. Bevo ancora e vedo le due gemelle, le Ponti, tanto dinoccolate da far pensare a delle ginnaste o a delle contorsioniste. Avanzavano muovendosi raggomitolate sulle braccia, le mani a terra e io, in piedi, entravo ora nell'una ora nell'altra, in un gioco che mi estenuava e mi portava al piacere. Erano costose, ma furono tutti denari ben spesi. Ridevamo tanto.

Passa davanti a Caflisch mia cugina Maria Merlo, sposata Moncada Sacerdoti; ha superato la settantina, è una donna serena; i suoi figli Vincenzo, Carmela e Maria Teresa hanno ciascuno una bella famiglia, unita e laboriosa. Mi saluta, ma subito se ne va, ha capito che sono perduto in una fantasticheria. Maria sa leggere dentro le persone e quando è morta zia Sara ha contribuito alla continuità del Circolo del Punto Pieno, ha fatto gruppo per mantenerne sempre alta la reputazione.

Le donne della nostra famiglia mi sembrano migliori degli uomini. In un certo senso mi dispiace, e mi chiedo se anche tra i miei figli non sia Amelia quella destinata ad avere maggiore successo. Di certo, qualcosa mi dice che nessuno dei due tornerà a vivere in Sicilia.

Sono tempi brutti.

Passa una Giulietta Alfa Romeo; poi ne vedo passare altre, come se fosse un corteo. Capisco dagli sguardi dei camerieri che loro sanno chi c'è dentro.

È da qualche anno che sento parlare, con sempre maggiore convinzione e abbondanza di dettagli, degli appalti truccati della Regione – una manna per la malavita – e del Comune di Palermo, di brogli elettorali, delle crescenti ingerenze mafiose nella politica. La mafia sta cambiando: allunga i tentacoli non soltanto sui proprietari terrieri, come nel passato, ma anche su professionisti, industriali, intellettuali e aristocratici in decadenza.

Per fortuna, Amelia e Colapì sono lontani. Lo penso davvero, ma non posso non rammaricarmene. Se i giovani migliori vanno via, per la nostra isola non c'è speranza. Io sono costretto a rimanere qua, sono troppo vecchio. E soprattutto ho dilapidato il patrimonio che mio padre mi aveva lasciato. Mi manca il senso della misura – negli affetti, negli affari... Insomma, mi manca e basta. Adesso è Rita a occuparsi del poco che mi è rimasto e lei, leale come sempre, mi mette a disposizione tutto quello che possiede. Di recente ho notato che spende meno per sé e mi chiedo se cerchi di compensare le mie spese esagerate. Ho comprato una Land Rover e mi piacerebbe tanto andare con lei sui Peloritani.

Voglio conoscere tutto ciò che si può conoscere, che sa di nuovo e che dà nuove emozioni.

Mi porto dentro una smania che in verità, lo so benissimo, ha a che fare solo con il sesso. Voglio corpi nuovi, giovani, robusti. Sono stanco di devozione. Mi sento vecchio, povero, mi umilia essere mantenuto da mia moglie. Se non fosse per lei, non avremmo mai potuto permetterci di far studiare fuori Amelia e Colapì.

Sento un rumore, mi vedo Rita accanto. Sorride e mi chiede se voglio bere qualcosa. Guardo il bicchiere davanti a me, mi confondo. Non sono ad Altarello, sono da Caflisch. Mia moglie non c'è, qui. Si avvicina il cameriere: "Barone, un altro? Le è piaciuto?". Faccio cenno di sì e mi viene portato un altro bicchiere pieno di liquido rosso. Mi alzo dopo averlo bevuto in due sorsi, in onore di Sofronia e delle sue labbra. Non ho voglia di tornare a casa. Bastano pochi passi, da via Libertà, per entrare in via XX Settembre, dove si sono trasferite le "signore" del Borgo Vecchio. Nei rez-de-chaussée o negli ammezzati dei palazzi fin-de-siècle, in cui abitano l'emergente alta borghesia e i baroni di provincia, hanno aperto sartorie e modisterie, in realtà bordelli di lusso le cui camere possono anche essere affittate: non è infrequente vedere mariti gelosi e ignari in attesa che la moglie finisca la prova di un fantomatico abito per riportarla a casa.

So dove andare, anche se barcollo. Sono ubriaco. Riconosco il palazzo, è ad angolo, un palazzetto in stile Liberty intonacato di rosso, con fregi e volute color crema che svolazzano intorno a finestre e balconi; le persiane dipinte di un verde scuro e pastoso si abbinano a meraviglia con la facciata, basta scorgerli da lontano, quei colori forti e sgargianti, per sentire i brividi. Sono anni che non mi faccio vedere, ma il portinaio mi ha riconosciuto. "Barone, buongiorno." Poi, allusivo: "Una prova d'abito?".

Faccio sì con la testa.

"Aspetti che citofono." Entra nella guardiola e ne emerge con un sorriso: "Sofronia la attende".

Ma le mie "smanie implacabili" vanno anche in un'altra direzione, che con un po' di coraggio potrei chiamare *cupio dissolvi*, e che si manifesta puntualmente con il gettarmi in imprese catastrofiche. Nel momento stesso in cui vedo il pericolo, succede qualcosa per cui, invece che come una sequenza di minacce, i progetti che ho in mente mi appaiono circonfusi dallo splendore della seduzione, una seduzione assoluta. È successo qualche anno fa: avevo pensato di investire in una delle campagne di Rita, la Torre che Parla, dove a metà collina c'era un vecchio edificio, un tempo adibito a stalla, la cui struttura risale al Seicento. Altre scuderie e stalle sono state aggiunte nel corso dei secoli. Da lì la vista è meravigliosa: colline verdi circondano piccole pianure coltivate a grano, il cielo è immenso. Si vede in lontananza la sagoma dell'Etna, spesso fumante. La nuova autostrada taglia il fondo della valle. Da quelle parti c'era già un albergo, rivelatosi un ottimo affare per il suo proprietario. Vi si tenevano ricevimenti di nozze con anche quattrocento ospiti, tutti seduti. Ecco, alla Torre che Parla mi sarebbe piaciuto fare qualcosa del genere.

Avevo preso le mie informazioni, mi ero convinto che non dovesse essere così difficile ottenere licenze e permessi. Forse avrei potuto avere anche dei contributi della Regione.

Il figlio di mia sorella Carmela, Luigi Augeri, è un ragazzo schivo. Si è laureato in Architettura e sembra essere partito col piede giusto: recupera vecchi bagli e vorrebbe specializzarsi in strutture alberghiere, è convinto che il futuro sia quello. Mi sarebbe piaciuto coinvolgerlo nei miei progetti, chiedergli un parere. Ma Rita non ha mai avuto simpatia per Carmela e suo marito, li ha sempre guardati con sospetto, come se fossero entrambi invischiati in traffici poco trasparenti. Non aveva informazioni precise, ma si fidava delle sue sensazioni. Ha sempre "sentito" il mondo e coltivato relazioni a partire da una straordinaria capacità di perciare oltre l'apparenza. Pietro Augeri a me è sempre parso, piuttosto, un uomo all'antica, ben diverso dal figlio Luigi. Quanto a Carmela, una delle cose che indispettiscono Rita è che è remissiva – al punto che negli affari di Pietro entra solo per acconsentire, e solo se è chiamata a farlo. Rita non capisce che Carmela e Rosamaria sono sempre state succubi di nostra madre, che quando vuole può essere un'arpia. Lo è stata nei riguardi di papà e zia Laura e tuttora gode quando può far sentire a Carmela e a Rosamaria il peso del suo potere. Un potere cattivo, piccolo, infetto. Motivo per il quale non è una donna felice, non lo è mai stata... come nessuno di noi tre figli, del resto. Una condanna.

Fatto sta che avevo rinunciato all'idea di parlarne con Luigi, ma continuavo a fantasticare sul mio albergo. Pensavo già al nome da dargli e mi pareva inevitabile battezzarlo con il bellissimo nome della campagna, La Torre che Parla – The Talking

Tower, così l'avremmo presentato agli inglesi! Era un'impresa complessa, ambiziosa. Avrei dovuto cercare contributi, trovare il modo di accedere ai mutui per le strutture turistiche, approfittare di quello che il governo e la Regione ci offrivano. Ho detto "ci offrivano", ma non è l'espressione giusta. Regione e Stato operano secondo logiche clientelari. Il messaggio è lo stesso, dovunque: "Se sei uno di noi, è tuo, ne hai diritto. Se non sei uno di noi, devi guadagnartelo. Ti metteremo tanti bastoni fra le ruote che tu nemmeno immagini. Ti conviene fare in modo di invogliarci a darti una mano".

Rita era molto dubbiosa. Ce n'era voluto di tempo per convincerla. In un primo momento mi aveva addirittura pregato di rinunciare, alludendo ad altre sue proprietà che ci avrebbero garantito una vecchiaia più che tranquilla e facendomi notare che un progetto così grandioso – di cui Amelia e Colapì non avrebbero mai voluto occuparsi – avrebbe richiesto una competenza che io non possedevo e le energie di un giovanotto. Naturalmente, come se fossi già con un piede nella fossa, avevo pensato. E lei dovette leggermi in volto la delusione e forse un senso di rabbia. Certo è che, nonostante le sue parole fossero moderate e il tono gentile come sempre, avevo sentito salirmi dallo stomaco una specie di schiuma rabbiosa, acida, e quel ribrezzo che tante volte – quando eravamo più giovani – mi aveva portato ad allontanarmi da lei, quasi con disgusto. Forse Rita, come sempre, lo aveva capito. Alla fine mi posò una mano sul braccio e disse, stanca: "Rico mio, fai come vuoi".

Odio vincere così facilmente, è umiliante.

Vivevo come in preda a una febbre di fare, di sapere. Leggevo il più possibile su edilizia e turismo, frequentavo ingegneri, docenti universitari, direttori di alberghi, imprenditori, operatori turistici. Mi sentivo pieno di energie e di speranza.

Mi aveva cercato Mimmo Inzinna, il gestore del bar Luce, che non vedevo da decenni. Gli avevo dato un appuntamento a casa, ma lui insisteva perché andassi a trovarlo nel suo nuovo locale e alla fine avevo ceduto. Era un casermone di cemento armato ad Acqua dei Corsari, vicino alla foce del fiume Oreto, una mole sgraziata. Non c'era segno di buon gusto o di oculatezza, tutto – dal pavimento alle sedie, ai lampadari, agli infissi, ai tendaggi – era costoso e pacchiano. Ai tempi del bar Luce, Mimmo era un uomo gentile e rispettoso. Adesso, dopo aver fatto fortuna con l'aiuto della mafia, sembrava un altro. "Questo," mi aveva detto orgoglioso con un ampio gesto circolare che abbracciava il mostro di cemento, "è tutto opera mia. Ormai sono un uomo di rispetto." E aveva continuato: "C'era gente che voleva farmi del male, gente cattiva. Alla fine ho vinto io". Sul volto rubizzo splendeva una luce di trionfo.

Mimmo mi aveva invitato a pranzo e alla fine avevamo fissato per il mercoledì successivo, all'una e mezzo, sulla terrazza del ristorante.

Rita, quando le avevo detto dell'invito, aveva cercato in tutti i modi di dissuadermi; si era persino offerta di telefonare lei stessa a Mimmo con una scusa. Avevo faticato a contenere la rabbia e l'impazienza. Rita mi faceva sentire come un bambino, e a me montava dentro un senso di frustrazione che rischiava di travolgermi.

E dunque avevo mantenuto l'impegno preso con Inzinna: in fondo ero curioso. Non mi ero mai seduto a tavola con un mafioso "dichiarato". Mentre pranzavamo, ci era passato davanti Bagarella, ufficialmente latitante e descritto dai giornali come il capomafia di Acqua dei Corsari. Ci aveva guardati e mi aveva fissato con intenzione, spavaldo: cosa ci facevo io, uno sconosciuto, sul suo territorio? Anche Mimmo, naturalmente, se n'era accorto. Con un impercettibile cenno del capo gli avevo fatto capire che sapevo chi era quell'uomo. E Mimmo aveva detto, incauto: "Io sono come a lui". Non avevo risposto, mi ero limitato ad abbassare lo sguardo. Dopo il caffè, Bagarella ci aspettava in un angolo del ristorante. Pensai che prima o poi Mimmo lo avrebbero ammazzato. Parlava troppo.

"Devi guardarti da questa gente," mi aveva detto Rita.

"Se ti invitano a pranzo, non lo fanno per il piacere di conoscerti."

L'avevo guardata con odio. Perché doveva umiliarmi? Perché non credeva in me?

La notte ero andato a confortarmi da Sofronia.

Dovevo prepararmi a un secondo pranzo e capire chi e in che modo mi stava offrendo protezione – non potevo certo intenderla come una "collaborazione". Ci sarebbero stati commensali che non conoscevo. Avrei lasciato fare.

Indossavo un abito in principe di Galles della sartoria La Parola, con il risvolto dei pantaloni di tre centimetri – "Come piaceva al duca di Windsor," mi aveva fatto notare compiaciuto il signor La Parola. "Il principe di Galles è di gran moda, quasi che la morte del duca avesse spronato certa gente a vestire come lui nelle occasioni importanti. Purtroppo devo accontentare i clienti, e c'è una categoria che preferisce il risvolto molto alto... un vero spreco."

Del pranzo ricordo sguardi percianti che saettavano da una parte all'altra del tavolo per appuntarsi su di me. Me li sentivo addosso, ma non potevo ricambiarli. Ricordo che si era mangiato bene, che si era parlato assai, e che uno dei cinque commensali non mi era stato presentato, né io ero stato presentato a lui. Aveva detto poco e niente, e solo al momento dei saluti mi aveva rivolto la parola: "Essere amici è importante, barone. Essere in troppi è sbagliato, bisogna essere in pochi. Se ci sono problemi, o se vuole parlarci di questo bell'albergo che vuole aprire, io sono a disposizione... Nel caso, me lo faccia sapere attraverso Mimmo".

Non riuscivo a togliermi dalla mente quelle parole, quello sguardo, quello sconosciuto che – proprio come diceva il signor La Parola – aveva il risvolto dei pantaloni altissimo.

Per meglio combattere senza una vera strategia operativa, avevo deciso di procedere da solo. Tutto quell'essere "a disposizione" che il mio commensale misterioso aveva manifestato mi tornava in mente, ma soltanto per essere accantonato. A Inzinna alla fine non avevo detto niente. E forse, non dicendogli niente, l'avevo messo nella condizione di far sapere che, per l'appunto, mi stavo muovendo in autonomia. "In autonomia," mi dicevo, e ridacchiavo, pensando a quanto poco pertinente fosse quell'espressione in un contesto come quello in cui stavo operando.

Avevo ottenuto i primi permessi e le prime licenze senza incontrare difficoltà. Stavo quasi per convincermi che non tutto in Sicilia era controllato dalla mafia, che c'erano impiegati comunali onesti e sindaci che davvero agivano per il bene della cittadinanza.

Fu allora che, mentre i lavori procedevano e la masseria era occupata da un'impresa di sette operai e un capomastro, scoppiò un incendio. Era stato dato fuoco all'erba secca che circondava l'edificio. Il fuoco aveva creato un cerchio perfetto che, spinto dal vento, era venuto chiudendosi intorno al fabbricato. Era buio, le fiamme trovarono presto del combustibile che era stato abbondantemente rovesciato sull'aia, sulle impalcature, sulle assi di legno. Nella campagna intorno alla Torre che Parla si erano cominciate a udire voci di contadini, grida di donne. "'U focu! 'U focu!" Io ero arrivato all'alba, La Torre che Parla era maceria nera e fumante. Dei sette operai che restavano a dormire nel cantiere, tre erano morti sorpresi dalla violenza delle fiamme nelle stanze trasformate in dormitorio.

In passato mi ero tanto arrabbiato per il fatto che Rita mi faceva sentire un bambino, ma quella volta, appena tornato ad Altarello, mi ero gettato ai suoi piedi e avevo cominciato a piangere. Lei mi aveva tenuto le mani sul capo. Non aveva rivendicato di aver visto chiaro. Non aveva detto nulla. Mi aveva invece accompagnato al funerale dei tre operai e aveva confortato le famiglie.

Che dire, ora, di queste nuove inquietudini? Sofronia non mi basta. Quando conosco Ema Babnič, la moglie slovacca di un funzionario democristiano del Comune di Catania parente di un deputato e con contatti potenti a Palermo, capisco di non poter più fare finta. Lei mi viene incontro con l'aria ferina di chi sa cosa vuole. Tailleur color prugna, rossetto carminio, unghie curve e pesanti, laccatissime, occhi da lupa, e sotto il tessuto l'invadenza di carni magari non prosperose ma sode, da montanara, quale peraltro Ema dev'essere stata. Perdo la testa. Immagino e lascio che lei immagini. Lei è a Palermo, a fare compere in attesa che il marito concluda certi suoi incontri. Quando le chiedo come si trova in Sicilia, dichiara quasi con ferocia: "Una che è sopravvissuta al comunismo può cavarsela ovunque".

Lei è di Banská Bystrica, una cittadina dei Bassi Tatra, dove ha vissuto fino al '65. Sua madre, funzionaria di partito all'interno dell'istituzione scolastica, l'ha allevata con severità e nel più totale rispetto dell'autorità sovietica, perciò ha imparato il russo, come tutti gli studenti delle scuole primarie. Alexander Dubček, slovacco come lei, aveva cominciato proprio allora a costruire un fronte antiautoritario che sarebbe poi esploso nella Primavera di Praga. A Ema, quel timido risveglio di prospettive libertarie non interessava. A lei premeva uscire dalla cupa provincia del suo villaggio, dalle associazioni sportive comuniste, dalle escursioni sugli Alti Tatra. Senza scambiare opinioni in seno alla piccola comunità di Banská Bystrica – e soprattutto guardandosi bene dal condividere i suoi sogni di fuga con i genitori –, si preparava a lasciare quell'angolo di provincia: complice una breve amicizia con un militante comunista italiano che da Bratislava si era spinto nelle campagne dei Bassi Tatra, Ema ordì un piano che le sembrò il più semplice da attuare.

Nell'ambito di una serie di scambi culturali fra club sportivi slovacchi e gruppi del Partito comunista italiano, aveva fatto in modo di ottenere l'ospitalità di una casa alpina del partito a Cervinia. Lì aveva ritrovato il giovane militante comunista e, dopo arrampicate sotto il Cervino e notti infuocate, l'aveva convinto a farsi portare a Roma; lì, poi, se la sarebbe sbrigata da sola. Aveva conosciuto il funzionario democristiano di origini catanesi, si era fatta sposare, aveva ottenuto la cittadinanza e si era trasferita in Sicilia con il marito. "A lui piaceva avere al fianco un trofeo delle Repubbliche

Sovietiche," mi dice modellando una risata di sufficienza, "e a me non dispiaceva per niente passare per la conquistata conquistatrice." Io penso a un'altra forma di trofeo, più effimero ma non meno esaltante. La invito in un albergo e da lì non usciamo che prima di cena. Un pomeriggio memorabile.

A quel punto decidiamo di non limitarci alla breve avventura del pomeriggio palermitano. La raggiungo a Catania con una certa regolarità: troviamo una pensione che dà su Villa Pacini. Ema ha un corpo maestoso, di cui mi beo anche solo a guardarla nuda davanti alla finestra. "Fai da sola," la incoraggio. E lei fa, cavando un piacere che attizza il mio. C'è un profumo di asciugamani, di tabacco, di notti antiche, che si mescola a quello delle creme odorose di cui si spalma con pazienza, raccontandomi di sé.

Solo una volta riusciamo a restare tutta la notte, perché lei deve garantire puntuali ritorni dentro le mura domestiche. E proprio dopo quella notte e il mio rientro all'alba ad Altarello, accade quel che mai mi sarei aspettato.

Rita si è alzata presto ed è scesa in giardino. Come se sapesse. Arriva la cameriera, porge i giornali. Vedo il nome citato in prima pagina, Ema Babnič, e vado all'articolo corrispondente. Non faccio in tempo a scorrere le prime righe che il telefono comincia a suonare. Tutti vogliono sapere. Mi chiama il mio avvocato. "Rimani a casa. Non muoverti, o saranno guai. Arriverà un mandato di comparizione. È stato ucciso suo marito, il funzionario democristiano: il giornale parla di un delitto passionale, si fa il tuo nome, si dà il nome della pensione." Cerco di telefonare a Ema, non risponde. Rita è ancora in giardino: la vedo dalla finestra, annaffia le piante. Mi affanno a lavarmi e vestirmi. Sono disperato, ma mi viene in soccorso la vanità e mi vesto con cura: potrei essere fotografato.

Rita sa, mi aspetta sulla terrazza e mi chiede spiegazioni. Lo fa senza alterarsi. Mi dà una possibilità. La possibilità di scagionarmi come assassino, se non come fedifrago. Giuro. Non avrei avuto alcun vantaggio da un'azione criminale come quella. Mi presento davanti agli inquirenti, racconto i miei appuntamenti, cerco di essere precisissimo su tempi e luoghi. La vicenda dura una settimana, una settimana d'inferno. "Io spero," dice Rita, "che tu non ti sia davvero macchiato di un delitto, perché non saprei come raccontarlo ai ragazzi."

Lo so, quella è la vera vertigine che sento, e per l'ennesima volta vedo la saldezza di Rita, la mia fragilità, l'urgenza di dare una risposta da uomo alla famiglia tutta.

Per fortuna, le indagini portano presto a individuare gli assassini fra imprenditori lasciati fuori dai favori del funzionario. Non solo: sembra che io non fossi l'unico amante di Ema Babnič. Non mi resta che affrontare Rita. Saprà perdonare anche questa avventura?

Per giorni non mi rivolge la parola. Sento che spiega ai figli come sono andate le cose. Aggiunge sempre "per fortuna", e poi conclude: "La meno fortunata, come sempre, sono io. Sapete com'è fatto vostro padre". Lo sanno.

Quando è il mio turno, non cerco scuse. "Sappi solo una cosa, papà," mi dice Amelia in una breve telefonata. "Sei tu che hai bisogno di tua moglie, non lei di te – non più." Colapì non vuole parlare al telefono con me, si limita a mandare un telegramma: *Ho parlato con Amelia. Concordo.*

Con questa frase nelle orecchie – *Sei tu che hai bisogno di tua moglie, non lei di te* – cerco Rita e, senza artifici retorici, nudo di parole, mi rimetto al suo giudizio. Lei mi risponde l'indomani. Non spiega, non motiva, non perdona, dice semplicemente: "Sì", e io mi commuovo.

Prenoto un treno e due giorni dopo siamo a Cortona.

Alti sulla Val di Chiana, ci affacciamo alla finestra dell'hotel e ci lasciamo conquistare dalla pulizia, dal verde, dalla pace. Scendiamo in città. Entriamo nel museo dove c'è la *Maestà* del Beato Angelico che da anni Rita avrebbe voluto vedere, e io lo sapevo. Non si muove per una ventina di minuti. "Non a caso lo chiamavano 'beato', nonché 'angelico'. Questa è pura bellezza, qui c'è la pace che cerchiamo." Si volge verso di me:

“Perché, anche tu, non è forse pace che vai cercando quando ti perdi nel mondo?”.

Risaliamo verso piazza Signorelli, e sento, a un certo punto, che mi prende la mano. Era tanto che non lo faceva. Nella fioca luce della sera vedo inciso il suo profilo dolcissimo. Non sento più distanze, lei è la donna che amo. Una volta di più, lei è donna.

La notte ci strappa una turbinosa intimità, intrisa di lagrime, come ci incontrassimo per la prima volta e sapessimo già come andrà a finire.

Parte quarta
PUNTO CROCE

19.

Il Circolo del Punto Pieno
(primavera-estate 1978)

Stellina Valledolmo e Rita Sorci erano "l'Ufficio commerciale" del Circolo del Punto Pieno. Ricevevano ordinazioni da tutta Italia e Rita aveva avviato da tempo, attraverso mediazioni successive, relazioni con Parigi e alcune case di moda. Aveva anche programmato un viaggio nella capitale francese per verificare di persona come il lavoro del Circolo veniva veicolato dal distributore a cui facevano riferimento e dove era venduto al dettaglio, poiché avevano ricevuto foto di una boutique in rue Saint-Honoré, elegantissima, che esponeva manufatti del Circolo, e una lettera da un'altra, più modesta, in rue du Cherche-Midi. Dal punto di vista finanziario, la mediazione del distributore torinese – che avevano anche incontrato quando era venuto a far loro visita – rappresentava una soluzione migliore rispetto alla vendita diretta. Malgrado questa rete molto attiva, avevano paura della concorrenza dei ricami industriali e presagivano soprattutto uno sviluppo della Cina di Taiwan, dove il costo irrisorio della manodopera permetteva di tenere i prezzi bassi. Il *made in China* era cominciato già da qualche tempo e, si capiva, era destinato a incrementare e a espandersi anche in aree di mercato legate ai tessuti e all'abbigliamento: i cinesi eccellevano nell'arte di copiare e rifacevano, apparentemente tali e quali, ma con materiali scadenti, scarpe, borse, vestiti e qualsiasi altra cosa venisse prodotta in Italia. Stellina temeva una loro presenza anche nella produzione della biancheria ricamata.

Una delle ultime uscite di Caterina era avvenuta alla fine del '77, quando aveva chiesto di essere accompagnata da Rita a palazzo Gangi per vedere la sala in cui quindici anni prima aveva fatto la comparsa nel *Gattopardo* di Luchino Visconti. Erano riuscite a farsi aprire il palazzo e la zia aveva preso a vagare sulle maioliche della sala degli specchi, dove era stata in parte girata la lunghissima scena del ballo.

"E tu dov'eri, zia?" chiedeva Rita, pur sapendolo benissimo. "Ti si vede nel film?"

La zia non rispondeva, si aggirava per la sala con espressione assente. Continuava a ripetere che quello era solo un film, che faceva tanto caldo anche se si girava di notte, "uh, quanto caldo!", che non ricordava le macchine da presa. "Lui ci voleva presenti, come voleva che negli armadi ci fossero oggetti che poi non si sarebbero mai visti. Come ceramiche di Dresda eravamo."

In effetti, da quando Visconti aveva girato il film a Palermo, l'aristocrazia dell'isola aveva ricevuto una scossa salutare che le aveva infuso nuova vitalità. Aveva girato a palazzo Gangi ma anche nel giardino di Villa Boscogrande, ai Colli. Per reclutare le comparse, il regista aveva chiesto di spargere la voce tra i giovani della Palermo bene e si era ritrovato sommerso di volontari. Quella che era considerata un'aristocrazia ritrosa, antiquata e poco intraprendente – a paragone di quella delle province di Messina, Catania e Siracusa – aveva risposto alla chiamata del Conte Rosso con un entusiasmo e un'energia insospettabili. E comunque si erano presentate anche comparse che aristocratici non erano ma facevano di tutto per sembrarlo. Caterina, non si sa come, aveva partecipato e ora rammentava solo le ore di preparazione e di attesa, infinite. Rita la guardava vagare fra gli specchi appannati, nella penombra della grande sala, come un fantasma.

"Te lo ricordi di che colore eri vestita?"

Lei faceva sì con la testa, ma non aggiungeva altro.

"Che caldo faceva," ripeteva.

Poi si era fermata davanti a una specchiera e aveva detto in tono più deciso: "Andiamo a palazzo Sorci". Ma non si muoveva di lì, come fosse stata catturata dalla propria immagine riflessa. "Ecco... le luci! C'era tanta luce. Riflettori che, tutti in una volta, si accendevano, e allora faceva ancora più caldo."

Dopo lo strepitoso successo del film, era stato evidente che i vecchi palazzi di Palermo – ma soprattutto i loro proprietari – avrebbero potuto sopravvivere aprendo le porte alla città e al turismo: l'effetto ci fu, ma arrivò molto più tardi, come se ancora una volta la consapevolezza di una svolta fosse tanto acuta quanto pigramente sostenuta dai fatti. I palazzi, lasciati nelle condizioni in cui li aveva ridotti la guerra, continuavano a decadere: i servizi igienici e gli impianti idraulici ed elettrici dovevano essere rifatti e i tetti cedevano; i piani nobili diventavano pensioni, i piani superiori piccoli appartamenti; spesso, i cortili erano utilizzati come depositi. Molte famiglie non avevano più un reddito sufficiente a mantenere in buone condizioni le case avite, e alcune sperperavano dandosi alla bella vita e al gioco d'azzardo, senza preoccuparsi di investire nella manutenzione.

Ad alcune socie del Circolo era venuto in mente di offrire la loro competenza alle proprietarie dei palazzi per rinnovare il patrimonio di arredi, che puntualmente finiva alle aste e dagli antiquari di tutta Italia, ma era un'idea senza gambe. "Denari non ne hanno," ripeteva Stellina, che attraverso i parenti del marito era al corrente della sprovveduta indigenza di tanti loro amici e parenti. "Sono sorde al buonsenso, e se anche non lo fossero, i loro mariti si opporrebbero: troppo sperpero e pochi investimenti!"

Qualche palazzo veniva aperto al pubblico, a pagamento. Gli scopi erano molteplici: il primo, che non fu raggiunto, era tener desta l'attenzione del mondo del cinema; il secondo – una speranza che soltanto molto più tardi divenne realtà –, convincere gli operatori delle crociere di lusso a includere nel giro della città un "pranzo a palazzo", al quale, con un piccolo sovrapprezzo, partecipavano anche i proprietari, intrattenendo gli ospiti e svelando i "tesori" delle loro case; il terzo era far conoscere quelle dimore ai palermitani e stimolarli ad affittarle per feste e ricevimenti. Sogni, per lo più. E fra i sogni, anche il restauro di palazzo Sorci, che peraltro non era più proprietà della famiglia. La visita nostalgica in via delle Repentite faceva parte delle passeggiate di certe domeniche mattina, almeno finché Caterina aveva chiesto di farle, lei davanti e le altre appresso, come in processione. Si fermavano davanti al palazzo, tutte in fila com'erano venute, e spingevano lo sguardo su, verso il piano nobile, verso le finestre più alte, e questa visione accendeva ricordi che condividevano subito, come fossero dolci da mangiare furtivamente.

Rita e Stellina si immaginavano già in guerra con una concorrenza cinese che ancora non esisteva. C'era in loro una determinazione a proiettarsi in avanti che in qualche azienda del Nord sarebbe stata segno decisivo di una gestione brillante. Qui dovevano contentarsi di reggere con onore le sorti del Circolo, cosa nella quale riuscivano benissimo.

"Eh, noi donne dobbiamo farne di strada, prima di raggiungere la parità." A Stellina era caro il tema dell'emancipazione. "Quanto dureranno ancora i vincoli del delitto d'onore?" chiedeva, e Rita rammentava la vicenda di Franca Viola, una straordinaria e coraggiosa ragazza di Alcamo che, con il sostegno altrettanto coraggioso della famiglia, aveva rifiutato le nozze "riparatrici" con colui che l'aveva rapita e ripetutamente violentata. L'episodio aveva fatto tanto rumore ma non aveva toccato le radici profonde delle tradizioni e del costume, tanto meno delle leggi. "Il massimo che abbiamo ottenuto sono stati dei film che ci hanno raccontate in maniera troppo grottesca o troppo drammatica."

"Eppure," recitò Stellina come fosse davanti a un giornale aperto: "'Io non sono proprietà di nessuno,' ha detto Franca Viola, 'nessuno può costringermi ad amare una persona che non rispetto, l'onore lo perde chi le fa, certe cose, non chi le subisce.' Chi di noi sarebbe pronta a ripetere queste parole e ad agire di conseguenza?" Si guardò intorno, contemplò le donne che a loro volta restituivano l'attenzione. E anche se nessuna di loro parlò, lei ebbe comunque un moto di affettuosa complicità. "È da più di vent'anni che teniamo in piedi questa bella officina di anime libere, possiamo andarne orgogliose."

Sfregandosi le braccia, Rita propose: "Che dite, accendiamo la stufa?".

Era un maggio stranamente freddo. E quella conversazione era agghiacciante. Avevano sperato, Rita e Stellina, in un mondo diverso e migliore, ma l'ultimo decennio di corruzione, di conflitti interni alle cosche mafiose e uccisioni aveva raffreddato tutti gli entusiasmi. E dunque ecco il freddo, anche quello di una stagione che non maturava in primavera.

Non erano riuscite a mettere in funzione la stufa a carbone e Stellina aveva chiamato il fratello guardiano: nemmeno lui ce l'aveva fatta, e così poco dopo era tornato con una stufetta elettrica. Vedendolo entrare, le ricamatrici gli batterono le mani, e si strinsero tutte intorno all'apparecchio, grate di poter condividere quel poco di calore.

Ritornate alle loro carte, Rita e Stellina – matita alla mano – si erano dedicate alla lista degli ordini e avevano spuntato le fatture. Rita non si era resa conto dell'aumento del lavoro commissionato a Parigi: tante erano le ordinazioni, e se ne chiedeva il perché. Stellina le aveva ricordato che a Parigi le manifatture siciliane erano note fin da prima della guerra grazie ai fantasiosi gioielli barocchi di Fulco Santostefano, duca di Verdura, sgargianti trionfi di pietre preziose, pietre dure, diamanti e perle scaramazze. Il duca di Verdura aveva collaborato con Coco Chanel, e quando si era trasferito negli Stati Uniti aveva lavorato nel cinema e nella moda.

Carmela, la cognata di Rita, chiese: "Non si è mai sposato?".

"No. In effetti, basta vederlo... tanto masculo non pare," fece notare Stellina.

"Guadagnò assai, ma, come i suoi antenati, poi scialacquò..." commentò Rita, amaramente. E aggiunse: "Qui a Palermo non è famoso come creatore di gioielli. L'anno scorso ho letto le sue memorie, è un libro molto interessante... Si intitola *Estati felici*".

"Certo che Villa Niscemi, la casa di villeggiatura della famiglia di sua madre, è unica, con quella facciata barocca, immersa nel verde della Favorita... Il Comune se l'è comprata e adesso la usa per rappresentanza: per fortuna è stata salvata. Palazzo Verdura, invece, in via Montevergini, porta ancora i segni delle bombe alleate e nessuno se n'è occupato." E ripensando al duca, Stellina all'improvviso si entusiasmò: "A proposito di Stati Uniti: non potremmo provare a chiedere a vostro cugino Carlino di procurarci qualche contatto?".

Rita non rispose, rifletteva sulla miseria che tuttora regnava a Palermo e sulla difficoltà di trovare un lavoro onesto per le ex prostitute. Un tempo, abbandonare la prostituzione era una scelta individuale, adesso i magnaccia tenevano in pugno quelle disgraziate. Uno di loro, un tal Ciccio Cusimano, aveva fatto sapere che era disposto a mandare al Circolo quattro prostitute, ma in cambio di una somma di denaro – non avrebbe compensato il mancato introito dei clienti, ma avrebbe quantomeno consentito il controllo del tempo "libero" delle sue donne, come dire che la "servitù" si sarebbe estesa dalle lenzuola sporche dei bassi a quelle bianche e profumate dei ricami. E aveva lasciato intendere che sarebbe potuto passare da loro quel giorno stesso.

Fu proprio quel giorno, 9 maggio 1978, che arrivarono in vicolo Busambra, quasi contemporaneamente, la notizia della morte del presidente della Democrazia cristiana, Aldo Moro, e quella dell'esecuzione di Peppino Impastato, giovane giornalista di Cinisi, vicino a Palermo, che aveva osato mettersi contro la mafia, sfidando anche parte della sua famiglia. Rita e Stellina erano costernate: sedevano in silenzio alla scrivania, era come se sul Circolo e su tutte loro fosse piombata la notte più nera. Stellina fu la prima a riaversi e, per distrarsi, suggerì di provare uno schema che le aveva regalato un'amica, in cui si alternavano punti piatti e pieni, intervallati dal punto Rodi. Era un semplice disegno geometrico, ma di grande effetto. Entrambe, però, avevano la testa altrove e il cuore ferito.

Che in questo contesto si presentasse il vecchio portiere del palazzo di via delle Repentite, don Totò, accompagnato da Ciccio Cusimano, gettò un'ombra ancora più profonda. Il magnaccia sventolava un fazzoletto ricamato per fare ammirare la maestria delle sue prostitute.

Vedendoli entrare, Stellina si era alzata e fece da padrona di casa. Dopo le presentazioni, Ciccio Cusimano si rivolse direttamente a lei: parlò delle prostitute che avrebbe "prestato" al Circolo infarcendo il suo discorso di "signora contessa", e perfino di uno o due "cara contessa" – la sfrontatezza dello sguardo lasciava intendere che sapeva tutto di sua madre e di sua zia. Erano rimasti in piedi tutti e tre; Cusimano, corpulento e volgare, fece una pausa guardando con intenzione le seggiole e le poltroncine vuote, aspettando invano di essere invitato a sedere. Intanto le ricamatrici si erano disposte mute e severe, come corazzieri, intorno a Stellina. Ciccio Cusimano riprese a parlare, ma la voce si era fatta rauca, aveva la gola secca. Cercò con gli occhi un boccale d'acqua – che in effetti c'era, ma non gli venne offerto – e infine dovette troncare il discorso.

Stellina, che era piccola di statura ma aveva tutta la fierezza di suo padre, alzò il braccio indicando la porta: "Signor Cusimano, vi ringrazio per essere venuto e non dimenticherò quello che mi avete detto. Qui magari le donne vengono schiave, ma escono libere. Che se non se le sono fatte loro, le idee di giustizia, ci pensiamo noi a piantargliele in testa con questo". E gli mise sotto il naso un ago, con una tale rabbia che a Ciccio Cusimano parve una lama di coltello.

Poi Stellina si placò, lo fissò forte negli occhi e disse: "Adesso andate, e spero sia l'ultima volta che ci vediamo".

Don Totò, appiattito contro la parete, si strusciava verso l'uscita: "Ciccio," disse, "amuninni!".

Ciccio Cusimano lo seguì, ma senza affrettarsi e indugiando con lo sguardo sulle ricamatrici, come se cercasse tra loro le sue ex prostitute.

I due se n'erano appena andati, quando la porta si riaprì. Stellina e Rita temevano di veder ricomparire Ciccio Cusimano, invece erano Mariolina e Harry. Portavano la notizia del ritrovamento del cadavere del parlamentare Aldo Moro nel bagagliaio di un'automobile. Stellina abbracciò Mariolina mormorando: "Lo sappiamo già".

Harry, alto e magrissimo, sembrava stravolto, come se non si rendesse bene conto di cosa era successo. Era un adolescente che non aveva voglia di soffrire. Così ripeteva spesso a sua madre. "E tu non soffrirai," gli prometteva lei stringendogli il mento fra le dita della mano. "Beddu di mamma tua."

"Harry, mi sembri rintronato," gli disse Stellina. "Vuoi un bicchiere di limonata?"

"Sì," biascicò lui, e Stellina lo portò nell'angolo dove c'erano le bevande.

Rita prese sottobraccio Mariolina: "Vieni a vedere a cosa stiamo lavorando". E prese dal tavolo la pezza di lino sulla quale stava facendo la prova con Stellina.

Harry si avvicinò alla stufa grande e ci armeggiò intorno. Ripulì il fondo del forno da certa cenere che, diventata poltiglia con l'umidità, si era rinsecchita e impediva il passaggio di ossigeno. "Non funziona," fece distrattamente Stellina. Lui non smise di estrarre, spolverare, richiudere. La ghisa dava ogni tanto secchi echi metallici, ma quando Harry diede fuoco alle pallottole di carta preparate per l'accensione e calò prima legna e poi carbone, la fiamma si destò agile e svelta e di lì a poco produsse il calore che le ricamatrici avevano cercato per tutta la giornata.

Ai primi di giugno, Rita e Mariolina erano andate in visita da Maria Merlo, che era bloccata in poltrona: non si muoveva più. Si era rotta due volte un femore e ormai non c'era chiodo capace di resistere, l'osteoporosi era arrivata a un punto tale da non consentire una vera ricostruzione. Soffriva, e Ugo, il marito, faceva di tutto per rendere la sua vita meno infelice.

"Voglio morire," disse Maria con un filo di voce a Mariolina. "Perché penare tanto?"

"Ecco, vedete," commentava Ugo, imbarazzato, ritto di fianco a lei nella giacca da camera blu.

Rita sapeva che in casa c'era una sola donna di servizio che aiutava sia l'una che l'altro, e che chiaramente non bastava: incrociò lo sguardo di Ugo, ma nessuno dei due disse parola. Mariolina intanto si era messa a raccontare una storia buffa; presto un accenno di sorriso increspò le labbra secche di Maria.

I cannoli che le visitatrici avevano portato erano rimasti sul tavolino del salotto.

"La guardi la televisione?" chiese Mariolina alla cugina.

"No, non la guarda," rispose Ugo al posto suo. "Mai."

"Al Circolo dovrei venire," sospirò Maria. "Ne sento tanto la mancanza. Guardate..." E mostrò una federa a cui stava lavorando. "Due gugliate e poi devo smettere, non sono più io. Non si dovrebbe invecchiare così!" E gettò la federa a terra, con sprezzo e rabbia. Poi sollevò gli occhi sulle cugine: "Scusatemi. Meglio che andiate via, sono triste e stanca...".

"Senza dubbio servirebbe un'infermiera," disse Ugo; aveva accompagnato Rita e Mariolina alla porta e soltanto allora, lontano dalla moglie, parlava come se avesse letto loro nel pensiero. Aveva allargato le braccia, impotente.

Era una calda mattina di luglio; le donne ricamavano tranquille nella sagrestia, ancora fresca. Il fratello guardiano arrivò strascicando i piedi e annunciò la visita di "uno in divisa, ca 'un si capisce di cosa", con una fimmina ex carcerata, che aveva sentito parlare del Circolo. I due si erano rivolti a lui, che si era offerto di accompagnarli.

Rita aveva reagito velocemente: "Al momento, preferirei non avere una donna che è stata in prigione. Queste poverette hanno bisogno di sostegno, e in estate qui siamo in poche".

Intervenne Amelia, arrivata a Palermo per le vacanze:

"Mamma, una volta che è venuta falla entrare... almeno parliamole!".

Stefania la appoggiò con decisione: "È giusto che si faccia una prova, Amelia ha ragione. Chiunque desideri ricamare dovrebbe avere il diritto di farlo. Ascoltiamola".

Le sue parole non destarono meraviglia: Stefania aveva vissuto timida e silenziosa all'ombra di suo marito Filippo, ma – una volta rimasta vedova – aveva cominciato a frequentare il Circolo assiduamente, distinguendosi per l'abilità con cui eseguiva anche i punti più complessi e sorprendendo tutte per il vigore e la lucidità con cui esprimeva le sue idee. "La vedovanza fa rifiorire tutte le donne, e ha fatto rifiorire a maggior ragione quella santa di zia Stefania," aveva commentato Rico, quando Rita glielo aveva raccontato. "Vedrai che anche tu rifiorirai, quando io non ci sarò più," le aveva detto. Appena lei aveva cercato di protestare, le aveva chiuso il viso tra le mani e le aveva posato un bacio leggero sul naso.

Due delle giovani, nel frattempo, avevano preso un paravento ciascuna dal mucchio nell'angolo vicino alla porta d'ingresso. In quattro e quattr'otto crearono una specie di stanzetta per la nuova arrivata; Rita le osservava preoccupata, temeva che l'ex carcerata non gradisse di ritrovarsi ancora una volta costretta in uno spazio piccolo.

Ernestina, giunta nel salone, stupì tutte. Alla domanda di Rita, "perché sei andata in prigione?", aveva risposto candidamente di essere una ladra. Se ne vergognava, ma aveva rubato soltanto nei supermercati, mai nelle piccole botteghe. "Sono diventata ladra per amore!" aveva dichiarato. Forse, se fosse stata una prostituta, non sarebbe finita in galera. Suo marito, di cui era innamoratissima – proprio così aveva detto, "innamoratissima", e poi spiegò, fiera e dignitosa, che si erano sposati dopo una fuitina –, aveva una malattia incurabile agli occhi, che gli era venuta proprio quando avevano fatto debiti per la mobilia di casa e per comprare un televisore grande quanto una finestra. "Furono quegli occhi malati che gli fecero perdere il lavoro." Ernestina voleva che suo marito fosse contento e mangiasse bene, ma denari in casa non ce n'erano e per anni lei era andata a rubare: si vestiva con abiti larghi sotto i quali nascondeva la refurtiva. Una volta imparato il "mestiere" aveva puntato sui beni di lusso, e sui beni di lusso era scivolata: al primo orologio d'oro che avrebbe potuto rivendere con successo, l'avevano presa. Era stata processata e, malgrado le attenuanti, si era fatta dei mesi in galera; l'anno successivo, dopo altri furti, aveva ricevuto una condanna per recidiva. Il marito era stato ricoverato in un cronicario, dove si era spento piano piano come una pianta non curata.

"Sai ricamare?" chiese Stellina.

"Voscenza sì," rispose Ernestina.

"Guarda qua," disse Rita, e le porse un fazzoletto con un ricamo già avanzato.

Ernestina se lo avvicinò agli occhi. "Questo è un bel punto a giorno doppio, lo faceva mia madre... Questo invece è un punto catenella molto stretto, fatto bene... E questo è un punto erba, piccolo e ordinato," e mentre parlava carezzava il ricamo e la sua voce si era addolcita – era la voce di una ricamatrice.

E fu così che Ernestina entrò a far parte del Circolo; per festeggiarla e farla sentire apprezzata Rita tirò fuori dalla borsa un sacchetto di carta con dentro le ciliegie del suo giardino, raccolte quella stessa mattina, e gliele offrì con un sorriso.

Se le scuole elementari del quartiere erano povere, in compenso molte potevano contare su direttori e direttrici che svolgevano il loro lavoro con passione, consapevoli che quegli anni potevano essere decisivi per strappare i bambini non solo alla povertà di risorse e di stimoli ma anche alla malavita. Gli insegnanti cercavano, per quanto possibile, di coinvolgere anche le famiglie, seguendo l'esempio dei parroci che con generosa abnegazione facevano fruttare il poco che avevano – in termini di strutture e di volontari – per animare l'oratorio con doposcuola e attività sportive. Da quando era finita la guerra, per i ragazzini della Palermo vecchia c'erano stati solo due modi per "migliorare": l'emigrazione e la mafia. Incoraggiandoli a studiare e dando loro la possibilità di fare sport, cantare e disegnare, insegnanti e parroci speravano di suscitare in loro una passione capace di aprire orizzonti nuovi e di far nascere la speranza di una vita diversa.

Rita aveva proposto a una scuola di ospitare due volte la settimana gruppi di ragazzine per insegnare loro l'arte del ricamo. Furono mesi di grande attività. Il salone del Circolo ora si accendeva di vocette, di strilli, di ciarmulii. Alle bambine venivano dati tessuti di scarto perché facessero i loro esercizi, ma dopo poche settimane erano in grado di cimentarsi in ricami semplici ma precisi, di seguire i disegni, di tenere i telai con saldezza quasi professionale.

Le insegnanti si congratulavano e premiavano le giovanissime ricamatrici.

Ci fu anche una festa per Natale in cui vennero messi in vendita i "fazzoletti sapienti" – così erano stati battezzati, quelli ricamati dalle piccole apprendiste –, e fu un successo.

L'esperimento non durò a lungo per l'opposizione dei genitori e delle autorità scolastiche centrali, ma tutta Palermo seppe che il Circolo del Punto Pieno era diventato anche una scuola e chi li aveva acquistati andava orgoglioso dei fazzoletti sapienti.

Fu durante una di queste adunanze di bambine che Virginia, la nuora di Caterina, arrivò tutta tremante. Raccontò che nella tarda mattinata la suocera era seduta, come faceva spesso, in terrazza, sotto il pergolato, a recitare lenta lenta il rosario. La cameriera Assunta, dopo aver portato l'acqua al cavaliere Ludovico, seduto in poltrona a leggere il giornale, era uscita in terrazza per chiedere alla padrona se anche lei desiderava qualcosa da bere. Sentendola murmuriare – "Mi fa male, mi fa male..." –, le si era avvicinata: "Dove, Voscenza? Dove vi fa male?".

"Qui mi fa male," e Caterina si era premuta il dito indice sulla fronte, come fosse un chiodo. "È qui che mi fa male."

"Vi porto un bicchiere di acqua e zammù, che vi piace

tanto?" le aveva chiesto Assunta, posandole la mano sul braccio.

"Se vuoi..." aveva risposto Caterina con voce fievole, e poi, piano piano: "Adesso posso andare...".

"Voscenza, dove? Dov'è che andate?"

Ma Caterina non la guardava più: fissava sul parapetto la grasta colma di gerani fioriti, e dietro, in lontananza, gli uccelli che volavano verso il mare.

Assunta era andata svelta a prendere l'acqua; tornando con il vassoio, però, si era bloccata sulla porta finestra. La testa tra le mani, Caterina bisbigliava "vengo, vengo, vengo", come una litania. D'improvviso si era portata una mano al petto, come se il male avesse trovato una strada e fosse infine arrivato a destinazione. Un profondo singhiozzo e poi silenzio.

Cadde il vassoio, si ruppe il bicchiere.

"Voscenza! Voscenza!"

La padrona sorrideva, ormai assente. In grembo, una fotografia della figlia Rosarietta.

Mentre Rita abbracciava la povera Virginia e Stellina si affrettava a portarle dell'acqua, Mariolina scoppiò in lagrime: era molto affezionata alla zia, anche se era pizzuta e cumannera, e non solo perché sapeva bene – per esserselo sentito raccontare tante volte – di essere nata anche grazie alla determinazione con cui zia Caterina aveva sostenuto sua madre prima nel tenere nascosta la gravidanza e poi nel reggere la reazione furibonda di suo padre.

Quando Virginia si fu riavuta, disse che Enrico e Mario, subito accorsi, erano accanto al padre.

"Vieni, andiamo anche noi, ti accompagno." E Rita prese la borsa, era pronta.

20.
Le lettere di Carlino Sorci a Mariolina Sorci
(ottobre-novembre 1978)

PRIMA LETTERA
New York, 17 ottobre 1978

My sweet Mariolina,

sono arrivato a New York da due settimane. Quanto tempo è passato, da quando ti scrivevo da Little Italy! Allora mi esibivo in squallidi localetti, adesso frequento lo Studio 54 e mi sembra di essere dentro un fuoco d'artificio. Hai mai sentito parlare di Elsa Peretti? È una donna bellissima, disegna gioielli, fa parte del gruppo di Roy Halston, guru dell'arte e della moda da quando disegnò il cappellino a tamburello per Jackie Kennedy. Dovresti vedere come si muove, Elsa Peretti... Una gatta. Ed è una gemma tutta italiana. Con quel po' di torbida acutezza che è dei fiorentini ribelli: sì, perché da ragazza è stata una ribelle, e adesso non si lascia mettere i piedi in testa da nessuno, neanche da Halston, che pure venera. Lui le monta addosso tessuti e li trasforma in abiti, e questo accade perché Elsa è il nuovo corpo stilistico della moda. Hai capito? "Corpo stilistico"! Sono una mente del Fashion System, e dunque mi esprimo di conseguenza, così tu pensi: Accidenti, come la sa lunga Carlino! E io, Mariolina mia, adoro strabiliarti.

Ma torniamo a Elsa. Uno dei grandi fotografi della città l'ha vestita con un costume da coniglietta, bustino sgambato senza spalline, guanti lunghi e un copricapo-mascherina dalle grandi orecchie: tutto nero! Le gambe lunghissime, le mani appoggiate sulla balaustra di una terrazza in mezzo ai grattacieli, la sigaretta fra le dita, il collo che sboccia dalle clavicole, il capo inclinato all'indietro così che le orecchie nere si aprono come ali, o come un maestoso velo monacale. Un capolavoro perverso, dove non sai se sia più perverso quel corpo nervoso, sontuosamente perfetto, o la città che lo contiene come se appunto fosse un coniglio in gabbia. New York è pazzesca! Sono qui come emissario della moda milanese, ma cerco di espormi alla febbre che sento intorno. Mi hanno commissionato ascolto, osservazione e studio. E io ascolto tanto, guardo fino a consumarmi gli occhi, come un apprendista nella bottega di scultori rinascimentali. E poi c'è il mondo. Non c'è moda senza mondo, come non c'è creazione senza palcoscenico. Ci sono feste dappertutto, e dappertutto riesco a farmi portare: ho conosciuto Andy Warhol, Tommy Hilfiger, Elizabeth Taylor (te lo giuro, le ho anche fatto il baciamano!), ma è soprattutto con Halston che sono riuscito a stabilire un contatto.

Vado nel suo studio, non sempre è dell'umore giusto – e allora non rivolge più la parola a nessuno –, ma poi Elsa Peretti mi invita a colazione e mi presenta, dice in italiano: "Lui sta a Milano, e a Milano si lavora!". E poiché Halston pensa di essere l'unico a lavorare, mi squadra con cupo interesse e si siede con noi. Abbiamo quasi la stessa età, dunque di certo mi trova a dir poco fané, comunque si degna di chiedermi: "What's going on down there?". Dico qualcosa delle ultime sfilate alla Fiera Campionaria, del prêt-à-porter, dell'abbigliamento destrutturato che rispetta il corpo senza costringerlo, di questa nuova creatura, lo stilista, che da noi ha soppiantato il couturier... Ma poi mi rendo conto che queste cose può raccontargliele chiunque lavori nel nostro ambiente, e allora preferisco parlargli di Palermo, mi sento più ispirato, gli parlo di un artista geniale nato e vissuto nella nostra città, che trecento anni fa ha riempito chiese e oratori di una folla di personaggi di stucco che sembrano vivi, dovrebbero essere santi o virtù invece hanno un'aria decisamente sensuale, con giochi prospettici audaci; gli parlo del modo in cui – a differenza degli scultori, che lavorano per sottrazione – gli stuccatori sovrappongono strati di materiali con sapienza stregonesca, creando sui corpi panneggi che hanno del miracoloso... E a questo punto, tieniti forte!, mi sorprendo a raccontargli del Circolo del Punto Pieno. Imprevedibilmente, Halston si illumina, gli brillano gli occhi, chiede, adesso è curiosissimo, dunque inizio a descrivergli zia Sara, e non ti dico l'entusiasmo quando evoco le feste degli americani a palazzo Sorci. "Sorci," si inserisce Elsa, "it means 'rats'... could you believe it?"

Ma lui di noi Sorci se ne frega, giustamente, e ripete: "*Embroidery...* ri-ca-mo!". Come fosse preso da una malinconia lontana, congiunge le mani, si commuove, racconta di quand'era bambino, in una famiglia infelice, e di sua nonna che gli insegnava a disegnare e a ricamare. Di ricami non se ne vedono nelle sue collezioni, ma non c'è dubbio che basta nominarglieli perché la memoria gli restituisca una sensazione di conforto e serenità – proprio come diceva sempre zia Sara! Ci pensi?! Devi assolutamente raccontarlo a Rita e alle altre.

Allo Studio 54 succede di tutto, il ritmo della discomusic è convulso, ci si veste, ci si spoglia, si fa sesso alla grande. Se ne può fare così tanto – e dovunque – che talvolta esco ubriaco senza aver combinato niente. I paradossi della libertà! O forse invece la frenesia dei moribondi, come diceva un tale... Tu faresti faville, qui. È come se ti vedessi, entrare in pista in coloratissimi jersey di seta e agitarti come un'indemoniata. Ma stai pensando a te, Mariolina? Ti vedi ancora con Augusto? (Sempre che si chiami Augusto.)

Baci da Babilonia.

Tuo Carl

SECONDA LETTERA

New York, 9 novembre 1978

Mariolina! Cos'è questa storia?

Non posso credere che vi siate lasciati. E adesso? Sei una ragazza fantastica, non puoi passare il tempo a fare la madre, e non solo perché ormai Harry ha sedici anni e di sicuro sarebbe ben felice se tu ti concentrassi su qualcun altro che non sia lui. Mi dici che sei corteggiatissima e non stento a crederlo, visto che sei bella, giovane, ricca e anche simpatica. Scegli bene! Però lascia perdere i nobili, che bastiamo noi a portarci la maledizione appresso. E dammi retta: chiunque sia, non è necessario che te lo sposi. Se ce n'è uno che ti piace, prenditelo.

Io avrei voluto passare tutta la vita con Emilio, ma il mondo cambia, e anche il cuore.

A San Francisco stanno eleggendo un consigliere comunale omosessuale. C'è in atto una lotta per i diritti di cui noi proprio non abbiamo idea. Prima di tornare farò tappa lì, voglio sentire che aria si respira. A New York se ne parla, ma è come se la città appartenesse solo a se stessa. A New York si sentono già liberi, è raro che le minoranze si riconoscano minoritarie... È come se si ritenessero tutti superiori. Ma si stordiscono. Si stordiscono e lavorano, a ritmi paurosi. Notte e giorno si mescolano, e la cocaina dà una mano. Ti confesso che ha dato una mano anche a me. A volte mi ritrovo all'alba su Madison Avenue, lascio il mio compagno – un accompagnatore che cambia spesso – e cammino da solo, la città è già viva (o *ancora* viva) ma i rumori sono attutiti, vedo donne bellissime entrare nei taxi, inseguo su per le prospettive verticali degli edifici il volo degli uccelli, c'è anche qualche barbone arrivato qui dalla Bowery, aggiro il parco, passo sotto il Dakota Building, ho freddo ma sono sveglio, tremendamente sveglio.

Dopo *Io e Annie*, è come se per Manhattan si dovesse incontrare a ogni angolo Diane Keaton con quei suoi gilet, con quei suoi cappelli. Lo sai che in quello stile c'è il tocco di uno stilista milanese? Che Diane Keaton è andata a ritirare l'Oscar vestita da Armani? Prima o poi lavorerò direttamente per lui, me lo sento. Ma meglio non nominarlo, nel giro di Halston... Comunque sì, l'alba qui continua a essere quella di Audrey Hepburn davanti alle vetrine di Tiffany. Ci devo tornare.

Mi chiamano da Milano, vogliono sapere come va. Sono loro che mi pagano il viaggio. E io dico: "Bene, imparo". Lo so che ho quasi cinquant'anni, ma una delle cose entusiasmanti di stare qui è che mi sento come all'inizio di qualcosa. Tutto comincia e tutto finisce. Ad esempio, la nostra famiglia. O muoiono, o finiscono male. Non pensare che sono un uccello del malaugurio, facci caso e dimmi se non è così. Dunque, teniamoci forte.

Ho ricevuto notizie di Antonio, mio fratello: si è infilato nel letto di una ricca piemontese che lo mantiene purché sia al suo servizio, e mi dice che forse riuscirà a farsi sposare. Non è per lo squallore della situazione, ma mi fa senso il modo in cui lo dice, che si esprima con questa volgarità. La signora vive a Modica. Che ci è andata a fare una piemontese a Modica, ti chiederai tu. Ma così è. Era sposata con un tale che aveva fatto denari con il cioccolato muricanu, alla morte del marito ha venduto l'azienda ma poi è rimasta lì. C'è pure a New York, il cioccolato di Modica. E se ci rifletti è incredibile: in quell'angolo di Sicilia, il cacao lo hanno portato quattro secoli fa gli spagnoli, che ne avevano scoperto la pianta nel Sud America, e adesso da Modica il cioccolato arriva negli Stati Uniti. In ogni caso, come si usa dire qui: quel che a New York non c'è, non esiste. Antonio è un imbroglione. Ha provato a chiedermi dei soldi. Mi chiama "il milanese". E a Milano ci sono più soldi che a Ragusa. La piemontese non basta, evidentemente...

Matilde mi scrive lettere molto formali. "Sto bene." "Vado in campagna." "Lo studio di mio marito ha moltissimi clienti." Non mi sorprende, quello è un traffichino, un democristiano baciapile, un notaro con chissà che intrallazzi.

Ma tu, Mariolina, tu sei come me! Tu devi metterti a volare.

Ogni tanto scrivo anche a Emilio. Dice che sta bene. Prima o poi ci rivedremo.

Questa è la mia ultima notte allo Studio 54, ho deciso che mi vestirò come John Travolta, abito bianco e camicia nera. Dopodomani parto, sperando di svegliarmi in tempo...

Sulla busta trovi il mio indirizzo di San Francisco. Rispondimi lì.

Charles forever!

TERZA LETTERA
San Francisco, 25 novembre 1978

Mariolina mia,

è già capitato. Mi sveglio e dalla finestra non vedo niente. Niente! La nebbia a San Francisco è ben più thick di quella di Milano. Siamo sospesi nel nulla. Il giorno dopo il mio arrivo ho preso la motoretta dell'amica che mi ospita, Amanda, e ho puntato verso l'oceano. Dico "ho puntato" perché quasi non vedevo neppure i cartelli stradali, ma poi ho cominciato a sentire il murmure dell'oceano ed è stato quasi magico seguire quel suono, costante, rude. Sono sbucato su una spiaggia e ho aspettato di vedere qualcosa. Chiudevo gli occhi e mi dicevo: "Quando guarderò di nuovo, la nebbia si aprirà". Non si è aperto niente. Ma poi sono tornato verso la Costa dei Barbari, e lì ho cominciato a vedere. Sono salito alla Coit Tower, che è un posto pazzesco. Fuori sembra un faro di cemento, dentro è interamente coperto di murales che raccontano San Francisco: c'è tutta la città ritratta con la semplicità – forse dovrei dire con l'ingenuità – di un'immaginazione infantile, che però ti fa vedere i pompieri al lavoro, un incidente stradale, un mercato, i ricchi e gli operai.

Quanti film hanno girato per queste strade! Ti ricordi Humphrey Bogart che arriva direttamente da San Quintino nella bella casa di Lauren Bacall, e lei lo protegge perché sa che è innocente? Be', quel palazzo c'è. Noi diciamo "il cinema americano ricostruisce tutto", ma non è vero.

Amanda l'ho conosciuta a Milano. Ha avuto un incarico all'Università di Santa Cruz, ma quando non ha lezione preferisce stare in città. La sua casa, piccolina, è in fondo alla Dolores Street, non lontana da Castro, che è il quartiere gay per eccellenza. Amanda sta con una ragazza nera. La notte è un duetto di: "Honey!", "Honey!". Beate loro. Io vado a cercarmi amici a Castro, dove, tempo due giorni, mi muovo con scioltezza. C'è un gran viavai di gente strana. Colorata come le vecchie case vittoriane della città: verdini chiari, violetti, rosa, tutto un montare di cuspidi e decorazioni che fanno pensare più a una pasticceria che a una sequenza di abitazioni. Colorate le case, colorata la gente.

Ieri sono stato a pranzo con le ragazze. C'era il sole, anche se faceva freddino. Eravamo in un locale sospeso sulle rocce della costa, credo risalga ai primi anni sessanta – era facile immaginarselo pieno di famigliole, nei giorni di festa.

"Ti piace Santa Cruz?" ho chiesto ad Amanda.

"È un posto fuori dal mondo. Non siamo a Boston. Questa è pur sempre California. Io insegno Tradizioni popolari europee. Spesso imbraccio la chitarra e canto."

"She's so lovely when she sings," ha detto la sua amica.

"Canta," l'ho incitata.

"Qui?"

"E dove sennò?"

"La conosci Rosa Balistreri?" mi ha chiesto.

Ho detto di no. Lei si è alzata, con la massima naturalezza ha preso una chitarra appesa alla parete, l'ha accordata e ha intonato: "*O cuntadinu sutta lu zappuni, passi la vita stanca e assai mischina, quanti latri ci su', quanti patruna misi a cavaddu ri la to carina...*".

Hai capito, Mariolì? Amanda si è messa a cantare e il locale si è zittito, e in quel momento ho pensato che dal nostro popolo arriva così tanta bellezza. Sono a San Francisco e Amanda mi restituisce alla Sicilia. Mi è venuta in mente, chissà perché, mia madre, il suo sorriso dolce, mi sono venute in mente le nostre campagne, con il grano a perdita d'occhio, le vigne sul mare, l'oro degli agrumeti e l'argento degli ulivi. Da Liza Minnelli a Rosa Balistreri, eh. Ma forse tutto si tiene.

Vogliami bene, Mariolina.

Tuo Carl

QUARTA LETTERA
San Francisco, 30 novembre 1978

Anche con San Francisco è ora di chiudere. Eppure è proprio qui che più di una volta la vita ha provato a ricominciare. La prima volta è stata nel 1906, quando un terremoto spaventoso cancellò tutta la città. Andiamo appresso alla Storia, non siamo noi che la facciamo, è lei che ci confeziona i gesti, le parole. Jim Morrison aveva cantato la fine. *The End.* La propria? Quella di una generazione? Chissà. Fatto sta che San Francisco non ha smesso di accendere speranze. Dopo la Summer of Love degli anni sessanta è arrivata quest'altra stagione, in cui i coloratissimi abitanti che occupano Castro e Haight-Ashbury non perdono occasione per scendere in strada a protestare. Ed è arrivato Harvey Milk. Lui che prima aveva un negozio, portava i capelli lunghi e sculettava per Dolores Street, si è tagliato i capelli, si veste come un funzionario e vuole occupare una carica che gli permetta di continuare la sua battaglia per i diritti a livello istituzionale. Il sindaco George Moscone lo appoggia.

È andato tutto così veloce... mi sarebbe piaciuto vedere l'assestarsi di questa stagione di conquiste. E invece, qualche giorno fa, è arrivato il fuoco: anche questa è America. Un oppositore entra in municipio, spara a Moscone, spara a Milk. Il giorno appresso la piazza è piena di gente. Fiaccole, slogan, manifesti. Ma ormai è lutto. E il lutto si fa maestoso, tremendo, perché gli omicidi di San Francisco si mescolano incongruamente con il massacro di Jonestown, il più grande suicidio di massa della Storia: la comunità fondata dal pastore metodista Jones, che dalla California si era trasferita alla Guyana, ha deciso di sopprimersi istigata dal suo guru. Più di novecento persone, un folle scempio di vite! È stato dieci giorni fa, ma l'onda lunga di terrore e sgomento che ha lasciato si farà sentire a lungo.

Amanda mi abbraccia sulla porta di casa e mi dice che è finito tutto, e proprio quando tutto doveva cominciare.

Combattere dall'interno delle istituzioni: le dico che Harvey Milk ha insegnato questo.

Mi dici che Sciascia ha pubblicato un libro sull'affare Moro. Mi scrivi che il terrorismo continua a far morti in Italia. A Patrica? Non sapevo neanche che esistesse, un posto chiamato Patrica. È che noi a Palermo ci abbiamo i morti in casa. Lo so, lo so. Viviamo tempi grami. "Tempi grami" è un'espressione che ho imparato a Milano. Hard times, I should say.

Preparo i bagagli, prenoto un volo e ti faccio arrivare questa mia.

Ti scriverò da Milano.

Il solito tuo C.
(Triste, ma ti bacia.)

21.

Dice Rico Sorci
(30 giugno 1981)

Infuria un temporale. Mi sono svegliato e ho cominciato a girare per la casa, inquieto. Mi sono accucciato nel divano di pelle del salone e sono rimasto a guardare lo spettacolo dei fulmini sullo schermo dei finestroni, le imposte dimenticate aperte. Schizzano fuori dal nero del cielo frustate di luce, barbagli azzurri e bianchi, che prima di erompere in tuoni ancora sprigionano dardi violetti. Lo scatenarsi elettrico va insieme al progressivo caricarsi di nubi che, attraverso il frequente lampeggiare, si indovinano possenti, gravi di pioggia. Infuria anche il vento, ma a ogni fulmine sembra tirare il fiato, sospendersi. Divinità feroce, la tempesta urla contro la maestà di Monte Pellegrino e da qui mi sembra di riconoscere la battaglia mitologica fra giganti, a fauci spalancate, l'una appesa al vuoto della notte, l'altro saldo sulla terra, ma entrambi sicuri della propria forza. E poi, dopo le ultime scudisciate azzurrine, il brontolare immane della pioggia. Ecco, ora la tempesta è tutta acqua che s'abbatte violenta, cattiva, devastante. Penso alle rose e alle pomelie di Rita, là fuori, ai gelsomini, a tutto il giardino e più in fondo all'orto, che in giugno e luglio trionfa di ogni sorta di vegetale.

Ieri sera è arrivato Carlino da Milano. Quando viene è sempre per pochi giorni, sta da noi e ha spesso appuntamenti di lavoro a Palermo. Domani vorrei andare con lui sulla tomba di nostro padre. È la prima volta che dico con orgoglio *nostro padre*. Quando è morto, Carlino non era qui, e dopo nella mia vita c'è stato tanto, troppo, disordine – un disordine che ha scompaginato persino il nostro legame.

Uno scroscio dietro l'altro, sui vetri il disegno folle di rivoli che formano trame ogni volta diverse, talora sembra addirittura che la pioggia copra per intero la finestra come una liquida patina accecante. Non accendo luci in casa, ma forse la rete è saltata ai primi tuoni, come spesso accade. Quindi, quel che vedo è solo il frutto delle continue scariche, sempre più deboli in verità, che allampano dentro il turbine dell'acquazzone. Ho addosso la vestaglia di seta ma ho freddo, come se la febbre meteorologica mi avesse contagiato. Più mi sento esposto alla violenza della tempesta, più avverto nel buio i fantasmi che da qualche tempo hanno cominciato a tenermi compagnia, e non soltanto in nottate come questa: dove ho lasciato Loredana, perduta nel gioco della memoria e degli eventi, lei, la più dimenticata? Ho visto suo figlio Amedeo di recente, gli ho chiesto "tua madre come sta?", e lui ha allargato le braccia, gesto che in verità non ho saputo interpretare: forse tira a campare, forse è infelice, forse lui ne sa poco. Chissà se si ricorda che lo lasciavo a giocare con Colapì e mi ritiravo con lei in una stanza di sopra, una camera per gli ospiti. Aveva una passionalità disperata, Loredana, mi si stringeva addosso, mi cercava prima attraverso i vestiti, poi sulla pelle – quelle mani! –, dovevo chiuderle la bocca. Scendevamo accaldati, un poco scomposti, e prima di accomiatarci lei mi chiamava in qualche angolo perché la baciassi ancora, perché la toccassi ancora; solo allora mi lasciava andare, con l'aria affranta di un addio infinito. Loredana è qui, non osa entrare, sosta nel vano della porta. Ed è lì che adesso appare anche Antonia, il soprano, la mia Callas, la prosperosa e golosa Lucia – "*Edgardo! Io ti son resa!*" – che si muove senza grazia nel buio, e poi la bella e imperiosa Anna che mi riconsegna a Rita. Di sguincio appare anche Ema, occhi da lupa, e ride in un taglio di luce che disegna l'abbondanza del seno, la curva dei fianchi. Dov'è finita? Nulla seppi della vicenda giudiziaria, nulla chiesi. Le donne. Certo, le donne. Ma all'ennesimo barbaglio nel buio, e al tuono che segue, cupo, baritonale, è il nonno che vedo, sul suo letto al piano nobile, vedo zio Andrea che arranca dietro mio padre in via Libertà, nella loro passeggiata pomeridiana. Questa stanza, per quanto grande, si sta affollando – e sorrido –, troppa gente! Era un ben diverso destino quello che si profilava per me prima delle bombe di Messina, e forse anche dopo, fino allo sbummicare dell'amore per Rita. Ha una piega di mestizia, mio padre. Forse l'ha sempre avuta. Ma come lo sento tenero, presente, accanto al letto durante la convalescenza dopo la ferita in guerra: un braccio fuori uso, una carriera militare spezzata. Mi sentivo ribollire di vita, allora. Pensavo che nessuno comunque mi avrebbe fermato, o distratto. E pensavo che, se solo avessi avuto Rita, la mia esistenza sarebbe stata come un volo in discesa sulla Conca d'oro, campagne e città smaglianti sotto il sole, e io dentro la brezza della mia matura virilità. Chiudo gli occhi.

Quando li riapro ha smesso di piovere. Non solo. Albeggia in lontananza. C'è una lama di luce, ma è sufficiente. Non torno più a letto. Attendo qui che la giornata cominci.

E infatti comincia: scende Rita che si preoccupa della mia insonnia.

"Ma no," dico io, "non è insonnia, sono i pensieri, sto diventando vecchio..."

Poi arriva Carlino sbadigliando. È in pigiama, scalzo.

"Carlino," gli dico, "qui è Altarello, e c'è una signora."

Torna subito nella stanza degli ospiti e ricompare in una vestaglia blu pavone, i capelli pettinati, un paio di espadrillas ai piedi.

Rita lo esamina con benevolenza e dice: "Mia madre andò al San Carlo di Napoli con un abito blu pavone, che io ho ereditato e non ho mai messo". E Carlino fa gli ultimi gradini come se scendesse la scalea di un teatro d'opera.

"Talè come ti annachi," faccio io. E poi, serio: "Oggi andiamo ai Rotoli, a trovare papà nostro".

Carlino ha un attimo di smarrimento, come fosse stato preso in contropiede, ma al contempo apprezza la proposta.

"Sono pronto," dichiara. "La tempesta ha portato memoria?"

"Tanta, se è per quello," dico, "ma è da quando sei arrivato che pensavo a papà e a noi due."

Dopo lo scompiglio, tutto splende. Siamo davanti al cancello dei Rotoli, il cielo è di un azzurro così intenso da stordire. Monte Pellegrino si staglia possente e felice alle spalle del cimitero come se avesse dimenticato la battaglia notturna.

"Andiamo alla nostra tomba," dico, e Carlino mi corregge: "*Nostra* non ancora". Procediamo affiancati.

"Io non ho paura della morte." E mi giro verso di lui. Ma Carlino non mi dà conto, avanza fra le tombe con il passo leggero dell'uomo abituato alla mondanità, anche a quella dei trapassati.

"C'è ancora posto, nel mausoleo dei Sorci?" domanda come stessimo parlando degli appartamenti di un palazzo da affittare.

"I loculi sono sedici, ma nella cripta c'è posto per tutti."

Procediamo fra palme e cipressi, fra cappelle che ripetono la leggera severità normanna o la ricercatezza araba, fra il bianco delle lapidi e la densità delle crude croci di pietra, nell'anfiteatro del cimitero. "Quanta Palermo," dice Carlino, e poi di colpo mi prende il gomito: "Aspetta".

Mi fermo e pianto gli occhi nei suoi, ma lui non tradisce alcuna emozione. Poi, con la sua voce da tenore mi dice che all'improvviso sente la mia vicinanza e non si raccapezza più: "Il nostro essere fratelli ha fatto un percorso complicato e ora, di punto in bianco, in mezzo a tutti questi morti, a pochi passi dalla tomba in cui riposa nostro padre, sento una paura che non so neppure nominare".

"Per questo siamo qui," dico. "Noi due, è come se ci guardassimo da due lati diversi di Cola Sorci: tu sei figlio dell'amore, io sono nato prigioniero di una famiglia che non dà scampo."

Non so se ho detto quel che Carlino si aspettava dicessi o se invece ho seguito un filo di pensieri miei.

Ma lui mi guarda con una strana dolcezza, quella di sua madre: “Il male io l’ho ricevuto da chi dovette recitare la parte di padre”. E subito cambia tono: “Sai Rico, ho sempre pensato a te come a un eroe”. Questa volta c’è qualcosa di sognante in lui, mentre parla. Affiora l’animo di quand’era un ragazzino. “Mi ricordo in via delle Repentite, quando arrivavi in divisa, sembravi un dio.”

“Magari lo fossi stato, sarei volato via.” Mi prende un groppo in gola. “Mi sono perso, ho perso la strada...”

“Ti sei perso e ti sei ritrovato,” mi fa notare lui.

Siamo due anime sospese sul mondo che ancora non ci appartiene, eppure da qui è come vedessimo tutto, meglio di sempre. E siamo piccoli sotto la vastità del cielo. Veniamo da una notte di tempesta, forse altra tempesta ci aspetta. Ma in questo momento, in questo preciso momento, a due passi da nostro padre, siamo sotto l’ala di un perdono immenso.

Ci guardiamo, ci studiamo, come se fosse la prima volta che ci troviamo faccia a faccia, e poi, quasi fosse risuonato un ordine, ci abbracciamo, violenti, rapinosi.

“È lui,” Carlino indica la cappella Sorci, “è lui che ci vuole così, vuole che dimentichiamo.”

Entriamo nella cappella. C’è pace. Non potrebbe che esserci pace, e io spero, io prego, che questa pace duri.

La voce, seria, commossa, di Carlino dice: “Padre, benedici il tuo sangue”.

22.
Il Circolo del Punto Pieno
(maggio 1984)

Per arrivare al Cassaro, Mariolina Sorci vedova Vallo doveva attraversare mezza città, e attraversare mezza città nel maggio del 1984 era un incubo. L'incubo durava da almeno due anni, anzi, a voler essere più precisi – così pensava Mariolina –, bisognava risalire ancora più indietro. Alla vedova Vallo qualcuno nel corso del tempo aveva fatto credere di potersi annoverare tra gli "intoccabili", ma per qualche ragione alla quale lei non riusciva a dar forma, quell'intoccabilità non solo le dava fastidio, ma ormai, si rendeva conto, valeva ben poco – nessuno era al sicuro, e lei, a che titolo? Sapeva che suo marito aveva sempre avuto relazioni con Cosa nostra, lo sapeva da quando si era innamorata di lui, ma allora aveva poco più di vent'anni, non aveva dato peso alla cosa, pensava solo che era un uomo potente. Del resto, se anche suo padre era potuto entrare in business importanti lo doveva proprio a Peppe, e dunque pure lui, sebbene indirettamente, alle cosche che governavano la città.

Il deserto, pensava Mariolina, e dal finestrino guardava con ansia quelle strade che un tempo fin dalla mattina si riempivano di traffici, di gente a zonzo e di turisti diretti verso il centro, e ora invece lasciavano sin troppo spazio alla luce di un caldo sole di primavera che si stendeva su tetti, balconi, alberi, cespugli, finestre, marciapiedi, strade, piazze.

Mariolina prese dalla borsa uno specchietto per verificare se i capelli erano in ordine, se il trucco non era pesante, se, malgrado tutto, le sorridevano gli occhi, che quel sorriso era pur sempre un accogliente benvenuto.

"Un magistrato ci sta, lì," fece il vecchio autista indicando un portone della strada, completamente sgombra di auto posteggiate, che stavano percorrendo. "Nuddu ci può parcheggiare qui, 'nsamai al magistrato ci finisce male." Lo disse con una sfumatura di insofferenza, e con un gesto indicò il tratto successivo in cui parecchie auto erano ferme in doppia fila.

"Cosa c'è che non va, Antonio?"

"Non va che questi hanno scassato la città. Dobbiamo scantarci per loro, che invece non si scantano."

"Devono garantire l'ordine."

"L'ordine lo teniamo meglio noi. E questi picciotti chi sono? Che ne sanno? Taliasse, signora... picciriddi sono."

E fece segno verso un gabbiotto dove sostavano, mitra in mano, due ventenni in tuta mimetica, le guance lisce, gli occhi sgranati.

"In guerra siamo."

Di soldati ce n'erano quasi a ogni angolo di strada e davanti ai portoni dei magistrati si vedevano altri giovani in jeans e giubbotto, o con giacche dalle spalle imbottite: i "ragazzi delle scorte".

"Non sanno a chi devono sparare, quelli."

"Antonio, sono tempi difficili," cercò di concludere Mariolina, ma lui continuava a scuotere la testa.

Anche piazza Politeama, alla fine di via Libertà per loro che arrivavano dai quartieri nuovi, si apriva come un anfiteatro di luce: le pietre che lastricavano lo spazio antistante il teatro sembravano tirate a cera: radi passanti, una banda di cani randagi che si muoveva circospetta, in testa un tigrato dalle orecchie mozze e dietro una sequenza di compagni variamente segnati da battaglie e lotte per la supremazia, ora lasciata a quel burbero rappresentante che si era conquistato il ruolo di capobranco.

"Antonio, rallenta per favore."

"Che ci fu?"

Mariolina non rispose, ma lui rallentò comunque, si volse e chiese se per caso la signora doveva fermarsi.

"No, niente. Andiamo al Circolo."

Le tornò in mente il 30 giugno del '63, quando a Villabate era saltata in aria un'auto imbottita di esplosivo che aveva fatto due morti, e poi quell'altra, un'Alfa Romeo, a Ciaculli, davanti alla villa dei Greco, in mezzo agli agrumeti – là erano morti in sette, tutti uomini delle forze dell'ordine. Ricordava un certo confabulare di Peppe al telefono. Per la prima volta aveva sentito mormorare il nome di Buscetta, Tommaso Buscetta, che ora veniva fatto ad alta voce, e spesso. Buscetta che stava parlando. Che scopriva i segreti. Che diceva come, e quando, e chi. E il giudice ascoltava.

Con tutto quel parlare – che avveniva e non si vedeva, ma si sapeva che c'era, e faceva rumore –, per le strade al contrario era calato il silenzio, o qualcosa che al silenzio somigliava.

Al Circolo, Mariolina aveva appuntamento con Rita: quando si vedevano lì, ormai era più il tempo che passavano a fare conti, a valutare se valeva ancora la pena, di quello che passavano a ricamare, ma quel giorno erano state chiamate, lei e Rita, dalla polizia. Dovevano farsi trovare davanti alla vecchia farmacia – ormai chiusa da anni, chissà dov'erano finiti quei bei vasi con le svolazzanti scritte in latino, si chiedeva sempre – alle nove e mezzo. Si erano sentite al telefono, ma non erano riuscite a sapere l'una dall'altra qualcosa che non sapessero già – le frasi del questore erano cadute identiche dentro l'apparecchio –, e poco avevano avuto da dirsi. Cortesemente, ma forse neppure tanto, erano state invitate a presentarsi nei locali della parrocchia dove da anni ricamavano insieme. Erano state a lungo incerte se chiamare Stellina, ma poi avevano preferito limitare il diffondersi di una voce peraltro ancora priva di contenuto.

Antonio risalì per via Ruggero Settimo e poi per via Maqueda. Di ragazzini in giro ce n'erano pochi, come se la città stesse vivendo un coprifuoco perenne, e non fossero aperte neppure le scuole – erano aperte, invece, ma le madri raccomandavano ai figli di fare certe strade e non altre, casomai...

che non si fermassero, casomai... che non entrassero nei negozi, casomai... che non schiamazzassero, casomai... Casomai era la precauzione ideale entrata nelle quotidiane faccende dei palermitani: non si sapeva che cosa sarebbe potuto succedere, di morti ce n'erano quasi tutti i giorni, in questa o quella parte della città, la resa dei conti si vestiva a volte da festino con piombo e sangue fra tavoli apparecchiati, a volte da agguato sotto casa, in auto, al bar. Casomai.

Erano stati contati, i morti. Dal 1981 al 1983, i morti ammazzati dalla guerra interna alle cosche erano stati settecento, più o meno. Bisognava aggiungere poi i morti dello Stato. E quelli "fatti scomparsi".

"Per noi, signora," disse ancora Antonio riprendendo il filo del discorso lasciato cadere, "lei lo sa che la morte è roba *loro*, *loro* sanno come fare e cosa fare. Questi e chi li comanda," ed ebbe buon gioco nell'indicare l'ennesimo manipolo di soldati in tuta mimetica, "che ne sanno? Questi portano la morte del Continente."

"Antonio, purtroppo ci sono dei documenti," provò a sostenere Mariolina.

Lui frenò al semaforo, sembrò concentrarsi forgiando una smorfia di infastidita sofferenza: "L'avvocato, buonanima, tutto sapeva come andava saputo... E lei, signora, lo sa come bisogna sapere".

Mariolina si zittì e si abbandonò contro lo schienale.

Dall'altro capo della città, Rita scendeva verso il Cassaro al volante della sua vecchia Fulvia bianca: aveva sempre avuto difficoltà con il cambio a cloche, ma infine si era abituata e sapeva ingranare la terza senza gracchiare. In corso Calatafimi, come sempre le caserme erano in allarme, vi stazionavano davanti jeep e uomini armati: anche quella strada, che da Mezzo Monreale portava in città, era disseminata da segni eloquenti dello stato d'assedio che Palermo viveva da almeno due anni. Rita attraversò piazza Indipendenza e passò sotto il maestoso arco di Porta Nuova, con i quattro telamoni raffigurati i Mori sconfitti da Carlo V: presenze talmente familiari da diventare invisibili per qualunque palermitano, eppure, ogni volta che passava sotto l'arco, Rita guardava con un brivido le due figure centrali con le braccia mozzate in segno di sottomissione. Quanto sangue, quanta violenza, quanto terrore.

Ricordava quando era stata a piazza Politeama con Leonardo Ponte, nella primavera del 1982. Capitava che, nei suoi periodici ritorni in Sicilia, il cugino di Rico la chiamasse per chiederle ospitalità: preferiva Altarello alle case dei suoi fratelli. Dopo gli anni di Catania si era trasferito a Parigi, all'École doctorale d'Histoire moderne et contemporaine della Sorbonne. Aveva vissuto gli anni delle grandi rivolte studentesche e poi era rimasto nella capitale francese, dove aveva frequentato i corsi di Michel Foucault al Collège de France. Era l'ambiente di studi che aveva sempre agognato: aperto, vivace e con una spiccata tendenza all'interdisciplinarietà. Aveva anche frequentato la Berlino Ovest inquieta degli anni settanta, dove ora contava di trasferirsi. "Le sicilien", come lo chiamavano nel giro di Foucault, era molto apprezzato: piacevano la sua serietà, che talora volgeva in cupezza, e il suo portare quel taglio "mediterraneo", delle cose e soprattutto della visione storica, da cui in molti erano attratti. A Berlino si era trovato ad affrontare il tema del terrorismo e della mafia, e sulla relazione fra Stato e antiStato aveva prodotto alcuni *papiers* diventati popolari tra gli studenti. Dal 1980 tornava a Palermo almeno due volte l'anno e contemplava con angoscia il progressivo montare della seconda guerra di mafia. Anche nella sua città natale aveva interlocutori attenti, ma si rendeva conto che i fatti correvano molto più veloci di quanto lui potesse presumere dalla sua posizione accademica e dalla lontananza geografica. Si confidava con Rita e ritrovava con lei la freschezza di rapporti che li aveva uniti nel dopoguerra. Stava da qualche anno con una sua ex studentessa, Julienne Biolay, che non era mai venuta in Sicilia con lui.

Il 30 aprile del 1982 Leonardo aveva proposto a Rita di scendere con lui a Palermo – la tradizionale festa del Primo Maggio quell'anno avrebbe avuto un teatro diverso, e ben più drammatico. Non sarebbe stata una cerimonia qualsiasi. Avevano ucciso Pio La Torre, segretario regionale del Partito comunista, e il suo autista Rosario Di Salvo. Rita lo conosceva anche perché era nato ad Altarello e in paese godeva di fama specchiata: tutti, anche chi comunista non era, gli riconoscevano la determinazione con cui si era imposto, lui di famiglia poverissima, nel mondo politico, diventando deputato nazionale del partito. Membro della Commissione antimafia, era voluto tornare a Palermo, si era battuto contro la base missilistica di Comiso, ma soprattutto aveva cominciato a misurare gli affari miliardari di molte aziende fiorite nel giro di pochi anni. Ora Palermo gli diceva addio: insieme a Berlinguer ci sarebbero stati i comunisti siciliani, un nugolo di braccianti, i siderurgici che erano riusciti a venire dall'Italsider di Taranto, perfino il presidente Pertini. E c'era il presidente democristiano della Regione, Mario D'Acquisto.

Leonardo aveva condotto Rita nella piazza e lì avevano sentito levarsi le note dell'*Inno alla gioia* di Beethoven. Venivano da un altoparlante che faticava a mantenere un suono pulito, ma, anche fra raschi e pause, la musica arrivava alta e possente. Rita aveva provato una strana forma di commozione: si sentiva improvvisamente parte di quella folla, lei che non si era mai interessata di politica in senso stretto. Aveva avvertito un sentimento nuovo, in armonia con i tempi duri. Leonardo, al suo fianco, le aveva sorriso. Conosceva il cuore grande della cugina, il senso di giustizia di cui aveva spesso dato prova, sia ai tempi della Cucina dei Poveri, durante la guerra, sia nelle difficili e complesse vicende famigliari. Quanto a lei, pensava che lì era in gioco qualcosa di ben più grande, non avrebbe potuto fare molto, eppure esserci, tenersi salda in mezzo alla folla, sentire, immensa, la pietà per la città ferita le dava forza. Erano passate le berline nere dai vetri fumé, ma intanto sul fondo della piazza suonavano i clacson delle auto dirette al mare per la gita del Primo Maggio. Nella seduta straordinaria a palazzo d'Orléans c'era stato chi aveva parlato di un potere occulto che continuava a uccidere: Giuliano, Terranova, Mattarella, Basile, Costa... e ora La Torre.

Prima della fine dell'estate, la sera del 3 settembre, era stata la volta dell'attentato di via Isidoro Carini. Si era trattato del primo omicidio di mafia che Rita aveva "sentito" personalmente, seduta in uno dei ristorantini aperti di recente in via Isidoro La Lumia: cenava insieme a un gruppetto di amici nel piccolo giardino sul retro, si erano dati appuntamento per salutare una di loro che da anni viveva all'estero. Anche Colapì e Amelia avevano lasciato la Sicilia, e probabilmente non vi avrebbero fatto ritorno: per anni Rita si era confinata nella villa di Altarello, ma adesso che era rimasta sola aveva cominciato ad accettare qualche invito – non era un ritorno alla gioventù, solo il desiderio di sentirsi più leggera e di godersi quello che la vita aveva ancora da offrirle.

Stavano aspettando il secondo che non arrivava. I camerieri si erano raggruppati davanti alla porta della cucina, non si capiva se in attesa di pietanze da servire o per un momento di pausa. D'un tratto l'aria era diventata pesante, non più fresca, quasi afosa. Le chiacchiere si erano smorzate. Solo due turisti tedeschi, due tavoli più in là, continuavano a mangiare e conversare ad alta voce. Tutti gli altri, in silenzio. Una scarica di colpi. Rita si era sentita strana, poi fu come un bagliore, la parola "apocalisse" le apparve nel cielo. C'era un gran silenzio. I camerieri ricominciarono a muoversi tra i tavoli: "C'è stato un attentato al generale Dalla Chiesa," disse uno, e poi aggiunse "qui vicino". Soltanto allora si levò un parlottare sommesso, volti sgomenti, occhi incupiti. Erano morti il generale Carlo Alberto Dalla Chiesa, da pochi mesi prefetto di Palermo, sua moglie Emanuela Setti Carraro e Domenico Russo, un poliziotto di Santa Maria Capua Vetere assegnato alla scorta.

Rita aveva molto pensato a Emanuela Setti Carraro, donna del Nord, infermiera, moglie del generale da poco più di cinquanta giorni. Le era parsa così coraggiosa, le piaceva quel sorriso che aveva sempre sulle labbra accanto al marito tanto più anziano di lei, chiaramente innamorato e devoto alla giovane sposa. *Qui è morta la speranza dei palermitani onesti*, aveva letto su un cartello scritto a mano, deposto il giorno dopo sul luogo dell'attentato, e si era chiesta per tanto tanto tempo che cosa mai fosse quella "speranza", che forma avrebbe potuto prendere. Vedeva qualcosa con le ali, un volatile gentile, capace di incantare il cuore e di zittire le armi.

Anche lei portava un lutto dentro di sé, un lutto che veniva da lontano. Quando ci pensava le prendeva un nodo in gola che non si scioglieva facilmente. Sulla strada per Palermo, in quel maggio dell'84, sotto il cielo turchino, in mezzo ai voli di rondoni che le richiamavano alla memoria la speranza di due anni prima, ebbe la tentazione di indulgervi, ma decise che in quel momento non aveva spazio, dentro di sé: anche il dolore chiede un tempo proprio, una concentrazione tutta sua. E i rondoni sparirono oltre il ricamo alto delle palme.

I morti non smettevano mai. Rita lo sapeva che tanti palermitani mal tolleravano il clima che si era creato, e che con un ribaltamento perverso e paradossale attribuivano lo stato d'assedio alla massiccia presenza di uomini in lotta contro la mafia anziché alla violenza che i corleonesi avevano scatenato per la conquista del territorio.

Era una guerra che durava da troppo tempo, e molto altro tempo sarebbe durata. Così come duravano gli interessi enormi in gioco, fra gli altri quelli legati al traffico di droga e alla ricchezza che ne discendeva.

Dunque, Rita era stata chiamata dal vicequestore: era attesa, insieme alla cugina Mariolina Sorci, vedova Vallo, davanti alla ex farmacia.

Era preoccupata, si teneva stretta al volante e spiava il teatro di strade semivuote. Che cosa mai potevano volere da loro? Fra poco l'avrebbe saputo.

Aveva preso via Notarbartolo, l'aveva presa allungando il tragitto, ma voleva passare davanti al bar Ciro's dove il giudice Falcone soleva andare a bere il caffè: la scorta si precipitava a sgombrare il locale, nessuno doveva esserci dentro se non il personale, e solo allora il giudice entrava. La consuetudine aveva acceso nella zona una sorda, cupa antipatia: detto o sussurrato, quello che passava di bocca in bocca era "Che vada a vivere in caserma", "Che ci lasci stare", "Che scompaia". E lui aveva smesso di frequentare il Ciro's, come qualsiasi altro locale pubblico del resto, e come lui avevano smesso gli altri colleghi giudici sotto scorta. Rita rallentò davanti al bar, più incuriosita che indignata, immaginando di trovarsi di fronte chissà che, quando invece lì davanti nulla accadeva se non l'attardarsi di uomini, forse più rari che in altri momenti, intesi a null'altro fare che portare, con precisione e lentezza, la sigaretta alla bocca.

I giudici Falcone e Borsellino, intanto, erano stati trasferiti per motivi di sicurezza all'Asinara: i tempi erano maturi per aprire un processo destinato finalmente a inchiodare molti responsabili del clima di violenza che la città stava vivendo. Tommaso Buscetta aveva cominciato a parlare: insieme ai nomi che aveva fatto, ripeteva che Cosa nostra non rispettava più i codici d'onore che erano stati costitutivi di un'identità. Il giudice Falcone cercava di tenere i risultati degli interrogatori dentro un confine di severo riserbo, ma qualche notizia era comunque arrivata sulle pagine dei giornali.

La vita dei cittadini dipendeva dal clima determinato dalle operazioni antimafia, e proprio perciò si doveva spesso fare i conti (così pensava Rita) con l'ostilità diffusa, con la sensazione d'allarme che si avvertiva nelle normali occupazioni della vita quotidiana. Al Circolo venivano meno donne, e quelle che comunque vi si ritrovavano riferivano cosa vedevano, cosa sentivano: ben poche erano disposte a pensare che l'atmosfera pesante, i soldati agli angoli delle strade, il costante grido delle sirene, le stesse notizie sui regolamenti di conti interni a Cosa nostra discendevano per l'appunto dall'arroganza del "potere occulto" e non dalla lotta per la giustizia. "Devono lasciarci stare" era il commento che più volte Rita aveva sentito – magari detto a mezze labbra – dalle stesse ricamatrici.

Quando arrivò davanti alla ex farmacia, Mariolina era già lì. Un gruppo di poliziotti e alcuni soldati in tuta mimetica si muovevano intorno al cancelletto del Circolo.

"Che cosa è successo?" chiese subito Rita, presentandosi al vicequestore e prendendo sottobraccio Mariolina come dovesse difenderla.

Il vicequestore accennò un inchino e, senza rispondere, fece loro strada. Fin dal corridoio scuro che conduceva al salone si sentivano odori strani, e i rumori di un andare e venire di persone.

Sulla porta del salone era stata gettata una latta di vernice nera che era rotolata nel cortile lasciando una lunga scia di colore. Nessuna scritta, solo quel colare ormai raggrumato di vernice che si allungava come il tentacolo di un polpo gigante. La luce del mattino entrava dai finestroni alti e svelava una scena spaventosa: sedie e tavoli erano rovesciati a terra, la boiserie era stata divelta, in mezzo al salone troneggiava una catasta annerita in cui si riconoscevano gambe di sedie, lembi di tessuto bruciato. L'acqua che aveva spento le fiamme stagnava in una sorta di poltiglia maleodorante. Erano state capovolte le scatole in cui le ricamatrici conservavano attrezzi e materiali, e adesso matassine di filo aggrovigliate erano sparse dappertutto insieme a telai a cerchio spezzati, forbici confitte nel legno o gettate per terra a lame divaricate, tessuti strappati e lordati, l'Olivetti rovesciata a terra, i cassetti buttati per aria, le poltroncine spolpate. Se l'erano presa anche con il Cristo ignudo, che giaceva a terra, lungo e disteso, morto due volte. Tutto era stato disperso e offeso con intenzione. Qualcuno si era anche liberato su un lenzuolo, il bordo decorato da un ingenuo motivo di nodi d'amore verde chiaro. Sulla parete di destra, la scritta in vernice nera: BUTTANE.

Rita e Mariolina avanzavano mute in mezzo al disastro, il passo rigido e incerto.

Infine, Rita si volse verso il vicequestore. "Perché?" disse con una vocina sottile che non era la sua. Era evidente che non chiedeva risposta, ma nondimeno l'interrogazione restò sospesa nell'aria.

"Non piaceva," disse quasi sottovoce il vicequestore.

Si muovevano intanto per il salone poliziotti e soldati. Rita li notò con la coda dell'occhio e non poté fare a meno di chiedersi come mai tutti quei maschi in un luogo che era stato di donne. Masculi, fimmine, continuava a ripetersi. Le sembrava che improvvisamente prendesse consistenza quella dimensione conventuale che in fondo era sempre stata del Circolo del Punto Pieno. Ora, di fronte a quella doppia invasione – lo sfregio degli ignoti, maschi, chi altri?, e le forze dell'ordine –, sentiva che era stato violato uno spazio che, se religioso non era, possedeva tuttavia la concentrazione, l'intimità, la pulizia che avrebbero ben potuto appartenere al quotidiano, febbrile impegno di un ordine di monache. Dove si sarebbero nascoste, adesso? Ma perché, poi, nascondersi? C'era stato qualcosa, nella famiglia Sorci, che aveva esposto il Circolo a tanta violenza? Certo, pensava Rita, non è morto nessuno, ma c'era comunque un'aria di morte.

Si sedette desolata su una delle sedie rimaste dritte e aspettò che Mariolina si riavesse dallo sgomento. In realtà Mariolina andava maturando dietro quell'apparente stato di sospensione una rabbia incandescente, si preparava a tirare fuori dal fondo di sé un sentimento violento, senza grazia, senza controllo. "Non possiamo lasciarci trattare così," fece schiumare dalle labbra. Proprio allora, un giovane in mimetica le passò davanti, forse senza nemmeno accorgersi di lei, e chiese a un poliziotto locale: "Che succedeva qui dentro?".

L'altro alzò le spalle. "Cose di fimmine," provò a dire.

Mariolina prese il soldato per il braccio: "Senti un po', tu! Li vedi tutti questi stracci? Di questi stracci avresti potuto ornare una regina!".

"Qui si lavorava," corresse Rita, "questa era un'officina di bellezza."

Comparve un padre gesuita che né Rita né Mariolina avevano mai visto e che cercò di essere di conforto: sapeva della benemerita attività del Circolo e si domandava quale cattivo pensiero avesse ispirato "un simile vilipendio".

"Vilipendio, padre," ripeté Rita, "avete detto bene." Tirò un lungo sospiro e continuò: "Temo che dovremo prendere delle decisioni. Le donne ormai vengono malvolentieri a ricamare. Ma prima vorremmo capire questa ostilità da dove viene".

Il sacerdote fece segno di sì, che comprendeva, che avrebbe atteso – insieme agli altri fratelli – le loro deliberazioni.

"Quante cose ancora dobbiamo imparare, padre," sospirò Rita. Poi richiamò l'attenzione del vicequestore. "Bisogna sporgere denuncia," dichiarò con un tono che avrebbe potuto sembrare interrogativo ma interrogativo non era affatto.

Il vicequestore confermò con un cenno del capo. Pareva sconcertato quasi quanto loro.

Il soldato che aveva chiesto che cosa mai si facesse dentro quel salone ora aveva un'aria gentile, e si avviò verso l'uscita dicendo: "Anche mia madre ricama, al paese".

Rita e Mariolina sarebbero volute rimanere a mettere ordine, a tentare di pulire, ma il salone fu posto sotto sequestro per le indagini del caso. Nessuno avrebbe potuto entrarvi fino a nuovo ordine.

La sera fecero un rapido giro di telefonate e tutte le donne del Circolo furono informate. Stellina scoppiò a piangere, chiese che si vedessero tutte in casa sua, l'indomani. Cosa che fecero in un'atmosfera di lutto e di umiliazione. Era ovvio che avevano dato fastidio a qualcuno, ma era altrettanto ovvio che si trattava di un fastidio di scarso spessore e che quel "vilipendio" era stato un'azione periferica, il cui unico intento era aumentare il panico diffuso. Venne fuori la notizia sul giornale. Poche righe, ma significative. Si parlava del Circolo del Punto Pieno (in altre occasioni c'erano stati trafiletti dedicati alla qualità dell'impresa, alle fiere stagionali, alle opportunità di regali per il Natale, persino all'attività benemerita di recupero di donne "in difficoltà" – così avevano scritto), e per la prima volta si diceva espressamente "il Circolo del Punto Pieno della famiglia Sorci", come si fosse trattato di un esercizio commerciale: esattamente quello che non avrebbe mai voluto essere, sin dal tempo in cui le Tre Sagge l'avevano fondato. La notizia compariva, nella cronaca di Palermo, dopo una pagina quasi completamente occupata dalla notizia dell'acquisto di Rete 4 da parte della Fininvest di Silvio Berlusconi.

La famiglia Sorci, pensava Rita, la famiglia di mio marito. E lo pensava con una sorta di penosa distanza – da lui, dai parenti acquisiti, dalle vicende che avevano segnato la famiglia dal dopoguerra in poi –, ma anche con un'adesione affettiva che le richiamava alla memoria episodi cruciali della sua giovinezza e della sua maturità. Pensava sempre più spesso a sua madre, come sentisse più intenso il bisogno della sua saggezza, dei suoi consigli, del suo riserbo. Se la ricordava sulla sedia a sdraio in giardino, ma era come un'immagine di sguincio, perché allora era troppo giovane per abbandonarsi alla contemplazione di chi l'aveva messa al mondo. Le tornò in mente Ruben, il suo fidanzato americano, e insieme a Ruben tutto quello che aveva sognato di fare nel dopoguerra. Il dopoguerra invece le aveva portato Rico, che aveva amato con dedizione totale e dal quale era stata, almeno fino a un certo punto, riamata. Rico aveva la bellezza degli uomini che hanno sofferto e che amano portare quelle sofferenze come bandiere di battaglie, stendardi di passione. Poi, le cose erano andate diversamente.

Adesso Altarello era silenziosa. La primavera stava cedendo il passo all'estate, il fiore stava diventando frutto. Con i figli lontani, per quanto Rita avesse il suo daffare a seguire l'amministrazione delle ultime proprietà rimaste, e per quanto non fosse stato certo il marito ideale, il pensiero tornava spesso a Rico, la cui assenza era diventata definitiva.

Era stato due anni prima, l'estate successiva alle esequie pubbliche di Pio La Torre. Leonardo Ponte le aveva chiesto: "E Rico dov'è?".

"In campagna. Sta bene," aveva detto lei. "Rico sta sempre bene quando può spendere, e questa volta ha trovato un'occasione 'formidabile'."

"Che ha fatto?"

"Niente di speciale, in verità. Ha comprato, e dice che è stata una grande occasione, un'Alfa Romeo Spider del '66, rosso fuoco, scoperta, i sedili in pelle."

Leonardo aveva sorriso, quasi complice: "L'abbiamo sempre saputo che gli piacciono le belle auto".

"Anche le belle donne," gli fece eco Rita.

Lui si dispiacque, temendo di averla messa a disagio, ma ormai a disagio Rita non si sentiva più, a quel riguardo.

Leonardo le aveva confessato che avrebbe avuto voglia di vederlo: "Se mi resta un giorno, lo raggiungo in campagna. Tutti quei progetti... la Sicilia che cambia, la terra, i modelli francesi... Aveva grandi idee".

"Purtroppo, di terra ne ha venduta tanta. E perdendo la terra si è lasciato portare via anche i sogni con cui avrebbe dovuto coltivarla."

Leonardo riconosceva in Rico quella sfumatura di tragedia che tutti i Sorci si erano portati addosso, da sempre. "Hanno voglia di finire," aveva detto, pentendosene subito dopo.

Mai nessuno è stato più lapidariamente preciso di Leonardo, aveva pensato Rita due mesi dopo quando, la sera dell'11 luglio, aveva ricevuto la telefonata dai carabinieri.

L'Alfa Romeo giaceva rovesciata oltre un tornante, Rico era stato portato al Civico, dove era spirato, appena sospinto nel pronto soccorso. Rita si era messa in macchina in fretta e furia ed era scesa a Palermo, ma a Palermo non si riusciva a camminare: le strade erano invase dai caroselli per la vittoria della Nazionale di calcio contro la Germania. Rita chiedeva spazio: premeva sul clacson, dava fuoco agli abbaglianti, ma tutto ciò rientrava nella musica che aveva intorno. L'Italia era campione del mondo. A quel punto aveva abbandonato l'auto dove aveva potuto e aveva proseguito a piedi, frastornata, confondendosi dentro la folla in delirio, aprendosi un varco dove riusciva e procedendo spedita verso l'ospedale. Erano tutti felici. Volevano tutti dimenticare. Era morto Pio La Torre, si facevano morti ovunque. L'Italia aveva vinto e lei aveva perduto il suo uomo. Era stata accompagnata verso l'ingresso dell'ospedale dal tormentoso gracchiare di una trombetta. La trombetta. 3 a 1. Italia-Germania. Che grande, l'Italia. Rita aveva faticato a trovare qualcuno che l'accompagnasse davanti alla salma del marito. Quando gli avevano scostato il lenzuolo di dosso aveva visto del sangue, ma poco. Qualcosa doveva esserglisi rotto dentro. Rita aveva calato la mano sul volto pallidissimo. Rico era un uomo complicato, pieno di contraddizioni: bontà e cattiveria, bellezza e fragilità, debolezza e spavalderia. Lo aveva guardato piena di compassione. Soltanto allora aveva realizzato che avrebbe dovuto avvertire i figli.

Gli si era seduta a fianco e aveva aspettato finché il delirio nella città aveva cominciato a spegnersi.

23.

Dice Mariolina Sorci
(aprile-dicembre 1988)

Mi si presentano alla porta e sembrano usciti da un vecchio sceneggiato televisivo tratto da un romanzo di Dickens: lui incartapecorito, curvo, la coppola calcata fino alle orecchie, rughe profonde sulle guance e sul collo, indossa una giacca pesante ruvida perfino alla vista, i polsini della camicia sporchi; lei è chiusa in un soprabito grigio scuro che non nasconde i fianchi larghi, la pancia spinge sull'unico bottone strozzato dall'asola. Il volto avvizzito è senza ombra di trucco, a eccezione di un velo di rossetto rosa, e uno scialle di un grigio più chiaro le copre i capelli, come se venisse da una cerimonia funebre. Hanno chiamato, hanno chiesto di incontrarmi, dopo tanti anni. E ora eccoli qui, macerie umane.

"Don Totò, donna Rosalia... che ci fu?" chiedo quasi sgarbata.

I due si scambiano un'occhiata, come per accordarsi su chi sarà il primo a parlare, e attacca don Totò. Stanno sulla porta, non osano farsi avanti. Indico loro i sedili di legno, ciascuno con un comodo cuscino, ma i due rimangono in piedi. E io con loro.

Don Totò fa complimenti. Dice che la strada in cui abitiamo è bella assai, che la buonanima dell'avvocato ci protegge, che un figlio masculo è una consolazione. Dice così, con fare ambiguo e strano. L'istinto mi suggerisce di non fidarmi, ma un'altra voce mi sussurra che, se sono risorti dal nulla, mi portano un'ambasciata a cui non posso sottrarmi, buona o cattiva che sia. I due sembrano prendere confidenza, si tolgono giacca e soprabito. Mi accorgo che lui sotto la giacca porta un bel golf e lei, per quanto il corpo sia scassato, ha cercato di allicchettarsi: indossa un abito scuro, sul petto appare dell'oro: una catenina da cui pende un minuscolo brillante. Improvvisamente mi arriva alle narici quell'odore inconfondibile della loggia della portineria del palazzo del nonno, un misto di umido e di cucinato.

"Siamo venuti di persona, perché di persona ci si può parlare meglio," dice don Totò.

Faccio cenno di sì, e nuovamente li invito a sedersi; io mi sistemo di fronte a loro, sulla sedia con la spalliera e i braccioli alti, e resto in attesa.

"Siamo venuti di persona," ripete lui, "perché la materia è delicata."

Più seccata che preoccupata, dico: "Immagino".

"Siamo venuti..."

"Di persona. Ho capito, don Totò. Ditemi."

"Diccillo, Totò," lo incita la moglie.

"Voscenza, voi vi ricordate che siamo rimasti a palazzo Sorci? E dico palazzo Sorci perché chiamarlo diversamente non si può. Ci siamo rimasti anche quando l'avete venduto. In tutti questi anni, poco si sono fatti vedere i nuovi proprietari. Due volte, forse tre... Rosalia, quante furono?"

La moglie risponde che furono di più, ma che poi non succedeva niente. "Venne uno che pareva un geometra, prese delle misure, acchianò, scinnìu... e non si è visto più."

"Tale e quale è rimasto, il palazzo," conferma grave don Totò.

Mi è capitato di passare da via delle Repentite e proprio tale e quale palazzo Sorci non è, ma decido di lasciar correre.

"Noi sempre lì siamo. I nuovi proprietari non avevano niente in contrario. Custodi eravamo e custodi continuiamo a essere," aggiunge. E a sentirlo quasi ci si crederebbe.

Donna Rosalia gli fa segno di essere più preciso.

"Custodi di tutto quello che deve essere custodito," specifica don Totò con la faccia seria.

Non riesco a vincere la tentazione di chiedergli se la polizia è mai tornata a vedere che cosa c'è nei magazzini, ma ci vuole altro per mettere in imbarazzo don Totò, che molto tranquillamente risponde: "Quelli niente scoprirono. Niente c'era da scoprire, quando venivano gli sbirri! Niente di nostro e niente di vostro".

Non capisco cosa intenda con quel "vostro", ma non domando. Entro invece in allarme quando nei suoi occhietti acquosi si accende una luce vagamente pietosa: "E niente di vostro si saprà nemmeno ora".

Li guardo, prima uno e poi l'altra, dopodiché offro un bicchiere d'acqua e zammù, che rifiutano.

"Ancora ricama, Voscenza?" chiede donna Rosalia, e aggiunge: "Tutte quelle fimmine di vicolo Busambra, ora non ricamano più".

"Quante cose sapete! Ma voi mai siete venuta al Circolo del Punto Pieno. C'era posto per tutte."

"Signore o buttane erano," dice don Totò, con una spavalderia che in altri tempi si sarebbe sognato, "spazio in mezzo non ce n'era."

"No, non ce n'era," gli fa eco la moglie.

Faccio una smorfia: questi si prendono le libertà di chi ti ha visto crescere, mai avrebbero osato con Peppe vivo. Non provo a spiegare che non era così, sarebbe inutile, e anche perché ora è altro che mi interessa. "Ma voi non siete venuti qui a parlarmi del Circolo, vero?"

"Nonzi," conferma don Totò.

"Ecco, appunto," dico. "E dunque?"

"E dunque, vostro figlio viene a farci visita," butta lì lui, e stacca la schiena dalla spalliera del sedile, adesso è il regista della conversazione.

"A farvi visita?"

"Oh, non a noi proprio. Sale sopra. Solo e in compagnia."

"Harry? A palazzo Sorci? E con chi?" Cerco di dominare il turbamento: quei due spaventapasseri sono venuti per calunniare mio figlio.

"Che sapurito, Enrico suo," comincia donna Rosalia melliflua, "bello come il sole, come un santo, come un Cristo..."

Dico che sì, Harry è bello, un vero normanno, ma non so che cosa va a fare nel palazzo che è stato della mia famiglia.

"Di notte, ci viene," dice lei a mezza voce, come se temesse di essere ascoltata.

"Viene perché avi i suoi chiffari," interviene don Totò, e continua: "Ma Voscenza, voi che siete una signora, che avete studiato... di nenti v'addunaste? Non lo vedete che è siccu siccu, quattr'ossa 'ncatenate?".

Harry sta male e io non me ne sono accorta? Cosa stanno cercando di dirmi, spingendomi a notare quella magrezza che a me è sempre parsa la sua costituzione e che loro attribuiscono a qualcos'altro? "Mio figlio viene a palazzo Sorci in compagnia?" ripeto.

Assentono all'unisono.

"A Palermo tanti giovani non la scampano," dice don Totò, "ormai costa poco... Ma un picciotto bello come lui, un picciotto che avi tutto: educazione, denari, possibilità... perché?"

Sono basita, sgomenta, non riesco a riprendere fiato, e al contempo non voglio mostrare quello che lentamente mi diventa chiaro, no, chiaro no, ma comincio a vedere, a riconoscere, a collegare.

"Noi glielo abbiamo detto," dice lui.

"No, veramente non glielo abbiamo detto proprio," lo corregge la moglie, "non ci siamo permessi. Ci mancasse! Noi che diciamo a suo figlio cosa fare e cosa non fare!"

"Ma una cosa fu fatta, quella sì," riprende don Totò. E come un vecchio zio premuroso lascia cadere un: "Gliela trovammo buona. Buona che non fa male. Buona che non si muore".

Mi sembra un incubo. Chiedo proprio se la *compra* da loro.

Non dicono no, non dicono sì, murmuriano "caruso era", "non potevamo dirgli di no", "'u megghiu ca c'era, lo sarbavamo per lui", ed è come se dicessero sì, e mi basta, all'improvviso non faccio fatica a crederlo. Rivedo certe sue assenze, un fare fiacco, una risposta incongrua, un giochettio maldestro con le mani prima di alzare una tazza come temesse di non farcela, tutti dettagli a cui lì per lì non avevo dato peso. E ripenso alle volte – tante – in cui ha passato la notte fuori casa; mi infastidiva che non mi avvisasse prima, ma lo giustificavo con il successo che senz'altro aveva con le ragazze, ragazze libere dalle quali si fermava a dormire.

"Venga stanotte, venga a vedere con i suoi occhi. Ultimamente viene ogni sera," dice don Totò. Non rispondo; adesso capisco, e un velo di sudore gelato mi copre la faccia.

"Suo figlio non ha più denari. Ha speso tutto quello che gli date..." sospira Rosalia. Abbassa lo sguardo sul pavimento e poi pianta gli occhi nei miei. Capisce che sto male, e allora si leva in piedi a fatica, fa cenno al marito e mi saluta sbrigativa, deferente ma sbrigativa: "Noi togliamo il disturbo".

Apro la porta, e mi appoggio allo stipite perché ho paura di svenire. Sul pianerottolo, mentre chiudo, sento donna Rosalia biascicare: "Che bella casa".

Per quanto tempo rimango seduta nell'ingresso, non saprei. So solo che quando torna Harry, alle otto passate, riesco a guardarlo senza tradire alcuna emozione. È lui. È qui. È al sicuro. Eppure, la prima cosa che mi chiedo è se lavora ancora alla libreria. Ha smesso di studiare da tempo, anche se era ben avviato, iscritto da tre anni alla facoltà di Giurisprudenza: sognava di aprire una libreria tutta sua, sa di poter contare sui soldi e sulle proprietà che suo padre gli ha lasciato – e il pensiero che, essendoci lui, forse tutto questo non sarebbe accaduto mi tortura –, e anche se non ha ancora accesso al patrimonio, prima o poi quel momento arriverà. Adesso lavora in una libreria molto alternativa e molto famosa fino a una decina d'anni fa, che ultimamente però non va più tanto bene. Io ci sono stata una volta, perché ero curiosa di vedere dove lavorava, ed era stato lui a mettermi fra le mani *L'amante* della Duras. Ha avuto diverse ragazze, qualcuna l'ha anche portata a casa, ma niente di serio. Adesso si fa vedere con una ventenne tutta ossa, capelli lunghi e lisci, mani sottili. Flavia?

Si chiama Flavia? Ora non ne sono più certa, ma mi suona il nomignolo con cui la chiama lui: Gnaghi, come l'assistente di Dylan Dog.

Quindi Harry arriva, dice che prepara lui la cena e lo vedo muoversi in cucina con la flessuosità di un felino. Io preparo la tavola, lui taglia i pomodori, cuoce in padella l'arrosto panato, infine apre il vino. Ci sediamo uno di fronte all'altra, e questa volta lo noto, noto qualcosa di malsano nella sua magrezza, e noto certe pieghe ai lati della bocca che non avevo mai visto. Mi servo ma non riesco a mandare giù niente, e nemmeno lui a quanto pare: entrambi abbiamo lasciato il piatto pieno.

"Tu non stai bene," mi dice Harry. Lo dice con una dolcezza tale che non oso rispondergli che nemmeno lui mi sembra tanto in salute. Ma ha ragione: sono io, che forse non sto bene. Mi prende la mano. Mi chiedo cosa farei senza di lui. Mi chiedo cosa farebbe lui senza di me.

Quando mi dice che esce, che Gnaghi lo aspetta alla fermata dell'autobus che porta in centro, sono davanti alla televisione ed è come se mi riscuotessi. Lo guardo come una detective, una detective che comunque è capace di mentire e che lo saluta agitando la mano nell'aria, restando sprofondata nel divano. Gli chiedo addirittura se non pensa di aver freddo solo con la camicia, in fondo è soltanto aprile. Tre minuti dopo sono già per strada. Mi sono infilata l'impermeabile perché il cielo si è caricato di nubi. Lo vedo da lontano. Lo seguo, ma Gnaghi non è alla fermata, compare più in là e solo a quel punto salgono sull'autobus. Improvvisamente mi dico che so dove stanno andando, vado al parcheggio dei taxi senza temere di perdere le loro tracce. Dunque, credo a don Totò e a donna Rosalia, sono nelle loro mani. Mi dico che allora è così che succede, che si passa dall'ignoranza alla consapevolezza, che la consapevolezza si trasforma in un abisso già aperto, sul quale soffia ostinato un polveroso senso di colpa. Quanto parlare di droga, negli ultimi dieci anni... Anche al Circolo del Punto Pieno se ne parlava. Ida, una ragazza grassottella che piangeva ogni volta che sbagliava e doveva scucire, aveva cominciato a fumare pesante e il giorno in cui il suo ragazzo le aveva proposto il primo buco di eroina gli aveva detto sì. Ci aveva raccontato che era stato bellissimo, a noi esterrefatte. Stellina aveva accompagnato Ida a piazza Magione e aveva preso di petto il ragazzo che l'aspettava lì: l'aveva messo in guardia, gli aveva detto che al Circolo non avevamo paura e avremmo denunciato lui e chi gli vendeva la roba. Era stata convincente. Non so come, ma Ida ci raccontò che la storia era finita; e poi sparì. Due anni dopo era morta di overdose, lo avevamo scoperto da un trafiletto sul giornale.

Arrivo a palazzo Sorci, il portone è aperto, come se sapessero che sarei arrivata. Comincia a piovere, grosse gocce che si trasformano ben presto in un acquazzone, mi rifugio sotto un balcone – non oso entrare, quasi mi infastidisse l'idea di aver obbedito all'"invito" di don Totò e donna Rosalia. Il vecchio bar Luce non esiste più, l'insegna al neon è sfondata e sembra siano passati secoli dall'ultima volta che qualcuno ha alzato la saracinesca. Poi, finalmente mi decido. Mi batte forte il cuore. La pioggia ha svuotato la strada. Sono sola in attesa, indecisa, mi manca il fiato. Attraverso lentamente, mi si inzuppano i capelli.

È sempre stato un ragazzo brillante. Le insegnanti lo adoravano: sapeva come prenderle e, anche se il profitto non era eccellente, loro gli perdonavano qualunque incertezza, qualunque approssimazione. Lo stesso è accaduto e continua ad accadere in famiglia. I figli di Rita stravedono per lui: quando Colapì torna da Londra, Harry è il primo che vuole vedere; e così Amelia, la "pisana", l'intellettuale di famiglia. Riesce a portare l'uno e l'altra in discoteca e loro ripetono che vederlo al centro della pista, mulinare, prendere il volo, scivolare nell'aria, "allungare braccia nell'infinito" (così dice Amelia), è uno spettacolo. E io non ho mai avuto dubbi. So che gli piace il teatro: ci fu una serata in cui, a casa di Stellina, si misero lui e lei a recitare una scena del *Gabbiano* di Čechov, lei

Irina Nikolaevna e lui Konstantin Gavrilovič. Fu una grande serata. Sentirlo leggere "M'ama non m'ama – m'ama non m'ama – m'ama non m'ama. Vedi, mia madre non m'ama. Altro che! Le piace vivere, amare, portare camicette chiare, e io ho già venticinque anni e non faccio che ricordarle che non è più giovane...", ah, ora ci ripenso e mi chiedo se non stesse parlando di me. Stellina lo ascoltava rapita. E adesso eccomi qua, incerta... Dove vado? Ci sarà donna Rosalia, ad aspettarmi dentro? Non c'è. Non c'è nessuno, anche se avanzando nel cortile vedo che la luce nella loro cucina è accesa, fioca ma accesa. Prendo lo scalone, che è pieno di rifiuti, calcinacci, giornali strappati. Procedo cauta, temo di far rumore e non so cosa aspettarmi, ma soprattutto non so dove cercare Harry. È evidente che, tolta la casa dei portieri – probabilmente allacciati da abusivi alla rete comunale –, nel palazzo non c'è più luce elettrica. Sento battere la pioggia fuori, sempre più forte. Se qualcuno parlasse non lo sentirei, tanto è forte il rumore che fa. Dagli infissi sgangherati passano taglienti folate di vento, ma continuo a salire diretta al piano nobile e quando entro spingendo la porta ogni passo risuona, è come se camminassi sul greto di un fiume, e quello scrocchiare sotto le scarpe si mescola alla furia del temporale. L'oscurità è rischiarata dalla luce che entra dalla strada, io procedo dal salone verso le stanze che furono di mio nonno. In fondo vedo un lumicino, forse la fiamma di una candela.

C'è più di una candela, sono tutte sul pavimento, dato che candelabri non ne sono rimasti. Fra quelle candele vedo Harry e Gnaghi, la schiena contro la pediera del letto: sembra una cerimonia misteriosa, ma in realtà si stanno somministrando a vicenda una dose di quella che presumo sia eroina. Devo reggermi allo stipite, mi nascondo o forse nascondo a me stessa la scena che per un attimo mi è baluginata davanti agli occhi. Mi faccio avanti? Li interrompo? Ho paura di far danno. Ho paura che qualcosa si spezzi: l'ago, la siringa... Ho paura e basta. Mi viene in mente Ida, al Circolo del Punto Pieno. Nel buio vedo la sua innocenza, il ricamo della sua innocenza sul volto tondo, paffuto. Ascolto il tamburo del mio cuore. Mi dico, non smetto di ripetermi, che sono sola e non ho strumenti per affrontare quel che sta accadendo. Dico "strumenti" e mi confondo. Strumenti? Mi rendo conto di essere solo una madre. Ho solo questo strumento. E allora entro.

Harry sta con la testa rovesciata all'indietro, non mi vede. Mi vede Gnaghi, che mi saluta con la mano, come fossimo a Mondello in una bella mattina d'estate. Invece no: è notte, fuori non smette di piovere, e io avanzo circospetta, incerta dei miei passi e delle mie intenzioni. Poi Harry solleva il capo, apre gli occhi e, dopo quella che mi sembra un'infinità di tempo, mi riconosce. Sorride. Ed è un sorriso bellissimo, con quei capelli biondi che gli spiovono intorno al viso, proprio un sorriso da Cristo in croce. Io non so articolare nemmeno un gemito: sono muta. Non so per cosa piangere. Vergogna? Paura di vederlo morire? Fiducia tradita? Lui invece sorride e mi dice che lo sapeva che prima o poi sarebbe accaduto, e che è contento di vedermi lì. "Mamma, io sono un uomo infelice," dice, e non lo fa per giustificarsi, lo fa per cancellare d'un colpo l'immagine che io ho di lui. Gnaghi si è accucciata sul pavimento e sembra dormire. Io mi siedo per terra vicino a Harry, su un tappeto lurido, e aspetto che la notte passi. Lascio che lui mi appoggi la testa in grembo, lo accolgo, lo carezzo, e allora ecco, ora mi sento davvero la madre di Cristo. Fra le tante cose che mi sono immaginata di diventare, quella a cui non avevo mai pensato: una Madonna.

Dunque, Harry è un tossico. Così bisogna dire: tossico. Senza pietà. Scrivo a Carlino: "Harry è un tossico". E Carlino mi telefona immediatamente, mi chiede se lui ha voglia di uscirne. Così pare, parla di andare nella comunità di Saman, vicino a Trapani. In effetti ci era già stato – mi ha detto – per curiosità, aveva conosciuto Mauro Rostagno e ne aveva subìto il fascino, totale. Ora si fa accompagnare da me, in automobile. La comunità si trova sotto Erice, la campagna è ricca, tira un vento gradevole, teniamo i finestrini dell'auto abbassati e cantiamo. Gnaghi se ne sta dietro semisdraiata, le gambe allungate, distesa come se il sedile fosse una dormeuse. A un certo punto Harry comincia a raccontarmi come e quando ha iniziato, dei soldi che mi ha rubato senza che io me ne rendessi conto, non vuole tenersi segreti, non più. Sono stata avvertita dal medico di famiglia che non devo credergli, che il tossico è un bugiardo, non sa far altro che mentire e lo fa benissimo. E poi "confessare" – a modo suo, naturalmente – gli torna comodo. So tutto questo, ma sto ad ascoltarlo, e gli credo. Io gli voglio bene, lo amo come amavo suo padre, ma lui è più bello di suo padre, lui è un dio antico. E io sono innamorata di lui: sono stata ingannata e mi preparo a essere ingannata ancora, sempre di più. Ho paura della sua droga, ma se mi chiedesse di procurargliela sarei pronta a farlo.

Saman è nata intorno a un antico baglio, sembra dominata da un'atmosfera serena, ma in questo giorno di giugno sentirei leggerezza in qualsiasi posto, con qualsiasi tempo. Gnaghi si è svegliata, mastica una gomma e si guarda in giro stranita. "Io qui non ci resto," dice. E Harry, dolcissimo: "Fai come ti senti".

Harry e Gnaghi incontrano dei giovani vestiti di arancione che riconoscono Harry e si preparano a ospitarlo. Io me ne sto in disparte, che faccia lui, mi fido, non posso fare altro che fidarmi. Restiamo per pranzo, ma Rostagno non c'è, conduce un programma a Radio Tele Cine, emittente trapanese, a volte si ferma in città. Faccio appena in tempo a incrociarlo quando sono pronta per tornare a Palermo: ha due occhi neri che mi perciano l'anima, capelli e barba gli incorniciano un volto che sembra quello di un ragazzo. Mi chiede di Palermo, dove ha militato negli anni settanta – "Ho anche occupato la Cattedrale" –, mi chiede se non ci siamo già conosciuti. Io faccio segno verso Harry, come per raccomandarglielo: so di poterlo fare, mi piace l'idea che Rostagno abbia tanta vita e tanta lotta alle spalle. Lui è uno che non ha mai smesso di essere libero. Anzi glielo dico, perché me lo immagino così, come uno che non ha paura. Poi torno a Harry e domando: "Ce la farà?".

"Qui si lavora, si legge, si medita. Che altro potrebbe fare se non farcela?"

Gli lascio il mio numero di telefono. Non si sa mai. Qualcuno deve avergli raccontato chi sono, o quantomeno di chi è figlio Harry. Rostagno dice "Vallo, vero?", e io capisco che ha tracciato una sua triangolazione e che non gli interessa. Prende in disparte Harry, dopo un po' torna e, davanti ai presenti, recita: "Da ciò deriva che il 'principe Harry' è gagliardo, perché il sangue freddo che ereditò naturalmente dal padre, lui lo ha zappato, sarchiato e coltivato con l'eccellente pratica del bere bene e abbondantemente dello sherry fertilizzante, e così si è fatto valente e focoso. Se io avessi mille figli, il primo principio di umanità che gli insegnerei sarebbe di ripudiare le bevande leggere e attaccarsi al vino". Qualcuno applaude, io sono a bocca aperta: il militante marxista, il discepolo di Osho, eccolo farsi meravigliosamente Falstaff. "Principe Harry," dice, "sei figlio del tuo secolo infame: impara a combatterlo!"

Gnaghi torna con me, non vuole fermarsi. Resta zitta per tutto il viaggio e nel tardo pomeriggio la lascio in piazza Politeama, dice che lì va bene. "Abbi cura di te," le dico mentre si allontana sulle sue gambette lunghe e magre su cui cade una maglietta larga color malva, una borsa di rafia a tracolla le balla sul fianco.

La notizia della morte di Rostagno mi giunge direttamente da Harry: è in lagrime, articola le parole a fatica, l'hanno aspettato, gli hanno sparato a pochi metri da Saman. Dice: "La mafia", e mafia è. C'è chi parla di un regolamento di conti interno, ma è fango, puro fango. Che cosa ne sarà di Harry, a questo punto? Mi dice che resta, che vuole restare. Forse il suo destino, una volta disintossicato, è occuparsi di "tossici". Perché no? Ma l'illusione non dura.

A novembre mi informano che ha lasciato Saman. Per qualche giorno non si sa nulla. Poi Gnaghi mi dice che, dopo un mese di vagabondaggi fra San Vito Lo Capo e Alcamo, è tornato a Palermo. Si è rifugiato in una villa a San Martino delle Scale che conosce molto bene: i proprietari sono amici dei Valledolmo e Stellina ci ha spesso portati da loro. Abbiamo passato dei bellissimi pomeriggi d'estate quando Harry era ragazzino. Stellina e suo marito Lorenzo organizzavano giochi all'aria aperta per lui e i figli dei proprietari. Stellina ci teneva: le piaceva vedere il mio Harry correre, nascondersi, rispondere per primo agli indovinelli. E infatti è lei che mi chiama, il 23 dicembre, e me lo dice. Harry si è fatto riconoscere dal custode, che non ha potuto dire di no e gli ha aperto la casa, peraltro freddissima. Ha avvertito subito i proprietari e loro hanno informato Stellina, che ha provato più volte a chiamare Harry al telefono di casa. Per quanto lo abbia lasciato squillare a lungo, nessuna risposta. Riprova la sera, e lui finalmente risponde. "Che ci fai lì?" gli chiede, e lui è vago, la ringrazia, le ricorda come si stava bene d'estate in quel giardino. Dice che io lo aspetto a casa per Natale e Stellina risponde che sì, anche lei lo aspetta, "anzi, vengo a prenderti". Harry accetta, "domattina, però," e aggiunge che gli piacerebbe restare lì dov'era stato così bene, tanti anni fa. Stellina prova a insistere, anche se quella pacatezza le sembra metterlo al riparo dalla sua fragilità: "Lasciami almeno avvisare tua madre". E poi, come se fosse rimasta una traccia di inquietudine, inquadra la scena e dice che fa troppo freddo per rimanere alla villa in questa stagione. "Sì, fa freddo," dice lui, "fa freddo," ripete il mio Harry.

Quando Stellina arriva, la mattina del 24 dicembre, è troppo tardi. Gnaghi la accoglie stranita in giardino, con un cappottone addosso. Harry è perfettamente seduto su un divano del salotto, il capo appena recline, senza vita.

24.
Dice Stellina Panzi
(dicembre 1989)

Dopo quella spaventosa giornata di maggio di cinque anni fa in cui il Circolo era stato vandalizzato, ci guardammo intorno sgomente. Quell'intorno e quel guardare nulla trovarono se non indifferenza. Nel quartiere c'era stata qualche manifestazione di sostegno presto esaurita. Più che sostenerci, quelli che avevano saputo e si erano presi il disturbo di telefonarci, o quelli che ci incontravano per strada, si erano limitati a commentare in sordina il danno subìto, con i toni e le formule di chi porge le condoglianze. Tutti sapevano che la distruzione del Circolo conteneva un'arrogante minaccia, ma nessuno vi faceva cenno: sarebbe stato troppo complesso e troppo coinvolgente. Discutemmo a lungo per decidere se valesse la pena continuare o, visto che oltretutto noi invecchiavamo e il gruppo di ricamatrici si stava progressivamente assottigliando, se non fosse il caso di rinunciare. Infine, il Circolo fu chiuso. Padre Fausto – che aveva sostituito il vecchio padre Gioacchino, mancato nel 1978 – e i gesuiti più giovani della chiesa dei Santi Scalzi ne erano davvero dispiaciuti, ma capivano la situazione, e soprattutto il nostro stato d'animo.

Quando venne a salutarci, mentre portavamo via le ultime cose, padre Fausto trasse da un involto che aveva sottobraccio una lunga cotta con inserti ricamati: "L'ho indossata solo due volte in vita mia," disse con un'ombra di emozione nella voce. E la fece passare nelle nostre mani, raccontandoci della sua infanzia a Soverato, sullo Jonio, con le donne allineate davanti alle case nei vicoli del paese intente a ricamare corredi.

Nelle settimane che seguirono, Rita, Mariolina e io continuammo a vederci – eravamo riuscite a convincere una decina di donne a concludere, in casa loro o nella sede del Circolo, le ultime commesse ricevute. Tutte rispettarono gli accordi, e comunque a tutte demmo una sorta di liquidazione. Solo allora, di fronte a un trattamento che rispettava i criteri di un'azienda vera – e soprattutto sana –, ci fu una reazione più sentita, meno spaventata. Decidemmo insieme di scrivere una lettera con cui si comunicava lo scioglimento del Circolo del Punto Pieno. Rita la batté sulla vecchia Lettera 32 e fece fare le fotocopie necessarie: quindi, scrivemmo a mano l'intestazione e le firmammo una per una, poi le spedimmo per avvertire i nostri committenti, privati o aziende che fossero, in Sicilia e nel Continente. Anche se quelli che conoscevamo personalmente erano pochissimi, ci sembrava comunque di congedarci da un gruppo di vecchi amici. Fu un momento molto triste. Il distributore che per anni ci aveva assicurato il posizionamento dei nostri prodotti in Francia ci chiamò desolato. "In Rue du Cherche-Midi, *sur le présentoir sicilien* non ci saranno altri ricami che possano competere con i vostri," disse. E noi ci immaginammo – anche se era ingenua immaginazione – lo scaffale vuoto.

Ci eravamo interrogate sulle ragioni di quell'oltraggio, ma dare una risposta non era facile, perché c'era sempre qualche aspetto che ci sfuggiva e alla fine arrivavamo a un punto morto: avevamo dato fastidio a qualcuno? c'erano conti aperti della nostra famiglia di cui non sapevamo? Certo, la lunga familiarità con il mondo della prostituzione ci aveva attirato ostilità ingovernabili, e altrettanto certamente avevamo pestato i piedi a troppi: quando avevamo aperto il Circolo alle alunne delle scuole elementari e medie della Palermo vecchia avevamo destato resistenze persino a livello istituzionale. Quello che ci aveva portate alla ribalta, e che probabilmente aveva scatenato la rappresaglia, era stata l'attenzione di un'attivista radicale, femminista, che aveva voluto intervistarci e conoscere la nostra storia, poi pubblicata sulle pagine culturali di un quotidiano nazionale. Non era la prima volta che di noi si occupavano, anche in città, le donne più impegnate sul fronte politico e civile, ma, per ragioni che non facevamo fatica a interpretare, ci guardavano come un fenomeno antiquato; anche se poi l'aggettivo che veniva usato più spesso era "antico": un "fenomeno antico". A noi non dispiaceva, ci consentiva di proseguire un'attività che non aspirava all'onore delle cronache. Eppure, proprio quello stare in disparte, con una piccola impresa chiusa all'interno di uno storico edificio dei padri gesuiti, paradossalmente ci aveva reso nell'ultimo decennio più fragili, più esposte. L'attivista radicale aveva avuto parole di grande apprezzamento e aveva rilevato come una comunità di donne – era la prima volta che si parlava del Circolo in quei termini – fosse riuscita a sopravvivere nel cuore di una città difficile come Palermo. Non so davvero fino a che punto fossimo una "comunità", ma di sicuro avevamo costruito una concordanza di intenti, avevamo offerto lavoro, avevamo diffuso una sapienza e insieme una speranza di cambiamento. E tutto, a partire dal ricamo.

Queste erano state, almeno in parte, le conclusioni a cui Rita, Mariolina e io eravamo arrivate nel mese successivo. Fu proprio allora che accarezzai l'idea di continuare la tradizione del ricamo, e soprattutto di creare un nuovo piccolo gruppo, in casa mia. Mio marito approvò e in qualche modo caldeggiò l'iniziativa, mi fece notare che nell'appartamento di piazza Santo Spirito c'era tanto spazio inutilizzato. Pensai di tenere con me una mezza dozzina delle donne che già frequentavano il Circolo e di offrire alle più giovani – non più di un paio – la possibilità di imparare. Ci saremmo incontrate due volte la settimana, nel pomeriggio.

Il mio matrimonio era stato combinato da mio padre: portando una ricca dote al figlio di un nobile indigente mi ero guadagnata sia il rispetto dei Sorci sia quello della società palermitana – la felicità che ne è venuta è stata un dono che non mi aspettavo e che ho accolto con gratitudine. La mia appartenenza più profonda alla famiglia Sorci, comunque, era cominciata con il Circolo e attraverso il Circolo si era consolidata, come se il ricamo avesse rappresentato quel collante invisibile e non negoziabile che è l'azione condivisa, il convergere di progetti, di sogni, di tensioni. Proprio in ragione di ciò vedevo nella continuità del ricamo la possibilità di preservare e arricchire gli affetti, tanto più cari ora che l'età matura lasciava spazio alla nobile vecchiaia: che avesse questo valore simbolico mi era chiarissimo e mi ci sentivo a mio agio. Quando insieme ai padri gesuiti concordammo la chiusura, proprio in quello stesso tardo pomeriggio, fra le ombre sempre più incombenti del chiostro, intravidi il piccolo futuro che al ricamo volevo assicurare.

Il tempo ha fatto alzare un po' di nebbia da quei giorni. Ma si tratta solo di una cortina di vapore. A infittirla c'è la violenza che impera, ci sono i segni che, attraverso il Circolo, avevamo visto in scala ridotta ma altrettanto sporchi, malati. Ben venga, dunque, questo Natale. Avevo pensato in un primo momento di festeggiarlo in casa nostra e di invitare Rita, i suoi figli e Mariolina. Lorenzo non aveva obiezioni, ma temeva che un Natale da noi non avrebbe potuto escludere i suoi parenti Valledolmo ed era perplesso sulla riuscita di una tavolata in cui avremmo messo insieme la sua famiglia con quelle che agli occhi del mondo sono soltanto mie amiche ma che in verità, lui lo sa benissimo, sono le mie nipoti e, di fatto, le mie uniche parenti: quando Rita ha chiamato per invitarci ad Altarello, ha tirato un respiro di sollievo.

A Lorenzo piace allestire il presepe napoletano che la sua famiglia possiede da oltre due secoli e aspetta con trepidazione la festa dell'Immacolata per far montare la sacra rappresentazione sopra una tavola appositamente fabbricata da maestri falegnami di Baida. Si limita a dare alcuni suggerimenti – "note di regia" le chiama –, anche se in realtà basterebbe attenersi al disegno del presepe originale così com'era arrivato per mare da Napoli nell'autunno del 1777. Sarebbe più conforme alla tradizione allestire il presepe in una stanza, e lasciarlo sempre lì, in una teca, oppure protetto da una tela o da un sipario, ma Lorenzo preferisce montarlo e smontarlo, come si fa con i presepi moderni. Con l'aiuto di un elettricista ha concepito un sistema di illuminazione come nemmeno al teatro Massimo. E davanti al presepe con le luci accese si bea contento, con gli occhi lustri dell'infanzia. Io mi metto al suo fianco e lo prendo a braccetto. Benino, il pastorello che sogna la nascita del Bambino Gesù, dorme sopra la capanna, una solerte lavandaia rossovestita attraversa la scena carica di panni, due pastori sembrano scambiarsi opinioni sulla stella che inargenta la notte, bietole, pomodori e melanzane riempiono cesti finemente riprodotti e sotto una pergola di paglia, dentro una struttura che richiama una natività del Tintoretto, tremolano i celesti e i rosa di Maria. E poi sentieri, muretti, case, finestrelle, scale, grottarelle, un fontanile.

Fuori scena, i Magi attendono che la stella li guidi dentro il presepe.

Ha prenotato i biglietti per il Politeama, dove si è trasferita tanta parte della produzione del teatro Massimo, chiuso per restauri ormai da tre lustri. Questo dicembre danno l'operina che Mozart scrisse undicenne perché fosse rappresentata nel giardino di Franz Anton Mesmer, *Bastien und Bastienne*. Ci sono questi due giovani innamorati, così incerti sul loro amore da lasciare a un mago il compito di modellare i loro comportamenti, con le ovvie complicazioni del caso. Il personaggio del mago Colas, che infine restituisce Bastien e Bastienne al loro amore, sembra del resto richiamare le virtù con cui lo stesso Mesmer si guadagnò prestigio e fama come medico e ipnotizzatore. Lorenzo, che non perde una messa in scena di opere di Mozart – le opere italiane e i *Singspiele*, senza distinzione –, si è veramente lasciato trascinare dall'entusiasmo e per me, che non la conoscevo, l'opera è stata una sorpresa. Siamo usciti dal teatro continuando a canticchiare l'aria dell'incantamento del mago Colas, che è davvero una sequenza di meravigliosi nonsense: "*Diggi, daggi, schurry, murry,/ horum, harum, lirum, larum,/ raudi, maudi, giri, gari, posito,/ besti, basti, Saron froh,/ fatto, matto, quid pro quo*". Siamo arrivati a casa ridendo come ragazzi e ripetendo un po' l'uno un po' l'altra quel testo assurdo, o almeno quel che ci ricordavamo, e calcando sempre su *schurry, murry* e su *fatto, matto, quid pro quo*.

E così è arrivato il 25 dicembre.

Il pranzo di Natale è sempre particolarmente ricco, soprattutto in una città come Palermo dove la regola – quando si invita – è predisporre tutto in quantitativi abnormi, e comunque sproporzionati al numero dei commensali: un piatto di portata vuoto, un ospite che non può servirsi per la quarta volta di frittella all'agrodolce sono l'incubo di ogni padrona di casa. Nel menu natalizio non mancano aperture a stravaganze continentali come l'insalata russa, ma sui dolci vige la più rigida autarchia: buccellati – dolci di pasta frolla ripieni di fichi secchi, mandorle e noci – e, talvolta, se è già iniziata la stagione della ricotta, la cassata.

A casa nostra sono arrivati due panettoni. Lorenzo ha dei cari amici milanesi che ci tengono molto a farci mangiare il loro dolce per Natale. Noi lo consumiamo in segreto, la mattina, con il latte e il caffè. Ci piace talmente tanto che non lo dividiamo con nessun altro e ci sembra di essere dei fedifraghi, ma anche questa è occasione per sentirci complici e fare due risate.

Voglio molto bene a Rita, riconosco in lei una dirittura e una confidenza con le cose del mondo non comuni, e che in verità non coincidono con il lascito della sua famiglia acquisita.

Finché Rico è stato in vita, si è adeguata almeno in parte alle abitudini e alle cerimonie dei Sorci anche in materia di pranzi e inviti, ma da quando è rimasta vedova Rita si è costruita una vita domestica a sua immagine e somiglianza, improntata al garbo e alla misura: quando invita lo fa con moderazione, nel numero degli ospiti e nella quantità e varietà delle portate. Il tavolo da pranzo è tondo, per favorire la conversazione, e diventa ovale con l'aggiunta delle prolunghe contenute all'interno: minuscole saliere e pepiere di cristallo e argento sono disposte sulla tavola a distanza di braccio di ciascun commensale, e così anche i numerosi cestini del pane con dentro le rosette palermitane, profumate e morbidissime sotto la crosta dorata e croccante. Niente centrotavola troppo elaborati, piuttosto delicate composizioni di fiori freschi e inodori, ghirlande di edera, candele bianche.

Arriviamo ad Altarello per tempo. Per quanto faccia freddo, Lorenzo e io ne approfittiamo per un rapido giro in giardino. Anche in inverno, non perde la sua magia.

Rita ci invita a entrare nel salotto grande dove è stato allestito l'albero di Natale. Non si tratta esattamente di un albero: Rita si attiene a una tradizione antica. Lorenzo mi dice che anche nella sua famiglia si usava "costruire" l'albero così. Io non ho memoria in tal senso, in casa mia c'era solo un piccolo presepe montato sopra un tavolinetto. Ora in tutte le famiglie si usano abeti, veri o – più frequentemente – finti. Quello di Rita è stato assemblato legando insieme rami di pino mediterraneo dai lunghi aghi, il *Pinus pinea*, inseriti poi in un grande vaso pieno di terriccio, puntellati con pietre e disposti in modo da assumere una forma simile a quella del nordico abete. I rami sono decorati con fili di lampadine elettriche. Rita mi ha raccontato che in mezzo a quelle moderne ci sono anche quelle comprate da suo padre a Parigi all'inizio del secolo, a forma di roselline dai colori delicati o bianco opaco.

"È bellissimo," dico io, "quest'anno con l'addobbo ti sei superata!" E le indico le grandi palle di vetro colorate – una nuova acquisizione – che occhieggiano in mezzo al verde insieme a fiocchetti e campanelli.

Arrivano gli ospiti. C'è una bella atmosfera. Lorenzo e io ci ritagliamo uno spazio per osservare, mentre salutiamo e attendiamo ordini per il placement: al centro della tavola c'è una ghirlanda di vischio guarnita da un nastro rosso e io sorrido ricordando l'avversione di Rita per le decorazioni a forma di albero di Natale: "L'albero è uno solo," le ho sentito dire una volta con una risata, "come un innamorato o un marito".

I posti a tavola sono stati decisi da lei e Amelia, alla quale sin da quand'era bambina è stato insegnato a essere un'attenta padrona di casa. Alla sua destra Rita vuole mio marito e a sinistra il cugino acquisito Leonardo, che ama come un fratello. Accanto a Leonardo c'è Matilde, la figlia di Andrea Sorci, una donna di poche parole, e poi Rosa Carta, nipote di Rita, ormai vicina ai sessanta e nubile. Quando entra Carlino è subito festa. Non è cambiato. Come non è cambiata la sua intesa con Mariolina. "Da quanti anni ci auguravamo di ritrovarci qui, Rita!" fa lui, e si muove elegante nel suo abito blu dal taglio perfetto – un La Parola, non c'è dubbio –, magnifico nella sua ricercata semplicità come solo i vestiti davvero molto costosi sanno essere. Rita ha il suo daffare per riprendere in mano le redini del placement. "Carlino, siediti accanto a Rosa... e alla tua sinistra vorrei Stellina." Obbedisco e mi lascio trascinare da Carlino. "Ormai sono milanesissimo," dice lui, ma la calata è deliberatamente palermitana.

Colapì, il commensale più giovane, alto, ciglia lunghe, mi siede all'altro lato. Dopo di lui viene Sandrina, che è stata messa a capotavola in quanto cugina più anziana e ha alla sua sinistra il notaio Giuseppe Celato, che ha fatto fortuna. Con sua moglie Matilde i rapporti non sono buoni. C'è stato uno scandalo in famiglia, ben nascosto. Del resto, Giuseppe fa onore al suo cognome, è un tipo sfuggente. Non mi è mai stato simpatico, l'unica cosa che sembra interessargli davvero è il denaro. Ha investito in appartamenti e terreni, non solo a Palermo. Pare che mezza Val di Noto sia sua. A Lorenzo è arrivata voce che abbia comprato terreni anche a Vulcano, sperando che diventino presto edificabili. Lo scandalo "celatissimo", in realtà, è cosa risaputa: cinque anni fa Giuseppe si accompagnava regolarmente a una tedescona che tutti hanno notato – cosce possenti, e tanta carne lattiginosa e morbida che deve averlo stordito. Per quella donna, per quella creatura che sembrava uscita dal *Susanna e i vecchioni* del Tintoretto, si diceva fosse pronto a lasciare Matilde. È intervenuta la famiglia di lui e ha stornato la tragedia – perché tale sarebbe stata –, così alla fine la coppia Celato è rimasta insieme, benché claudicante.

Accanto a Giuseppe siede Mariolina. È irriconoscibile, da quando è morto Harry è come se si fosse spenta. Io, seduta di fronte a lei, la guardo, la carezzo con gli occhi: lei lo sa, gliel'ho detto tante volte che le vogliamo bene, che può contare su di noi e che la vita può ricominciare anche dopo un lutto terribile come quello che ha colpito lei.

Amelia, la sua figlioccia, le siede accanto e vedo che è piena di attenzioni per la zia. Ciò non toglie che, da quando ha fatto carriera accademica a Pisa, non sia più la stessa. In Sicilia non tornerà mai più, ne sono sicura. Di fianco a lei siede il suo uomo, il professor Vittorio Pachini, francesista, un'autorità nel suo campo. Ha quindici anni più di Amelia e di nozze non si parla. Lui è stato sposato, ma niente gli impedirebbe di divorziare. Mi dispiacerebbe se rimanessero così, io credo nel matrimonio. Anna Carta, sorella di Rita, donna dai lineamenti tuttora piacevoli, con i grandi occhi dolci di sua madre, ha un anno meno di Sandrina e porta i suoi ottantadue anni con una bella dignità; è seduta vicino al professor Pachini, parlano fitto. Lorenzo non mi ha mai cercata con lo sguardo, neanche una volta, siede beato tra Rita e Anna.

Tra le due sorelle si percepisce una forte sintonia. A un certo punto Carlino sembra triste e Rita telegrafa qualcosa ad Anna con le sopracciglia: lei, che gli siede di fronte ma un poco più in là, si allunga a parlargli e gli strappa un sorriso. La loro madre, Maria Marra, doveva essere davvero una gran donna.

Leonardo, che insieme ai giovani fratelli Sorci è l'ospite per eccellenza, prende presto la parola. "Il maxiprocesso non ha fine," dice. "Lo scorso 22 febbraio si è aperto il processo d'appello che faceva seguito alla sentenza del dicembre '87. Si sa bene che lo spettacolo continua: non c'è nessuno in Europa che non guardi con preoccupazione a questa nuova fase. Malgrado le 346 condanne, gli ergastoli e quello che è stato considerato 'un duro colpo a Cosa nostra', gli avvocati di molti esponenti mafiosi hanno visto con favore l'esito della sentenza. Contano – è evidente – di tornare sulle pene e di correggerle. E dunque l'aula bunker è ancora lì, è il nostro vero monumento... altro che San Giovanni degli Eremiti!" Parla con Rita, Leonardo, ma è come se avesse una platea molto più vasta. È sempre stato così, e non certo per ansia di protagonismo, ma perché viene dalle scuole di partito, ha fatto comizi, sin da giovane, e ora è abituato a reggere il confronto con aule piene di studenti. È un tribuno, il buon Leonardo. "Come vogliamo allinearci a proposito del fallito attentato al giudice Falcone all'Addaura? C'è chi ha detto che quella borsa sportiva piena di esplosivo l'ha usata lui stesso per farsi pubblicità. Vi rendete conto?!"

Se non fosse per Colapì e il professor Pachini, il pubblico a cui si rivolge sembrerebbe veramente poco sensibile. Lui non se ne accorge, continua. Cita anche Leonardo Sciascia, morto da poco, "l'unico," dice, "che ha scritto e parlato della mafia come di qualcosa che è in tutte le famiglie e in tutte le città dell'isola".

La galantina di pollo raccoglie molti più consensi di Leonardo, ma per fortuna lui è uomo sensibile agli affetti e adesso la sua vera interlocutrice è Rita. Le è stato vicino quando è morto Rico, le è stato vicino sempre, dall'estero non ha mai mancato di scrivere o telefonare.

Il professor Pachini ha la rigidità dell'accademico, ma si guarda intorno incuriosito. "I famosi Sorci," ha esordito entrando per la prima volta ad Altarello, e Rita non ha apprezzato. Forse sente noi siciliani come una razza un po' speciale. Spesso diamo questa impressione a chi viene da fuori. Quando ha saputo che Leonardo è stato frequentatore del Collège de France e delle celebri lezioni di Michel Foucault, ha avuto un sussulto e ora che si trova a tavola con lui si avverte una certa considerazione, quasi una forma di deferenza. Scommetto che ha chiesto ad Amelia di poterlo incontrare dopo Natale, in una formazione più ristretta. Per ora, come tutti noi, si gode il tribuno che non teme di essere solo tollerato.

Colapì ha da poco passato la trentina, ma i suoi sono i modi impeccabili di un uomo maturo. Sua madre continua a chiamarlo come quando era bambino, ma dato che per noi è Cola non posso non raccontargli del mago nell'opera di Mozart: "Colas si chiama, e canta una formula magica che, ti assicuro, è un piccolo capolavoro. Ha scritto *Bastien und Bastienne* a undici anni, capisci?".

"Capisco," dice lui. "Un genio come Tim Berners-Lee, mio coetaneo, laureato a Oxford. Ne sentirete parlare. Tutte le informazioni possono essere collegate l'una all'altra e noi potremo accedervi con facilità. Premendo un tasto!" E fa il gesto: preme con il dito indice sul tavolo, accanto al piatto.

"Vedi?" dico io, "il mago!"

"Fosse solo questione di magia..."

"Lo so Colapì, non temere," lo rassicuro.

Leonardo Ponte aggiunge che siamo prossimi a una rivoluzione tecnologica, paragonabile solo a quella che l'Occidente ha conosciuto fra Otto e Novecento. La tavola zittisce. È lui la vera sorpresa di questo Natale. Dopo Parigi, adesso vive a Berlino. È venuto in Sicilia con Julienne, che però ha preferito fermarsi da amici a Siracusa. Rita l'ha conosciuta qualche estate fa e le ha fatto un'ottima impressione. Sono anni, ormai, che stanno insieme e tutto lascia pensare che insieme invecchieranno. A Berlino hanno vissuto i giorni della fine della Ddr, la Repubblica democratica tedesca, hanno vissuto i giorni della caduta del Muro.

"Colapì ha ragione: la tecnologia ci apre spazi infiniti, ma non dimentichiamo che siamo avvitati nella Storia. La caduta del Muro è stata, simbolicamente e no, un momento esaltante: sembrava di vedere l'Europa respirare, lo vedevi sulle facce che erano lì, negli abbracci, nelle lagrime, negli slogan, nella musica... Ma non basta. Finisce una stagione. Siamo sicuri di essere diventati migliori? Il maxiprocesso di Palermo sta macinando sentenze che inchiodano responsabilità, siamo arrivati a una svolta. Io vedo Giovanni Falcone in tv e mi dico: siamo fortunati. Sta lavorando per il nostro futuro. Ma tutto questo futuro, quello di Colapì e di Tim Berners-Lee, ha bisogno di uomini nuovi!"

Leonardo ha alzato la voce, si scusa. "Mi sono lasciato trasportare," dice, "ma lo penso davvero: tutte le grandi trasformazioni non si consumano fino in fondo senza una trasformazione profonda delle coscienze, altrimenti siamo condannati a precipitare continuamente indietro."

La tavola per un attimo sembra sotto incantesimo, *Diggi, daggi, schurry, murry,/ horum, harum, lirum, larum*... Si fa silenzio. Rita rivolge un sorriso tenerissimo a Leonardo.

"Tu vedi lontano," dice.

Davanti a quella visione, che è insieme luminosa e piena di tempesta, Mariolina sembra riaversi: "Leonardo, sei meraviglioso".

"Ma no! È che ho sempre sperato che questa nostra Sicilia si svegliasse, e invece ogni volta che apre gli occhi è solo per vedere morti, nuovi morti..."

"Credo che adesso dovremmo pensare a questo nostro Natale... che ne dici, Leonardo?" chiede Rita, con quel senso del bene che riesce sempre a provare per i suoi simili.

Lui fa sì con la testa. E mentre arrivano i vassoi colmi di cibo, la conversazione spicciola si riavvia.

Rita ha fatto preparare la galantina di pollo, che sulla sua tavola di Natale non manca mai. Non è un piatto siciliano, ma, forse pensando a una certa predilezione di Rico, lei ci tiene. È gustosa. Dalla galantina all'insalata russa, alle patate novelle al forno, alla frittella all'agrodolce, la tavolata sembra riguadagnare affabilità e buon umore. Di tanto in tanto il discorso torna al maxiprocesso o alla tecnologia che cambierà il mondo: Sandrina ascolta, solo apparentemente svagata – in fondo è lei che da quarant'anni mantiene intatte e fa fruttare le proprietà del defunto marito, Giovanni Di Martino. "Bravo, questo giovane Berners-Lee!" esclama al momento sbagliato. "Buono e generoso come Nostro Signore Gesù!"

Giuseppe Celato, di fronte a Colapì, si è perfino aggiustato l'apparecchio acustico per sentire meglio. Ma più ascolta, meno capisce. Dal matrimonio con Matilde non sono nati figli e per lui tutto il mondo nuovo della scienza e dei computer è puro mistero. Sandrina nota il suo sguardo sgomento, gli appoggia la mano sul braccio e, mescolando gli ingredienti di una ricetta ideale della modernità, se ne esce sicura: "Giuseppe, di una macchina per scrivere specialissima stanno parlando! Tu parli e la macchina scrive, tu scrivi e quel che non sai se ne spunta come un fungo".

Amelia ha ascoltato Colapì con un misto di indifferenza e sorpresa. Non fa mai dimenticare al fratello che lui è più giovane di due anni e che, mentre lei si sta preparando al concorso per diventare titolare di cattedra alla Normale di Pisa, lui non sembra avere grandi prospettive in Inghilterra. Mi fa tenerezza, Colapì. Gli chiedo come va, se sta bene, se fa sport, su eventuali fidanzate preferisco soprassedere, sposto addirittura l'attenzione sul Game Boy di Nintendo, la novità dell'anno. Mi risponde in fretta che ne ha sentito parlare. Si attarda invece sulla tragedia avvenuta a Sheffield, all'Hillsborough Stadium, quando alcuni tifosi, per sfuggire alla calca che premeva per entrare rischiando di travolgerli, si sono arrampicati su una gradinata e l'hanno fatta crollare. "Sono morti in novantasei, erano del Liverpool," dice. Dico che me lo ricordo benissimo, ma penso anche che forse è tutto compreso in una visione del mondo dove le manifestazioni del male e del malessere sono costitutive del suo sentire. Chissà, forse per questo è attratto da Leonardo, che volentieri gli dispensa la sua attenzione: "Devi venire a Berlino," gli fa il cugino più anziano, che intanto si volge verso Rita come se le stesse chiedendo il permesso. "Londra e Berlino sono le città in cui si sente più forte il rumore del secolo che sta finendo."

"Anche a Palermo bisognerebbe stare, e, non so come, avere un ruolo attivo." Colapì esita. "O vogliamo sempre essere l'arrogante icona di un mondo che, riluttante a finire, produce soltanto tragedia?"

C'è una bella compostezza in questo giovane. Mi sarebbe piaciuto avere un figlio così. Riconosco in lui la generosità complessa che fu di mio padre. E non posso dimenticare che, mentre siamo qui a condividere, intorno a questa tavola, immagini del futuro, io appartengo tutta al passato: sono figlia di un uomo che solo attraverso forme del privilegio ha potuto "salvare" mia madre dalla sua condizione di mantenuta.

"Che cosa sarà la Germania dopo quest'anno di rivolgimenti è la vera, prossima scommessa," dice Leonardo. "Certo, hanno conquistato la libertà da quel comunismo truce, soffocante, che è stato il comunismo della Ddr, ma i tedeschi dell'Est credono che il capitalismo sia il sogno che è stato loro negato, vogliono diventare rapidamente eccellenti consumatori!"

Non tutti sanno, o vogliono, dar seguito alle uscite di Leonardo. E infatti, mentre arriva il dolce – la "torta di noci di Marisa", farcita e ricoperta di panna zuccherata con un goccio di rum, guarnita con due cerchi concentrici di gherigli di noce –, la conversazione si sposta. Berlino, Londra, Parigi.

Giuseppe Celato ha ascoltato e gli sembra di poter aprire su un tema che gli è più familiare, vuole dire la sua: "Io figli non ne ho, ma se ne avessi non li manderei mai in Inghilterra. Avranno pure delle belle università, avranno conquistato mezzo mondo, ma sono gli stessi selvaggi di cui scrisse Giulio Cesare nel *De bello gallico*!". I suoi vicini di tavolo si ritraggono sbalorditi, ma lui continua imperterrito: "L'opera di civilizzazione non è ancora compiuta. Solo allora potremo parlare veramente di civiltà".

È evidente che per farsi sentire ha dovuto attingere a reminiscenze del liceo, luoghi comuni, chiacchiere da barbiere, e ora Matilde lo guarda con compatimento, se ne vergogna, forse avrebbe dovuto lasciarlo alla monumentale tedesca. Penso ad Antonio con la sua vedova piemontese, a Modica, e mi dico che non sono stati fortunati, i figli di Andrea. Solo Carlino, che forse non a caso non è davvero suo figlio, è uno spirito libero – anche se i suoi occhi, quando pensa che nessuno lo stia guardando, si velano di malinconia – e a modo suo ha conquistato il mondo. Qui sarebbe rimasto un garruso, e avrebbe avuto vita difficile.

Mariolina non ha aperto bocca. È passato appena un anno dalla morte di Harry ed è come se lei portasse un lutto incongruo, perché erode e consuma lo spirito allegro che come un sarto ha sempre cucito le sue sembianze. Non ha potuto disfarsi di quell'abito, che è seconda pelle, gesto, musica, e quindi lo indossa insieme a quello, nuovo, della ferita non chiusa, creando un contrasto talora addirittura agghiacciante. Vedo come il suo sguardo scivola su Colapì e Amelia, vedo come quella contemplazione dilata, ed è inevitabile, il dolore dell'assenza di suo figlio, ma è come se non potesse fare a meno di fissarli. È di fronte a me, richiamo la sua attenzione, lei risponde e, come disegnasse una parentesi, lascia affiorare il suo bel sorriso che in realtà coincide con lo sforzo costante di contenere le lagrime. "Tempi difficili," sospira, e i suoi vicini sembrano addirittura sorpresi di sentire finalmente la sua voce. Dura poco: abbassa gli occhi e torna a tacere. Carlino, è evidente, non la può tollerare in quello stato, forse vorrebbe alzarsi, prenderla per il braccio e trascinarla via, verso un altro Natale, se mai ci fosse. Non posso fare a meno di vedermeli ragazzi, tutti e due.

Amelia si accorge come lo sguardo della zia cala, penoso, su di lei e, se non se ne fosse accorta subito e da sola, avverte negli occhi di sua madre l'esortazione a fare qualcosa. Allora posa la mano sulla nuca della zia, piano piano, senza chiedere, forse senza nemmeno pensare, come ritrovando la giocosa tenerezza dell'infanzia: e la lunga carezza ottiene l'effetto voluto, Mariolina la accoglie con un misto di abbandono e gratitudine.

Prima che Rita faccia servire il caffè, Carlino si leva in piedi e propone un brindisi, solo lui poteva permetterselo, ma non senza prima aver raccolto il consenso della padrona di casa. C'è una sorta di ritrosia, o forse i molti anziani che siedono a tavola faticano a rimettersi in piedi. "Badate a voi!"

dice Carlino. "Potrei anche cominciare a cantare!" E scoppia a ridere. Ma Mariolina, serissima e insieme dolcissima, lo implora: "Ti prego, canta!".

Non si fa pregare Carlino, soprattutto perché glielo chiede Mariolina e perché glielo chiede come fosse una grazia. Così comincia ed è un canto tradizionale a cui lui riesce a dare subito una sfumatura di ammaliante cantilena: "*È la notti di Natali, c'è la festa principali...*", al ritornello è come se domandasse a tutti i presenti di unirsi in coro. Solo Mariolina risponde, e per un attimo sono ancora i due ragazzi splendenti che tutti rammentano: "*E susi pasturi, nun dormiri cchiù, lu vidi ca è natu Bambinu Gesù*". Quando il canto finisce sono ancora tutti in piedi con il calice in mano e Carlino ha buon gioco a tendere il braccio e a formulare l'augurio: "Grazie di essere tutti qui, buon Natale".

Mio marito e io abbiamo messo a punto un codice segreto. Quando siamo in casa d'altri, se uno dei due appoggia il mento sulla mano, l'altro capisce che vuole andare a casa. Se invece vuole rimanere, si tocca l'orecchio sinistro. Lorenzo è perplesso, ma siamo tutti satolli e pronti all'eventuale riposo pomeridiano. Spetta a Rita, del resto, porre fine al pranzo e lei, come sempre attenta, ha sentito l'atmosfera.

"Andiamo a rivedere l'albero?"

Io penso alla formula del mago Colas e ancora sorrido, ma vorrei usarla anche per chiudere e sanare in un incantato rammendo questi parenti miei, questa mia strana famiglia.

Diggi, daggi, schurry, murry,/ horum, harum, lirum, larum...

25.

Dice Carlino Sorci
(giugno 1990)

Sono venuto a Palermo. Mi fermo due settimane. A Milano si muore di caldo. Vorrei passare qualche giornata al mare. Il 18 festeggio i miei sessant'anni, e voglio festeggiare con Mariolina, con chi sennò.

Questa volta ho voluto incontrare Emilio; abbiamo scelto come sempre il lungomare alla Marina, andremo poi a Villa Giulia, dove ci raggiungerà Mariolina. Ci siamo scritti spesso, ma è da almeno una decina d'anni che non lo vedo, cioè da quando si è sposato. Ebbene sì. Sta con una donna, Emilio, e si amano. Lei sa di noi, e perciò Emilio ha sempre sostenuto che sarebbe stato meglio non fare presentazioni. Lo ribadisce anche adesso, benché sia passato così tanto tempo. "Peccato," dico io. Lui dice che ha "chiuso" ben prima di incontrare la donna che sarebbe diventata sua moglie. "Peccato," ripeto. Ma sa che scherzo – gli ricordo che le ragazze gli morivano dietro anche allora, quando noi non avevamo paura del mondo e, evidentemente, nemmeno loro avevano paura. "A me," insiste lui, "le donne piacciono davvero." E continuiamo a passeggiare lungo i viali alberati, come un tempo. A sfida, quando ci salutiamo lo bacio sulle labbra, come da ragazzi: cerco di spingergli la lingua in bocca, ma si ritrae. "Hai chiuso davvero," gli dico, "io temo di no, e comunque," e qui faccio un giro su me stesso per sottolineare il fatto che non voglio indurlo in tentazione, "la mia vera fidanzata è Mariolina, da sempre e per sempre."

"Questo lo so," dice Emilio, "ne sono sempre stato geloso." Proprio allora la avvista in lontananza e mi lascia, prende un viottolo, scompare a lunghi passi in mezzo alle palme.

E Mariolina appare. Non più così amara, come mi è capitato di vederla, non più così spenta. Mi dice che, con la pacatezza maturata dall'età e dall'esperienza del dolore, ha potuto rispondere alle attenzioni di un uomo, Umberto Campino, un medico vicino alla pensione, con un matrimonio alle spalle, una figlia di trent'anni, una bella casa al bosco della Ficuzza.

Si è lasciata sorprendere, dice, felicemente disarmata. Mi è piaciuto questo "felicemente disarmata", perché in effetti la sofferenza ci trasforma in soldati, ci scaraventa in prima linea, ci condanna a una durezza che magari non avevamo previsto. Mi racconta che si sono conosciuti in una nuova libreria di Palermo, incerti su cosa avrebbero letto: fra l'uno e l'altra la giovane direttrice, sembra una ragazzina, che li intrattiene e fa convergere l'attenzione di entrambi su *Le menzogne della notte* di Gesualdo Bufalino. Da Bufalino a Sciascia, da Consolo alla Maraini, lo scambio di opinioni si trasforma in un excursus sulla narrativa siciliana degli ultimi decenni. Il medico invita a cena le due signore, che accettano. La libraia tiene viva la conversazione, è lei a condurre, e così fa in modo che gli altri due commensali si studino. È protagonista e, insieme, figura sempre più sospinta ai margini del campo di attrazione che si è creato. Non smette di parlare e, mi racconta Mariolina, è stata una fortuna perché un vuoto, un silenzio, a quel punto, avrebbero creato soltanto imbarazzo. Invece quando si salutano, nella bella luce serale di Palermo deserta, e Mariolina resta sola con il sensibile interlocutore che l'ha invitata a cena, i due si guardano, fra ardimento e timidezza. E si scambiano i numeri di telefono. Si frequentano. Lei si lascia andare. Prova a mettere il cuore a nudo. Ci riesce, lui è pieno di attenzioni. A quel punto Mariolina si rende conto di un aspetto che fino a quel momento le era paradossalmente sfuggito: lui è un gran bell'uomo.

Me lo ha presentato e ho capito cosa voleva dirmi: è alto,

capelli biondi appena imbiancati, rughe da marinaio, sguardo profondo, e – è la prima cosa che ho notato – mani lunghissime, nervose e gentili a un tempo, ho fatto fatica ad allentare la presa quando me ne ha porta una. Dicendo che è bellissimo Mariolina si lascia andare a un gridolino, qualcosa a metà fra il riso e un melisma da soprano, e la riconosco: è tornata lei, almeno in parte, la Mariolina canterina adolescente che mi camminava accanto per le vie della città. Questo Umberto le fa bene. Hanno deciso di sposarsi. "Vogliamo andare insieme oltre i confini della maturità," mi ripete lei più volte, come fosse una frase che si sono detti spesso e ora può essere esibita come un programma.

A bordo della sua Renault, puntiamo verso la costa occidentale, e stiamo bene, leggeri finalmente. I miei sessant'anni con Mariolina! Le racconto di Milano, del mondo della moda, di come sono riuscito a ritagliarmi un posto cruciale senza dipendere da nessuna azienda in particolare: non sono più "maestro di tessuti", come mi aveva battezzato uno stilista che ho conosciuto quando si stava aprendo una strada nella Milano dei primi anni ottanta. Sembra che abbiano bisogno di me, del mio sguardo lungo, prima e dopo le sfilate. Mariolina mi chiede se mi diverto. Io dico di sì, anche se il mondo a cui ormai appartengo è troppo competitivo, fucina di veleni, di ostilità, persino di malvagità.

Andiamo a Mozia. Per Mariolina è un ritorno. Ci è stata più volte con Alfio ai tempi del loro bizzarro matrimonio, avevano comprato un villino sulla laguna dello Stagnone. Erano appena ripresi gli scavi e Alfio – complice Peppe Vallo che allora faceva parte della CIAM, la Commissione Internazionale per l'Archeologia Mediterranea – avrebbe voluto portarsi via qualche reperto. Alfio era veramente consumato dal suo amore per l'arte antica, e la CIAM era specializzata nello scoprire opere preziose, per poi trafugarle e venderle ai nuovi ricchi siciliani, per lo più mafiosi, e ai collezionisti miliardari americani – un vero mercato nero dell'arte. Alfio smaniava, voleva aumentare la sua collezione, e Peppe gli andava appresso, per dare più saldezza al matrimonio di facciata. Dopo che Alfio venne trovato morto ci fu perfino chi, senza alcun fondamento, attribuì la responsabilità a Peppe e poi alla rete di traffici oscuri in cui Alfio si era infilato.

La scoperta del meraviglioso Melqart di Sciacca aveva acceso l'immaginazione di Alfio. Quando poteva, da solo o con accompagnatori apparentemente fidati, si aggirava per gli scavi, e non soltanto nel Trapanese: andava dovunque, lungo l'intera costa meridionale, da Siracusa a Camarina, da Gela a Siculiana, cercando di anticipare le squadre di archeologi che talora, non sempre con successo, provava a corrompere. Mariolina mi racconta di nuovo tutta questa storia che, allora, mi aveva solo marginalmente incuriosito. Alfio non mi piaceva, mi pareva ridicolo. E Mariolina era così presa dal suo amore per Peppe che poneva scarsissima attenzione alle vicende del marito. Ora invece mi racconta di Alfio con una partecipazione e quasi con un affetto che non avrei mai creduto possibili. Mi dice che quella passione forsennata, dopo così tanto tempo, le sembra illuminarlo d'una luce diversa: quella era la sua ossessione, e dove c'è un'ossessione – così mi dice Mariolina – c'è una verità, e la verità va rispettata.

Alfio era innamorato dell'arte fenicia, gli scavi gli avevano aperto un mondo che non era soltanto materiale: c'era una forte spiritualità nella sua ossessione. Lui si sentiva un fenicio, un Melqart. Quello che Mariolina mi racconta ora mi lascia di stucco; lei stessa ne era rimasta all'oscuro per anni e soltanto molto tempo dopo era stata messa al corrente dei dettagli.

Pare che Alfio andasse regolarmente al villino da solo, e che si aggirasse anche di notte nell'area archeologica di Mozia portando con sé una vecchia pila. Però quella notte si erano scaricate le batterie, lui si era trovato in mezzo al buio, lungo un percorso che forse non gli era familiare, ed era precipitato in un pozzo asciutto, scavato nel tenero calcare dell'isola. La morte era arrivata molte ore dopo, forse all'alba. Era stato ritrovato nel pomeriggio del giorno seguente. Mariolina se lo vede vagare nella notte, carezzare la pietra, cercare con le mani, e forse abitare con l'immaginazione quel mondo perduto. Quando nel 1979 è stato portato alla luce il giovane ora conservato nel piccolo museo dell'isola, Mariolina dice di aver pensato che forse quello sarebbe stato il sogno di Alfio.

Siamo nel museo. Arriviamo davanti alla statua ed è come se capissi, e capendo lui capissi anche una parte di me. Rappresenta un auriga vincitore con il capo incorniciato di riccioli a chiocciola, ma forse è un dio, un auriga celeste. Non importa, quello che importa è che è bellissimo, carnale e spirituale allo stesso tempo.

Non ha niente di siciliano, tranne il marmo di cui è fatto: giganteggia imperioso, è un uomo con una muscolatura forte e mascolina. Indossa un chitone lungo fino alle caviglie, stretto all'altezza del petto da un'alta cintura: la veste cade perpendicolare sul ventre ed evidenzia il pene e i testicoli. La tela, sull'addome, aderisce alla carne come una seconda pelle, scivola accostata alle anche, accarezza i fianchi e quasi si incolla sui quadricipiti con misteriosa trasparenza: l'effetto, per chi lo guarda, è un misto di erotismo e pudore. Da qualunque parte lo si osservi, il giovane uomo – con la gamba destra protesa in avanti e la sinistra più indietro – è un trionfo di muscoli, rilassati e sensuali. Non ha più le braccia: il destro presumibilmente era alzato, del sinistro restano soltanto due dita della mano poggiate in vita, e anche quelle hanno un non so che di sensuale. Faccio il giro per guardarlo ancora una volta di spalle: la veste segue la curva della schiena, poi fascia i glutei e accompagna la forma delle gambe.

È un giovane compunto, solenne e puro eros, icona della pienezza vitale della gioventù mediterranea. Sa di essere bello, vuole portare nel suo tempio i credenti, vuole essere adorato, ma anche amato. È la statua di un uomo che non teme di essere desiderato – da un uomo, da una donna, chissà.

Siamo i soli visitatori. Restiamo davanti al giovane uomo per un tempo che mi sembra infinito. Mariolina rinasce, toccata come me da quella bellezza che viene da lontano. Di quanta bellezza abbiamo ancora bisogno per sentirci davvero in pace? o non basta mai?

Usciamo nella luce accecante dell'isola. Ci teniamo per mano, non lo avevamo voluto ma è successo, sono state le nostre dita a cercarsi, e siamo ritornati Castore e Polluce, come quando eravamo bambini. Ci accenderemo nel cielo, stanotte. Per ora c'è solo il bianco fulgore delle saline dello Stagnone che, una volta tornati in auto, ci accompagna. Procediamo verso Trapani, a sinistra la Salina grande e il mare lontanissimo e incerto dentro la luce del mezzogiorno, a destra la campagna piatta: rallentiamo davanti all'ingresso di una masseria per lasciar uscire un piccolo pick-up. Fra arbusti e palme nane, l'apparizione di un pavone. Un bambino lo mette in fuga e quello trotterella via goffo e orgoglioso. Ci fermiamo a Trapani, in una trattoria che dà sul lungomare. Dopo tanta luce, sembra di entrare in una grotta: ci servono dell'ottimo pesce alla griglia. Ordino del vino bianco e brindiamo. Mariolina mi dice che, come i Dioscuri, dovremmo portare benefici e salvezza. Assieme siamo più forti. Io levo il calice ai miei sessant'anni e al suo nuovo amore. "Forse," mi dice lei, "arrivati a questa svolta dell'esistenza non è esattamente l'amore quello che cerchiamo, ma qualcosa che gli somigli, che ne abbia la dolcezza, il sapore. Qualcosa che somigli alla complicità che c'è fra chi ha un obiettivo comune."

"Un obiettivo?" faccio io, perplesso. Mi sembra una parola estranea al vocabolario di Mariolina.

"Ma sì, Carlino, quello di difendere la nostra durata nel tempo dalle ingiurie a cui siamo ancora esposti... la malattia, ad esempio, o semplicemente il corpo che cede. Si tratta di costruire una sorta di alleanza da rinnovare ogni giorno, una cosa così."

È troppo grave Mariolina, filosofeggia. "Anche noi siamo ottimi alleati, lo siamo sempre stati," dico infilandomi la maschera del compagno geloso, dell'amico capriccioso. Voglio alleggerire l'atmosfera. "Al primo che passa già mi trascuri..." E metto il broncio.

"Stupido," mi fa lei, e torna il suo trillo felice.

"*Il divino silenzio del vespero che accende/ i Diòscuri do-*

matori/ di cavalli sul Quirinale, così," dico gonfiando le gote, "il vecchio D'Annunzio ci sorprende eterni..."

"Già. Eterni, Carlino mio. Senza i giorni da dividere assieme. E invece è lì che proverò a restare con Umberto."

"Noi apparteniamo al cielo..." E faccio il gesto di prendere il volo.

Mariolina si piega sulla borsa di paglia intrecciata e ne trae un pacchetto. "Buon compleanno."

Mi ha portato un regalo. Piatto, avvolto in una carta spessa, un po' rigida, con un motivo vagamente giapponese di piccole onde azzurre e blu. Sto per scartarlo, quando lei me lo strappa di mano facendomi quasi prendere un colpo: "Cinquanta lire," mi dice ridendo. "Dammi prima cinquanta lire." Solo dopo averle consegnato la moneta torno in possesso del mio regalo e posso aprirlo. Sono fazzoletti. Orlati a mano, di mussola fine. Con le mie cifre ricamate in un angolo, di un celeste chiaro chiaro. Morbidi e bellissimi.

"Un omaggio al tuo genetliaco e al Circolo del Punto Pieno."

Le prendo la mano e gliela bacio, dito per dito, a lungo.

Quando torniamo a Palermo mi viene la curiosità di conoscere la famosa libraia che ha fatto incontrare Mariolina e Umberto. Vado alla libreria, chiedo della direttrice e subito lei si fa avanti, "Sono io," dice, e mi esplora con sagaci occhi di cerbiatto. Mi presento. Faccio il nome di Mariolina. Si ricorda perfettamente la sera e l'incontro. Sa del prossimo matrimonio, dice che ci sarà anche lei. "Mai potrei mancare," dice, "io li ho messi insieme." La interrogo, risponde volentieri. Racconta di come ha accettato la sfida di condurre questa impresa, commerciale e culturale insieme, lei, una donna; dice che la città ha risposto, ma non nasconde le difficoltà, a volte affiorano l'ansia e la consapevolezza di essere troppo esposti, lei e i suoi colleghi, a questo tempo così difficile, minaccioso. "Mi saluti Milano," mi raccomanda quando esco.

26.
Dice Rita Sala
(23 maggio 1992)

La vecchiaia è stata caritatevole, a suo modo, con mia suocera. Fisicamente sta bene e continua a fare gli esercizi di ginnastica ogni mattina nonostante la demenza. È sempre cumannera, ordina a cameriere immaginarie di portarle caffè e dolcini a tutte le ore, di rifarle il letto tendendo bene le lenzuola, di servirle la cena in camera, senza rendersi conto che nessuno le obbedisce. Soffre di diabete e segue una dieta stretta, ma è comunque ingrassata: nel comodino nasconde scorte di caramelle, cioccolatini e biscotti – impossibile capire come riesca a procurarseli.

Anche la Borsa di Milano è stata caritatevole con lei. Non si sa se il suo pacchetto azionario sia cresciuto tanto di valore per un suo imprevedibile acume negli affari o perché abbia avuto la consulenza di un abilissimo, e onesto, agente di Borsa. Comunque sia, si ritrova con un patrimonio decisamente notevole; adesso glielo gestisce Menandro Calò, commercialista ed ex compagno di scuola di Luigi, il figlio di Carmela.

Mia suocera ha perso la memoria in modo selettivo e a volte pare abbia addirittura cambiato carattere, non è più acida come un tempo. Quando vado a farle visita insieme ad Amelia e Colapì, ci accoglie con un sorriso radioso, ma la verità è che non sa chi siamo; ha scacciato il passato e vive nel presente. Accetta grata il bicchiere di plastica pieno d'acqua, con coperchio e cannuccia, che l'anziana cameriera non soltanto le porge ma la aiuta a tenere, perché altrimenti se lo rovescerebbe addosso. Sembra quasi buona. "Assìttati, assìttati," dice mia suocera ai nipoti ormai adulti come se fossero bambini, battendosi la mano sulle cosce generose. Gli occhi dalle palpebre sdillabrate seguono attenti le mosche e il volo dei calabroni che succhiano la linfa dalle piante della terrazza. Eppure, quando parliamo tra noi, stanchi di cercare di attirare la sua attenzione, pare che ci ascolti e nel suo sguardo saettano lampi dell'antica durezza; invece, poi schiude le labbra in un sorrisetto mesto. Al momento dei saluti, prende le mani dei nipoti e cerca di baciarle chiamandoli "Eminenza".

Amelia è impaziente e non ama fare visita alla nonna. Io la costringo e Colapì, da Londra, è d'accordo con me: "Potremmo diventare tutti come lei e mi conforta pensare che, se succedesse a me, non sarei dimenticato dai famigliari. Vorrei che figli e nipoti continuassero a venire a trovarmi, a parlare con me, a volermi bene. Un po' come andare a vedere le statue al museo".

Palermo non è cambiata. I politici democristiani e no, collusi con la mafia, sono invitati nei salotti dei ricchi e dei nobili. La città prospera grazie ai contributi della Regione, alla corruzione e alla penetrazione a tappeto della mafia nelle maggiori aree produttive. I chimici marsigliesi portati sulla costa settentrionale, nei pressi di Palermo, da anni lavorano in segreto negli stabilimenti della mafia da cui si dice esca eroina di eccezionale qualità, distribuita dalle loro navi in tutto il Mediterraneo.

È un sabato di primavera, è il 23 maggio 1992. Le jacarande sono fiorite e l'aria è profumata. In lontananza, i raggi ancora dolci danno alla città una luminosità serena.

Oggi arriva Colapì, sarebbe dovuto arrivare ieri ma ha avuto un contrattempo. Per lui c'è stata una svolta, quasi imprevedibile per come stavano le cose appena tre anni fa: dopo un'attesa che spesso in ambito accademico si rivela foriera solo di ansia e frustrazione, gli è stata offerta una cattedra e una sua pubblicazione ha ricevuto il plauso degli studiosi, anche americani – sarà invitato come *visiting professor* a Yale nella prossima sessione. Amelia è già arrivata da Pisa, con il suo Vittorio Pachini. Avevamo pensato di fare una sorpresa a Colapì e di andare a prenderlo all'aeroporto, ma poi Micia, la gatta di casa, ha iniziato il travaglio. Le sono molto legata, ho assistito alla nascita di tutte le sue creaturine e non voglio lasciarla sola. Quando spiego ai due perché preferisco non andare in aeroporto con loro, Vittorio inarca le sopracciglia, tra lo stupito e il perplesso. "Voi siciliani mi sorprendete sempre," dice in tono saccente e affilato. Lo guardo e non rispondo: penso solo che sia un inguaribile snob. Ho ricevuto in dono una sua pubblicazione sul teatro di Racine: mi è stato detto che si è rivelato uno fra gli eredi più accreditati dello strutturalismo francese; in verità a me, ignara, piuttosto che un lettore capace di andare in profondità lui pare un vero chirurgo del testo, che smonta, isola e rimonta, tanto che a volte un verso resta a galleggiare, privo di connessioni, nel vuoto. *Je vois que la raison cède à la violence*, ad esempio, dalla *Phèdre*. Lo dice Hippolyte ad Aricie. E il professor Pachini stabilisce nessi ma non illumina la passione del giovane Hippolyte.

Ho letto per curiosità, mi sono annoiata, ma quel verso – *Je vois que la raison cède à la violence* – ha continuato a tornarmi in mente, a dirmi un'assenza di passione nella vita di mia figlia.

Micia, dopo aver mangiato le placente, lecca amorosa i suoi cinque cuccioli, a uno a uno; hanno ancora il pelo appiccicato e sembrano dei topolini. Come sempre, li guardo meravigliata e adorante. Al professore questo non piace, vuole uscire: "Andiamo, Amelia. Rifacciamo la nostra passeggiata in via Sant'Agostino e passiamo a vedere le donzelle del vostro Serpotta nella chiesa di Santa Rita. O invece è Sant'Agostino in via Santa Rita...?". Gli sembra di essere molto spiritoso.

Amelia lo canzona: "È la chiesa di Sant'Agostino, anche se tanti la chiamano Santa Rita".

"Lo so, lo so... andiamo."

Questo Pachini a me non piace. Gli uomini siciliani, per quanto prepotenti, accettano il no di una moglie determinata – la storia dei miei suoceri lo dimostra –, mentre lui è ben più arrogante e mi irrita vedere come Amelia, apparentemente tanto sicura di sé, si faccia irretire da questo lupucuvio che la tratta con sufficienza. A settembre compirà trentasette anni e, se desidera avere figli, dovrebbe prendere marito. Non so che cosa sperare. Non sono certa che, sposando Pachini, mia figlia sarebbe felice.

Prima di uscire, Amelia e Vittorio mi dicono di non preoccuparmi se faranno tardi: potrebbero decidere, dopo aver visitato la chiesa, di andare direttamente in aeroporto ad aspettare Colapì.

Rimango a casa tranquilla, zappetto con la solita forchetta con due rebbi rotti nei vasi di gerani in piena fioritura e tolgo le poche foglie secche. Stasera saremo tutti insieme, a tavola. Rico ne sarebbe contento, anzi, lo sarà. È morto da dieci anni, però me lo sento vicino, tutti i giorni, come se mi fosse accanto e mi parlasse. E questa volta sento qualcosa di strano, nel mio Rico immaginario. Anche lui si sarebbe incantato davanti alle nidiate di Micia, ne sono certa. O forse ormai gli attribuisco qualità e sentimenti che allora potevo solo presumere. Il mare è calmo, la giornata splendente, il profumo delle rose riempie le narici e il ronzio degli insetti è pura musica.

E, musica su musica, mi abbandono all'ascolto di *Carmen*, che insinua in me una sensualità sottile, quasi dimenticata, e al contempo mi intristisce. Questa donna, che del desiderio che suscita fa un'arma rivolta contro se stessa, mi ha sempre lasciato sgomenta: la sua è una tragicità che non riserva spazio alla speranza.

Aspetto i miei figli. Torno e ritorno sull'aria di don José, *La fleur que tu m'avais jetée*. Ho un'incisione con il grande Corelli. Lui sa arrivare a quel nodo di passione e destino che la melodia non smette di stringere intorno al cuore confuso del personaggio. È una dichiarazione d'amore straziante, tanto più straziante perché sappiamo che Carmen la ascolta come un omaggio di devozione che può anche disprezzare e ricusare.

Sono le sei e ancora non ho notizie, Colapì ormai dovrebbe essere atterrato. Spero che mi chiami, ma non sono preoccupata. O piuttosto, decido di non esserlo. *Je me prenais à te maudire, à te détester, à me dire: pourquoi faut-il que le destin l'ait mise là sur mon chemin.* Non si maledirà mai abbastanza don José, e continuerà a covare desiderio.

Poi, l'annuncio alla radio: c'è stato un attentato in autostrada, una grande esplosione all'altezza di Capaci, sono rimasti uccisi Giovanni Falcone, sua moglie e gli uomini della scorta. Raggelo. Falcone. Capaci. L'autostrada di Punta Raisi. Infine è accaduto. Il fallito attentato all'Addaura è stato solo una premessa, o addirittura una promessa. Esaudita. *Mêlons! Coupons!* Carmen chiede alle carte che futuro avrà. Mischiare le carte un'altra volta è inutile, la risposta è solo una. *Cela ne sert à rien, les cartes sont sincères et ne mentiront pas... la carte impitoyable répétera: la mort!* Basta. Voglio silenzio. Credo di trovarlo sollevando il pick-up e invece il tumulto dentro di me sembra echeggiare fuori.

Se c'è stata un'esplosione ci saranno stati senz'altro feriti, e forse anche altri morti. Dove sono i miei figli? Comincio a tremare al pensiero che siano rimasti coinvolti. Mi rivolgo, io che non sono religiosa, alla santa di cui porto il nome, patrona delle donne sposate infelicemente e dei casi disperati e apparentemente impossibili. Vorrei uscire, poi mi fermo, qualcuno mi telefonerà. Devo rimanere a casa e aspettare.

Arrivano le prime notizie per radio. "Giovanni Falcone, giovane magistrato integerrimo e infaticabile, è stato vittima di un attentato insieme a sua moglie, Francesca Morvillo, e agli uomini della sua scorta – Rocco Dicillo, Antonio Montinaro e Vito Schifani – sull'autostrada che porta a Palermo dall'aeroporto di Punta Raisi." Ancora. Ancora morte. Sempre più cruda e spettacolare. Piango. Piango come non ho mai pianto prima. Mi inginocchio accanto alla scatola di cartone dove Micia allatta i suoi gattini dalle zampette rosee e nude.

Squilla infine il telefono, è Colapì: "Mamma perdonami, ho saputo solo adesso. Chissà com'eri in pensiero! In aereo ho conosciuto una ragazza neozelandese, una collega economista. Abbiamo preso il pullman insieme e poi l'ho invitata a bere qualcosa, da Sacchiero. Solo in città abbiamo saputo la notizia. Arrivo il prima possibile".

"Rimani dove sei," gli dico, "non so dov'è Amelia."

Mi vergogno di provare così tanta gioia al pensiero che mio figlio è vivo. Ma anche quando la tensione si scioglie, continuo a ripetermelo: mio figlio è vivo. Il mio Colapì è vivo! La gioia si mescola a uno strisciante senso di colpa che forse, quando ripenserò a questo momento, si ripresenterà, feroce com'è ora.

Poi chiama Amelia, agitatissima, da un bar alle porte di Palermo. Ha saputo dell'attentato. Le strade sono bloccate, non è riuscita ad andare all'aeroporto. Ma Colapì? Dov'è Colapì?

Ci cerchiamo. Nelle catastrofi ci si va cercando per sapersi al sicuro. E questa è di fatto una catastrofe.

Suona di nuovo il telefono, è ancora Amelia. L'ha appena chiamata Colapì. Arriveranno insieme.

Porto la mano alla bocca, ringrazio il cielo. Ed è come se, all'improvviso, e con un'evidenza che mi agghiaccia, mi pensassi parte di quest'isola disgraziata. Mi sento responsabile.

Non ci siamo ribellati, abbiamo accettato la corruzione politica, prepotenze e imbrogli, abbiamo visto imbastardirsi tutti gli aspetti della vita pubblica, dall'istruzione alla sanità. Mi tornano in mente gli anni del dopoguerra, il sequestro di Enrico, i maneggi di Peppe Vallo e la sua intesa con il padre di Mariolina, l'albergo bruciato di Rico, l'incendio appiccato al Circolo del Punto Pieno. Oggi mi brucia davanti agli occhi tutta la nostra storia. Lo sapevamo. Lo sapevamo. Lo sappiamo. La radio è accesa. Ascolto e non ascolto. Vedo la cameriera che, nel vano di una porta, sta immobile e cerca di sentire le notizie in diretta. Non riesco a star ferma: ho troppo tempo davanti a me, prima di ritrovarci qui tutti insieme. Dunque vago per casa, senza requie, come se stessi cercando qualcosa e non so cosa. Ho bisogno di una tanticchia che sappia di buono, che sia conforto e speranza. Non sono arrivata sin qui per arrendermi. Da troppo tempo siamo esposti tutti allo squallore del male, da troppo tempo dipendiamo dal coraggio di pochi senza offrire un consenso veramente sentito, e soprattutto efficace. Oggi e domani piangeremo Falcone e sua moglie, gli uomini della scorta, ma per quanto ancora sapremo solo versare lagrime? Ho bisogno di qualcosa che mi dia speranza nel futuro dei miei figli, qualcosa di tangibile.

La giovane cameriera mi osserva stupefatta: mi ha seguito, discreta e a distanza, nel mio calvario. Dico che Amelia e Colapì stanno arrivando. La rassicuro e rassicurare lei mi conforta.

Sono una donna vissuta negli agi, i Sorci hanno alle spalle una storia di privilegi e di prepotenze, gli uni e le altre vanno insieme. Mi viene in mente Leonardo, me lo ricordo giovane battersi per la Sicilia, schierarsi contro l'ingiustizia: ecco, lui è un uomo che ha vissuto nel solco di una sua profonda, incoercibile coerenza.

E mentre giro per casa mi ritrovo tra le mani una scatola con dentro le carte del Circolo del Punto Pieno: tantissime locandine, qualche articolo ritagliato dalle pagine del "Giornale di Sicilia", lettere di complimenti e lettere di critiche, alcune foto di gruppo delle nostre ricamatrici. Ci sono foto degli anni sessanta, le ragazze con i capelli cotonati e l'eyeliner, poi le camicie fantasia e i pantaloni a zampa d'elefante degli anni settanta, nelle più recenti spuntano giacche con le spalline e scarpe a punta, ci sono foto dai bordi seghettati con le Tre Sagge ritte in piedi, serissime, davanti al cancelletto di fianco alla farmacia Spallanzani, c'è zia Sara seduta sulla sua seggiola in fondo al salone, così regale, così bella. E Caterina? Malocarattere, ma eccola lì che posa reggendo una tovaglia che canta, il suo capolavoro. Tante foto. Tanto tempo che si scioglie e che racconta. Tante donne. Alcune hanno sofferto molto, altre poco, ma tutte hanno contribuito al nostro lavoro e cercato di aiutare le altre. Una vera impresa tutta femminile. Un'impresa che, nel passato, avrebbe potuto compiersi solo al riparo delle mura dei monasteri – l'unico posto in cui la donna siciliana aveva la possibilità di lavorare ed esercitare potere. In fondo alla scatola, una pagina scritta a mano: il nostro Statuto. Devo contenermi. È un foglio ingiallito, piegato e ripiegato molte volte. Temo addirittura possa sbriciolarsi, come spesso accade alla carta.

Rileggo, piano, a bassa voce, fra me e me:

1. Il ricamo è una tradizione che viene da lontano: scopo primario del Circolo del Punto Pieno è tenerla viva.
2. Il ricamo, parente stretto del rammendo, non conosce differenze di censo o di ceto.
3. Il ricamo è un'attività benefica e può essere anche remunerativa.
4. Il ricamo mantiene le dita agili ed è il miglior modo per contrastare l'artrosi.
5. Il ricamo è un lavoro creativo, che affina il gusto e l'immaginazione. Ci sono ricami facili e ricami difficili, ogni ricamatrice può trovare quello adatto a lei, sempre aspirando a migliorare e a migliorarsi.
6. Il ricamo può essere eseguito da sole o in gruppo. Richiede concentrazione e silenzio, ma può essere la premessa di una sana socializzazione.
7. Tutto quello che viene confidato mentre si ricama dev'essere subito dimenticato.

Ricama la tua vita e Dio ti perdonerà.

Ripiego il foglio, lo infilo in una tasca della gonna. Voglio mostrarlo ad Amelia e a Colapì.

Le foto e i ritagli tornano nella scatola.

Quanti sguardi in quelle foto: spaventati, incerti, soddisfatti, diffidenti, allegri, sottomessi, curiosi, timidi, rassegnati. Sì, c'è anche rassegnazione, che sappiamo essere portatrice solo di mestizia. Ci si rassegna o ci si sacrifica per il bene degli altri, come ha fatto per tanti anni mia madre, come ho fatto io stessa. Ma né io né lei siamo rimaste inchiodate a quella condizione. Perché abbiamo saputo trasformarla in accettazione. Accettare procura una piccola cuntintizza che può salvare la vita, se combattere è impossibile.

La rassegnazione, quella vera, quella tetra e mortale, è quella che oggi ha ucciso sulla strada di Capaci.

Suona il citofono.

Sono arrivati! Amelia tiene Colapì per mano proprio come un fratello e scendono insieme di corsa verso casa.

Lui mi abbraccia forte. Non c'è bisogno di parlare. Colapì mi cinge le spalle e andiamo insieme in giardino. Davanti a noi, Monte Pellegrino, sul mare. Il professor Pachini è rimasto in casa, visibilmente frastornato, per una volta non sa cosa dire, non sa cosa fare. Amelia gli siede accanto, ma sento che ci guarda attraverso la porta finestra aperta.

Le rose di maggio trionfano nei loro cespugli, turgide di petali e profumate. Tira una brezza gentile che sembra venire da lontano, a mitigare l'azzurro ferito del giorno. Il mare è piatto, guardiamo in silenzio le barche che rientrano lente nella Cala.

Colapì si stringe a me. "Mamma, non dobbiamo rassegnarci," dice, la voce salda.

Io mi volto, lo guardo.

Mi guarda anche lui: "Io torno".

Punto pieno. Una nota su verità e finzione

In *Punto pieno* si fa menzione di molti episodi che hanno a che fare con la storia contemporanea e che fanno da sfondo alle vicende della famiglia Sorci dalla seconda metà degli anni cinquanta alla strage di Capaci, nel 1992. Si citano personalità che aiutano a creare, inevitabilmente, riferimenti decisivi. In alcuni casi vi sono personaggi reali che vengono "chiamati sulla scena", e ai quali si dà verosimilmente la parola. Secondo una tradizione che risale al romanzo dell'Ottocento e arriva sino a noi, mi piace pensare a questo gioco di "interferenze" che anima il teatro dell'invenzione. E proprio perciò voglio ricordare quei personaggi secondo una logica che sta fra la gratitudine e la correttezza.

Appare Giovanni La Parola, figlio di Giuseppe La Parola e fratello di un altro Giuseppe, tutti parte di una delle più celebri sartorie palermitane.

Nella trasferta di Carlino Sorci a New York ho evocato le figure dello stilista Roy Halston Frowick e di Elsa Peretti, designer e modella, ispiratrice e collaboratrice di Halston per molti anni.

Ho voluto richiamare in vita anche Mauro Rostagno, morto di mafia a Lenzi di Valderice, in provincia di Trapani, il 26 settembre 1988. Tra i fondatori di Lotta Continua, sociologo, giornalista, vitale presenza e attivo interprete di un mondo in costante movimento, negli anni ottanta Rostagno diede vita alla comunità socioterapeutica Saman per il recupero dei tossicodipendenti. Lo ha ricordato la figlia Maddalena nel volume scritto insieme ad Andrea Gentile *Il suono di una sola mano. Storia di mio padre Mauro Rostagno*, Il Saggiatore, Milano 2011.

Ringraziamenti

Con *Punto pieno* continua la saga famigliare cominciata con *Caffè amaro* e proseguita con *Piano nobile*. Vi si raccontano le vicende della famiglia Sorci fino all'annuncio del tragico attentato di Capaci in cui persero la vita il giudice Giovanni Falcone, la moglie Francesca Morvillo e gli uomini della scorta, Rocco Dicillo, Antonio Montinaro e Vito Schifani.

Per la seconda volta ho scritto costretta in casa – come il resto del mondo – da una serie di severi lockdown, in una Londra svuotata e talora terrificante, almeno sino alla campagna vaccinale. Abbiamo tutti imparato a lavorare contando sulle forme di comunicazione prestate dalla tecnologia informatica, ma anche sul vecchio telefono. Siamo diventati immagini e voci, non meno dei personaggi di un romanzo.
Per fortuna le immagini non erano ologrammi e le voci erano quelle di persone che conosco e stimo, e che perciò, qui di seguito, ringrazio per il contributo offerto alla stesura di quest'opera.

Ringrazio la Feltrinelli, nelle persone di Gianluca Foglia, Laura Cerutti e Giovanna Salvia, per il costante, attento e generoso sostegno professionale.

Ringrazio mia sorella Chiara e mia cugina Maria Papè di Valdina per avermi ascoltata e corretta nei nostri ricordi siciliani. È stato in casa di Maria, in un caldissimo luglio di due anni fa, confortata dal ronzio di un potente ventilatore, che ho steso la prima scaletta del romanzo, immaginando luoghi e personaggi.

Ringrazio Rino Messina – grande amico, collega di Università, magistrato e scrittore – e Amelia Crisantino – insegnante, giornalista e scrittrice, autrice di *Breve storia della Sicilia. Le radici antiche dei problemi di oggi*, edito da Di Girolamo – per i loro consigli e per avere risposto alle mie domande sulla storia moderna della nostra isola.

Ringrazio Silvia Cocco per aver continuato ad aiutarmi nella ricerca storica e nella revisione del testo, e per il suo meraviglioso pane – il suo progetto culinario da lockdown.

Ringrazio come sempre Alberto Rollo per avermi seguito con la consueta competenza e maestria e per l'amicizia di sempre. Nello stordimento del lockdown londinese mi è capitato più di una volta di perdere le fila della narrazione. Alberto Rollo ha spianato la via, con pazienza e discrezione, e mi ha aiutata a riprendere il controllo del romanzo. L'attenzione al montaggio e al dettaglio esercitata da Giovanna Salvia ha fatto il resto, che non è poco.

Indice dei personaggi principali

Famiglia del barone Antonio Sorci

Barone Antonio Sorci (1827-1899)
sposa nel 1856 Maria Teresa Vitaliano (1832-1890)

Figli

1. Nicola Sorci (1857-1876)
   si fidanza con Mariastella Tripputi (1859-1876)
2. Barone Enrico Sorci (1858-1942)
   sposa nel 1877 Rosaria Lupino Stassi (1860-1920)
3. Sara (1872-1965)
   sposa nel 1894 il barone Ignazio Imballomeni (1870-1906)
   i) Giovanni (1896-1917)
   ii) Giulia (1902-1920)
4. Rachele (1874-1957)
   sposa nel 1895 l'ingegner Riccardo Giaconia (1862-1920)

[Beatrice Benso (1875-1957), cugina, monaca di casa]

Famiglia del barone Enrico Sorci

Barone Enrico Sorci (1858-1942)
sposa nel 1877 Rosaria Lupino Stassi (1860-1920)

Figli

1. Maria Teresa (1878)
   sposa nel 1898 il barone Ferdinando Merlo
   i) Sebastiano (1899)
   ii) Maria (1902)
      sposa Ugo Moncada Sacerdoti
   iii) Enrico (1904)

2. Marianna (1879; morta alla nascita)

3. Nicola (Cola) (1880-1965)
   sposa nel 1919 Margherita Lupino Stassi (1895)
   i) Rico (1919-1982)
      sposa nel 1951 Rita Sala (1927)
      a) Amelia (1955)
      b) Cola, detto Colapì (1957)
   ii) Rosamaria (1920), zitella
   iii) Carmela (1922)
      sposa nel 1939 Pietro Augeri
      a) Luigi (1940)
      b) Margherita (1943)

4. Ludovico (1882)
   sposa nel 1912 Caterina Degli Esposti (1894-1978)
   i) Rosarietta (1913-1947)
      sposa nel 1931 Pietro Sillitti (1910-1947)
   ii) Enrico (1915)
      sposa nel 1941 Virginia Mutolo (1920)
   iii) Mario (1917)

5. Maria Concetta (1883; morta alla nascita)

6. Filippo (1884-1969)
   sposa nel 1920 Carmela Schifani (1900-1928)
   i) Enrico (1921)

ii) Luigi (1922)
sposa nel 1929 Stefania Rizzo (1901)
iii) Mariolina (1932)
sposa nel 1956 Alfio Buscemi (1929-1962)
sposa nel 1962 Peppe Vallo (1890[5]-1967; figlio illegittimo del barone Enrico Sorci e di Concettina Vallo)
a) Harry (1962-1988)

7. Anna (1885)
sposa nel 1904 il barone Peppino Bianco
i) Sandrina (1906)
sposa nel 1926 Giovanni Di Martino (1900-1951)
ii) Stefano (1908)
iii) Lucia (1910)

8. Andrea (1888-1955)
sposa nel 1924 Laura de Nittis (1904-1954)
i) Antonio (1925)
ii) Enrico (1927; nato morto)
iii) Matilde (1928)
sposa il notaio Giuseppe Celato
[iv) Carlino (1930; figlio adulterino di Cola e Laura)]

9. Sebastiano (1899-1918)

10. Lia (1900)
sposa nel 1920 l'ingegner Giacomo Ponte (1895)
i) Leonardo (1921)
ii) Rosaria (1923)
iii) Teresa (1925)

11. Mariangela (1902; morta alla nascita)

[12. Stellina (1922; figlia adulterina del barone Enrico e di Annetta Panzi)
sposa nel 1945 Lorenzo Valledolmo (1917)]

Altri personaggi

Rosaria Casamassima, amministratrice della farmacia Spallanzani
padre Gioacchino, parroco della chiesa dei Santi Scalzi
Mimmo Inzinna, gestore del bar Luce
don Totò Spati, portiere di palazzo Sorci
Nora Contorno, prima moglie di Peppe Vallo
donna Rosalia Spati, moglie di don Totò
Lillo Spati, nipote di don Totò e donna Rosalia
Emilio Greco, fidanzato di Carlino Sorci
Ersilia Mondelli, cameriera di Andrea Sorci
Stefano Casazza, questore di Palermo
colonnello Rob Hill, ufficiale americano
Maria Marra, vedova Sala, madre di Rita Sala e compagna di Giosuè Sacerdoti
Anna Sala, sorella di Rita Sala
Pippo Carta, marito di Anna Sala
Vito Sala, fratello di Rita Sala
Beatrice Sala, moglie di Vito Sala
Anna Còrapi Di Stefano, amante di Rico Sorci
Miss Deborah Taylor, governante di Amelia e Colapì Sorci
Giosuè Sacerdoti, ex deputato fascista, ebreo, compagno di Rita Sala
Antonia Codacci, amante di Rico Sorci
Loredana Costa, amante di Rico Sorci
Giuseppina, contadina
commissario Emanuele Balestrieri
padre Vincenzo Nasillo, confessore di Sara Imballomeni
Angela e Carmela, due popolane
Agatina, ricamatrice
Guido Sacchi, amico milanese di Carlino Sorci
Ruben Goldsmith, console americano
Ema Babnič, amante di Rico Sorci
Ciccio Cusimano, magnaccia

Antonio, autista di Mariolina Sorci
Julienne Biolay, fidanzata di Leonardo Ponte
padre Fausto, nuovo parroco della chiesa dei Santi Scalzi
Rosa Carta, figlia di Pippo e Anna Carta
professor Vittorio Pachini, fidanzato di Amelia Sorci
Umberto Campino, fidanzato di Mariolina Sorci.

Indice

PARTE TERZA
Punto smerlo

PARTE QUARTA
Punto croce

Una saga famigliare siciliana
che abbraccia un secolo di storia

Bruciava, quella mano,
e anche il palmo di lei era rovente.
Capirono.

"Un romanzo storico, come non se ne vedono tanti sulla scena della narrativa contemporanea."
Francesco Erbani, *la Repubblica*

"La storia minuta e la Storia grande: questi gli ingredienti che Agnello Hornby impasta in *Caffè amaro*, sontuosa storia che parte dall'ultimo decennio dell'Ottocento."
Margherita Oggero, *TuttoLibri - La Stampa*

pp. 352, euro 11,00 (2016; in Universale Economica 2017)

Le famiglie sono famiglie, e chissà
ancora per quanto tempo impediranno,
nasconderanno, confonderanno.

"Efficace e suggestivo è il modo in cui l'autrice sceglie di narrare la saga dei Sorci."
Isabella Bossi Fedrigotti, *Corriere della Sera*

"Una Palermo fascinosa e decadente di fine Ottocento fino agli anni cinquanta."
Chiara Roverotto, *Il Giornale di Vicenza*

pp. 352, euro 19,00 (2020)